本书列入

2017年国家社会科学基金重大委托项目
"十三五"国家重点图书出版规划项目

中华传统文化百部经典

李白 著

郁贤皓 解读

李白集（节选）

国家图书馆出版社

图书在版编目（CIP）数据

李白集：节选／（唐）李白著；郁贤皓解读 . — 北京：
国家图书馆出版社，2020.12
（中华传统文化百部经典 ／ 袁行霈主编）
ISBN 978-7-5013-6996-6

Ⅰ. ①李… Ⅱ. ①李… ②郁… Ⅲ. ①唐诗－诗集 ②古
典散文－散文集－中国－唐代 Ⅳ. ① I214.222

中国版本图书馆 CIP 数据核字 (2020) 第 059191 号

国家图书馆出版社官方微信

书　　名	李白集（节选）
著　　者	（唐）李白 著　郁贤皓 解读
责任编辑	于春媚
特约编辑	吴麒麟
封面设计	敬人设计工作室

出版发行　国家图书馆出版社（北京市西城区文津街 7 号　100034）
　　　　　010-66114536　63802249　nlcpress@nlc.cn（邮购）
网　　址　http://www.nlcpress.com
印　　装　北京科信印刷有限公司
版次印次　2020 年 12 月第 1 版　2020 年 12 月第 1 次印刷

开　　本　710×1000（毫米）　1/16
印　　张　28
字　　数　316 千字
书　　号　ISBN 978-7-5013-6996-6
定　　价　80.00 元（精装）

编纂缘起

　　文化是民族的血脉，是人民的精神家园。党的十八大以来，围绕传承发展中华优秀传统文化，习近平总书记发表了一系列重要讲话，深刻揭示出中华优秀传统文化的地位和作用，梳理概括了中华优秀传统文化的历史源流、思想精神和鲜明特质，集中阐明了我们党对待传统文化的立场态度，这是中华民族继往开来、实现伟大复兴的重要文化方略。2017 年初，中共中央办公厅、国务院办公厅印发《关于实施中华优秀传统文化传承发展工程的意见》，从国家战略层面对中华优秀传统文化传承发展工作作出部署。

　　我国古代留下浩如烟海的典籍，其中的精华是培育民族精神和时代精神的文化基础。激活经典，

熔古铸今，是增强文化自觉和文化自信的重要途径。多年来，学术界潜心研究，钩沉发覆、辨伪存真、提炼精华，做了许多有益工作。编纂《中华传统文化百部经典》（简称《百部经典》），就是在汲取已有成果基础上，力求编出一套兼具思想性、学术性和大众性的读本，使之成为广泛认同、传之久远的范本。《百部经典》所选图书上起先秦，下至辛亥革命，包括哲学、文学、历史、艺术、科技等领域的重要典籍。萃取其精华，加以解读，旨在搭建传统典籍与大众之间的桥梁，激活中华优秀传统文化，用优秀传统文化滋养当代中国人的精神世界，提振当代中国人的文化自信。

这套书采取导读、原典、注释、点评相结合的编纂体例，寻求优秀传统文化与社会主义核心价值观之间的深度契合点；以当代眼光审视和解读古代典籍，启发读者从中汲取古人的智慧和历史的经验，借以育人、资政，更好地为今人所取、为今人

所用；力求深入浅出、明白晓畅地介绍古代经典，让优秀传统文化贴近现实生活，融入课堂教育，走进人们心中，最大限度地发挥以文化人的作用。

《百部经典》的编纂是一项重大文化工程。在中宣部等部门的指导和大力支持下，国家图书馆做了大量组织工作，得到学术界的积极响应和参与。由专家组成的编纂委员会，职责是作出总体规划，选定书目，制订体例，掌握进度；并延请德高望重的大家耆宿担当顾问，聘请对各书有深入研究的学者承担注释和解读，邀请相关领域的知名专家负责审订。先后约有 500 位专家参与工作。在此，向他们表示由衷的谢意。

书中疏漏不当之处，诚请读者批评指正。

2017 年 9 月 21 日

凡 例

一、《中华传统文化百部经典》的选书范围，上起先秦，下迄辛亥革命。选择在哲学、文学、历史、艺术、科技等各个领域具有重大思想价值、社会价值、历史价值和学术价值的一百部经典著作。

二、对于入选典籍，视具体情况确定节选或全录，并慎重选择底本。

三、对每部典籍，均设"导读""注释""点评"三个栏目加以诠释。导读居一书之首，主要介绍作者生平、成书过程、主要内容、历史地位、时代价值等，行文力求准确平实。注释部分解释字词、注明难字读音，串讲句子大意，务求简明扼要。点评包括篇末评和旁批两种形式。篇末评撮述原典要旨，标以"点评"，旁批萃取思想精华，印于书页一侧，力求要言不烦，雅俗共赏。

四、原文中的古今字、假借字一般不做改动，唯对异体字根据现行标准做适当转换。

五、每书附入相关善本书影，以期展现典籍的历史形态。

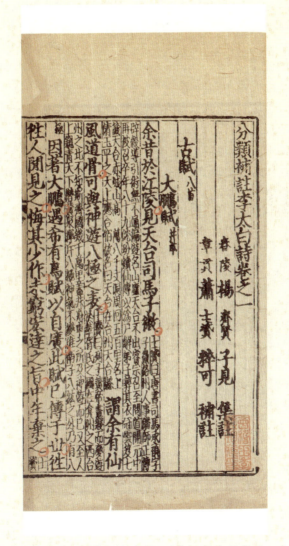

分类补注李太白诗二十五卷 （唐）李白撰 （宋）杨齐贤集注 （元）萧士赟补注
元建安余氏勤有堂刻明修本（卷三后剜去七行） 国家图书馆藏

李太白文集卷第一

　　草堂集序

　　　　　宣州當塗縣令李陽冰

李白字太白隴西成紀人涼武昭王暠九世孫蟬聯
珪組世爲顯著中葉非罪謫居條支易姓爲名然自
窮蟬至舜七世爲庶累世不大曜亦可歎焉神龍之
始逃歸于蜀復指李樹而生伯陽驚姜之夕長庚入
夢故生而名白以太白字之世稱太白之精得之矣
不讀非聖之書恥爲鄭衛之作故其言多似天仙之
辭凡所著述言多諷興自三代已來風騷之後馳驅
屈宋鞭撻揚馬千載獨步唯公一人故王公趨風列
岳結軌群賢翕習如鳥歸鳳盧黃門云陳拾遺横制

李太白文集三十卷　（唐）李白撰
宋刻本　國家圖書館藏

目　录

导　读

一、李白模糊的家世与出生地 ....（　1　）

二、李白的生平分期 ....（　3　）

三、李白集的主要内容 ....（　8　）

四、李白集的诗体特质 ....（　14　）

五、李白集的文章及诗论 ....（　19　）

六、李白的价值及影响 ....（　21　）

七、李白诗文的编集及主要注本 ....（　23　）

李白集

编年诗 ....（　29　）

访戴天山道士不遇 ....（　29　）

登锦城散花楼 ....（　30　）

峨眉山月歌 ....（　32　）

渡荆门送别 ……………………………………………（ 33 ）

望庐山瀑布二首 ………………………………………（ 35 ）

　　其一 …………………………………………………（ 35 ）

　　其二 …………………………………………………（ 37 ）

望天门山 ………………………………………………（ 38 ）

金陵城西楼月下吟 ……………………………………（ 39 ）

长干行二首（其一）…………………………………（ 41 ）

阳叛儿 …………………………………………………（ 45 ）

金陵酒肆留别 …………………………………………（ 47 ）

夜下征虏亭 ……………………………………………（ 48 ）

越中览古 ………………………………………………（ 49 ）

苏台览古 ………………………………………………（ 51 ）

乌栖曲 …………………………………………………（ 52 ）

静夜思 …………………………………………………（ 54 ）

淮南卧病书怀寄蜀中赵徵君蕤 ………………………（ 56 ）

夜泊牛渚怀古 …………………………………………（ 58 ）

黄鹤楼送孟浩然之广陵 ………………………………（ 60 ）

山中答俗人 ……………………………………………（ 62 ）

乌夜啼 …………………………………………………（ 63 ）

子夜吴歌 ………………………………………………（ 64 ）

　　春 ……………………………………………………（ 64 ）

　　夏 ……………………………………………………（ 66 ）

　　秋 ……………………………………………………（ 67 ）

　　冬 ……………………………………………………（ 68 ）

大车扬飞尘（《古风》其二十四）………………………………（69）

玉真公主别馆苦雨赠卫尉张卿二首（其一）……………………（72）

下终南山过斛斯山人宿置酒…………………………………………（74）

登太白峰………………………………………………………………（75）

登新平楼………………………………………………………………（77）

蜀道难…………………………………………………………………（78）

送友人入蜀……………………………………………………………（84）

行路难三首（选二）…………………………………………………（86）

　　其一………………………………………………………………（86）

　　其二………………………………………………………………（88）

梁园吟…………………………………………………………………（91）

梁甫吟…………………………………………………………………（96）

春夜洛城闻笛…………………………………………………………（102）

天津三月时（《古风》其十六）……………………………………（104）

襄阳歌…………………………………………………………………（107）

江夏别宋之悌…………………………………………………………（112）

将进酒…………………………………………………………………（113）

赠孟浩然………………………………………………………………（117）

鲁东门泛舟二首（其一）……………………………………………（119）

嘲鲁儒…………………………………………………………………（121）

南陵别儿童入京………………………………………………………（123）

驾去温泉宫后赠杨山人………………………………………………（125）

宫中行乐词八首（选三）……………………………………………（128）

　　其一………………………………………………………………（128）

其二 ……………………………………………………（130）

其三 ……………………………………………………（131）

清平调词三首 …………………………………………（133）

其一 ……………………………………………………（133）

其二 ……………………………………………………（135）

其三 ……………………………………………………（136）

塞下曲六首（选五） …………………………………（137）

其一 ……………………………………………………（137）

其二 ……………………………………………………（139）

其三 ……………………………………………………（140）

其五 ……………………………………………………（142）

其六 ……………………………………………………（143）

感寓二首（其二） ……………………………………（144）

玉壶吟 …………………………………………………（146）

翰林读书言怀呈集贤院内诸学士 ……………………（149）

白云歌送刘十六归山 …………………………………（152）

送裴十八图南归嵩山二首 ……………………………（153）

其一 ……………………………………………………（153）

其二 ……………………………………………………（155）

送贺宾客归越 …………………………………………（156）

灞陵行送别 ……………………………………………（158）

月下独酌四首（其一） ………………………………（160）

燕昭延郭隗（《古风》其十四） ……………………（162）

金乡送韦八之西京 ……………………………………（164）

西岳云台歌送丹丘子 ···（165）

鲁郡东石门送杜二甫 ···（169）

沙丘城下寄杜甫 ··（172）

秋日鲁郡尧祠亭上宴别杜补阙范侍御 ···················（173）

鲁郡尧祠送窦明府薄华还西京 ·······················（176）

梦游天姥吟留别 ··（181）

经下邳圯桥怀张子房 ···（186）

丁都护歌 ··（189）

登金陵凤凰台 ··（191）

殷后乱天纪（《古风》其五十一）···················（192）

寄东鲁二稚子 ··（195）

闻王昌龄左迁龙标遥有此寄 ·······················（197）

答王十二寒夜独酌有怀 ···（199）

羽檄如流星（《古风》其三十四）···················（206）

北风行 ··（209）

独坐敬亭山 ··（212）

秋登宣城谢朓北楼 ···（213）

宣州谢朓楼饯别校书叔云 ···（215）

书怀赠南陵常赞府 ···（218）

哭晁卿衡 ··（223）

清溪行 ··（224）

秋浦歌十七首（选二）···（226）

　　其十四 ··（226）

　　其十五 ··（227）

赠汪伦 …………………………………………………（228）

当涂赵炎少府粉图山水歌 …………………………（230）

西上莲花山（《古风》其十七） ……………………（234）

扶风豪士歌 …………………………………………（236）

望庐山五老峰 ………………………………………（239）

赠韦秘书子春 ………………………………………（240）

别内赴征三首 ………………………………………（243）

  其一 ………………………………………………（243）

  其二 ………………………………………………（244）

  其三 ………………………………………………（245）

永王东巡歌十一首（选二） ………………………（246）

  其二 ………………………………………………（246）

  其十一 ……………………………………………（248）

上崔相百忧章 ………………………………………（249）

中丞宋公以吴兵三千赴河南军次寻阳脱余之囚参谋幕府因赠之 …（254）

公无渡河 ……………………………………………（257）

流夜郎闻酺不预 ……………………………………（259）

上三峡 ………………………………………………（261）

早发白帝城 …………………………………………（262）

江夏赠韦南陵冰 ……………………………………（264）

江上吟 ………………………………………………（269）

峨眉山月歌送蜀僧晏入中京 ………………………（271）

与史郎中钦听黄鹤楼上吹笛 ………………………（274）

巴陵赠贾舍人 ………………………………………（275）

陪族叔刑部侍郎晔及中书贾舍人至游洞庭五首 ....（ 277 ）

其一 ....（ 277 ）

其二 ....（ 279 ）

其三 ....（ 280 ）

其四 ....（ 281 ）

其五 ....（ 281 ）

陪侍郎叔游洞庭醉后三首（其三）..............................（ 282 ）

与夏十二登岳阳楼 ....（ 284 ）

鹦鹉洲 ....（ 285 ）

庐山谣寄卢侍御虚舟 ....（ 287 ）

闻李太尉大举秦兵百万出征东南懦夫请缨冀申一割之用半道病还

留别金陵崔侍御十九韵 ....（ 291 ）

献从叔当涂宰阳冰 ....（ 296 ）

临路歌 ....（ 301 ）

不编年诗 ....（ 304 ）

《大雅》久不作（《古风》其一）..............................（ 304 ）

秦皇扫六合（《古风》其三）..............................（ 309 ）

齐有倜傥生（《古风》其九）..............................（ 312 ）

丑女来效颦（《古风》其三十五）..............................（ 313 ）

美人出南国（《古风》其四十九）..............................（ 316 ）

恻恻泣路歧（《古风》其五十九）..............................（ 317 ）

战城南 ....（ 319 ）

行路难三首（其三）..............................（ 322 ）

长相思 ……………………………………………………（325）

日出入行 …………………………………………………（326）

侠客行 ……………………………………………………（329）

古朗月行 …………………………………………………（331）

妾薄命 ……………………………………………………（333）

玉阶怨 ……………………………………………………（335）

春思 ………………………………………………………（337）

横江词六首（选二）………………………………………（338）

　　其一 …………………………………………………（338）

　　其五 …………………………………………………（340）

送友人 ……………………………………………………（341）

把酒问月 …………………………………………………（342）

宿五松山下荀媪家 ………………………………………（344）

山中与幽人对酌 …………………………………………（346）

听蜀僧浚弹琴 ……………………………………………（347）

劳劳亭 ……………………………………………………（349）

宣城见杜鹃花 ……………………………………………（350）

长门怨二首 ………………………………………………（351）

　　其一 …………………………………………………（351）

　　其二 …………………………………………………（352）

怨情 ………………………………………………………（353）

折荷有赠 …………………………………………………（354）

哭宣城善酿纪叟 …………………………………………（355）

编年文 ....（357）

代寿山答孟少府移文书 ....（357）

上安州裴长史书 ....（366）

春夜宴从弟桃花园序 ....（381）

与韩荆州书 ....（383）

大鹏赋并序 ....（391）

赵公西候新亭颂 ....（403）

为宋中丞自荐表 ....（413）

泽畔吟序 ....（418）

主要参考文献 ....（423）

导 读

李白是唐代最伟大的浪漫主义诗人，他的一生主要生活在玄宗、肃宗时代，青壮年时期见证了"国容何赫然"的辉煌盛世，晚年又经历了"茫茫走胡兵"的动乱岁月。其人傲岸不俗，其诗飘然不群，在中国文化及文学史上产生了深远的影响。

一、李白模糊的家世与出生地

李白（701—762），字太白，号青莲居士，排行十二。自称"本家陇西人，先为汉边将"（《赠张相镐二首》其二），是西汉飞将军李广的后裔。他在《上安州裴长史书》中说，其祖先曾"遭沮渠蒙逊难，奔流咸秦，因官寓家"，据《晋书·凉武昭王李玄盛传》记载，凉武昭王李暠字玄盛，为李广十六代孙。东晋安帝隆安四年（400），李暠在敦煌一带被部众推戴为凉公。李暠死后，其了李歆继位，被沮渠蒙逊打败而死，

诸弟奔逃。李白所说当指此事。李阳冰《草堂集序》及范传正《唐左拾遗翰林学士李公新墓碑》也都说李白是凉武昭王李暠九代孙。唐朝皇帝自称为李暠后代，如是，李白当与唐皇室同宗。但《新唐书·宗室世系表》载凉武昭王李暠后代各支并没有李白这一家族。李白在诗文中称李唐皇室的人为从祖、从叔、从兄、从侄，也往往不符合他作为李暠九世孙的辈分。李阳冰还说李白先世曾"谪居条支"，范传正则说隋末"被窜于碎叶"，曾隐姓埋名，中宗神龙元年（705）逃归蜀中，李白出生时才恢复李姓。这些说法也存在一些矛盾。李白在至德二载（757）所作《为宋中丞自荐表》自称时年五十七，李阳冰《草堂集序》说到宝应元年（762）李白"疾亟"即病情危重，枕上授稿于李阳冰，当为李白临终托付之举。李华《故翰林学士李君墓志》称李白卒时年六十二，据上述资料可知李白生于武后长安元年（701），至神龙初归蜀时已五岁，说明李白并不是生在蜀中。20 世纪 30 年代，陈寅恪先生发表《李太白氏族之疑问》①一文，认为李白先世"本为西域胡人"，"陇西李氏"说乃"诡托之辞"。日本学者松浦友久亦赞同陈氏之说②。此外，张书城在《李白家世之谜》③一书中认为李白不是凉武昭王李暠后裔，而是李陵—北周李贤—隋李穆一系的后代。看来，李白的种族、籍贯、家世、出生地等问题，至今还未取得一致的意见。

关于李白的出生地，目前也有蜀中说、中亚碎叶说、条支说、焉耆碎叶说等，但多数学者认为李白出生于中亚碎叶（今吉尔吉斯斯坦托克马克附近），当时属唐朝安西都护府（后属北庭都护府）管辖。李白五岁时才随父亲从碎叶迁居蜀中，住在绵州昌隆县（后避玄宗李隆基讳，改名昌明县；五代时又因避讳改名彰明县，今四川江油）。

李白父亲的名字和生平事迹均不详，因其从西域迁居蜀中，蜀人以"李客"称之。范传正说他"高卧云林，不求禄仕"，但李白有条件长期漫游，轻财好施，不少研究者因而推测其父李客为富商。李白家庭其他

成员的情形，据现存资料所知甚少。李白晚年在浔阳狱中写的《万愤词投魏郎中》诗中提到有一个弟弟在三峡："兄九江兮弟三峡。"据《彰明逸事》记载，他还有一个妹妹名月圆，嫁在本县。其他情况均无考。

二、李白的生平分期

李白阅历丰富，长期漫游各地，足迹踏遍了大半个中国。其一生约可分为五个时期。

1. 蜀中读书与任侠

从五岁到二十四岁（705—724），是李白蜀中读书游历时期。他自幼博览群书，小小年纪便显示出过人的创作才华，自称"五岁诵六甲，十岁观百家。轩辕以来，颇得闻矣。常横经籍书，制作不倦"（《上安州裴长史书》）。"十五观奇书，作赋凌相如。"（《赠张相镐二首》其二）开元九年（721）春，李白在路中拜见益州（今四川成都）长史苏颋时，苏颋誉其"天才英丽"，"若广之以学，可以相如比肩"（《上安州裴长史书》）。据《彰明逸事》载，在见苏颋前，李白曾师从赵蕤学习岁余，赵蕤"任侠有气，善为纵横学"，著有《长短经》（一名《长短要术》）十卷，论述王霸之道、统治之术。李白一生喜谈王霸方略，以管仲、诸葛亮自许，当受到赵蕤的影响。李白少时又好仗剑任侠，自述道："十五好剑术，遍干诸侯"（《与韩荆州书》），"结发未识事，所交尽豪雄。……托身白刃里，杀人红尘中"（《赠从兄襄阳少府皓》）。与李白同时代的人也说他"少任侠，手刃数人"（魏颢《李翰林集序》），"少任侠，不事产业"（刘全白《唐故翰林学士李君碣记》），"少以侠自任，而门多长者车"（范传正《唐左拾遗翰林学士李公新墓碑》）。此外，由于受时代风尚的影响，李白又有浓厚的求仙问道思想。在蜀中时李白已与道士交往，有《访戴天山道士不遇》诗可证。二十岁后游峨眉山，结识道士元林宗，《登

峨眉山》一诗表达了从仙人结伴游的意愿："傥遇骑羊子，携手凌白日。"

2. 十年安陆与初入长安

从二十四岁到四十二岁（724—742），是李白追求功业时期。开元十二年（724），李白"仗剑去国，辞亲远游"，离开蜀地来到安陆（今湖北安陆），被故相许圉师家招亲，"妻以孙女"（《上安州裴长史书》）。从此"酒隐安陆，蹉跎十年"（《秋于敬亭送从侄耑游庐山序》）。出蜀初期，虽还有任侠举动，如在扬州不到一年"散金三十余万"接济落魄公子、亏贷营葬友人吴指南等事，但通过"黄金散尽交不成"（《答王十二寒夜独酌有怀》）的教训后，基本上结束了任侠生活。他在《淮南卧病书怀寄蜀中赵徵君蕤》诗中第一次提到"功业莫从就，岁光屡奔迫"。他所谓的功业就是："申管晏之谈，谋帝王之术。奋其智能，愿为辅弼。使寰区大定，海县清一。事君之道成，荣亲之义毕，然后与陶朱、留侯，浮五湖，戏沧洲，不足为难矣。"（《代寿山答孟少府移文书》）就是要以范蠡、张良为榜样，辅佐君王，建功立业，然后功成身退。这实际上是儒家积极用世、兼济天下的思想与道家"知足""知止"思想的结合，并带有明显的纵横家色彩。而要实现辅佐君王的理想，在当时有两条路可走：一是大多数人遵循的科举仕进之路，登第后慢慢地从小官升迁。但李白"不求小官，以当世之务自负"（刘全白《唐故翰林学士李君碣记》），于是选择了另一条道路——期待通过隐逸获取高名，从而引得明主征召，以布衣一举而为卿相。不过，这条道路并不平坦。在《上安州裴长史书》中，李白自述道："何图谤言忽生，众口攒毁。"说明他在安陆隐居非但未能建立声誉，反而遭受毁谤。大约在开元十八年（730），他怀着"西入秦海，一观国风"的目的初入长安，隐居终南山，结识了玄宗宠婿卫尉卿张垍，请求援引，但愿望落空。接着西游邠州（今陕西彬县）、坊州（今陕西黄陵）寻觅知己，可是位卑职小的朋友们更无法帮助他。初入长安，无果而终，李白发出愤怒的呐喊："大道如青天，我独不得出"（《行

路难》其二），颓丧而归。其后，应道友元丹丘邀请隐居嵩山。当他听到善于奖掖后进的韩朝宗出任荆州长史兼襄州（今湖北襄阳）刺史时，又立即写了《与韩荆州书》，前往揖拜，但并未得到韩朝宗的赏识。李白只得借酒浇愁，与好友元演游洛阳、太原，又到随州去见道士胡紫阳。后移家山东兖州，与孔巢父等隐于徂徕山，人称“竹溪六逸”。这一时期，李白虽有隐居出世之想，但始终未能忘情功业，时常发出“功业若梦里，抚琴发长嗟”（《早秋赠裴十七仲堪》）的感叹。这一时期，李白创作了《行路难》其一、《将进酒》等著名古题乐府诗，深信终有一天能施展自己的抱负。

3. 二入长安与李、杜之交

从四十二岁到四十四岁（742—744），是李白供奉翰林时期。天宝元年（742），好友元丹丘通过玉真公主推荐李白，唐玄宗下诏征召李白进京。李白以为实现理想的机会终于来了，便兴高采烈地告别家人奔赴长安。一开始玄宗确实给李白以殊遇：“降辇步迎，如见绮皓。以七宝床赐食，御手调羹以饭之。……置于金銮殿，出入翰林中。问以国政，潜草诏诰，人无知者。”（《李阳冰《草堂集序》）受到宠爱的李白也决心“尽节报明主”，以酬谢“君王垂拂拭”的知遇之恩（《驾去温泉宫后赠杨山人》），并切盼升迁。但玄宗只把李白作为侍从文人，在歌舞酒宴场合让他创作《宫中行乐词》《清平调词》等点缀升平的曲词。据魏颢《李翰林集序》记载，玄宗本来准备让李白担任中书舍人一职，但“以张垍谗逐”，其事未成。佞人进谗，加之玄宗本无重用之意，遭到疏远的李白便浪迹纵酒，请求还山。于是玄宗“乃赐金归之”（《草堂集序》）。天宝三载（744）暮春，李白结束了实际只有一年半的翰林供奉生活，离开了朝廷。长安之行使李白对唐王朝的腐败政治有了深刻的认识，追求功业的理想暂时被消极颓放的思想所代替。

天宝三载秋，李白和杜甫相遇于梁（今河南开封）、宋（今河南商

丘），二人结交甚欢，这是中国诗歌史上值得纪念的日子。杜甫自结束吴越、齐赵之行，回到洛阳已有两年。这年五月，继祖母范阳太君（祖父杜审言继室）卒于陈留（今河南开封）之私第，八月归葬偃师（今河南偃师），杜甫作墓志，奔走于陈留、偃师之间。李白于天宝三载暮春出京后在商州盘桓一些时日，又到南阳与赵悦相处了一段日子，秋天也来到梁宋一带。此时李白一心求仙访道，而杜甫非常仰慕李白才华，也对自己在洛阳两年经历的机巧生活感到厌恶，便和李白同行求仙。杜甫写给李白的第一首诗中说："李侯金闺彦，脱身事幽讨。亦有梁宋游，方期拾瑶草。"（《赠李白》）当时诗人高适也在梁宋漫游，于是三人同登吹台，慷慨怀古，又同游"梁孝王都"的宋州，还到单父孟诸泽纵猎。当时诗人贾至正在单父县尉任，当参与了活动。所以梁宋游时有不少诗坛明星围绕在两曜周围。不久，高适离开梁宋东行，李白赴齐州紫极宫从高如贵道士受道箓，杜甫赴兖州省父，两人暂时分手。次年春，李白到兖州家中与家人团聚，再与杜甫同游，泗水边赏春，共访范居士，同到东蒙山元丹丘处作客。杜甫《与李十二同寻范十隐居》诗说："醉眠秋共被，携手日同行。"这年夏天，他们还一起到齐州（今山东济南），与李邕、高适、卢象等诗人相聚。齐州之会也是诗坛两曜和众星相聚的盛事④。秋天，杜甫告别李白，李白作《鲁郡东石门送杜二甫》诗为他送行。从此两人再也没有见面，但他们都常常牵挂对方。杜甫走后不久，李白便有《沙丘城下寄杜甫》诗表达思念之情；杜甫则有更多忆念、梦见李白的诗篇。

4. 十载南北漫游

从四十四岁离开长安后到五十五岁（744—755），是李白再度漫游时期，也是他思想极为复杂的时期。游梁宋、齐鲁时，道教思想占上风，并且正式受道箓，加入了道士行列。他说"我本不弃世，世人自弃我"（《赠蔡山人》），以此表示对现实的反抗。其实李白也清楚神仙世界是虚

幻的，他在告别东鲁南下会稽时所作《梦游天姥吟留别》诗中说："海客谈瀛洲，烟涛微茫信难求。"因此，当他在江南获悉奸相李林甫在朝中制造冤狱，好友李邕、李适之等横遭惨死，崔成甫受累被贬时，便立即从弃世思想中惊醒，深深为国事忧虑。特别是朝廷内外盛传安禄山在北方招兵买马、阴谋叛乱时，他更不顾个人安危，深入虎穴探看虚实。目睹安禄山嚣张气焰，他预感唐王朝将出现灾难，谴责"君王弃北海，扫地借长鲸"的失策，奔到黄金台上哭昭王。从北方回到江南宣城后，他一直关注事态的发展。当时杨国忠两次发动对南诏的战争都遭全军覆没，使国家和人民蒙受重大损失。此时李白济世思想甚切，只恨报国无门。

5. 从璘系狱，报国蒙冤

从五十五岁到六十二岁（755—762），是安史之乱时期，也是李白报国蒙冤时期。天宝十四载（755）冬，安禄山叛乱时，李白正在梁园，匆忙携夫人宗氏逃难，由梁园经洛阳到函谷关，西上莲花山。次年春又南下宣城，经溧阳到杭州，后到庐山屏风叠隐居。当时两京陷落，玄宗逃往蜀中，永王李璘受命为江陵大都督，经略南方军事。当永王水师东下到达浔阳（今江西九江）时，三次征召李白，国家危难之际，李白认为"苟无济代心，独善亦何益"（《赠韦秘书子春》），抱着平叛志愿，参加了永王幕府。他天真地以为这是报效国家的好机会，正当他自比谢安，高唱着"为君谈笑静胡沙"（《永王东巡歌》）时，统治阶级内部矛盾激化了。此时肃宗李亨在灵武（今宁夏灵武）即位，尊玄宗为太上皇，并下令永王李璘回蜀中。李璘不从命，肃宗即派兵讨伐。永王部下顷刻间作鸟兽散。李璘被杀，李白也被系浔阳狱，经御史中丞宋若思等营救才得以出狱，但不久又被判流放夜郎。欲报效祖国却反而获罪，李白痛心疾首。幸而在乾元二年（759）春朝廷因天旱而发布大赦令，李白才在流放途中于白帝城遇赦获释。回到江夏，他又盼望朝廷能起用自己，认为"今圣朝已舍季布，当征贾生"（《江夏送倩公归汉东序》），请江夏太

守韦良宰回朝时不要忘了推荐自己。但在江夏等了几个月，毫无消息，便懊丧地回到豫章（今江西南昌），与夫人宗氏团聚。后又重游宣城等地，但他报效祖国的热情并未消退。上元二年（761），当听说太尉李光弼出镇临淮时，六十一岁的李白又毅然前往从军，希望发挥铅刀一割之用。不幸因病半途折回，次年冬天病逝当涂（今安徽当涂）。"大鹏飞兮振八裔，中天摧兮力不济"（《临终歌》），他为理想未能实现而抱憾终生！

三、李白集的主要内容

李白集今存诗近千首，文六十余篇，其创作题材多样，内容丰富，全面深刻地反映了盛唐时期广阔的社会生活，彰显出盛唐时代士人特有的朝气蓬勃、奋发进取的精神风貌，是盛唐气象的典型代表。

1. 大唐盛世的"鸣盛者"

明代胡震亨《唐音癸签》卷二十七认为："唐至开元而海内称盛，盛而乱，乱而复，至元和又盛。前有青莲、少陵，后有昌黎、香山，皆为其时鸣盛者也。"就李白、杜甫、韩愈、白居易四人的创作内容而言，李白诗文无疑最能体现唐代盛世尤其是开元、天宝年间的社会风貌和时代精神，堪称煌煌大唐的最佳歌手。

李白一生以大鹏自喻，二十四岁出蜀时作《大鹏遇稀有鸟赋》（后改题为《大鹏赋》），即以"激三千以崛起，向九万而迅征"的大鹏形象，表现自己不凡的气度和抱负，直到临终前他还自比大鹏，充分显示出高傲的个性和宏大的气魄。他相信自己定有施展的机会，"天生我材必有用"（《将进酒》），"长风破浪会有时，直挂云帆济沧海"（《行路难》其一），"东山高卧时起来，欲济苍生应未晚"（《梁园吟》），常在诗中以管仲、张良、诸葛亮、谢安自比，深信自己能成为王者师。"余亦南阳子，时为《梁甫吟》。……愿一佐明主，功成还旧林。"（《留别王司马嵩》）

一旦机会来临，他兴高采烈："仰天大笑出门去，我辈岂是蓬蒿人！"（《南陵别儿童入京》）歌颂朝廷"巨海纳百川，麟台多才贤"（《金门答苏秀才》），决心要"尽节报明主"（《驾去温泉宫后赠杨山人》）。李白对唐王朝的威武强大感到无比骄傲，诗文中多次咏叹京城长安山川地理之形胜，宫殿建筑之宏伟，文臣武将人才之众多。如《古风》其四十六说："一百四十年，国容何赫然！隐隐五凤楼，峨峨横三川。王侯象星月，宾客如云烟。"《君子有所思行》描绘长安形势及朝廷文治武功说："紫阁连终南，青冥天倪色。凭崖望咸阳，宫阙罗北极。万井惊画出，九衢如弦直。渭水银河清，横天流不息。朝野盛文物，衣冠何翕赩（xī xì）。厩马散连山，军容威绝域。伊皋运元化，卫霍输筋力。"《明堂赋》铺叙建筑的宏伟，宣扬大唐"列圣之耿光"，最后点出"镇八荒，通九垓。四门启兮万国来"的主题。《大猎赋》写开元时期天子大猎于秦，"虽秦皇与汉武兮，复何足以争雄！"诗人热情赞颂前所未有的盛唐繁荣景象，洋溢着时代的自豪感。这些诗句充分体现了时代精神，也就是人们常说的"盛唐气象"。

2. 对社会弊端的揭露和批判

盛唐时代也有弊政，尤其在天宝时期存在许多不合理的社会现象，李白对此都进行了深刻的揭露和批判。如《古风》其二十四揭露宦官、斗鸡徒骄横跋扈的嚣张气焰，《行路难》等诗抒发了有志之士找不到出路的苦闷。《古风》其十八揭露贵族官僚骄奢淫逸的生活，《梁甫吟》描绘了君王被雷公、玉女、阍者等小人所包围，有才能的人见不到明主的情景。李林甫、杨国忠相继为宰相时排挤陷害贤能之士，李白毫不留情地予以鞭挞："珠玉买歌笑，糟糠养贤才"（《古风》其十五），揭露"梧桐巢燕雀，枳棘栖鸳鸯"（《古风》其三十九）、"鸡聚族以争食，凤孤飞而无邻。蝘蜓嘲龙，鱼目混珍。嫫母衣锦，西施负薪"（《鸣皋歌送岑徵君》）的不合理现实。甚至把批判的矛头直指唐玄宗，把他比作殷纣王、楚怀王，把受李林甫陷害的李适之、崔成甫等比作古代忠良贤臣："殷后

乱天纪，楚怀亦已昏。夷羊满中野，菉葹盈高门。比干谏而死，屈平窜湘源。"（《古风》其五十一）诗人晚年还在《泽畔吟序》中为崔成甫的遭遇鸣不平，追叙当年李林甫陷害韦坚案件牵连数十人的恐怖气氛，字里行间充溢着对友人的深切同情和对奸臣的刻骨痛恨。

3. 同情人民，反对不义战争

李白集中有不少诗篇表达了对身处底层的普通百姓艰辛生活的关切和同情，如《丁都护歌》写纤夫的繁重劳动，《北风行》叙幽州思妇在丈夫出征战死后的剧烈悲痛，《宿五松山下荀媪家》述农家艰苦生活和殷勤招待。诗人能推己及人，对劳动人民的苦难洒下同情之泪。

李白所处的时代发生过多种不同性质的战争，其诗根据实际情况表达不同的立场。对于抵御和抗击外族入侵的战争，就写诗高歌颂扬，如《塞下曲六首》《白马篇》等叙写"横行负勇气，一战静妖氛""叱咤经百战，匈奴尽奔逃"的英雄气概，《送梁公昌从信安王北征》《送白利从金吾董将军西征》等鼓励友人英勇杀敌，胜利归来。对于统治阶级的穷兵黩武，他则持反对态度，如天宝年间杨国忠发动对南诏的两次战争，李白写有《古风》其三十四、《书怀赠南陵常赞府》等诗予以揭露批判。而对于安史之乱，李白从国家命运和人民安定出发，写了许多积极支持朝廷平叛的诗篇，他在《古风》其十九中揭露敌人的凶残和无耻："流血涂野草，豺狼尽冠缨。"在《赠江夏韦太守良宰》诗中责问："白骨成丘山，苍生竟何罪！"《赠张相镐二首》其二表示："誓欲斩鲸鲵，澄清洛阳水！"充分表现出同情人民和仇恨敌人的爱憎分明的立场。

4. 对祖国壮丽山川的礼赞

李白热爱祖国山川，写下了许多描绘自然景物的诗篇。李白笔下有庐山飞瀑、蜀道奇险，《西岳云台歌送丹丘子》中笼罩着宗教神话氛围的华山，《将进酒》《公无渡河》中奔腾咆哮的黄河，《关山月》中的苍茫天山，《横江词》中的长江风浪，都写得惊心动魄，给人以雄伟奇幻

的壮美之感。即以写黄河而言，他能从不同的角度写出黄河的形象和性格，如"黄河之水天上来，奔流到海不复回"（《将进酒》）、"黄河西来决昆仑，咆哮万里触龙门"（《公无渡河》）、"西岳峥嵘何壮哉，黄河如丝天际来"（《西岳云台歌送丹丘子》），以及"黄河落天走东海，万里写入胸怀间"（《赠裴十四》）。李白还有一些诗写大自然明媚秀丽的景色，《渡荆门送别》的"月下飞天镜，云生结海楼"，《夜下征虏亭》的"山花如绣颊，江火似流萤"，《秋登宣城谢朓北楼》的"两水夹明镜，双桥落彩虹"，等等，充满清新明朗的气息。李白特别喜爱具有透明性的物象，诸如碧山、绿水、白玉、明月等，在他的诗中俯拾即是。尤其是对明月，吟诵得最多，《古朗月行》《峨眉山月歌》《静夜思》等脍炙人口的名篇都是赋明月的。李白一生钦仰六朝诗人谢朓，向往光明晶莹的他自然被谢诗中"澄江静如练"那样清新明丽的诗句所打动。

5. 功业抱负与政治识见

李白自视极高，性情疏放浪漫，不愿循规蹈矩走科举入仕之路，欲一举取卿相。他在众多诗篇中抒发了自己的高远理想和不凡抱负。同时，他又表现出蔑视权贵、否定功名富贵的人生态度。如《梦游天姥吟留别》诗说："安能摧眉折腰事权贵，使我不得开心颜！"《答王十二寒夜独酌有怀》又说："严陵高揖汉天子，何必长剑拄颐事玉阶。达亦不足贵，穷亦不足悲。"明确表示对独立人格和自由生活的追求。功名富贵本是普通士子孜孜以求的目标，李白却说："钟鼓馔玉不足贵，但愿长醉不用醒。"（《将进酒》）"功名富贵若长在，汉水亦应西北流。"（《江上吟》）当然，有些诗是失意后的牢骚，但李白对功业的追求不仅仅是为了谋取一己之荣华富贵，更主要的是为了显示其"安社稷""济苍生"的才能。

需要指出的是，李白虽然有很高的理想抱负，以"安社稷""济苍生"为己任，常以管仲、范蠡、张良、诸葛亮、谢安等自比，但实际上他并没有像上述诸人那样具备"运筹帷幄之中，决胜千里之外"的才能。

恰恰相反，当国家政治、军事发生重大变化的关键时刻，李白往往不能清醒地认清形势，常提出错误的主张，做出不当的举动，从而引来后世的非议。他对安禄山的叛乱给国家和人民造成的灾难十分痛恨，在诗中大声责问："白骨成丘山，苍生竟何罪！"（《江夏赠韦太守良宰》）表示要"誓欲斩鲸鲵，澄清洛阳水！"满腔忧民爱国之情溢于言表，但他并没有找到正确的途径。就拿他参加永王李璘幕府一事来说，虽然李白主观上是想报效祖国，建功立业，但他对李璘的"异志"缺乏清醒的认识。《旧唐书·玄宗诸子传》记载："永王璘，玄宗第十六子也。……（天宝）十五载（756）六月，玄宗幸蜀，至汉中郡，下诏以璘为山南东路及岭南黔中江南西路四道节度采访等使、江陵郡大都督，余如故。璘七月至襄阳，九月至江陵，招募士将数万人，恣情补署，江淮租赋，山积于江陵，破用钜亿。以薛镠、李台卿、蔡坰为谋主，因有异志。肃宗闻之，诏令归觐于蜀，璘不从命。十二月，擅领舟师东下。"由此可知，当时肃宗已即位，并下诏命永王李璘"归觐于蜀"，但"璘不从命"，并且"擅领舟师东下"，原因是"有异志"。不过，李璘"虽有窥江左之心，而未露其事"，所以当时有些将士如季广琛等跟随李璘东下，还以为是去抗击安禄山。等到李璘东至丹阳郡，肃宗下令讨伐李璘时，季广琛才"谓诸将曰：'与公等从王，岂欲反邪？上皇播迁，道路不通，而诸子无贤于王者。如总江淮锐兵，长驱雍洛，大功可成。今乃不然，使吾等名结叛逆，如后世何？'"于是诸将叛离永王而去。其实在此之前，有识之士对于李璘东下多持躲避不合作态度。如《资治通鉴》至德元载十二月记载，肃宗敕永王"归觐于蜀，璘不从"时，"江陵长史李岘辞疾赴行在"。胡三省注："璘将称兵，岘不欲预其祸也。"邵说《有唐相国赠太傅崔公（祐甫）墓志铭》云："时永王总统荆楚，搜访俊杰，厚礼邀公，公以王心匪臧，坚卧不起。人闻其事，为之惴栗；公临大节，处之怡然。"李华《扬州功曹萧颖士文集序》记萧颖士辞官避地江左，"永王修书请君，君遁

逃不与相见"。又如《旧唐书·孔巢父传》载："永王璘起兵江淮，闻其贤，以从事辟之。巢父知其必败，侧身潜遁，由是知名。"即如李白自己所作《天长节使鄂州刺史韦公德政碑》中也提到韦良宰坚拒李璘一事："曩者永王以天人授钺，东巡无名。利剑承喉以胁从，壮心坚守而不动。"为什么崔祐甫、萧颖士、孔巢父、韦良宰等人都知道永王之心"匪臧""东巡无名"，早就认识到永王必败，所以无论李璘怎样威胁都不从，而李白却入其幕呢？有两个原因，一是李白的功名心太强，一是李白的政治识见不高。这从他后来参加宋若思幕府时所作《为宋中丞请都金陵表》中可见一斑。他认为："今自河以北，为胡所凌；自河之南，孤城四垒。大盗蚕食，割为洪沟。……臣伏见金陵旧都，地称天险。龙盘虎踞，开局自然。六代皇居，五福斯在。雄图霸迹，隐轸由存。咽喉控带，萦错如绣。天下衣冠士庶，避地东吴，永嘉南迁，未盛于此。……伏惟陛下因万人之荡析，乘六合之诪（zhōu）张，去扶风万有一危之近邦，就金陵太山必安之成策。苟利于物，断在宸衷。"李白完全不理解肃宗驻行在于扶风是为了收复两京的重要意义，却认为南北分裂的大局已定，又将出现南北朝局面，所以力主迁都金陵，可见他政治识见极低。李白始终认为永王是奉父皇之命行动，全然不懂何以成为叛逆。他缺乏皇室正统继承的顺逆观念，认为肃宗和永王只是同室操戈。正因为如此，李白同时还写下了乐府诗《上留田行》，诗中有"昔之弟死兄不葬，他人于此举铭旌""参商胡乃寻天兵？孤竹延陵，让国扬名""尺布之谣，塞耳不能听"等句，《树中草》有"如何同枝叶，各自有枯荣"等句，显然都是用比兴手法借古喻今，讽刺肃宗兄弟不能相容。李白始终不认为肃宗是以正讨逆。诚如朱熹所说："李白见永王璘反，便从臾之，文人之没头脑乃尔！后来流夜郎，是被人捉著罪过了，划地作诗自辨被迫胁。李白诗中说王说霸，当时人必谓其果有智略。不知其莽荡，立见疏脱。"（《朱子语类》卷一百三十六）"文人没头脑"，一语道破李白从璘事件的真相。

所以李白只能做个伟大的诗人，却绝不可能成为杰出的政治家。

以上只是叙述了李白诗歌的主要内容，其实他的诗歌取材丰富，如友情爱情、边塞征戍、怀古伤今等均有涉及，限于篇幅，不再一一介绍。

四、李白集的诗体特质

李白擅长各种诗体，见于文集中的有乐府歌吟、五古七古、五绝七绝以及五律七律等，尤以乐府和绝句为世人所艳称。

1. 惝恍莫测、擅奇古今的乐府诗

李白诗歌最大的特点是融会了屈原和庄周的艺术风格。在他的作品中，经常综合运用丰富的想象、极度的夸张、生动的比喻、纵横飞动的文字、充沛的气势，形成雄奇、奔放、飘逸的独特风格。龚自珍《最录太白集》说："庄屈实二，不可以并；并之以为心，自白始。"李白的作品既有屈原执着炽热的感情，又有庄周放达超脱的作风。这在他的乐府诗、歌吟体诗以及绝句中最能体现。李白诗歌艺术成就最高的是其乐府诗篇，诗人自己也认为擅长乐府，晚年在江夏，他还把古乐府之学传授给好友韦冰的儿子韦渠牟⑤。李白现存乐府 149 首，多为旧题乐府。这些诗与古辞和前人创作已经形成的传统题材、主题、气氛、节奏有紧密联系。如《陌上桑》《杨叛儿》等内容与古辞相同；《白头吟》写卓文君故事，与本事紧密相连；《夜坐吟》《玉阶怨》等明显是模拟鲍照、谢朓的同题诗作。即使像《丁都护歌》似乎与原曲主题无关，但诗中仍有"一唱《都护歌》，心摧泪如雨"之句，说明创作时对原乐曲的悲惨意境有深切联想。李白乐府还包括《静夜思》《宫中行乐词》等新题乐府在内，几乎都是写战争、闺怨、宫女、饮酒、思乡、失意等传统题材的，而且在表现这些题材时，总是将个别的特定感受转化为普遍的传统形象表现出来。例如《战城南》，有汉乐府本辞，经过梁、陈的吴均、张正见以

及唐初卢照邻的创作，已经形成描写北方战争悲惨情境的特定内容。尽管李白的《战城南》可能是对唐代某一战事的独特感受，也写到一些具体地名，但很难考证出具体写的是哪一次战事，给人的印象并不是某个特定战事的反映，而是自古以来北方战争的集中概括，与古辞主题相同。又如《将进酒》的主题也与前人之作类似，但李白诗中洋溢着高昂豪迈之情："黄河之水天上来，奔流到海不复回！"这种合理的极度夸张展现了黄河震撼人心的魅力。其伟大之处并不在于扩大题材、改换主题，恰恰相反，他是在继承前人创作总体风格的基础上，沿着原来的方向将古题意蕴写深、写透，发挥到淋漓尽致、无以复加的境地，从而使后来者难以为继，再也无法在这一旧题内超越他的水准。

李白的乐府诗气象浑成，多用比兴手法，不显露创作意图，这在一些杂言乐府中表现得尤为明显。同时，他又把瑰丽奇幻的想象注入这些作品中，使乐府旧题获得新的生命。前人对此特点已有评述。如《河岳英灵集》论李白诗说："至如《蜀道难》等篇，可谓奇之又奇，然自骚人以还，鲜有此体调也。"李阳冰《草堂集序》说："其言多似天仙之辞，凡所著述，言多讽兴。"王世贞《艺苑卮言》卷四指出："太白古乐府，窈冥惝恍，纵横变幻，极才人之致。"这些都是指李白乐府故意不点出主题寓意，多比兴寄托而使之有丰富的内涵。这些特点造成李白许多乐府代表作至今还存在很大的认识分歧。其妙处还在于这些乐府可作多种解读，或认为有寄托，或认为无寄托，所以胡震亨《唐音癸签》卷三说："乐府妙在可解可不解之间。"但如果我们掌握了这些特点后，对李白一些有分歧的代表作也可以取得较为一致的认识。如《蜀道难》的主旨和寓意历来众说纷纭，前人作品中，阴铿的《蜀道难》已有"蜀道难如此，功名讵可要"之说，唐人姚合《送李馀及第归蜀》诗也认为李白《蜀道难》乃因功业无成而作："李白《蜀道难》，羞为无成归。子今称意行，蜀道安觉危！"由此可以得知李白在诗中再三用"蜀道之难，难于上青天"

的极度夸张，正是寄寓着初入长安追求功业无门而郁积着的强烈苦闷。李白现存的乐府代表作，大都作于出蜀以后追求功业时期，尤其是初入长安失意而作的居多。《梁甫吟》原是诸葛亮隐居隆中之作，李白选用此题表明自己亦未出山。诗开篇即说："长啸《梁甫吟》，何时见阳春？"可知尚未见过明主。诗中用雷公、玉女、阍者等神话中形象以喻张垍等小人，抒发了自己初入长安被阻于君门之外的激愤心情。后期所作《北风行》一诗用极度夸张的形象渲染严酷气氛："燕山雪花大如席，片片吹落轩辕台。"最后又以"黄河捧土尚可塞，北风雨雪恨难裁"这样惊心动魄之句收束全篇，将思妇失去丈夫后的深切痛苦刻画得入木三分。由此可见，李白将旧题乐府的创作发展到顶峰，对旧题乐府作了辉煌的总结。诚如胡应麟《诗薮》内编卷一所说："乐府则太白擅奇古今，……《蜀道难》《远别离》等篇，出鬼入神，惝恍莫测。"

2. 题旨显豁的歌吟体诗

李白的歌吟体诗现存约八十余首，有不少是送别留别诗，如《白云歌送刘十六归山》《鸣皋歌送岑徵君》《梦游天姥吟留别》《西岳云台歌送丹丘子》《宣州谢朓楼饯别校书叔云》(题应作《陪侍御叔华登楼歌》)《金陵歌送别范宣》《峨眉山月歌送蜀僧晏入中京》等。这类诗与乐府诗不同，一则没有乐府旧题的制约，二则无须如乐府诗那样寄兴于客体，因此李白歌吟都用第一人称表现，抒情对象明确，创作意图都在诗中和盘托出，如《梦游天姥吟留别》以色彩缤纷、瑰奇壮丽的梦幻和神话相结合的形式，来抒发对现实的感受，主题非常明确："安能摧眉折腰事权贵，使我不得开心颜"，并没有像乐府诗那样因诗境"迷离惝恍"而使读者对其寓意捉摸不定。总之，李白歌吟体诗题旨显豁，与其乐府诗意的歧义多解判然有别。

3. 继承中有新变的五言古诗

李白五言古诗较多，以《古风五十九首》为代表，这是编者将李白

数十年间所写的五言咏怀古诗汇编在一起，并非一时一地之作。这些诗的内容主要是指斥朝政、感伤己遇和抒写抱负等。这些诗与李白的乐府诗、歌吟体诗不同，诗思脉络比较严密，较少使用夸张手法和腾挪跳跃的结构，但比兴手法也常见于诗中。《唐宋诗醇》卷一认为这些诗"远追嗣宗《咏怀》，近比子昂《感遇》，其间指事深切，言情笃挚，缠绵往复，每多言外之旨"，基本上说得不错。但应该说这些作品还继承了《风》《雅》和楚《骚》的传统，如《古风》其一就以恢复《风》《雅》传统为己任。而五十九首诗中又有不少篇章是学习屈原以香草美人自喻来抒发感慨的。此外，其中有些诗脱胎于左思，游仙诗则显然受到郭璞的影响。这些诗与前人的作品相比，内容更为丰富，主旨更为明晰，感情更为深挚，意境更为明朗，语言更为流畅。这是李白对咏怀诗、感遇诗的发展，体现了其五言古诗继承中有新变的特点。

4.气象雄逸、时出古意的律诗

李白的律诗现存118首，绝大多数为五律，七律仅八首。诗人早年曾花相当工夫攻五律，现存最早诗篇之一《访戴天山道士不遇》，就是一首工稳整饬的五律。开元年间写的《渡荆门送别》《送友人入蜀》《江夏别宋之悌》《太原早秋》《赠孟浩然》等诗，平仄对仗都合律，意境也是律诗气象。天宝初应制立就的《宫中行乐词》，律对非常工切，也可说明李白对五律是有功力的。即使在后期，李白也还有格律严整的佳构如《秋登宣城谢朓北楼》等。《唐诗品汇·五言律诗叙目》说："盛唐律句之妙者，李翰林气象雄逸。"沈德潜《唐诗别裁集》卷十也说李白五律："逸气凌云，天然秀丽。随举一联，知非老杜诗、非王摩诘、孟襄阳诗也。"从上列诸诗看，李白五律确有一种飞动之势，英爽之气，与杜甫、王维、孟浩然不同。李白还有不少律诗不屑束缚于对偶，往往只用一联对句，甚或全用散句，有时平仄也不全部协调。如《夜泊牛渚怀古》，按平仄协调是一首律诗，却没有一联对仗，而且最后两句"明朝挂帆席，

枫叶落纷纷"含不尽之意见于言外,不符合意象应起讫完整的律诗原则。又如《送友人》首联"青山横北郭,白水绕东城"对仗,颔联却用"此地一为别,孤蓬万里征"散句,它和尾联的"挥手自兹去,萧萧班马鸣"都呈现出诗意的不完结状态,这是绝句的意境和气象。七律《登金陵凤凰台》虽然平仄对仗都符合要求,但首联反复出现相同的词语,全诗的气象风格也不类律诗。所以,胡应麟《诗薮·内编》卷五认为:"唐七律自杜审言、沈佺期首创工密,至崔颢、李白时出古意,一变也。"又说"杜(甫)以律为绝","李(白)以绝为律"。此说是有道理的。

5. 自然天成、妙绝古今的绝句

绝句的特点除平仄与律诗相同外,其余却相反。即要求散句,不要对仗;要意脉疏放跳跃,突出表现某一点,不要完整严密;要含蓄,留有余地,不要完全说出表现意图。李白的绝句今存93首,艺术成就极高,历来公认"冠古绝今"。王世贞曾推举李白绝句与杜甫七言古诗"当为古人第一"(《弇州山人读书后》卷三),将李白和王昌龄七绝誉之为"神品"(《艺苑卮言》卷四)。胡应麟《诗薮·内编》卷六说:"太白五、七言绝,字字神境,篇篇神物。"又说:"太白五言,如《静夜思》《玉阶怨》等,妙绝古今。""太白七言绝,如'杨花落尽子规啼''朝辞白帝彩云间''谁家玉笛暗飞声''天门中断楚江开'等作,读之真有挥斥八极、凌厉九霄意。贺监谓为谪仙,良不虚也。"李白有些描绘山水和抒发忧愤的绝句,用极度夸张的比喻,充满超迈奔放的激情。如众所周知的"飞流直下三千尺,疑是银河落九天"写出雄伟气势,"白发三千丈,缘愁似个长"显示深广忧愤,都富有强烈感染力。李白绝句的特点是:语言明朗,声调优美,感情真挚,意境含蓄,韵味深长。沈德潜《说诗晬语》卷下说:"七言绝句,以语近情遥、含吐不露为主。只眼前景、口头语,而有弦外音、味外味,使人神远,太白有焉。"指出了李白绝句自然天成,无意于工而无不工的本色真淳之美。

五、李白集的文章及诗论

李白能诗亦善文，但因其诗名太盛，故其文名不甚彰显于世。李白作文数量较多，文类较繁，现存约六十余篇，有赋、表、书、序、记、颂、赞、碑、祭文等各种类型，其文章风格大致与他的性格和诗风相似，都有飘逸英爽之气。司空图说："尝观杜子美《祭太尉房公文》、李太白佛寺碑赞，宏拔清厉，乃其歌诗也。"（《题柳柳州集后》）李白的《大鹏赋》《大猎赋》《代寿山答孟少府移文书》等作品抒写豪情壮志，文笔纵横恣肆，有一往无前的气概，受《庄子》文风的影响最为明显。《上韩荆州书》是一篇干谒陈情书，开篇极力颂扬韩朝宗礼贤下士、识才爱才，接下来高调宣示自己过人的才华："十五好剑术""三十成文章""虽长不满七尺，而心雄万夫"，声称"日试万言，倚马可待"，全文热情洋溢，肝肠如火，极尽夸饰渲染之能事。《春夜宴从弟桃花园序》则是一篇流传极广、脍炙人口的小序，全文以不到一百二十字的篇幅概述宴会雅集活动："夫天地者，万物之逆旅也；光阴者，百代之过客也。而浮生若梦，为欢几何？古人秉烛夜游，良有以也。况阳春召我以烟景，大块假我以文章。会桃花之芳园，序天伦之乐事。……开琼筵以坐花，飞羽觞而醉月。"逸兴遄飞，融情于景，洒脱流丽，如诗如画，读来齿颊生香。《泽畔吟序》则感情深挚，沉郁顿挫，表现出对奸臣的刻骨痛恨和对友人的深切同情。一般人写碑文，叙述家世行事容易板滞，而李白的《虞城县令李公去思颂碑》等却写得层次井然，叙事具体而生动。这些文章或骈或散，或骈散结合，大都剪裁得当，既富文采，又无雕琢堆砌之病，堪称唐代文章的上乘之作。毋庸讳言，李白有一部分记、赞、铭文属于歌功颂德的应酬之作，缺乏其诗的飞扬神采和悠长韵味。对于李白赋的整体评价，朱熹以为"不及魏晋"（《楚辞后语》），元代祝尧则认为"所作古赋，差强人意，但俳之蔓虽除，律之根故在，虽下笔有光焰，时作奇语，

只是六朝赋尔"(《古赋辩体》)。所言大致符合事实。

李白诗文是他文学主张的实践。他在《古风》其一中提出文章贵"清真",反对"绮丽",其三十五又提出反对模仿、"雕琢",主张"天真"、自然。他一生敬仰谢朓诗的"清发",提出诗歌应当"清水出芙蓉,天然去雕饰"(《经乱离后天恩流夜郎忆旧游书怀赠江夏韦太守良宰》),这些就是李白的诗歌美学理想。李白的诗文,确实以真率的感情和自然的语言构成"清水芙蓉"之美。方回《杂书》论李白的诗说:"最于赠答篇,肺腑露情愫。何至昌谷生,一一雕丽句?亦焉用玉溪,纂组失天趣?"他认为李白的诗能袒露真情,不像李贺、李商隐那样雕章琢句,失去天然之美。李贺、李商隐的诗,使人感到如雾里看花,隔着一层,而李白的诗却能使人洞见肺腑,这在许多赠送亲友的诗文中特别显著,他从不掩饰自己的真实情感。追求功业,就给韩朝宗上书说:"而君侯何惜阶前盈尺之地,不使白扬眉吐气、激昂青云耶!"(《与韩荆州书》)奉诏进京,喜不自胜,他就说:"仰天大笑出门去,我辈岂是蓬蒿人!"(《南陵别儿童入京》)希望升官,就写道:"恩光照拙薄,云汉希腾迁。"(《金门答苏秀才》)面对得志时受人巴结、失宠后无人理睬的世态炎凉,他写道:"当时笑我微贱者,却来请谒为交欢。一朝谢病游江海,畴昔相知几人在?前门长揖后门关,今日结交明日改。"(《赠从弟南平太守之遥》其一)被流放遇赦归来后,以为皇帝又将起用自己,就写道:"圣主还听《子虚赋》,相如却欲论文章。"(《自汉阳病酒归寄王明府》)即使是写男女冶游寻欢,他也不加掩饰:"千金骏马换小妾,笑坐雕鞍歌《落梅》。车旁侧挂一壶酒,凤箫龙管行相催。"(《襄阳歌》)李白诗文的语言都不假雕琢,自然流畅,明白如话,音节和谐,浑然天成。即王世贞《艺苑卮言》卷四所说:"以气为主,以自然为宗,以俊逸高畅为贵。""黄河之水天上来,奔流到海不复回"(《将进酒》),"飞流直下三千尺,疑是银河落九天"(《望庐山瀑布二首》其二),何等雄健!"桃花潭水深千尺,

不及汪伦送我情"(《赠汪伦》),何等深情!"百年三万六千日,一日须
倾三百杯"(《襄阳歌》),何等豪放!"床前明月光,疑是地上霜。举头
望明月,低头思故乡"(《静夜思》),又是多么清新隽永,通体光华!这
些脍炙人口的诗句,似乎都不假思索,信手写出,实际上这既与李白天
赋的诗才、真率的个性有关,也是他长期从汉魏六朝乐府民歌和前人优
秀作品的语言中汲取养料,加工提炼,从而臻于不见炉锤痕迹的化境的
结果。

六、李白的价值及影响

李白在历史上的价值可从两个层面来分析,首先是弥足珍贵的追求
自由解放的人文精神、"安能摧眉折腰事权贵"的平等意识。李白的独
特之处,在于他是一个杰出的浪漫主义诗人。如上所述,他的诗歌也反
映那个时代,但其主要价值,在于表达对独立人格的坚守,对自由的追
求,对生命的热爱,对理想的向往。因此他属于时代、属于民族,又超
越时代、超越民族,具有普遍和永恒的价值。

置身于大唐盛世,李白不愿独善其身,自称"苟无济代心,独善亦
何益?"(《赠韦秘书子春》)他有强烈的"奋其智能,愿为辅弼"的功
业抱负。但他实现理想的前提是维护自己的精神自由,保持个体的人格
独立。当他感到朝政昏暗,贤愚不辨,才华不受尊重,人格受到威胁,
功业无望,抱负落空时,便抽身而去,自请放还,回到民间与山水自然
之中。他曾赋诗吟咏严子陵不慕权势、孤高耿介的隐士品节:"松柏本孤
直,难为桃李颜。昭昭严子陵,垂钓沧波间。身将客星隐,心与浮云闲。
长揖万乘君,还归富春山。"(《古风》其十二)表面上是赞美严子陵的
高尚情怀,其实是李白追求独立自主人格的夫子自道。诗人"数十年为
客,未尝一日低颜色"(任华《杂言寄李白》),有时平交王侯:"昔在长

安醉花柳，五侯七贵同杯酒。气岸遥凌豪士前，风流肯落他人后"(《流夜郎赠辛判官》)，有时睥睨权贵："黄金白璧买歌笑，一醉累月轻王侯"(《忆旧游寄谯郡元参军》)。他的崇尚自由、藐视权贵、维护自我尊严的独立人格，弘扬了魏晋以来重视个人价值的士人精神，他的凛然风骨和洒脱情怀成为后世士人对抗黑暗现实的力量源泉。关于他的一些故事传说，诸如铁杵磨针、太白醉酒、御手调羹、贵妃捧砚、力士脱靴、醉草吓蛮书、捉月而死等被写入戏曲小说，广泛流传于民间，更表现普通受众对他的景仰与热爱。

其次是诗歌史上、文学史上的价值。李白以其不羁之才、天仙之辞，丰富发展了中国古代诗歌的创作手法和抒情方式，成为继屈原之后最伟大的浪漫主义诗人。李阳冰《草堂集序》称："自三代以来，《风》《骚》之后，驰驱屈、宋，鞭挞扬、马，千载独步，唯公一人。"李白出色地完成了初盛唐诗歌革新的历史使命，成为盛唐之音、盛唐气象的典型代表。诚如林庚先生所说："没有李白，我们对于盛唐高潮的评价就要降低；没有李白，盛唐的高潮就要为之减色。"⑥

李白的诗篇在当时即产生了很大的反响，袁行霈先生说："就一个作家在其当时所引起的轰动而论，中国文学史上没有谁可以和李白匹敌。李白简直像一股狂飙、一阵雷霆，带着惊天动地的声威，以一种震慑的力量征服了同代的读者。"⑦贺知章、杜甫、魏万、任华等人对李白无比追捧，推崇备至。李白《对酒忆贺监》诗序说："太子宾客贺公于长安紫极宫一见余，呼余为谪仙人。因解金龟，换酒为乐。"杜甫由衷地赞叹李白诗："白也诗无敌，飘然思不群"(《春日忆李白》)，"笔落惊风雨，诗成泣鬼神"(《寄李十二白二十韵》)。任华《杂言寄李白》推许李白"新诗传在宫人口，佳句不离明主心"。皮日休《七爱诗》称李白"惜哉千万年，此俊不可得"。吴融《禅月集序》说："国朝能为歌诗者不少，独李太白为称首。"

　　李白对后代的影响极为深远。唐代韩愈、李贺、李益等诗人都从不同方面接受李白诗风的熏陶，诗评家指出："退之七言古有绝似太白处"（马位《秋窗随笔》），"贺诗乃李白乐府中出"（张戒《岁寒堂诗话》卷上），"太白幻语为长吉之滥觞"（胡应麟《诗薮·内编》卷三），"李益五古，得太白之深，所不能者澹荡耳"（陆时雍《诗镜总论》）。宋代苏轼、陆游的诗，苏轼、辛弃疾、陈亮的豪放词，也显然受到李白诗歌的影响。如陈师道《后山诗话》说苏轼"晚学太白，至其得意，则似之矣"。陆游喜读李白、杜甫的诗歌，说"明窗数编在，长与物华新"（《读李杜诗》）。陈亮《谪仙歌》声称"寥寥数百年间，扬鞭独步。吾所起敬起慕者，太白一人而已"。金、元时代的元好问、萨都剌、方回、赵孟頫、范德机、王恽等，则多效仿李白的飘逸风格。萨都剌的诗风近于李白，"天马行空而步骤不凡，神蛟混海而隐现莫测，威凤仪廷而光彩蹁跹"（刘子钟《萨天锡诗集序》）。明代的刘基、宋濂、高启、李东阳、高棅、沈周、杨慎、宗臣、王稚登、李贽，清代的屈大均、黄景仁、龚自珍等，都对李白非常仰慕，努力学习他的创作经验。高启与黄景仁的诗风明显受到李白的影响，赵翼《瓯北诗话》说："青莲诗，从未有能学之者，惟青丘与之相上下，不惟形似，而且神似。"黄景仁在《太白墓》诗中自述道："束发读君诗，今来展君墓。清风江上洒然来，我欲因之寄微慕。……我所师者公谁？"总之，李白以才力气质写诗，虽无一定成规可供效仿，但踵继者仍代不乏人。

七、李白诗文的编集及主要注本

　　李白生前曾三次将自己所作交付友人代为编集，一是魏颢编《李翰林集》，从序言可知，编集时间在上元末，"白未绝笔，吾其再刊"，说明编集体例是随所得而编次，并非全编。"文有差互者，两举之"，即遇

有异文则同时收录。此本至北宋时尚存。二是李阳冰编十卷本《草堂集》。宝应元年（762），李白来当涂依李阳冰，病亟，"草稿万卷，手集未修，枕上授简，俾予为序。……自中原有事，公避地八年，当时著述，十丧其九。今所存者，皆得之他人焉"（李阳冰《草堂集序》）。然此本久佚。三是范传正本，范传正撰《赠左拾遗翰林学士李公新墓碑》叙述为李白编集一事说："文集二十卷，或得之于时之文士，或得之于宗族，编辑断简，以行于世。"但这个本子也早已散失。另外，李白于乾元二年（759）在江夏遇偰公，"仆平生所作，罄其草而授之"。但偰公是否将李白交付的诗文编定成集、流传于世便不得而知了。唐代编的李白集虽然没能完整保存下来，但在当时对李白作品的传播起到了推动作用。贞元六年（790），刘全白所作《翰林学士李君碣记》说："诗文亦无定卷，家家有之。"晚唐五代时，许多诗人还能读到李白集。如郑谷《读李白集》诗有"高吟大醉三千首，留着人间伴月明"之句，齐己《读李白集》诗说道："锵金铿玉千余篇，脍吞炙嚼人口传。"二人所读李白集收入诗篇数量存在显著差异，可知当时流传的李白集版本较多。

北宋时，乐史先后两次编李白诗文，一次编为《李翰林集》二十卷，所收包括李阳冰编的《草堂集》十卷及乐史本人别收歌诗十卷，得诗776篇。另一次收录李白赋、序、表、赞、书、颂等编为《李翰林别集》十卷。乐史本至明代中叶尚存，杨慎《升庵诗话》卷五"李太白《相逢行》"条称其家藏有乐史本。在乐史所编李白诗文的基础上，宋敏求据其所见王溥家藏李白诗集上中二帙及魏万（即魏颢）所编李白诗集二卷增广李白诗，再加上自己所辑，合为《李太白文集》三十卷，计收诗1001首，赋、表、书、序、碑、颂、记、铭、赞各体文章65篇。此本后又经曾巩整理考订。神宗元丰三年（1080），苏州知州晏知止将曾巩考次的《李太白文集》交由毛渐刊行，南宋以后各种李白集大抵以此本为祖本。

　　一般认为，南宋杨齐贤的《集注李白诗》二十五卷是最早的李白诗注本，但此说值得怀疑。大致在北宋末、南宋初，金人王绘就有《注太白诗》传于世，此本应早于杨齐贤注本。杨齐贤生卒年不可考，据现有资料知其为庆元五年（1199）进士。王绘字质夫，济南人，天会二年（1124）进士。《御订全金诗增补中州集》七十四卷"王太常绘"条有其小传。清黄虞稷《千顷堂书目》卷三二"文史类"著录王绘《注太白诗》，未言卷数。王绘注因未能流传下来而无法窥知其面目。杨齐贤注本虽也未能传世，但部分注释见于元代萧士赟的《分类补注李太白诗》中。萧士赟认为杨注"博而不能约，至取唐广德以后事及宋儒记录诗词为祖，甚而并杜注内伪作苏东坡笺事已经益守郭知达删去者亦引用焉"。于是将杨注进行删节，使后人无从得见杨注的全貌。萧氏补注耗时数十载，虽有不少讹误，但作为元、明两代最通行的李白诗集注解本，流传颇为广远，朝鲜、日本都有翻刻本。《四库全书总目》卷一四九评价说："注中多征引故实，兼及意义。……大致详赡，足资检阅。"另有明代胡震亨《李诗通》一书凡二十一卷，与常见的别集注本不同，该书注释简明扼要，略于词语训释及典故溯源，着重于李白诗旨诗艺的抉发阐释。王琦高度评价《李诗通》："颇有发明及驳正旧注之纰缪，最为精确。"

　　清人王琦编注的《李太白全集》三十六卷，又称《李太白文集辑注》或《李太白诗集注》，是李白诗文集注中最完备的注本，堪称集大成之作。王注采摭繁富，兼收并蓄，汇集了杨齐贤、萧士赟、胡震亨三家注的长处，改正其谬误，补充其阙漏，注释体例较为严谨，辑录李白资料比较丰富。书成后深得时人好评，齐召南称"此编为太白功臣"，赵信甚至说"一注可以敌千家"。总的看来，王琦注本是旧注中最出色的，对当代李白集注释影响很大。

　　本书精选李白诗歌154首，文8篇。选取标准主要有三条：一是所选诗文能代表李白创作的思想感情和艺术个性，彰显谪仙人的精神风采

和艺术风貌。二是参考自唐代以来重要的唐诗及李白诗选集中的入选篇目，诸如《河岳英灵集》《唐诗品汇》《唐诗别裁集》《唐诗三百首》等。三是以乐府歌行及五七言绝句为主，力求各体兼备，并兼顾各个时期，使广大读者能从这个选本中领略李白诗文的大致风貌。入选的诗歌尽量按写作年代编排次序。但李白诗歌长于抒情，往往不写明诗篇的写作背景及指涉的时间、事件，李白所交往的小人物也因文献无征而无法考证，因而给编年增加了许多困难，许多诗歌的内容和写作年代迄今还众说纷纭，未能取得一致意见。故入选诗歌分为两类：其一为编年诗，吸收新时期以来李白研究的成果，对相关诗篇按创作时间的先后顺序进行编年；其二为不编年诗，李白诗歌的创作时间无法考知，只得付之阙如，将其列入不编年门类。入选编年文共 8 篇，体式多样，均为李白文章的代表作。

本书所选李白作品，以日本京都大学人文科学研究所影印静嘉堂文库藏宋蜀刻本《李太白文集》为底本（简称"宋本"）。选取此书为底本主要基于以下两方面原因：一是旧。该本源出于元丰三年（1080）晏知止刻本，而晏本（一称苏本，因刻于苏州）为今知李白集最早刻本。二是足。宋本共三十卷，计收李白各类诗二十三卷，各种文六卷。另有唐宋人撰写的序和碑志一卷。本书参校本有元至大勤有堂刻本宋杨齐贤集注、元萧士赟补注《分类补注李太白诗》（简称"萧本"）、《四部丛刊》影印明郭云鹏重刊《分类补注李太白集》（简称"郭本"）、清康熙缪曰芑翻刻《李太白文集》（简称"缪本"）、清乾隆刊本王琦《李太白文集辑注》（一作《李太白文集》，简称"王本"）、清光绪刘世珩玉海堂《景宋咸淳本李翰林集》（简称"咸本"）等。同时参校敦煌写本《唐人选唐诗》及《河岳英灵集》《又玄集》《才调集》《文苑英华》《乐府诗集》等唐宋总集，择善而从，在注文中列出一些异文，供读者参考。

在注释方面，主要训释难懂的词语和典故，疏通文字，对个别较难理解的句子进行串讲。凡用典故或化用前人诗文典籍的句子，尽可能注

明出处。为了帮助读者领悟李白诗文的作意和作法，本书对所选各篇诗
文都作了简明扼要的点评。点评方式分为每篇的篇末评和重要字句的旁
批。篇末评就李白诗文的创作背景、思想情感、写作特色等进行评析，
旁批则就篇中的个别字句或段落加以评点，主要内容为李白诗文的版本
异文、点睛之笔、前贤妙评等。

　　《李白集》的解读工作由我和我的弟子、现任教于南京晓庄学院文
学院的胡振龙教授合作完成。按照《中华传统文化百部经典》编委会
的统一要求，解读人只署我个人姓名，特此说明。编撰过程中，阎琦、
薛天纬、廖可斌三位审订专家提出了很多中肯的意见，在此表示衷心
的感谢！

① 　原载《清华学报》第十卷第一期，1935 年 1 月。后收入陈寅恪文集之二《金
　　明馆丛稿初编》，第 277 页，上海：上海古籍出版社 1980 年版。
② 　［日］松浦友久著，刘维治、尚永亮、刘崇德译《李白的客寓意识及其诗
　　思——李白评传》第二章“李白的出生地及家世”，北京：中华书局 2001
　　年版。
③ 　张书城《李白家世之谜》，兰州：兰州大学出版社 1994 年版。
④ 　详见郁贤皓《天上谪仙人的秘密——李白考论集·李杜交游新考》，台北：
　　商务印书馆 1997 年版。
⑤ 　详见郁贤皓《李白丛考·李白暮年若干交游考索》，西安：陕西人民出版社
　　1982 年版。又见《李白与唐代文史考论》第一卷《李白丛考》，南京：南
　　京师范大学出版社 2008 年版。
⑥ 　林庚《唐诗综论·诗人李白》，北京：商务印书馆 2013 年版，第 166 页。
⑦ 　袁行霈《中国诗歌艺术研究·李白诗歌与盛唐文化》，北京：北京大学出版
　　社 1987 年版，第 223 页。

李白集

编年诗

访戴天山道士不遇 [1]

犬吠水声中，桃花带露浓。

树深时见鹿，溪午不闻钟。

野竹分青霭 [2]，飞泉挂碧峰。

无人知所去，愁倚两三松。

"不遇"二字是全诗关目，写景抒情都是从此二字生发。

"挂"字精妙，与"遥看瀑布挂前川"同一机杼。

[注释]

[1] 戴天山：又名大匡山、大康山，在今四川江油。姚宽《西溪丛语》卷下引《绵州图经》云："戴天山在（彰明）县（今四川江油）北五十里，有大明寺，开元中，李白读书于此寺。又名大康（匡）山，即杜甫所谓'康（匡）山读书处'也。"《唐诗纪事》卷十八引杨天惠《彰明逸事》云：李白"隐居戴天大匡山，往来旁郡，依潼江赵徵君蕤。（蕤）亦节士，任侠有气，善为纵横学，著书号《长短经》。太白从学岁余，去，游成都。……益州刺史

苏颋见而奇之"。说明李白青年时曾隐居戴天山读书，并知李白隐戴天山在游成都谒见苏颋之前。按：《旧唐书·苏颋传》，苏颋于开元八年（720）后由礼部尚书出为益州大都督府长史，则李白隐居戴天山读书约在开元七年，年十九岁。此诗当作于是年，为现存李白最早诗篇之一。　　[2]青霭：山中云气。

[点评]

前六句写路途所见景色。首联二句为入山第一程，暗点时间是春天早晨，缘溪穿林入山。颔联二句是第二程，"时见鹿"反衬出不见人，午时该打钟而"不闻钟"，暗示道院中无人。颈联二句为第三程，已到深山道院前，"野竹""飞泉"，显示环境清幽，暗示道士志趣淡泊。尾联二句用问讯方式，从侧面写出"不遇"。"无人知所去"，是问讯的结果；"愁倚两三松"，是诗人怅然若失心态的外在表现。用笔迂回，感情骤转，留给读者很深广的想象余地。前六句写景，字字清幽优美；后二句抒情，情致婉转含蓄。全诗信手拈来，无斧凿痕，而平仄黏对都合律诗规则，中间两联尤属工对，足见诗人早年于律诗曾下过功夫。

登锦城散花楼 [1]

"飞梯"句用比喻形容登楼观感，既感叹楼之高耸，又赞美所见景物之奇特。

日照锦城头，朝光散花楼 [2]。

金窗夹绣户 [3]，珠箔悬琼钩 [4]。

飞梯绿云中 [5]，极目散我忧 [6]。

暮雨向三峡^[7]，春江绕双流^[8]。

今来一登望，如上九天游。

［注释］

[1] 此诗当是开元八、九年（720、721）间游成都时作。锦城：锦官城的简称。故址在今四川成都南。三国蜀汉时管理织锦之官驻此，故名。后人即用作成都的别称。散花楼：在成都摩诃池上，为隋末蜀王杨秀所建。　[2]"朝光"句：谓朝阳使散花楼闪闪发光。这里的"光"用作致使动词。　[3]"金窗"句：金碧辉煌的窗子夹着雕绘华美的门户。形容楼中华丽的房屋。　[4]珠箔：即珠帘，由珍珠缀成或饰有珍珠的帘子。琼钩：一作"银钩"，银或玉制的帘钩。　[5]"飞梯"句：形容楼梯极高，似飞挂于绿云之中。　[6]极目：尽目力所及远眺。忧：一作"愁"。　[7]三峡：古时山川称三峡者甚多，名称亦不一，而以长江上游的瞿塘峡、巫峡、西陵峡三者为最著名。　[8]双流：《水经注·江水》："江水又东，径成都县，县以汉武帝元鼎二年立。县有二江，双流郡下。"按：二江，指郫（pí）江、流江。《元和郡县志》卷三十一成都府双流县："北至府四十里。本汉广都县也，隋仁寿元年，避炀帝讳，改为双流，因以县在二江之间，仍取《蜀都赋》云'带二江之双流'为名也。皇朝因之。"

［点评］

首二句写清晨春光明媚，普照锦城，散花楼更是光彩夺目。点明登楼的时间和地点。次二句描绘散花楼的精美装饰。再次二句用夸张手法抒写登楼的感受。然后

再二句正面描绘高楼所见远近的景象。"暮雨"句暗用"巫山云雨"典故。全诗语言精美，体物工细，堪称诗人早年的代表作之一。

峨眉山月歌 [1]

峨眉山月半轮秋 [2]，影入平羌江水流 [3]。
夜发清溪向三峡 [4]，思君不见下渝州 [5]。

李白一生酷爱明月，常在诗中形诸歌咏。对峨眉山月爱之尤深，晚年还写有《峨眉山月歌送蜀僧晏入中京》诗，可参读。

明代王世贞《艺苑卮言》卷四评论说："此是太白佳境，然二十八字中，有峨眉山、平羌江、清溪、三峡、渝州，使后人为之，不胜痕迹矣。益见此老炉锤之妙。"然李白创作这首诗时只有二十来岁，只能说"少年老成"。

[注释]

[1] 开元十二年（724）秋天，李白"仗剑去国，辞亲远游"，在离开蜀中赴长江中下游的舟行途中，写下这首脍炙人口的七言绝句。峨眉山：在今四川峨眉山市西南。有两山峰相对，望之如蛾眉，故名。　[2] 半轮秋：谓秋夜的上弦月形似半个车轮。　[3] 平羌江：即今青衣江，大渡河的支流，在今西川中部峨眉山东北。源出宝兴县北，东南流经雅安、洪雅、夹江等地，到乐山会大渡河，入岷江。　[4] 三峡：古时称三峡者甚多，味此诗中之三峡，似非指长江三峡。《乐山县志》谓当指乐山县之黎头、背峨、平羌三峡，而清溪则在黎头峡之上游。其说可供参考。王琦注引《舆地纪胜》："清溪驿在嘉州犍为县。"　[5] 君：前人多谓指月亮。但首句既已明写"月"，末句似不应再说"不见月"，故今人或谓指友人，只是不知指谁。渝州：唐代州名，治所在巴县，即今重庆。

[点评]

前两句是舟中所见夜景：雄伟秀丽的峨眉山上空，高悬着半轮秋月，平羌江中，流动着月亮的映影。首句是仰望，写静态之景；次句是俯视，写动态之景。"影入江水流"之景，只有乘舟人顺流而下才能看到，所以此句不仅写出月影随波的美妙景色，而且暗点秋夜乘舟下行之人。意境空灵优美。第三句写出发的地点和前往的地点，末句写思念友人之情。抒情只有"思君"二字，但因为"峨眉山月"这一典型的艺术形象贯穿在整首诗的意境中，所以其意蕴也就非常丰富，令人有无穷的遐想。

一般说来，在篇幅短小的绝句中，忌用人名、地名或数字，而李白此诗 28 个字中却连用 5 个地名，读来并无雕琢堆砌之感，显示出青年诗人的艺术天才。

前人多认为诗题中的"送别"两字多余，当是后人添加上的。唐汝询《唐诗解》云："题中'送别'二字，疑是衍文。"沈德潜《唐诗别裁集》卷二十五云："诗中无送别意，题中'送别'二字可删。"其说良是。

王琦《李太白全集》卷十五引丁谷云评曰："胡元瑞（应麟）谓'山随平野尽，江入大荒流'，此太白壮语也。子美诗'星随平野阔，月涌大江流'二语，骨力过之。予谓李是昼景，杜是夜景。李是行舟暂视，杜是停舟细观，未可概论。"丁谷云的评语客观公正，不是简单地比较高下，可信从。

渡荆门送别 [1]

渡远荆门外，来从楚国游 [2]，
山随平野尽 [3]，江入大荒流 [4]。
月下飞天镜 [5]，云生结海楼 [6]。
仍怜故乡水 [7]，万里送行舟。

[注释]

[1] 本诗作于开元十二年（724）李白离开蜀中行至楚地漫游

时。荆门：山名，在今湖北枝城西北长江南岸。《水经注·江水》："江水又东历荆门、虎牙之间。荆门在南，上合下开，暗彻山南。有门像，虎牙在北，石壁红色，间有白文，类牙形，并以物像受名。此二山，楚之西塞也。" [2] 从：至，向。楚国：指今湖北省境，春秋战国时属楚国。 [3]"山随"句：荆门山以东，地势渐趋平坦。此句意谓随着平原的出现，长江两岸的高山消失殆尽。 [4]大荒：广阔无际的原野。 [5]"月下"句：谓月影倒映江中，如天上飞下的明镜。 [6]海楼：即海市蜃楼。海上光线经过不同密度的空气层，发生显著折射时，把远处景物显示在空中或地面，变幻出像城市、楼台般的景象。古人误认为蜃（大蛤）吐气而成，并称之为"海市蜃楼"。《史记·天官书》："海旁蜃气象楼台，广野气成宫阙然。云气各象其山川人民所聚积。"《本草纲目·鳞部一》："[蜃]能吁气成楼台城郭之状，将雨即见，名蜃楼，亦曰海市。"诗以"海楼"形容江上云彩奇异的变幻。 [7]怜：爱。故乡水：长江水自蜀东流，诗人长于蜀中，极爱蜀中山水，故称之为"故乡水"。沈德潜《唐诗别裁集》云："太白蜀人，江亦发源于蜀。"

[点评]

首联二句点明行踪已越过荆门，意味着已告别巴山蜀水，进入楚国境内。颔联二句极写舟过荆门后呈现的特有景象和视野顿时开阔的感受，是千古传诵的佳句。"山随"句述来处，"江入"句述去向，自然衔接延伸。颈联二句分写月亮在水中的倒影和天空云彩的变幻，月由上而下，云由下而上，衬托流水的平静和江面的寥廓。这两联所写景色，在崇山峻岭的蜀中和两岸连山的三峡中是看不到的，所以诗人在写景中流露出新鲜感受。尾联抒情，尽管诗人所见景色皆新颖可爱，但并不因此而

喜新忘旧，故曰"仍怜故乡水"。这水是从故乡来，且送诗人所乘之舟，似为有情。我怜水，水亦似怜我。一个"怜"字，充分表达了诗人对故乡的依恋之情。全诗风格雄健，意境高远，是一首色彩明丽、风姿秀逸而又格律工稳、对仗精切的早年五律佳构。

望庐山瀑布二首^[1]

其一

西登香炉峰^[2]，南见瀑布水^[3]。挂流三百丈^[4]，喷壑数千里^[5]。欻如飞电来^[6]，隐若白虹起^[7]。初惊河汉落^[7]，半洒云天里^[8]。仰观势转雄，壮哉造化功^[9]。海风吹不断，江月照还空。空中乱潈射^[10]，左右洗青壁。飞珠散轻霞，流沫沸穹石^[11]。而我乐名山，对之心益闲。无论漱琼液^[12]，还得洗尘颜。且谐宿所好^[13]，永愿辞人间。

［注释］

[1] 此二诗约作于开元十三年（725）初次登庐山时。庐山：在江西北部，耸立于鄱阳湖、长江之滨。江湖水气郁结，云海弥漫，多巉岩、峭壁、清泉、飞瀑，为著名游览胜地。　[2] 香炉峰：庐山北部著名山峰。因水气郁结峰顶，云雾弥漫如香烟缭

两首诗写法不同，其一为五言古诗，多用赋笔，详写庐山瀑布的外观形态及气势，写景抒怀，层次井然。其中"海风吹不断，江月照还空"为后世诗评家称赏的名句。其二为七言绝句，以出人意表的想象和夸张见长，更有艺术张力，也更为后人熟知。

绕，故名。　[3]南见：一作"南望"。　[4]三百丈：一作"三千匹"。　[5]壑：坑谷。　[6]"欻（xū）如"二句：沈约《被褐守山东》诗："掣曳泻流电，奔飞似白虹。"欻如，迅疾貌。飞电，空中闪电，一作"飞练"。隐若，一作"宛若"。　[7]河汉：银河，一作"银河"。　[8]"半洒"句：一作"半泻金潭里"。　[9]造化：大自然。　[10]潨（cóng）：众水流相会在一起。　[11]穹石：大石。　[12]琼液：琼浆玉液，仙家所饮。此指山中清泉。　[13]"且谐"二句：一作"集谱宿所好，永不归人间"，又作"爱此肠欲断，不能归人间"。谐，谐和。宿，旧。

[**点评**]

首二句交待"望庐山瀑布"的立足点和所"望"的方向。接着十四句用各种形象从不同角度形容瀑布的壮伟气势和诗人的赞叹。所谓"挂流三百丈""初惊河汉落"，亦即第二首的"飞流直下三千尺，疑是银河落九天"之意，但不如后者简练生动。末六句抒写诗人的志趣和愿望。此首虽是古诗，其中却有不少对仗。古今读者多谓此首不如第二首绝句写得好，但也有不少人指出此诗自有妙句。如《苕溪渔隐丛话后集》卷四："然余谓太白前篇古诗云'海风吹不断，江月照还空'，磊落清壮，语简而意尽，优于绝句多矣。"葛立方《韵语阳秋》卷十二："以余观之，银河一派，犹涉比拟，未若白前篇云'海风吹不断，江月照还空'。凿空道出为可喜也。"韦居安《梅磵诗话》亦谓此二句"语简意足，优于绝句，真古今绝唱"，并认为"非历览此景，不足以见诗之妙"。

其二 [1]

日照香炉生紫烟 [2]，遥看瀑布挂前川。
飞流直下三千尺，疑是银河落九天 [3]。

[注释]

[1] 此首诗《文苑英华》题作《庐山瀑布》，《唐诗品汇》题作《望庐山瀑布水》。　[2]"日照"二句：一作"庐山上与星斗连，日照香炉生紫烟"。香炉，香炉峰，见前诗注。紫烟，云雾在阳光照射下呈紫色烟雾。孟浩然《彭蠡湖中望庐山》："香炉初上日，瀑布喷成虹。"前川，一作"长川"。　[3]"疑是"句：极言瀑布落差之大。九天，九重天，即天空最高处。

[点评]

首句写香炉峰美景，红日初照，香炉峰笼罩在五彩纷呈的云霞之中，那蒸腾的云雾在太阳光的折射下，团团紫烟冉冉升起，犹如缥缈仙境。次句点题，写视线中的瀑布。"遥看"二字，点明瀑布距立足点很远，"挂前川"乃描绘遥望中的瀑布静态，瀑布如巨大素练高挂于山川之间，色彩鲜明，境界瑰丽。三、四两句由静态描述转为动态描写，"飞流"形容瀑布从高空落下时急猛四溅之状，"直下"形容瀑布的磅礴气势，"三千尺"极言瀑布流水之长，都写得非常精警，显示出飞瀑壮阔雄伟的景象。而这第三句动态描绘气势，使结句的奇特之想神理相合。"疑"乃想象之辞，诗人将眼见的瀑布比拟为从九天落下之银河，将实景转为虚景，不仅传瀑布之神，

中唐诗人徐凝也有一首《庐山瀑布》诗："虚空落泉千仞直，雷奔入江不暂息。千古长如白练飞，一条界破青山色。"其弊就在不能想落天外、虚实相生，缺乏"才气豪迈，全以神运"（赵翼《瓯北诗话》）之笔力。苏轼曾评这两诗云："帝遣银河一派垂，古来惟有谪仙辞。飞流溅沫知多少，不为徐凝洗恶诗。"（《东坡志林》卷一《记游庐山》）把李白诗推为古今绝唱，无可置疑，而将徐凝诗说成"恶诗"，似嫌太过。

而且合庐山高峰之理，更展现出诗人胸襟之高远逸放。

望天门山[1]

天门中断楚江开[2]，碧水东流至此回[3]。
两岸青山相对出，孤帆一片日边来。

四句诗句句不离"望"字，句句写舟行所见景象。

"出"字用得妙，诗人站在正行进的船上张望两岸之山，左顾右盼，随着小舟的行进，觉得两岸青山都在移步换形，次第而出，这样写使静态的山有了动态的感受。

[注释]

[1] 此诗当是开元十三年（725）夏秋之交，二十五岁的诗人初次过天门山所作。天门山：在今安徽当涂西南长江两岸。东为博望山，西为梁山，两山夹江对峙，中间如门，故合称天门山。   [2] "天门"句：意谓天门山中间断裂，为大江打开通道。楚江，指长江。当涂在战国时代属楚国，故流经此处的长江称楚江。   [3] 至此回：一作"直北回"，又作"至北回"。作"至此回"为胜。因两山石壁突入江中，江面突然狭窄，上游水流至此冲撞石壁而形成旋涡回流。王琦注引毛西河语曰："因梁山、博望夹峙，江水至此一回旋也。时刻误'此'作'北'，即东又北，既北又回，已乖句调，兼失义理。"

[点评]

题中着"望"字，可知诗中写的都是诗人"望"中的天门山胜景。四句诗虽无"望"字，却句句写"望"，只是"望"的角度和立足点不同。首句是在上游远望天门山全景，因离得远，故望得广，东西两山都能望见。

在诗人想象中，两山原为一山，阻挡着长江东流，由于长江汹涌水势的冲击，终于把山冲断，分为东西两截，使山中间开了一个天门，江水夺门而出。此句山水并写，从总体上描绘了山水的雄伟气势。次句为近"望"。"至此"即点明了诗人乘小舟已驶抵天门山下。由于两山岩石突出江中，江水受山岩阻遏而激起波涛回旋。因为靠近，所以才能看清楚这种情景。这句单写水。第三句是舟行至两山之间向左右"望"两岸。"相对出"三字逼真地写出了舟行两山间"望天门山"两岸特有的态势，而且反映出诗人初次领略这种景致时的新鲜喜悦之情。这句单写山。最后一句又写远"望"，但与首句不同。首句是舟在上游时远望天门山，而末句则是小舟已驶出天门山，江面宽阔，诗人遥望前方，只见一片孤帆从日边迎面驶来。这句诗巧妙地把读者的注意力引向远方，蕴含着无穷的余味。

全诗四句，每句都是一个特写镜头。在这幅壮丽的山水画背后，反映了诗人的气宇、感情和风貌。读者可从字里行间体会到诗人愉快的情绪。

金陵城西楼月下吟 [1]

金陵夜寂凉风发 [2]，独上高楼望吴越 [3]。

白云映水摇空城 [4]，白露垂珠滴秋月 [5]。

月下沉吟久不归 [6]，古来相接眼中稀 [7]。

清人王士禛说李白"一生低首谢宣城",此言不虚。李白忆念谢朓,个中原因盖缘于二人有许多相似之处,如诗风清新秀发,又都怀才不遇,再加上同有金陵、皖南一带行踪,于是钦仰怀念之情油然而生。

解道澄江净如练[8],令人长忆谢玄晖。

[注释]

[1]此诗当是开元十三年(725)出蜀后初到金陵时作。金陵城西楼:一本无"城"字。金陵,即今江苏南京。战国时,楚威王七年(前333)灭越国后置金陵邑,在今南京清凉山。东晋时王导谓"建康古之金陵"。后人作为今南京的别称。按:《景定建康志》卷二十一"李白酒楼"条下引此诗,则"城西楼"当即城西孙楚酒楼,诗人又有《玩月金陵城西孙楚酒楼访崔四侍御》诗,可参看。   [2]夜寂:一作"夜静"。   [3]高楼:一作"西楼"。吴越:指今江苏南部和浙江北部一带。古为吴国和越国的属地。   [4]"白云"句:意谓白云和城楼均倒影水中,随波摇荡。空城,一作"秋城",又作"秋光"。   [5]"白露"句:此句写白露在秋月下垂滴如珠。一作"白露沾衣湿秋月"。江淹《别赋》:"秋露如珠。"   [6]沉吟:一作"长吟"。   [7]"古来"句:谓自古以来知己甚少。来,一作"今"。相接,指在思想上能引起共鸣的人。   [8]"解道"二句:谢玄晖即南朝齐诗人谢朓,字玄晖。其《晚登三山还望京邑》诗有"余霞散成绮,澄江净如练"句,令诗人叹慕倾倒。解道,懂得。长忆,一作"还忆"。

[点评]

首二句点明登楼的时间是秋"夜",是"独"自一人,目的是眺望东南的"吴越"。吴越一带山水秀丽,是历代名士隐居之地,"望吴越"正表现出李白向往的心情。而"夜寂""凉风""独上"则渲染了孤凄的氛围。次二句写登楼所见之景,"白云""白露"连用两个"白"字,极

写月夜的皎洁纯净。"空"字也渲染了月夜的沉静。城本不会"摇"，但水波摇动，云影摇动，使诗人感到似乎空城在摇动。月本不会"滴"露珠，但在高楼见月光皎洁，使诗人感到晶莹的露珠似乎是从月亮中滴下的。"摇""滴"两个动词使静止的画面有飞动之感，显示出诗人对景物有敏锐的观察力和神奇的想象力。五、六两句抒写古今知音难觅的感慨。末二句直接表达对南齐诗人谢朓的仰慕之情。全诗结构巧妙，层层深入，驰骋古今，挥洒自如。

长干行二首[1]（其一）

　　妾发初覆额[2]，折花门前剧[3]。郎骑竹马来[4]，绕床弄青梅。同居长干里，两小无嫌猜[5]。十四为君妇，羞颜未尝开[6]。低头向暗壁，千唤不一回。十五始展眉[7]，愿同尘与灰[8]。常存抱柱信[9]，岂上望夫台[10]？十六君远行[11]，瞿塘滟预堆。五月不可触，猿声天上哀。门前迟行迹[12]，一一生绿苔。苔深不能扫，落叶秋风早。八月蝴蝶来[13]，双飞西园草。感此伤妾心[14]，坐愁红颜老[15]。早晚下三巴[16]，预将书报家。

关于此诗写法及风格有两点值得关注：一是音节带有民歌风味，"深得汉人乐府之遗"（李锳《诗法易简录》）。如以女子成长历程排比叙事，与《孔雀东南飞》开头相似。二是虽以女子口吻叙写别离相思，但与一般闺怨诗幽约怨悱不同，"原带英雄之气"（黄周星《唐诗快》）。所谓英雄之气，当是指女主人公对爱情的执着，"常存抱柱信""相迎不道远，直至长风沙"。

相迎不道远[17]，直至长风沙[18]。

[注释]

[1] 此诗当是开元十三、四年（725、726）初游金陵时所作。长干行：乐府旧题。宋郭茂倩《乐府诗集》卷七十二《杂曲歌辞》有《长干曲》，原为长江下游一带民歌。《古辞》云：“逆浪故相邀，菱舟不怕摇。妾家扬子住，便弄广陵潮。”唐崔颢亦有拟作四首，内容多写船家女生活。按：《李太白文集》中《长干行》有二首，此其一。另一首实非李白作，前人已屡言之。长干，地名，即长干里、长干巷，在今江苏南京。有大、小长干巷相连，大长干巷在今南京中华门外；小长干巷在今南京凤凰台南，巷西达古长江。六朝时建康（今江苏南京）城南秦淮河两岸有山冈，其间平地为吏民杂居之所，江东称山陇之间平地为“干”，故名。左思《吴都赋》：“长干延属，飞甍舛互。”行，古诗的一种体裁。 [2] 妾：古代妇女自称的谦词。初覆额：才遮额，指发尚短。 [3] 剧：游戏。 [4] “郎骑”二句：写儿童时两小无猜相伴嬉戏之状。竹马，古代儿童玩耍，常把竹竿骑在胯下当马。床，古代坐卧用具。亦指井上的栏杆。弄，玩。 [5] “两小”句：谓当时两人都很年幼，天真烂漫，所以不避嫌疑。嫌猜，嫌疑、猜忌。古代封建礼教规定男女七岁以上授受不亲，以别嫌疑。 [6] 羞颜：脸上显示怕羞的神情。未尝：一作“未曾”，又作“尚不”。 [7] 展眉：开眉。谓略懂世事，感情展露于眉间。 [8] 尘与灰：尘、灰原是同类，本易凝合。此喻夫妻俩愿永远和合不分，亦即古诗“以胶投漆中”之意。 [9] 抱柱信：典出《庄子·盗跖》：“尾生与女子期于梁（桥）下，女子不来。水至，不去。抱梁柱而死。”后人即以此称坚守信约。 [10] 岂：一作“耻”。望夫台：即望夫山。古代传说，夫久出不归，妻每天上山眺望，化为石头，因称为望夫

石，山亦被称为望夫山或望夫台。此盖以石形想象成说。典籍中记载的望夫山有多处，如刘义庆《幽明录》谓在武昌山北，刘澄之《鄱阳记》谓在鄱阳西，《水经注·江水》及《舆地纪胜·江州》谓在今江西德安西北十五里。《太平寰宇记》卷一○五谓在今安徽当涂北四十七里，王琦注引苏辙说在今四川忠州南数十里，等等。　[11]"十六"以下四句：写丈夫西去巴蜀，江行艰险，表现女子对丈夫安危的深切关怀。瞿塘，为长江三峡之一，指今重庆奉节以下一段较窄的长江。滟滪堆，亦作"淫预堆"，为长江江心突起的大岩石，在奉节东五公里瞿塘峡口。附近水流湍急，为旧时长江三峡的著名险滩。古乐府《淫预歌》："滟滪大如幞，瞿塘不可触。"阴历五月，江水上涨，滟滪堆被水淹没，船只不易辨识，容易触礁致祸，故曰"五月不可触"。猿声，一作"猿鸣"。古时三峡多猿，啼声哀切。《水经注·江水》引古歌谣说："巴东三峡巫峡长，猿鸣三声泪沾裳。"天上，形容峡中山高，猿声如在天上。　[12]"门前"二句：谓久盼丈夫不归，门前小径长满了青苔。李白《自代内赠》诗："别来门前草，秋巷春转碧。扫尽更还生，萋萋满行迹。"迟，等待。一作"旧"。行迹，足迹。绿苔，一作"苍苔"。　[13]蝴蝶来：一作"蝴蝶黄"。明代杨慎《升庵诗话》卷十谓秋天黄色蝴蝶最多，并引李白此句以为深中物理。认为今本改"黄"为"来"，"何其浅也"。但王琦注云："以文义论之，终以'来'字为长。"六朝至唐代诗中写黄蝶者甚多，如梁简文帝《春情》诗："蝶黄花紫燕相追，杨低柳合路尘飞。"李白好友张谓《别韦郎中》诗："峥嵘洲上飞黄蝶，滟滪堆边起白波。"可见无论春季或秋季都有黄蝶。　[14]感此：指因蝴蝶双飞而引起感触。　[15]坐：由于。一作"见"。　[16]早晚：疑问词，犹言"什么时候"。三巴：即巴郡、巴东、巴西，相当于今重庆市市区及奉节县、合川区等地。　[17]不道：不管，不顾，不

嫌。 [18]长风沙：地名，在今安徽安庆长江边。陆游《入蜀记》卷三谓自金陵（今江苏南京）至长风沙有七百里。唐宋时属舒州。

[点评]

此诗当是开元十三四年初游金陵时所作。诗中以商妇自述的口吻，叙述了一个生动的爱情故事。第一节六句回忆童年时代，两人同住长干里，从小在一起游戏玩耍，"青梅""竹马"，童心天真从未有什么男女之嫌。第二节从"十四为君妇"至"岂上望夫台"八句，用细腻的笔触描写初婚时少女的羞涩情态。当时新婚燕尔，恩爱甜蜜，誓同生死。常怀着守约而抱柱死的痴情，哪里会想到要上望夫台的今日分离呢！第三节从"十六君远行"到"坐愁红颜老"十二句，描写丈夫远行后少妇的深切担心和刻骨思念，首先想到丈夫前往的地方要经过险恶的滟滪堆，经历哀猿长啼的环境，不由得为丈夫的安危担惊受怕。其次是自己天天在门前盼望丈夫的归来，可是一次次地失望使她连门口也怕去了，以前等待的足迹也长满青苔，又盖上层层落叶。从五月到八月，她天天受着相思的煎熬。看到西园的蝴蝶尚且能双飞，更使自己感到孤独而伤心，由于长期的忧愁使少妇的容颜憔悴了。第四节是最后四句，寄语在远方的丈夫：不论何时归来，都要预先来个信儿，告知具体日期，少妇准备着到七百里外的长风沙去迎接丈夫，决不嫌远。

全诗通过具有典型意义的生活片段和心理活动的描写，展示了少妇的心理成长史和性格发展史。将这位南方女子温柔细腻的感情、心理，写得缠绵婉转，步步深

入，充分显示出她单纯、娇柔、深情等性格特点，塑造了一个美丽的商妇形象。全诗情、景、理三者交融，抒情和叙事完美结合，对后来白居易《琵琶行》等诗的创作有着重要影响。

阳叛儿[1]

君歌《阳叛儿》，妾劝新丰酒[2]。

何许最关人[3]？乌啼白门柳[4]。

乌啼隐杨花，君醉留妾家。

博山炉中沉香火[5]，双烟一气凌紫霞。

[注释]

[1]此诗亦当为李白青年时代游金陵时作。阳叛儿：又作"杨伴儿""杨叛儿"，六朝乐府《西曲歌》曲调名。《乐府诗集》卷四十九列为《清商曲辞》。《旧唐书·音乐志二》："《杨伴》，本童谣歌也。齐隆昌时，女巫之子曰杨旻，旻随母入内，及长，为后所宠。童谣云：'杨婆儿，共戏来。'而歌语讹，遂成'杨伴儿'。"后来演变为《西曲歌》的乐曲之一。现存古辞八首，皆为情歌。其二云："暂出白门前，杨柳可藏乌。欢作沉水香，侬作博山炉。"李白即以此意改写成诗。　　[2]新丰酒：指美酒。新丰，一是汉代县名，在今陕西临潼东北。汉高祖定都长安，因其父思归故乡，乃于故秦骊邑仿照丰、沛街筑城，迁丰、沛部分居民于此，以乐

李白乐府善于在沿用古题的基础上进行艺术再创造，从而曲尽拟古之妙，本篇是继承古乐府《阳叛儿》创作的一首情歌。乐府古辞原来只有四句，此诗衍化为八句，使男女形象更为丰满，生活气息更为浓厚。前人说李白本篇是古辞之郑笺，"因其拈用，而古乐府之意益显，其妙益见"（杨慎《升庵诗话》卷二），李白乐府推陈出新的创造力于此可见一斑。

其父，名之曰新丰。六朝以来即以多出美酒闻名。梁元帝《登江州百花亭怀荆楚》诗："试酌新丰（一作'春'）酒，遥劝阳台人。"王维《少年行》亦有"新丰美酒斗十千"句。二是在今江苏丹徒。钱大昕《十驾斋养新录》卷十一云："丹徒县有新丰镇。陆游《入蜀记》：六月十六日早，发云阳，过夹冈，过新丰，小憩。李太白诗云：'南国新丰酒，东山小妓歌。'又唐人诗云：'再入新丰市，犹闻旧酒香。'皆谓此，非长安之新丰也。然长安之新丰亦有名酒，见王摩诘诗。" [3] 何许：何处。关人：牵动人的情思。 [4] 白门：六朝时都城建康（今江苏南京）的正南门，即宣阳门，民间谓之白门。后来用为金陵（今江苏南京）的别称。一说为"建康城西门也，西方色白，故以为称"（见胡三省《通鉴》注）。 [5] "博山"二句：用古歌意，女子以博山炉自喻，以沉香喻对方，象征男女爱情生活融洽欢乐。博山炉，古香炉名，在香炉表面雕有重叠山形的装饰，香炉像海中的博山，下有盘，贮汤，使润气蒸香，以像海之回环（王琦注）。《西京杂记》卷一："长安巧工丁缓者，……又作九层博山香炉，镂刻为奇禽怪兽，穷诸灵异，皆能自然运动。"沉香，又名沉水香，南方瑞香科植物，产于中国岭南地区及越南、印度、泰国等地，木材心为著名的熏香料。紫霞，指天空云霞。

[点评]

　　首二句写一对青年男女相爱的场面：男的唱歌，女的劝酒，感情非常融洽。起始两句奠定了全篇的欢愉基调。接着又加了一句古辞没有的设问："何许最关人？"使诗意产生了变化，引起读者的注意。然后点出时间、地点和环境，表明最牵动人情思的时空环境是在日暮乌啼时、金陵白门的柳树底下。"乌啼隐杨花"从古辞"藏乌"一语引出，但意境更美，乌鸦归巢后停止啼鸣，在

杨花间甜蜜地憩息，这既是写景，又显得情趣盎然。"君醉留妾家"意思更清楚，这"醉"可能是酒醉，但也包含着男女间柔情的陶醉。末二句则将爱情推向高潮，形象地将男女幽会比喻为沉香投入火炉中，炽烈的爱情之火立刻燃烧双烟化成一气升腾入云霞。前句檃括了古辞的后半部分，又生发出最后一句男女欢爱的绝妙象征，使全诗的意趣得到完美的体现。

金陵酒肆留别 [1]

风吹柳花满店香 [2]，吴姬压酒唤客尝 [3]。
金陵子弟来相送 [4]，欲行不行各尽觞 [5]。
请君试问东流水 [6]，别意与之谁短长？

[注释]

[1] 此诗当是李白初游金陵后将往广陵（今江苏扬州）时留别青年朋友之作，其时在开元十四年（726）春。酒肆：酒店。　[2] 风吹：一作"白门"。柳花：指柳絮。柳絮本无香味，徐文靖《管城硕记》以为指用柳花作酒的酒香。杨慎《升庵诗话》卷七云："其实柳花亦有微香，诗人之言非诬也。柳花之香，非太白不能道。"满：一作"酒"。　[3] 吴姬：吴地美女。春秋时金陵属吴地，故称金陵美女为吴姬。此指酒店侍女。压酒：古时米酒酿制成熟，盛于囊中，置之槽内，压以重物，去滓而取汁。唤：一作"劝"，又作"使"。　[4] 子弟：青年人，年轻的一辈

后代诗人以流水比拟情感之深长，多为愁情；而李白此诗表现的则是激动欢快的情绪。盖因此时李白只有二十六岁，年少不识愁滋味。

人。　[5] 欲行：指自己。不行：指金陵子弟。尽觞：饮尽杯中酒。觞，酒杯。　[6] 试问：一作“问取”。

[点评]

首二句在写景和叙事中点明留别的时节和地点。首句七字不仅将春光、东风、柳絮的优美景色生动而自然地脱口吟出，着一“香”字，引出下句的酒香、吴姬。而且“店”字在首句出现，初看不知为何店，至第二句始知是酒店，可谓安排紧凑而妥帖。首二句已将春光、柳絮、酒香、美女劝酒等美好境界全部写出，三、四两句便在这环境中接着写青年朋友间的深厚情谊：一群金陵子弟听说诗人要走，都赶到酒店来送行，于是，“欲行”的诗人和“不行”的金陵子弟频频干杯，尽情饮酒；情意绵绵，依依不舍。最后两句以具体形象的长江流水，比拟抽象的离别之情，意境含蓄而韵味深长，惜别之情得到淋漓酣畅的表现。这一表现手法为后代许多诗人效仿。

夜下征虏亭 [1]

船下广陵去 [2]，月明征虏亭 [3]。
山花如绣颊 [4]，江火似流萤 [5]。

以花比人屡见不鲜，但以人喻花并不多见。此句堪称妙喻。

[注释]

[1] 此诗当是开元十四年（726）春夜离金陵往广陵时所作。

征虏亭：故址在今江苏南京。因为东晋时征虏将军谢石所建，故名。 [2]广陵：今江苏扬州。 [3]明：此用作使动词，意谓照亮。 [4]绣颊：古代女子用丹脂涂饰脸颊，色如锦绣，因称绣颊。此喻山花红艳光泽。 [5]江火：江船中的灯光。流萤：飞动的萤火。

[点评]

　　首二句点明前往之地和离别之地，并点明是月夜舟行。后二句写景，以"绣颊"代称少女，用来形容山花之美，用飞来飞去的萤火虫来形容倒映在江中的闪烁渔火，一幅春江花月的舟行夜景图跃然纸上。语言明快，形象鲜明。

越中览古 [1]

越王勾践破吴归 [2]，义士还家尽锦衣 [3]。
宫女如花满春殿 [4]，只今唯有鹧鸪飞 [5]。

[注释]

　　[1] 此诗当是开元十四年（726）初游会稽时所作。越中：指会稽（今浙江绍兴），春秋时越国国都。览古：游览古迹。 [2]勾践：春秋时越国君主（？—前465年）。曾被吴王夫差打败，屈服求和。后卧薪尝胆，发愤图强，任用范蠡、文种等贤人治理国政。经过二十年的生息积聚，终于转弱为强，灭亡吴国。接着又在徐州（今山东滕州南）大会诸侯，成为霸主。

　　此诗的结构与一般七言绝句不同。一般七绝在第三句作转折，而此诗前三句却一气贯穿，到末句语意方跌转，而且转折有力，对比强烈。这在一般诗人是难以做到的。

破吴：灭亡吴国。事在公元前 473 年。　[3]"义士"句：谓忠勇之士因破吴有功，回来时都得到官爵赏赐。义士，忠勇之士，即《史记·越王勾践世家》所称的君子六千人。一说，"义士"乃"战士"传写之讹。还家，一作"还乡"。锦衣，贵显者穿的锦绣衣。　[4]春殿：指越王的宫殿，因胜利凯旋而充满春意。春，美好的时光和景象。　[5]只今：一作"至今"。飞：一作"啼"。鹧鸪：鸟名。羽毛多黑白相杂，尤以背上和胸腹等部的眼状白斑为显著。栖息于山地灌木丛，鸣时常立于山巅树上。多分布于我国南部。

[点评]

首句点明怀古的具体内容：越王勾践灭亡吴国，班师回国。二、三两句分别写战士还家和越王回宫的情况：由于战争胜利结束，战士们都得到奖赏，所以不再穿铁甲，而是穿着锦衣还家，"尽锦衣"三字充分表现出胜利者的得意神情。而如花美女布满宫殿，使宫殿喜气洋洋，犹如繁花盛开的春天，热闹欢乐，也充分反映出越王勾践志得意满的情景。这三句都是写往昔的荣耀，越国的盛世。但最后一句却突然一转：过去荣华、富贵的越宫遗址上，现在还有什么呢？诗人看到的只有几只鹧鸪鸟在宫殿故址上空飞来飞去。这一句慨叹今日的荒凉，与前三句写过去的繁华形成了鲜明的对照。诗意的重点就在这末句，前三句都是为末句作反衬的，正因为有前三句的反衬，才使读者对末句所写凄凉情景的叹息感受更为强烈。

苏台览古 [1]

旧苑荒台杨柳新 [2]，菱歌清唱不胜春 [3]。
只今惟有西江月 [4]，曾照吴王宫里人。

此诗与《越中览古》主题相似，同为吊古。但此诗以今溯古，而《越中览古》则从盛写到衰，以古衬今；此诗之转在第三句，而彼诗之转在末句，可谓同中有异。由此可见李白诗歌艺术构思的巧妙多变。

[注释]

[1]此诗当是开元十五年（727）春由越州回到苏州时作。苏台：即姑苏台。故址在今江苏苏州西南姑苏（又名姑胥、姑余）山上，春秋时吴王阖闾兴建；其子夫差增修，立春宵宫，与西施及宫女们为长夜之饮。越国攻吴国，吴太子友战败，遂焚姑苏台。　[2]旧苑荒台：旧时吴王的园林和荒圮的台榭。　[3]菱歌清唱：一作"采菱歌唱"。菱歌，采菱时所唱的歌曲。清唱，指歌声清晰响亮。一作"春唱"。不胜春：不尽的春意。　[4]西江月：西边江上的月亮。西江，指从江西九江至江苏南京之间这段长江。此段长江呈由西南往东北流向，古称"西江"。宋本作"江西"，据他本改。

[点评]

首句写登台所见之景，"旧苑荒台"与"杨柳新"相衬，极写当年吴王的淫乐生活已成陈迹，而自然界的杨柳依然蓬勃新发，在"旧""新"对比中，已揭吊古之端。次句接写当前景色：在春光中回荡着一群采菱女子清脆的歌声，弥漫着无穷的春意，而言外之意是昔日吴宫美女的笙歌却听不到了。首句写所见，二句写所闻，都蕴含着古今兴亡盛衰的无限感慨。所以到第三句便转折宕

开一笔，借西江明月由今溯古。三、四两句合为一意：今日的西江明月，仍是往年的西江明月，只有她，曾经照见过吴王宫里的美女。"惟有"二字，排除了一切。当年吴王与西施的狂欢情景，今天只有西江明月是永恒的历史见证，而今人却永远见不到了。在结构上，末句"吴王宫里人"与次句"菱歌清唱"暗相对照，妙在不着痕迹。

乌栖曲 [1]

李白的乐府诗和七言古诗，多雄奇奔放，纵横淋漓，而此诗却收敛含蓄，深婉隐微，成为李白乐府诗中的别调。

姑苏台上乌栖时 [2]，吴王宫里醉西施 [3]。
吴歌楚舞欢未毕 [4]，青山欲衔半边日 [5]。
银箭金壶漏水多 [6]，起看秋月坠江波 [7]，
东方渐高奈乐何 [8]！

[注释]

[1]据孟棨（一作孟启）《本事诗·高逸》记载，李白初入长安见贺知章，贺知章吟读此诗后，大为赞赏说："此诗可以泣鬼神矣。"则此诗当是李白出蜀后游苏州登姑苏台遗址有感而作，与《苏台览古》创作时地相同。乌栖曲：六朝乐府《西曲歌》旧题。郭茂倩《乐府诗集》卷四十八列于《清商曲辞》。梁简文帝、梁元帝、萧子显、徐陵、岑之敬等均有此题之作，内容多歌咏艳情，李白此诗则讽刺吴宫淫靡生活。《文苑英华》卷二〇六收李

白此诗题为《乌夜啼》，误。　[2]姑苏台：见前《苏台览古》注。乌栖时：指黄昏时。　[3]吴王：此指春秋时的吴王夫差（？—前473）。公元前494年，夫差打败越王勾践，勾践献美女西施求和。从此夫差骄奢淫逸，与西施昼夜饮酒作乐。据《述异记》卷上记载，吴王在姑苏台上"别立春宵宫，为长夜之饮，造千石酒钟。作天池，池中造青龙舟，舟中盛陈妓乐，日与西施为水嬉"。二十年后，勾践举兵攻打吴国，吴国遂亡。　[4]吴歌楚舞：春秋时吴国与楚国疆域相接，都在南方，故此泛指南方歌舞。　[5]"青山"句：形容太阳下山时的情景，意谓整天作乐，不觉又到了黄昏。衔半边日，太阳将要落山。　[6]银箭金壶：我国古代的计时器，以铜壶盛水，水从壶底孔中缓缓滴漏下。水中立一有刻度的箭，度数随着水平面逐渐下降而变化，借以标志时间。又称"铜壶滴漏"。一作"金壶丁丁"。　[7]"起看"句：谓一夜又到了尽头。月亮沉入江水，黎明前的景色。起，一作"趋"。坠，一作"堕"。　[8]"东方"句：意谓吴王日夜寻欢作乐，即使天亮，又对他怎样呢！东方渐高（hào），东方渐晓。高，白，明，晓色。汉乐府《有所思》"东方须臾高知之"，与此同意。奈乐何，一作"奈尔何"。

[点评]

　　首二句渲染日落乌栖时吴宫幽暗氛围和美人西施的朦胧醉态，而昏暗的氛围与纵情享乐的情景构成鲜明对照，暗伏乐极生悲的象外之意。接着二句对"吴歌楚舞"只简单一提，重点却写时间在宴乐过程中的流逝，"歌未毕""欲衔日"，微妙地反映出吴王夫差的纵淫不止，又与首句的"乌栖时"呼应，使"歌未毕"

而日已暮带上了享乐难久的不祥征兆。接着二句是写从日暮以后继续作长夜之欢的荒淫活动。从侧面着笔，以铜壶滴水之多来暗示漫长的秋夜即将消逝，秋月已将坠入江波，时间已近黎明。整夜狂欢场面都留给读者去想象。诗中入"起看"二字，点醒景物所组成的环境后面有人的活动，暗示宫内隐藏着淫荡场面。同时，"秋月坠江波"与首句日落乌栖相呼应，使昏暗悲凉的氛围更为浓重。最后又突破《乌栖曲》旧题都以偶句结束的传统格式，加上一个单句结尾，意味深长，发人深省。

全诗构思的特点是以时间为线索，写出吴宫淫荡生活自暮达旦、又自旦达暮不断进行的过程。通过日暮栖乌、落日衔山、秋月坠江等富有象征色彩的物象，暗示荒淫君王不可避免的乐极生悲的下场。全篇纯用客观叙写，不入一句贬辞，但讽刺冷峻深刻。

这首小诗有两种主要的文本形态：一种是最早的宋版李白集，作"床前看月光，疑是地上霜。举头望山月，低头思故乡"。另一种是广为流传的"床前明月光，疑是地上霜。举头望明月，低头思故乡"。两者相较，"床前明月光"已有"看"意，"望明月"则突破了"山月"的地理空间的限制，艺术表现力更强，无怪其更为广大读者所熟悉。

静夜思[1]

床前看月光[2]，疑是地上霜[3]。
举头望山月[4]，低头思故乡。

[注释]

[1]此诗是流传广泛、家喻户晓、脍炙人口的名篇。写静夜见月而思乡，疑作于"东涉溟海""散金三十余万"以后的贫困

之时。静夜思：诗人自制的乐府诗题，《乐府诗集》卷九十列入《新乐府辞》。但李白这类作品仍具有旧题乐府的传统特质，与后来元稹、白居易等人的新乐府不同。　[2]床：此处"床"到底指何物，说法不一，或以为是卧床，或解作坐具，也有的释为井栏、檐廊等，以作卧床解为宜。李白此句似夺胎于乐府古辞《伤歌行》中的"昭昭素月明，辉光烛我床"和《古诗十九首》中的"明月何皎皎，照我罗床帏"。看月光：一作"明月光"。　[3]"疑是"句：梁简文帝《玄圃纳凉》诗："夜月似秋霜。"此即化用其意。　[4]山月：一作"明月"。

［点评］

夜深人静的秋夜，明亮的月光洒落在床前地上，白皑皑一片，似乎是浓霜铺地。将月光比作霜，非常形象妥帖。中国古代诗歌向有描写月夜思乡思亲友的传统，因为月亮普照天下，远隔千山万水的故乡亲友，与游子所见到的是同一个月亮，所以曹丕的《燕歌行》描写思妇在"明月皎皎照我床"的情况下思念客游边地的夫君；《古诗十九首·明月何皎皎》和南朝《子夜吴歌》分别写游子思乡和女子思念情人，都是由明月而引起思念。这些诗对李白此诗的艺术构思乃至遣词造语都有一定的影响。此诗后两句写诗人举头赏玩皎洁的秋月，不久即低头，沉入思念故乡的愁绪中。在"举头"与"低头"之际，表现出诗人丰富而复杂的感情。短短二十字，情景交融，描绘出一幅客子秋夜思乡的鲜明图画，语浅情深，委婉动人，完美地表现了旅人思乡的主题。

淮南卧病书怀寄蜀中赵徵君蕤 [1]

吴会一浮云 [2]，飘如远行客。功业莫从就，岁光屡奔迫 [3]。良图俄弃捐 [4]，衰疾乃绵剧 [5]。古琴藏虚匣 [6]，长剑挂空壁。楚怀奏钟仪 [7]，越吟比庄舄。国门遥天外 [8]，乡路远山隔。朝忆相如台 [9]，夜梦子云宅 [10]。旅情初结缉 [11]，秋气方寂历 [12]。风入松下清，露出草间白。故人不可见 [13]，幽梦谁与适？寄书西飞鸿，赠尔慰离析 [14]。

[注释]

[1] 淮南：唐代开元时分全国为十五道，淮南道治所在扬州（今江苏扬州），故此处以淮南称扬州。赵徵君蕤：即赵蕤，据《彰明逸事》记载，李白在蜀中曾从赵蕤学。参见《访戴天山道士不遇》诗注。孙光宪《北梦琐言》卷五："赵蕤者，梓州盐亭县（今四川盐亭）人也。博学韬钤，长于经世。夫妇俱有节操，不受交辟。撰《长短经》十卷，王霸之道，见行于世。"徵君，古时称曾被朝廷征聘而不就的隐士为徵士或徵君，赵蕤在开元中曾被朝廷多次征召，不就，故诗人以徵君称之。　[2]"吴会（kuài）"二句：一作"万里无主人，一身独为客"。吴会，东汉时分会稽郡为吴郡和会稽郡，合称"吴会"。后虽分郡渐多，但仍以吴会通称两郡故地。其地在今江苏东南部、上海市和浙江北部。浮云，喻游

赵蕤对李白有深远影响，其传世著作《长短经》崇尚事功，推崇"势运""时宜""贵士"等，这些思想在李白身上都有显现。罗宗强先生《也谈李白与〈长短经〉》一文对此有详细论述。

子，此为自称。其时诗人客游苏州和会稽后回到扬州，故云。魏文帝《杂诗》："西北有浮云，亭亭如车盖。惜哉时不遇，适与飘风会。吹我东南行，行行至吴会。"潘岳《哀诗》："人居天地间，飘若远行客。"二句即用其意。　[3]岁光：岁月时光。奔迫：奔走催逼。　[4]良图：指美好的志向、政治抱负。俄：顿时，顷刻。弃捐：舍弃。　[5]绵剧：延续加重。　[6]"古琴"二句：以琴、剑的虚藏空挂放置不用，喻己才能抱负无法施展。　[7]"楚怀"二句：一作"卧来恨已久，兴发思逾积"。上句又作"楚冠怀钟仪"，是。钟仪，春秋时楚国人，为晋所俘后，仍戴楚冠。晋君让他弹琴，他仍奏楚声，表示对楚国的怀念（见《左传》成公九年）。庄舄(xì)，春秋时越国人，在楚国做官，病中仍吟越声（见《史记·张仪列传》）。王粲《登楼赋》："钟仪幽而楚奏兮，庄舄显而越吟。"此以二典表示自己怀念故乡。　[8]国门：当指都城，即长安，代指功名。与下句"乡路"对举，谓两不就，与后来苏轼《寒食诗》"君门隔九重，故乡在万里"同意。　[9]相如台：西汉文学家司马相如的琴台，遗迹在今四川成都。　[10]子云宅：西汉文学家扬雄，字子云，其宅故址在今四川成都。　[11]初结绲：一作"如结骨"。结绲，当作"结縎(gǔ)"，郁结不解之意。王逸《九思·怨上》："伫立兮忉怛，心结縎兮折摧。"《汉书·息夫躬传》："涕泣流兮萑兰，心结憒(gǔ)兮伤肝。"本作"结纡"，屈原《悲回风》："心结纡而不解兮，思蹇产而不释。"縎""憒"并为"纡"之通假字。　[12]寂历：萧瑟，冷落。《文选》卷三十一江淹《杂体诗》："寂历百草晦。"李善注："寂历，凋疏貌。"　[13]"故人"二句：一作"故人不在此，而我谁与适？"适，合意。　[14]"赠尔"句：谢灵运《南楼中望所迟客》诗："路阻莫赠问，云何慰离析？"尔，你。离析，离别分散。

58   李白集

[点评]

这是李白出蜀后唯一的一首寄蜀中友人的诗。按李白《上安州裴长史书》云："曩昔东游维扬，不逾一年，散金三十余万。"此诗当作于开元十五年（727）秋天游吴会后回到扬州时。其时黄金散尽，功业无成，加之贫病交迫，因而思乡寄友，情怀怆然。首二句表明诗人已游历过吴越，回到扬州。次六句写空怀抱负，无从施展，这是诗人第一次发出"功业莫从就"的感叹，并点明题中的"卧病"。接着六句写思乡之情非常殷切，先用钟仪、庄舄两典故，然后直接写功名不就，乡路远隔，思念蜀中的古迹。又接着四句写只身在旅途，饱受秋风雨露的萧瑟之苦。末句写思念故人而寄诗，以慰离散之情。全诗结构完整，层次分明。

这是一首五律，平仄合律，但中间两联却未按规矩对仗，体现了李白律诗不拘约束的一个特点。

王尧衢《古唐诗合解》解读此诗说"前解是牛渚怀古，后解自况袁宏，正写怀古之情。此诗以古行律，不拘对偶，盖情胜于词者"。

夜泊牛渚怀古 [1]

牛渚西江夜 [2]，青天无片云。
登舟望秋月，空忆谢将军 [3]。
余亦能高咏 [4]，斯人不可闻。
明朝挂帆席 [5]，枫叶落纷纷。

[注释]

[1] 此诗自伤不遇知音，当作于青年时代名未振之时。"明朝

挂帆席"一句又作"明朝洞庭去",疑作于开元十五年(727)秋完成"东涉溟海"后溯江往洞庭拟安葬友人吴指南途经牛渚时。题下原注:"此地即谢尚闻袁宏咏史处。"按《世说新语·文学》注及《晋书·袁宏传》记载:东晋时,袁宏有才华,家贫,运租为生。时镇西将军谢尚镇守牛渚,曾于月夜乘舟泛江游览,闻袁宏在运租船上朗诵己作《咏史诗》,大加赞赏,邀谈直到天明。从此袁宏声名大著,后为一代文宗。牛渚:山名,在今安徽马鞍山市。山北部突入长江,名采石矶。　[2]西江:见前《苏台览古》诗注。　[3]空忆:徒然想念。谢将军:指谢尚。《晋书·谢尚传》:谢尚,字仁祖,累官至建武将军,进号安西将军。永和中,拜前将军、豫州刺史,镇历阳(今安徽和县)。入朝,进号镇西将军,镇寿阳。升平元年(357),征拜卫将军,加散骑常侍,未至,卒于历阳。袁宏即在谢尚为安西将军、豫州刺史时被引入幕府参其军事。　[4]"余亦"二句:意谓我也能如袁宏那样高诵自己的诗篇,可惜此人(谢尚)已无法听到了。斯人,此人,指谢尚。　[5]"明朝"二句:感叹不遇知音,只得在枫叶纷纷下落的秋色中张帆离去。挂帆席,扬帆驶船。古代帆或以席为之,故名帆席,见刘熙《释名》。一作"洞庭去"。落,一作"正"。

[点评]

　　牛渚是有深厚历史文化积淀而充满魅力的山水胜地,更易引起诗人的怀古情绪。首联点牛渚夜泊,写江天明净而宁静的夜晚景色。颔联承接首联写诗人在这环境中登上小舟,仰望秋月,过渡到"怀古",想起当年谢尚就是在这里听到吟诗而识拔袁宏的故事。但这一怀古情绪刚上心头,却又被现实打破:袁宏那样的机遇现在没有

了，所以说"空忆"、空想。颈联回到现实中的自己，自己也像当年袁宏那样富有才华，而像谢尚那样识拔人才的人物却没有遇到。"不可闻"回应"空忆"，蕴含着不遇知音的深沉感慨。尾联又宕开写景，想象明日小舟离开牛渚而去，枫叶纷纷飘落，秋声秋色无言送走寂寞的诗人，进一步烘托出诗人惆怅凄凉的情怀。全诗意境明朗，萧散自然，富有令人神远的韵味。

黄鹤楼送孟浩然之广陵[1]

故人西辞黄鹤楼[2]，烟花三月下扬州[3]。
孤帆远影碧山尽[4]，唯见长江天际流。

吴烶《唐诗选胜直解》称赞这两句说："孤帆远影，以目送也；长江天际，以心送也。极浅极深，极淡极浓，真仙笔也。"以目送是神态动作，以心送是惺惺相惜。

[注释]

[1] 此诗约作于开元十六年（728）暮春，时李白二十八岁，孟浩然四十岁，两人都未经过政治上的挫折，诗中洋溢着青春欢快的活力。题中一本无"黄鹤楼"三字。黄鹤楼：故址在今湖北武汉蛇山黄鹤矶上。相传始建于三国吴黄武二年（223），历代屡毁屡建。传说费祎登仙，每乘黄鹤于此憩驾，故号为黄鹤楼。孟浩然（689—740）：唐代诗人，襄州襄阳（今属湖北）人。早年隐居鹿门山，四十岁游长安，应进士试，不第。游历东南等地，曾一度为荆州张九龄幕府从事，后患疽卒。其诗风格清淡，多反映隐逸生活，以山水田园诗著称于世，与王维齐名，世称"王孟"。之：往。广陵：今江苏扬州。 [2] 故人：指孟浩

然。李白在此之前曾北游汝州（今河南临汝），途经襄州时结识孟浩然，故此次送行称他为"故人"。西辞：黄鹤楼远在广陵之西，故云。　[3] 烟花：形容春天繁花若雾的景象。　[4] "孤帆"二句：陆游《入蜀记》卷五云："太白登此楼，送孟浩然诗云：'征帆远映碧山尽，惟见长江天际流。'盖帆樯映远山尤可观，非江行久不能知也。"

[点评]

前两句表面上只是点明送别的地点、时令和友人的去向，实际上每个词都在创造气氛。"故人"说明两人友谊已久，"辞"字反映友人挥手告别黄鹤楼的愉快心态，"黄鹤楼"是天下名胜，使人引起仙人飞升而去的遐想。"三月"是繁花似锦的季节，着"烟花"二字，不仅给人感觉到迷人的春色，而且感觉到这是一个繁华的时代、繁华的地方。扬州在唐代确实是最繁华的城市之一，开元时代也确实是中国历史上最繁荣的时代之一。次句意境优美，文字绮丽，《唐诗三百首》陈婉俊补注誉为"千古丽句"。后二句表面是写景，但其中蕴含着丰富而浓厚的感情。试想：诗人送友人上船，船扬帆而去，诗人还在江边目送远去的小舟，一直看到帆影越去越远，最后消失在碧空尽头，而诗人还在翘首遥望，只看到一江春水浩浩荡荡流向水天交接处。由此可想见诗人眺望时间之长，也可体会诗人对朋友感情之深。诗中没有直接抒写惜别之情，而是融情入景，含不尽之意，于言外见之，余味无穷。

山中答俗人 [1]

问余何意栖碧山 [2]，笑而不答心自闲 [3]。
桃花流水窅然去 [4]，别有天地非人间。

诗题云"答俗
人"，诗中却说"笑
而不答"，看似矛
盾，实则不然。后
两句即为答案。

[注释]

[1]此诗约作于开元十七或十八年（729或730）隐居安陆
白兆山桃花岩之时。《河岳英灵集》题作"答俗人问"。一作
"山中问答"，一作"答问"。　[2]何意：一作"何事"。栖：
隐居。　[3]不答：一作"不语"。　[4]窅然：深远貌。窅，一
作"宛"。

[点评]

首句设问，起得突兀，问者当然是"俗人"。所谓俗
人，并非庸俗之人，而是指不懂得隐居快乐的一般世人。
提的问题很简单，为什么要隐居在青翠碧绿的小山中，
二句妙在"笑而不答"造成神秘的氛围和引人入胜的悬
念。"心自闲"既是诗人心境的写照，也表示对俗人提的
问题只能心会而不能口说，诗至此已摇曳多姿、魅力无
穷。第三句宕开写景，化用陶渊明《桃花源记》的典故，
写得幽美宁静，令人神往，使人联想到脱离人世的桃花
源里自由自在的世界。末句轻轻点明此中别有天地，不
是普通人间之景，实际上就是对俗人"何意栖碧山"的
回答，同时也把诗人热爱山水的心灵和幽默风趣的性格
传神地表现了出来。

乌夜啼[1]

黄云城边乌欲栖[2]，归飞哑哑枝上啼[3]。
机中织锦秦川女[4]，碧纱如烟隔窗语[5]。
停梭怅然忆远人[6]，独宿孤房泪如雨[7]。

全诗语浅意深，思妇停梭下泪的形象，描摹逼真，凄恻感人，有汉魏乐府古诗余韵。

[注释]

[1]此诗疑作于开元十八、九年（730、731）初次到长安时。乌夜啼：六朝乐府《西曲歌》旧题，《乐府诗集》卷四十七列于《清商曲辞》。《旧唐书·音乐志二》："《乌夜啼》，宋临川王义庆所作也。元嘉十七年，徙彭城王义康于豫章。义庆时为江州，至镇，相见而哭。为帝所怪，征还宅，大惧。妓妾夜闻乌啼声，扣斋阁云：'明日应有赦。'其年更为南兖州刺史，作此歌。故其和云：'笼窗窗不开，乌夜啼，夜夜望郎来。'今所传歌似非义庆本旨。"今存《乌夜啼》本辞八首，多写男女离别思念之情。　[2]边：一作"南"。欲：一作"夜"。　[3]哑哑：乌鸦叫声。《淮南子·原道训》："乌之哑哑，鹊之唶（jiè）唶。"吴均《行路难五首》："唯闻哑哑城上乌。"　[4]"机中"句：一作"闺中织妇秦家女"。秦川女，指苏蕙。《晋书·列女传》："窦滔妻苏氏，始平人也，名蕙，字若兰。善属文。滔，苻坚时为秦州刺史，被徙流沙。苏氏思之，织锦为《回文旋图诗》以赠滔，宛转循环以读之，词甚凄惋，凡八百四十字。"庾信《乌夜啼》："弹琴蜀郡卓家女，织锦秦川窦氏妻。"此泛指织锦女子。秦川，古地区名。泛指今陕西、甘肃秦岭以北平原地带，因春秋战国时地属秦国而得名。　[5]碧纱如烟：谓黄昏时碧绿的窗纱朦胧如烟。　[6]"停梭"句：一作"停梭问

人忆故夫"，又作"停梭向人问故夫"。梭，织锦用的梭子，即引导纬丝使之与经丝交织的器件。怅然，一作"怅望"，失意懊恼貌。远人，指远在外地的丈夫。　[7]独宿孤房：一作"独宿空堂"，又作"知在流沙"，又作"知在关西"。

[点评]

一、二两句写景，描绘出一幅秋晚鸦归图。傍晚城头云色昏黄，成群的乌鸦在天际盘旋，哑哑地啼叫着飞回树枝上。乌鸦尚知回巢，远在外地的丈夫何时能回来？这两句描绘了环境，渲染了气氛，也牵出了愁绪。三、四两句描绘秦川女的形象，但没有详细描写她的容貌服饰，只是写出隔着烟雾般的碧纱窗，依稀可见她在机中织锦，隐约听到她的细声低语，使读者可体会到她有心事。末二句点明秦川女的愁思及其原因。因为丈夫远在外地，长期不归，使她夜夜"独宿空房"，愁肠百结，悲痛涌上心头，于是锦也织不下去，只得"停梭"，恼恨之极，终于"泪如雨"了。短短六句，既写景色，烘托环境气氛，又描绘人物形象和心态，绘形绘声；最后既点明主题，又给读者留下想象空间，意味深长。

子夜吴歌 [1]

春

秦地罗敷女 [2]，采桑绿水边。

素手青条上，红妆白日鲜[3]。

蚕饥妾欲去[4]，五马莫留连。

[注释]

[1] 此组诗疑作于初入长安时，春、夏、秋、冬或为想象之景。子夜吴歌：六朝乐府《吴声歌曲》有《子夜歌》，《乐府诗集》卷四十四列为《清商曲辞》。《旧唐书·音乐志二》："《子夜》，晋曲也。晋有女子夜造此声，声过哀苦，晋日常有鬼歌之。"今存晋、宋、齐《子夜歌》本辞四十二首，内容多写女子思念情人之辞。又有《子夜四时歌》七十五首，《乐府解题》曰："后人更为四时行乐之词，谓之《子夜四时歌》。又有《大子夜歌》《子夜警歌》《子夜变歌》，皆曲之变也。"此题古辞多为每首四句，李白沿用旧题，衍为每首六句。诗人这四首诗，宋本、缪本题下俱注"春夏秋冬"四字，每首复标春、夏、秋、冬。在《乐府诗集》中则题为《子夜四时歌》，每首分别标明《春歌》《夏歌》《秋歌》《冬歌》。　[2] 罗敷：汉乐府《陌上桑》古辞中的人名。古辞云："日出东南隅，照我秦氏楼。秦氏有好女，自名为罗敷。罗敷善蚕桑，采桑城南隅。青丝为笼系，桂枝为笼钩。头上倭堕髻，耳中明月珠。缃绮为下裙，紫绮为上襦。……使君从南来，五马立踟蹰。使君遣吏往，问是谁家姝。秦氏有好女，自名为罗敷。罗敷年几何？二十尚不足，十五颇有余。使君谢罗敷，宁可共载不？罗敷前致辞，使君一何愚！使君自有妇，罗敷自有夫。……"此诗即用其意。　[3] 鲜：鲜艳明丽。　[4] "蚕饥"二句：写女子拒绝纨绔子弟调戏之语。梁武帝《子夜四时歌·夏歌三首》："君住马已疲，妾去蚕欲饥。"李白另有《陌上桑》诗亦表现这一主题，可参读。诗云："美女渭桥东，春还事蚕作。五马如飞龙，青丝结金络。不知谁家子，调笑来相谑。

此诗可与汉乐府《陌上桑》对读。或谓李白诗胜于《陌上桑》，其实，《陌上桑》属民歌，长于叙事写人，李白诗则贵在含蓄，各臻其妙。

妾本秦罗敷，玉颜艳名都。绿条映素手，采桑向城隅。使君且不顾，况复论秋胡。寒螀爱碧草，鸣凤栖青梧。托心自有处，但怪旁人愚。徒令白日暮，高驾空踟蹰。"

[点评]

此诗檃括汉乐府《陌上桑》诗意。首二句叙罗敷在水边采桑，次二句描绘罗敷之美。"素手"由青条衬托，更显白嫩美丽；"红妆"在阳光照耀下，愈加鲜艳动人。末二句概写罗敷拒使君的一长段话，只用十个字。"蚕饥妾欲去"，表示罗敷是劳动女子；"五马莫留连"，是赶使君立即离去，就此打住。其他的一切都留在言外，含蓄而有余味。

夏

诗中虽未正面写西施之美，但从观者争睹西施采莲，致使若耶溪被堵塞得狭隘难通，西施之美便不难想见。

镜湖三百里[1]，菡萏发荷花[2]。
五月西施采[3]，人看隘若耶[4]。
回舟不待月，归去越王家。

[注释]

[1]镜湖：又名鉴湖、长湖、庆湖，在今浙江绍兴会稽山北麓。东汉永和五年（140），会稽太守马臻征集民工修筑，周围三百一十里，呈东西狭长形。筑堤东起今曹娥镇附近，经郡城（今浙江绍兴）南，西抵今钱清镇附近，尽纳南山三十六源之水潴而成湖，灌田九千余顷，为古代长江以南大型水利工程之一。　[2]菡萏（hàn dàn）：含苞待放的荷花。《诗·陈风·泽

陂》："彼泽之陂，有蒲菡萏。"毛传："菡萏，荷花也。"《说文》："菡萏，芙蕖花。未发为菡萏，已发为芙蕖。"　[3]西施：春秋末年越国的民间美女，由越王勾践献给吴王夫差。后常用以喻镜湖一带的美女。　[4]隘：极言围看人之多，使若耶溪因之显得狭小。若耶：溪名，在浙江绍兴南，出若耶山，北流入镜湖。溪旁旧有浣纱石古迹，相传西施曾浣纱于此，故一名浣纱溪。

[点评]

　　首二句描绘镜湖的广袤和荷花盛开的壮丽美景。以此为背景，接二句写初夏五月美女西施在湖上采莲，人们争着看西施的场面。末二句既逗人情思，又引人联想，那娇美的西施未待明月东升，就归舟回去。而回去的地方是越王之家，后来西施的人生走向则尽在不言中。全诗风格清新含蓄，富有南朝乐府民歌的气息和情韵，耐人寻味。

秋

长安一片月，万户捣衣声[1]。

秋风吹不尽[2]，总是玉关情。

何日平胡虏，良人罢远征[3]？

[注释]

[1]捣衣：用木棒捶击布帛，使之平贴，以备裁制。谢惠连《捣衣》诗："檐高砧响发，楹长杵声哀。微芳起两袖，轻汗染双题。纨素既已成，君子行未归。裁用笥中刀，缝为万里衣。"李白亦有《捣衣篇》。　[2]"秋风"二句：意谓秋风吹不走对远戍玉门

　　有人认为最后两句可以删去，变成绝句，更觉浑含无尽。其实不然。因为这两句反映了当时广大人民对和平安定生活的愿望，有着深刻的思想意义。

关外的丈夫的思念之情。玉关，玉门关，在今甘肃敦煌西北小方盘城。古代西域输入玉石取道于此，因而得名。　[3] 良人：古代妻子对丈夫的称呼。《孟子·离娄下》："齐人有一妻一妾而处室者，其良人出，则必餍酒肉而后反（返）。"

[点评]

一、二两句写景，但景中有情。长安上空高悬着一轮明月，千家万户传来捣衣之声。秋天是赶制征衣的季节，所以捣衣声也是特有的秋声，而这朗朗秋月、捣衣秋声，都是撩拨思妇想念丈夫之物。三、四两句直接形容思念之强烈，秋风劲吹，更生发少妇思念远在玉门关外的丈夫的心情。着"总是"二字，更见出情思之深长。"玉关情"之浓烈，不可遏制，于是最后两句让思妇直接表白心声：但愿早日平定敌人，丈夫能平安归来。清沈德潜认为："诗贵寄意，在言在此而意在彼者。李太白《子夜吴歌》本闺情语，而忽冀罢征。"（《说诗晬语》卷下）用《子夜吴歌》写思妇对征夫的思念之情，这是李白的创新。全诗有画面，有画外音。细细品味，思妇形象无处不在，浓烈情思弥漫于月色秋声中，情景浑融无间。

四首内容各异，首篇歌颂采桑女蔑视贵公子调戏，其二写越国女子之美，三、四两篇词意相连，从少妇思念征夫，写到希冀平虏罢征，总不脱古乐府传统题材和民歌风韵。

冬

明朝驿使发[1]，一夜絮征袍[2]。

素手抽针冷，那堪把剪刀。

裁缝寄远道，几日到临洮[3]？

［注释］

[1]驿使：古时传递书信和物件的人。　[2]絮征袍：给征袍铺絮。絮，用作动词。　[3]临洮：郡名。唐代临洮郡即洮州，属陇右道，治所在今甘肃临潭。

［点评］

首二句写思妇得知远送征袍的驿站使者明天就要出发，只得熬夜铺絮缝制征袍。诗中虽无"焦急"和"赶"字，但"明朝"和"一夜"两个表示时间词的连举，读者完全可以体会到思妇焦急的心情，想象到思妇紧张劳动的情景。接着二句写"抽针""把剪"的细节，把思妇缝制絮袍的动作描绘得非常具体、生动、形象。"素手""那堪"二词，思妇楚楚可怜的神态如在目前。再着一"冷"字，既点时令，又揭示思妇之环境清冷和忧虑亲人在边地更冷的心情。末二句写思妇缝制絮袍完成后，又想到临洮路途遥远，未知何日能将絮袍送到亲人手里，这急切的一问，字里行间体现出思妇对丈夫的情意是何等深厚！诗中塑造的思妇形象情意绵绵，生动感人。

此诗当是开元年间初入长安时，目睹宦官穷奢极侈、斗鸡之徒气焰嚣张，深为愤怒而作。古风，即"古诗""古体诗"。唐以后凡五言、七言之非律诗、绝句或杂言诗，皆可称"古风"。李白有《古风五十九首》，非一时一地之作，当是编者因其性质都属咏怀而被汇集在一起，仿《古诗十九首》、阮籍《咏怀》诗、陈子昂《感遇》诗成例。

大车扬飞尘（《古风》其二十四）

大车扬飞尘[1]，亭午暗阡陌。
中贵多黄金[2]，连云开甲宅。

路逢斗鸡者^[3]，冠盖何辉赫^[4]！

鼻息干虹霓^[5]，行人皆怵惕^[6]。

世无洗耳翁^[7]，谁知尧与跖！

[注释]

[1]"大车"二句：谓大车驰过，灰尘扬起，使正午时的道路为之昏暗。亭午，中午。亭，正，当。阡陌，田间小路。《史记·秦本纪》："为田开阡陌。"司马贞《索隐》引《风俗通》："南北曰阡，东西曰陌。河东以东西为阡，南北为陌。"　[2]"中贵"二句：谓宦官得到皇帝的重赏，构筑的高等住宅连云接霄。《旧唐书·宦官传》："玄宗尊重宫闱，中官稍称旨，即授三品将军，门施棨戟，……故帝城中甲第，畿甸上田、果园池沼，中官参半于其间矣。"中贵，即中贵人，内臣之贵幸者，亦即有权势的宦官。甲宅，甲等住宅。　[3]斗鸡者：据陈鸿《东城老父传》记载，唐玄宗喜欢斗鸡游戏，治鸡坊于两宫间。开元间，诸王、外戚、公主等养鸡成风。童子贾昌因善斗鸡，深受玄宗宠幸，"金帛之赐，日至其家"。开元十三年，笼鸡三百，从封东岳，父死泰山下，县官为葬器丧车，乘传洛阳道，归葬雍州。十四年三月，衣斗鸡服，会玄宗于温泉。当时天下号为"神鸡童"。时人为之语曰："生儿不用识文字，斗鸡走马胜读书。贾家小儿年十三，富贵荣华代不如。"　[4]冠盖：指斗鸡者的衣冠和车盖。辉赫：显赫，气势熏灼。　[5]"鼻息"句：形容斗鸡者气焰嚣张，不可一世。按李白《答王十二寒夜独酌有怀》云："君不能狸膏金距学斗鸡，坐令鼻息吹虹霓。"可互参。鼻息，呼吸。干，犯，上冲。虹霓，云霞。　[6]怵惕：害怕，恐惧。　[7]"世无"二句：谓如今没有像许由那样清白的人，怎能分清好人与恶人？洗耳翁，指尧时隐

士许由。《高士传》卷上："尧又召为九州长，由不欲闻之，洗耳
于颍水滨。时有巢父牵犊欲饮之，见由洗耳，问其故。对曰：'尧
欲召我为九州长，恶闻其声，是故洗耳。'"后因称之为洗耳翁。
尧，传说中的上古贤君。跖，相传是春秋末年奴隶起义的领袖。
《史记·伯夷列传》张守节《正义》则曰："跖者，黄帝时大盗之
名。"据《庄子·盗跖》记载，跖曾率"从卒九千人，横行天下，
侵暴诸侯"。由于历来统治阶级对他的憎恶，"跖"一直被当作恶
人的代表。

[点评]

　　诗前八句包含两个场面：首四句为第一个场面，写
一队大车驰过，飞尘迷漫，使正午的道路昏暗不清。正
午是阳光最明亮之时，但飞尘却能"暗阡陌"，可见飞尘
之盛，同时也可知车辆之多、车速之快，而行车人飞扬
跋扈的神态也寓于其中。开头两句写景烘托气氛，为宦
官出场作铺垫。接着二句写宦官的显赫，但不作详细描
绘，只选择最有代表性的"多黄金"和"甲宅"，显示他
们的丰厚财富和豪华阵势。下四句是第二个场面，写斗
鸡者的恃宠骄纵。先写服饰、车饰何等光彩夺目，然后
用夸张手法来形容他们的神态：呼吸上冲直犯天上虹霓，
这是正面描绘；接着又写行人避之犹恐不及的畏惧心理，
这是从反面衬托，这些传神写照，把斗鸡者的嚣张气焰
写得淋漓尽致。明写"中贵"和"斗鸡者"，暗中锋芒指
向他们的后台，即皇帝。宦官和斗鸡者之所以能如此，
全靠皇帝宠幸。末二句运用典故，感慨当今没有像许由
那样不慕荣华富贵之人。在盛唐治世，李白最早敢于直

言讽刺统治者不辨善恶，不分贤愚，表现自己的愤慨情绪，体现出敏锐的眼光和超人的胆识。

玉真公主别馆苦雨赠卫尉张卿二首^[1]（其一）

本诗当作于开元十九年（731），写作背景为李白初入长安隐居终南山，作客玉真公主别馆，酬赠当时的卫尉卿张垍。全诗抒写穷困处境与苦闷心情，风格沉郁，与李白一贯的豪放诗风不同。

秋坐金张馆^[2]，繁阴昼不开^[3]。

空烟送雨色，萧飒望中来^[4]。

翳翳昏垫苦^[5]，沉沉忧恨催^[6]。

清秋何以慰？白酒盈吾杯。

吟咏思管乐^[7]，此人已成灰。

独酌聊自勉，谁贵经纶才^[8]。

弹剑谢公子^[9]，无鱼良可哀。

[注释]

[1]玉真公主：睿宗女，玄宗妹，太极元年（712）出家为道士，筑观京师以居。《唐语林》卷七："政平坊安国观，明皇时玉真公主所建。"《新唐书·诸帝公主传》："玉真公主字持盈，始封崇昌县主。俄进号上清玄都大洞三景师。……薨宝应时。"别馆：别墅。按：玉真公主别馆在终南山，王维有《奉和圣制幸玉真公主山庄因题石壁十韵之作应制》，储光羲有《玉真公主山居》诗，宋代苏轼有《壬寅二月十八日游楼观复过玉真公主祠堂》诗，即写终南山玉真公主别馆遗址。苦雨：《埤雅·释天》："雨久曰苦雨。"卫尉张卿：《旧唐书·职官志三》："卫尉寺，卿一员（从

三品），……卿之职，掌邦国器械文物之事，总武库、武器、守宫三署之官属。"张卿指张垍（jì），开元十八年前后为卫尉卿。详见郁贤皓著《李白丛考·李白与张垍交游新证》。　[2]秋：一作"愁"。金张：《汉书·张延寿传》："功臣之世，唯有金氏、张氏，亲近宠贵，比于外戚。"汉宣帝时，金日磾和张安世并为显宦，后世因以"金张"喻贵族。此处以金张馆比喻玉真公主别馆。　[3]繁阴：浓阴。　[4]萧飒：同"萧索"，萧条寂寥。　[5]翳翳：光线暗弱貌。昏垫：陷溺，指困于水灾。《文选》卷二十二谢灵运《游南亭》诗："久痗昏垫苦。"张铣注："昏雾垫溺也，言病此霖雨之苦也。"　[6]沉沉：深沉貌。　[7]管乐：指管仲、乐毅。管仲，春秋时齐国名相。乐毅，战国时燕国名将。《三国志·蜀书·诸葛亮传》："每自比于管仲、乐毅。"诗人自比管乐，可见其欲追慕诸葛亮，思立功业于当世。　[8]经纶才：处理国家大事的才能。　[9]"弹剑"二句：用冯谖（xuān）在孟尝君门下当食客的故事。《史记·孟尝君列传》记载：战国时齐国孟尝君的门客冯谖曾多次弹铗（剑柄）而歌，感叹生活不如意："长铗归来乎，食无鱼！""长铗归来乎，出无车！""长铗归来乎，无以为家！"后因以"弹铗"或"弹剑"喻生活困窘，求助于人。

[点评]

　　从诗中可以看出，当时玉真公主不在别馆。诗人独自坐在贵族之家，秋雨连绵，忧愁满怀，只能借酒浇愁。诗人自以为有管仲、乐毅之才，到长安来就是想"曳裾王门"、寻找出路的。但"谁贵经纶才"，诗人将张垍比作当年的孟尝君，自比冯谖，希望能得到张垍的援引。

下终南山过斛斯山人宿置酒 [1]

暮从碧山下，山月随人归。

却顾所来径 [2]，苍苍横翠微 [3]。

相携及田家 [4]，童稚开荆扉 [5]。

绿竹入幽径，青萝拂行衣 [6]。

欢言得所憩 [7]，美酒聊共挥 [8]。

长歌吟松风 [9]，曲尽河星稀 [10]。

我醉君复乐，陶然共忘机 [11]。

[注释]

[1] 此诗当是初入长安隐居终南山时作。终南山：秦岭山峰之一，在陕西西安南，又称南山，古名太一山、地肺山、中南山、周南山。唐代士人多隐居此山。过：访问。斛（hú）斯：复姓。山人：隐士。杜甫有《过斛斯校书庄二首》，自注："老儒艰难，病于庸蜀，叹其殁后，方授一官。"《文苑英华》注云："公名融。"杜甫又有《闻斛斯六官未归》诗："走觅南邻爱酒伴。"注云："斛斯融，吾酒徒。"斛斯山人是否为斛斯融尚难以论定。　[2] 却顾：回头看。　[3] 翠微：青翠掩映的山峦深处。　[4] 田家：指斛斯山人的家。　[5] 童稚：一作"稚子"。荆扉：柴门。　[6] 青萝：即女萝，又名松萝，地衣类植物，常寄生在松树上，丝状，蔓延下垂。　[7] 得所憩：得到休息之所，指被人留宿。　[8] 挥：《礼记·曲礼上》："饮玉爵者弗挥。"郑玄注引何云："振去余酒曰挥。"此谓开怀尽饮。　[9] 松风：古乐府琴曲有《风入松》。　[10] 河

本诗的特色是紧紧围绕诗题"下终南山过斛斯山人宿置酒"谋篇布局。因此赵昌平先生提醒读者读此诗要先看清诗题，可以了解唐人此类诗的作法。并说："素来论家称李白诗似天马行空，不受拘羁。其实这话只说对了一半。李白诗并非无法，而是因其胸次浩然、真气充沛，而泯去了诗法的针痕线迹，这就是庄子所谓'神超乎技'的至高境界。"（《李白诗选评》）

宋宗元《网师园唐诗笺》评首四句说："尽是眼前真景，但人苦会不得，写不出。"

星稀：银河中星辰稀少，谓夜已深。　[11]陶然：快乐陶醉貌。忘机：道家语，意谓忘却计较世俗的得失，此指心地旷达淡泊，与世无争。

[点评]

首四句切题"下终南山"，时间是傍晚。一个"暮"字，引出了第二句的"山月"和第四句的"苍苍"。"碧山"又与第四句的"翠微"呼应。"山月随人归"，写月之多情，为拟人化手法。"却顾"句则写诗人对终南山难舍之情，碧山笼罩在苍苍暮色中。"相携"以下四句写"过斛斯山人"。先是相携进门，次是经幽径，绿竹夹路，草萝牵衣，写出了庭院的幽静。"欢言"以下四句写"宿置酒"，主客欢宴，饮酒唱歌，直到银河星稀。末二句总束全诗，结出两人相得快乐、陶然忘机的诗旨。诗中写山中幽静景色以及与山人歌酒取乐，风格飘逸清旷，闲澹入妙。清人称赏此诗，赞其善于效陶、学陶，得陶渊明诗之遗韵，谓之有"仙气"（沈德潜《唐诗别裁集》卷二），"清旷"中而有"英气"（王夫之《唐诗评选》卷二），说的就是本诗类似于陶渊明诗那种质而实绮、癯而实腴的风格特点。

诗人一生怀抱"安社稷""济苍生"的大志，即使在游仙之时，仍不忘用世之念。与此种情思相呼应，本诗章法结构跌宕起伏，跳跃多变。另外，"太白"是诗中的核心意象，太白既是山名，也是星名，又是李白的字，传说其母梦太白星入怀而生李白，因而字之曰太白。"山、星、人三位一体，这是本诗构想的关键所在。"（赵昌平《李白诗选评》）

登太白峰[1]

西上太白峰，夕阳穷登攀[2]。

太白与我语[3]，为我开天关[4]。

愿乘泠风去[5]，直出浮云间。

举手可近月，前行若无山。

一别武功去[6]，何时复更还[7]？

[注释]

[1]此诗似是初入长安时期离终南山西游时所作。太白峰：即太白山，又名太乙，秦岭主峰，在今陕西眉县南。冬夏积雪，望之皓然，故名太白。　[2]"夕阳"句：意谓终于登上太白峰西部顶点。夕阳，指山的西部。《尔雅·释山》："山西曰夕阳。"穷，尽。　[3]太白：此指星名，即金星，一名启明星。　[4]天关：天门。"关"本义为门闩，开关即打开门闩。　[5]泠风：轻妙的和风。《庄子·逍遥游》："夫列子御风而行，泠然善也。"郭象注："泠然，轻妙之貌。"又《齐物论》："泠风则小和。"陆德明《经典释文》："泠风，泠泠小风也。"　[6]武功：山名。在陕西武功县南一百里，北连太白山，最为秀杰。古谚云："武功太白，去天三百。"　[7]更还：一作"见还"。

[点评]

诗中描写登太白峰的情景，反映了诗人飘然欲仙的思想和奇异的想象力。首二句点题，从早到傍晚极力攀登，烘托太白峰的高峻，亦显示诗人勇敢的精神。接着便进入游仙境界，诗人登上高峰，似乎感觉到太白金星在与他对话，为他打开了进入天宫的门户，于是诗人希望乘着轻妙的和风，飘游在浮云之间，举手

就可揽住明月，飞行中好像没有山峰了。中间六句描绘游仙意境，构思新颖，想象奇特，化用《庄子》典，自然生动，无斧凿痕，表现出诗人追求自由、向往光明的理想。末二句突然转折，诗人思想又回到现实，此次离别武功，何时能回来？反映出诗人出世与入世的矛盾心情。

登新平楼[1]

去国登兹楼[2]，怀归伤暮秋。

天长落日远，水净寒波流。

秦云起岭树[3]，胡雁飞沙洲。

苍苍几万里[4]，目极令人愁。

古人对此诗的诗体有不同看法，或归于五古，如高棅《唐诗品汇》；或编入五律，如胡震亨《李诗通》。当以后者为是。

[注释]

[1] 此诗为初入长安失意而西游至邠（bīn）州新平时所作。新平：今陕西彬县。《旧唐书·地理志一》关内道邠州有新平县。又云：邠州原是隋北地郡之新平县。义宁二年，割北地郡之新平、三水二县置新平郡。武德元年，改为豳州。……开元十三年，改豳为邠。天宝元年，改为新平郡。乾元元年，复为邠州。可知新平既是县名，又是郡名。新平郡即邠州，治所就在新平县。　[2] 去国：离开国都，此指离开京城长安。　[3]"秦云"二句：写秦地暮云笼罩着峰林，北方来的大雁在水中的沙岛上飞来飞

去。 [4]苍苍：犹苍茫，昏暗旷远貌。

宋人编李白集
于此诗题加注说：
"讽章仇兼琼也。"
认为李白写此诗
的用意是讽刺章仇
兼琼的。其实，章
仇兼琼天宝初为剑
南节度使兼益州大
都督府长史，并无
据险跋扈之事，况
且李白有《答杜秀
才五松山见赠》诗
说："闻君往年游
锦城，章仇尚书倒
屣迎。飞笺络绎奏
明主，天书降问
回恩荣。""章仇尚
书"即章仇兼琼，
说明李白对此人很
有好感。故"讽章
仇兼琼"说不可信。
关于本诗主题的解
读历来见仁见智，
迄今未有定论。

[点评]

　　首二句切题，点明暮秋时节离开长安来到新平，登上城楼已有怀归之思。中间两联写远望所见冷落秋景，诗人仰观落日，俯视寒水，极目云树，近看雁飞，所见之景无不令人惆怅。末句点出极目之愁，与首联怀归之伤相呼应。全诗从秋色的描摹中可体会到诗人不得志的深愁，写景感怀，曲尽其妙。随心所至，自成佳构。此诗第四、五句和第六、七句皆失黏；除首联外，出句第三字皆拗，对句第三字皆救。故或谓此乃五言古诗；然既有拗救，还应算律诗。三平对三仄，乃诗人故意为之。此种调式，王维亦有之，如七律《酌酒与裴迪》"草色全经细雨湿，花枝欲动春风寒"即其例。

蜀道难 [1]

　　噫吁嚱 [2] ！危乎高哉！蜀道之难，难于上青天 [3] ！

　　蚕丛及鱼凫 [4]，开国何茫然 [5] ！尔来四万八千岁 [6]，不与秦塞通人烟 [7]。西当太白有鸟道 [8]，可以横绝峨眉巅。地崩山摧壮士死 [9]，然

后天梯石栈相钩连[10]。

上有六龙回日之高标[11]，下有冲波逆折之回川[12]。黄鹤之飞尚不得过[13]，猿猱欲度愁攀援[14]。青泥何盘盘[15]，百步九折萦岩峦[16]。扪参历井仰胁息[17]，以手抚膺坐长叹[18]。

问君西游何时还[19]？畏途巉岩不可攀[20]。但见悲鸟号古木[21]，雄飞雌从绕林间[22]。又闻子规啼夜月[23]，愁空山。蜀道之难，难于上青天，使人听此凋朱颜[24]！

连峰去天不盈尺[25]，枯松倒挂倚绝壁。飞湍瀑流争喧豗[26]，砯崖转石万壑雷[27]。其险也若此[28]，嗟尔远道之人胡为乎来哉[29]？

剑阁峥嵘而崔嵬[30]，一夫当关[31]，万夫莫开。所守或匪亲，化为狼与豺。朝避猛虎[32]，夕避长蛇，磨牙吮血，杀人如麻。锦城虽云乐[33]，不如早还家！蜀道之难，难于上青天，侧身西望长咨嗟[34]！

关于此诗风格，唐殷璠《河岳英灵集》评价说："可谓奇之又奇，然自骚人以还，鲜有此体调也。"是说李白继承屈原浪漫主义诗风，在构思、章法、句式、语言各个方面都充分体现出异常奇幻的体式风格。

[注释]

[1]蜀道难：南朝乐府旧题。《乐府诗集》卷四十列于《相和歌辞·瑟调曲》，并引《古今乐录》说："王僧虔《技录》有《蜀

道难行》，今不歌。"又引《乐府解题》说："《蜀道难》，备言铜梁玉垒之阻，与《蜀国弦》颇同。"今存梁简文帝《蜀道难》二首、刘孝威二首、陈阴铿一首、唐张文琮一首，都是五言短诗。李白此诗则为杂言长篇。　[2] 噫吁嚱：一作"噫嚱吁"，惊叹词。宋庠《宋景文公笔记》："蜀人见物异，辄曰'噫吁嚱'，李白作《蜀道难》，因用之。"　[3] 以上为第一段。《唐宋诗醇》云："二语通篇节奏。"　[4] 蚕丛：与下文"鱼凫"为传说中古蜀国的两个君主名。扬雄《蜀王本纪》："蜀王之先，名蚕丛、柏灌、鱼凫、蒲泽、开明……从开明上至蚕丛，积三万四千岁。"　[5] 何茫然：多么模糊。茫然，混沌不清貌。　[6] 尔来：从那时以来。四万八千岁：极言岁月悠久，非实际数字。　[7] "不与"句：此句表明诗中所谓蜀道，是指蜀至秦的道路。古蜀国本与中原不相交通，战国时秦惠王灭蜀（前 316），蜀地始与秦地交通。不与，一作"乃与"，又作"乃不与"。秦塞，犹秦地，指今陕西西安一带。塞，山川险阻处。通人烟，指互相交往。　[8] "西当"二句：谓只有鸟可以从太白山间的鸟道横飞到峨眉山顶。太白，山名，又名太乙，秦岭主峰，在今陕西眉县南。冬夏积雪，望之皓然，故名太白。因在长安之西，诗人立足于长安，故云"西当"。鸟道，仅能容鸟飞过的通道，形容山峰极其高峻。可以，宋本作"何以"，据萧本、郭本、咸本、王本改。横绝，横渡，跨越。峨眉，山名，在今四川峨眉县西南，有山峰相对如蛾眉，故名。巅，顶峰。　[9] "地崩"句：《华阳国志·蜀志》："秦惠王知蜀王好色，许嫁五女于蜀。蜀遣五丁迎之。还到梓潼，见一大蛇入穴中。一人揽其尾掣之，不禁。至五人相助，大呼拽蛇，山崩，时压杀五人及秦五女并将从，而山分为五岭。"　[10] 天梯：喻高险的山路。石栈：在峭壁上凿石架木筑成的栈道。相：宋本作"方"，据萧本、郭本、咸本、王本、《河岳英灵集》改。钩连：衔接，用铁索联

续栈道。以上为第二段，写蜀道的来历。　　[11]"上有"句：此句为仰视，极言山高，六龙也只能拖着日神的车由此转回。一作"横河断海之浮云"。六龙回日，古代神话中日神御者羲和每天赶着六龙所驾之车，载着日神在天空从东往西。高标，指蜀道上成为标志的最高峰。　　[12]"下有"句：此句为俯视，写谷深水急。冲波逆折，指激浪冲撞岩石而逆流。回川，回旋的川流。　　[13]"黄鹤"句：此句宋本作"黄鹤之飞尚不得（一作"过"）"，据萧本、郭本、咸本、王本、《河岳英灵集》改。《又玄集》作"黄鹤之飞兮上不得"。黄鹤，善于高飞之鸟，即黄鹄，古书中鹤、鹄二字通用。　　[14]猿猱：指身体矫捷、善于攀援的猿类动物。攀援：或作"攀缘""攀牵""牵率"。　　[15]青泥：岭名。《元和郡县志》卷二十二兴州长举县："青泥岭在县西北五十三里（今甘肃徽县南，陕西略阳北），接溪山东，即今通路也。悬崖万仞，上多云雨，行者屡逢泥淖，故号青泥岭。"盘盘：盘旋曲折貌。　　[16]百步九折：形容山路曲折盘旋，转弯极多。萦岩峦：环绕着山峰岩峦。　　[17]扪：摸。参：与下文"井"为两星宿名。古代天文学者把天空中星宿的位置和地理区划相对应，并以天象卜地区的吉凶，叫作分野。参宿是蜀分野，井宿是秦分野。历：越过。胁息：敛住呼吸。　　[18]抚膺：抚摸胸脯。膺，胸脯。一作"心"。以上为第三段，描绘蜀道之艰险。　　[19]问君：一作"征人"。西游：成都在长安西南，故自秦入蜀，可称西游。何时：一作"何当"，意同。　　[20]畏途：令人害怕的险路。巉岩：峥嵘高峻的山石。　　[21]号古木：在枯树上悲鸣。古木，一作"枯木"。　　[22]雌从：一作"从雌"，又作"呼雌"。林间：一作"花间"。　　[23]"又闻"二句：瞿蜕园、朱金城《李白集校注》以此二句十字断为五言二句。子规，鸟名，即杜鹃。蜀中最多，相传古蜀国王杜宇，号望帝，死后魂魄化为子规。春暮即鸣，夜啼达旦，啼声悲凄，似说"不

如归去"。夜月，一作"月落"，一本无"夜"字。　[24]凋朱颜：青春红润的容颜为之变老。凋，凋谢。朱颜，红颜，指年轻人的容颜。以上为第四段，渲染蜀道的阴森气氛。　[25]"连峰"句：一作"连峰入烟几千尺"。连峰，连绵的山峰。　[26]飞湍：飞溅的激流，指瀑布。瀑流：瀑布，与"飞湍"同义。一作"暴流"。喧豗：喧闹声。　[27]"砯崖"句：谓激流冲击山崖发出的轰响在千山万壑间回荡，声如雷鸣。砯，水击岩石之声，此处用作动词，撞击。宋本原作"冰"，据萧本、郭本、咸本、王本等改，又作"峻"。　[28]也：一本无"也"字。若此：一作"如此"。　[29]嗟：感叹声。胡为：何为，为何。以上第五段，直接描绘蜀道险峻，并对西游者表示关心。　[30]剑阁：今四川剑阁县东北大剑山、小剑山之间的栈道，为三国时诸葛亮率众所开。后成为秦蜀间的一条主要通道，为历代戍守要地。唐代于此设剑门关。峥嵘：与下文"崔嵬"均指高峻貌。　[31]"一夫"以下四句：语本晋张载《剑阁铭》："一夫荷戟，万夫趑趄。形胜之地，非亲勿居。"意谓剑阁形势险要，若非亲信防守，一旦叛变，将会发生像豺狼吃人那样的祸患。万夫，一作"万人"。匪亲，一作"匪人"。匪，同"非"。　[32]"朝避"以下四句：悬想叛乱发生后的情况。猛虎，与下文"长蛇"均喻据险叛乱者。吮，吸。　[33]"锦城"二句：按：敦煌写本《唐人选唐诗》无此二句。锦城，锦官城的简称，成都。故址在今四川成都南。三国蜀汉时管理织锦之官驻此，故名。后人即用作成都的别称。云，一作"言"。　[34]长咨嗟：长长地叹息。一作"令人嗟"。以上第六段，从社会人事写蜀道之险，劝西游者早日归家。

[点评]

此诗开头凌空起势，连用三个口语感叹词，惊呼蜀

道的高危奇险，用"难于上青天"这一极度夸张的比喻作为全诗主旋律，为全诗奠定雄放基调。第二段宕开笔墨，借神话传说追叙秦蜀开辟道路的艰难，充满神秘色彩，反映出蜀道为传说中英雄人物与劳动人民共同开辟的。第三段具体描写秦蜀道路的难，先总写："上有六龙回日之高标，下有冲波逆折之回川。"一上一下，一山一水，一高一险，用惊人的想象和夸张形容山高水险，非常形象而得当。善飞的黄鹤飞不过去，善攀援的猿猱攀不过去，可见蜀道何等艰险！接着又用最曲折高险的青泥岭作为特写，使人真切感受到百步九折、手摸星辰的奇幻境界。第四段警告友人"畏途巉岩不可攀"，从古木悲鸟生发渲染气氛，又响起主旋律，用"凋朱颜"加深旅愁描写效果。第五段从峭峰飞瀑生发渲染蜀道的险恶。最后一段从自然界之险写到据险作乱的社会人事之险。"朝避猛虎"四句极写险象的惊心动魄，劝告友人"不如早还家"。又一次响起主旋律，与开头、中间呼应，真可谓一唱三叹，荡气回肠。结句"侧身西望长咨嗟"，凝聚着诗人无限感慨，"收得住，有无限遥情"（《唐宋诗醇》）。全诗七言为主，又有三言、四言、五言、九言、十一言，随着感情起伏变化而长短错落。诗中将丰富的想象、奇特的比喻、惊人的夸张、奔放的语言、磅礴的气势融为一体，形成雄奇飘逸的风格，使旧题乐府获得了崭新的生命，表现出诗人杰出的艺术才能。

　　此诗寓意历来众说纷纭。宋本题下注"讽章仇兼琼"，批注已辨明不可信。范摅《云溪友议》卷上、《新唐书·严武传》又说严武镇蜀，时杜甫在蜀中，房琯亦为属下刺

史，李白写此诗为房、杜危之。萧士赟《分类补注李太白诗》则谓讽玄宗于安禄山乱时幸蜀之计非。今按严武镇蜀在肃宗上元二年（761），玄宗幸蜀在天宝十五载（756），而李白此诗早收入天宝十二载（753）结集之《河岳英灵集》，可证以上二说并不恰当。胡震亨《李诗通》、顾炎武《日知录》谓"即事成篇，别无寓意"，近人詹锳谓送友人入蜀。然此数说又未尽达此诗之意。无寓意，送友人入蜀，何以将蜀道写得如此艰险？考南朝陈时诗人阴铿《蜀道难》末二句曰："蜀道难如此，功名讵可要！"可知《蜀道难》此题原来就有功业难求之意。中晚唐之际的诗人姚合《送李馀及第归蜀》诗说："李白《蜀道难》，羞为无成归。子今称意行，蜀道安觉危？"可知唐人认为李白写《蜀道难》，是寓有功业无成之意，正如《行路难》寓有仕途艰难之意一样。孟棨《本事诗》和王定保《唐摭言》记载《蜀道难》被贺知章赞赏，皆称："李白初自蜀至京师，舍于逆旅"，"名未甚振"，当即指出蜀未几、初入长安之时。李白初入长安，为的是追求功业，结果却无成而归。由此可证此诗当是开元年间初入长安无成而归时，送友人寄意之作（详见郁贤皓著《李白丛考·李白两入长安及有关交游考辨》）。

送友人入蜀 [1]

见说蚕丛路 [2]，崎岖不易行 [3]。

山从人面起^[4]，云傍马头生。
芳树笼秦栈^[5]，春流绕蜀城^[6]。
升沉应已定^[7]，不必问君平。

[注释]

[1]此诗疑与《蜀道难》同时作，寓意亦同。　[2]见说：听说。蚕丛路：指蜀道。蚕丛，古蜀国君王，见前《蜀道难》注。　[3]崎岖：形容道路曲折不直。　[4]"山从"二句：形容行进在蜀道中所遇之景，峭壁从行人面前突兀而起，白云依着马头缭绕。　[5]芳树：春天的树木。秦栈：即栈道，见《蜀道难》注。以其自秦入蜀，故云。　[6]春流：指郫江、流江，二江均流经成都，见前《登锦城散花楼》诗注。蜀城：指成都。　[7]"升沉"二句：意谓前途已成定局，不必再存幻想。升沉，指人生仕途的荣枯进退。问，一作"访"。君平，汉代严遵，字君平，隐居不仕，以善于占卜著称。《汉书·王贡两龚鲍传》说他"卜筮于成都市，……裁日阅数人，得百钱足自养，则闭肆下帘而授《老子》"。

[点评]

首联比《蜀道难》开头平实，颔联承接第二句，写蜀道崎岖：人至山前，奇峰迎面耸起，状山之陡峭；白云缭绕于马头周围，状山之高峻。语意奇险。实寓入仕艰难，融情于景，语意双关。颈联虽继写入蜀之景，却是大转折：奇险的秦栈被芳树笼罩，美丽的双流环绕着蜀城。风景优美，语意秾纤。尾联又转入议论，点明失意

诗中所咏的奇险之景和严遵其人皆为蜀地独有，与诗题送人入蜀高度契合，不可移作它处。非泛泛送别诗可比。诗人一方面提醒友人蜀道山高云近，崎岖难行，另一方面又写出芳树春流，风景可乐，意在安慰友人。结句跌转，致慨于命运沦落不偶。"升沉"此处偏指"沉"。

已成定局，不必再求君平卜筮。虽不露锋芒，然抑遏之牢骚，可于言外见之。

全诗气韵张弛有致，对偶工整。意脉起伏跌宕，腾挪多变，于工丽中见神运之思。故《唐宋诗醇》推之为"五律正宗"。

行路难三首（选二）[1]

其一

金樽清酒斗十千[2]，玉盘珍羞直万钱[3]。
停杯投箸不能食[4]，拔剑四顾心茫然。
欲渡黄河冰塞川[5]，将登太行雪满山。
闲来垂钓碧溪上[6]，忽复乘舟梦日边。
行路难，行路难！多歧路，今安在[7]？
长风破浪会有时[8]，直挂云帆济沧海[9]。

杜甫《春日忆李白》评李白诗说："白也诗无敌，飘然思不群。清新庾开府，俊逸鲍参军。"李白此诗显然受了南朝诗人鲍照《拟行路难》诗的影响，但"太白纵作失意之声，亦必气概轩昂"（应时《李诗纬》卷一），悲愤郁闷中交织着昂扬豪迈的气度，正是这首诗不同于鲍照诗的独到之处。

[注释]

[1] 此诗当是开元年间初入长安追求功业无成而归之作。行路难：乐府旧题。《乐府诗集》卷七十列于《杂曲歌辞》，并引《乐府解题》云："《行路难》，备言世路艰难及离别悲伤之意，多以'君不见'为首。"今存最早的是鲍照的《拟行路难》十八首。此外，在李白之前还有齐僧宝月，梁吴均、费昶、王筠，唐卢照邻、张绒、

贺兰进明、崔颢等人的同题之作。诗人此题诗有三首，非同时所作。 [2]金樽：精美华贵的酒杯。樽，酒杯。清酒：一作"美酒"。斗十千：形容酒美价贵。斗，古代盛酒容器，亦用作卖酒的计量单位。曹植《名都篇》："归来宴平乐，美酒斗十千。" [3]珍羞：珍贵的菜肴。羞，"馐"的本字。直：通"值"，价值。 [4]"停杯"二句：鲍照《拟行路难》："对案不能食，拔剑击柱长叹息。"箸，同"箸"，筷子。顾，顾望。 [5]"欲渡"二句：鲍照《舞鹤赋》："冰塞长河，雪满群山。"太行，山名，在山西与河北平原之间。雪，一作"云"。满山，一作"暗天"。 [6]"闲来"二句：传说吕尚未遇周文王前，曾在磻溪（在今陕西宝鸡东南）垂钓。伊尹未得商汤聘请之前，曾梦见自己乘船经过日月旁边。《宋书·符瑞志上》："伊挚将应汤命，梦乘船过日月之傍。"二句意谓人生遇合多出于偶然。碧溪上，宋本作"坐溪上"，据萧本、郭本、王本、《全唐诗》改。忽复，一作"忽然"。梦日边，《河岳英灵集》作"落日边"。 [7]今安在：一作"路安在"，又作"道安在"。 [8]"长风"句：谓施展抱负当有时机。《宋书·宗悫传》："悫年少时，（叔父）炳问其志，悫曰：'愿乘长风，破万里浪。'"浪，一作"波"。会，当。 [9]直：就，当即。云帆：高帆。济：渡。沧海：大海。

[点评]

首二句"金樽""玉盘"，器皿华贵；"清酒""珍羞"酒肴佳美；"斗十千""直万钱"，极言筵席的丰盛，按理应畅饮狂欢。可是接着二句却陡转出特写镜头：端起的酒杯停放下来，拿起的筷子丢开去，拔出宝剑，举目四望，心绪茫然。"停""投""拔""顾"四个动作，形象而深刻地写出了诗人内心的痛苦和愤懑。开元十八

年（730），诗人抱着"何王公大人之门不可以弹长剑乎"的自信，来到长安，结果是冷落金张馆，苦雨终南山，深谙世道艰险，功名难求，理想渺茫，诗中的"冰塞黄河""雪满太行"正是这种遭遇的形象比喻。但诗人并不因此而消沉，忽然想起当年吕尚年过八十还垂钓渭滨，伊尹未得商汤任用前曾梦舟过日，自己也会像他们一样有一天时来运转。但这幻想的自慰，只能唤起对现实的更加愤懑，诗人悲号行路难，岔路多，该走的路在哪里？诗从七言转为连续四句三言，高亢激越，节奏急促，充分表现出诗人的激愤之情。但结句却又使诗境豁然开朗，诗人仍相信将来会有一天像宗悫所说那样乘长风破万里浪，挂起云帆，横渡大海，实现自己的抱负。全诗波澜起伏，感情激宕多变，使这首短篇乐府诗具有长篇歌行反复回旋的气势和格局。

其二 [1]

大道如青天 [2]，我独不得出。羞逐长安社中儿 [3]，赤鸡白狗赌梨栗。弹剑作歌奏苦声 [4]，曳裾王门不称情 [5]。淮阴市井笑韩信 [6]，汉朝公卿忌贾生 [7]。君不见昔时燕家重郭隗 [8]，拥彗折节无嫌猜；剧辛乐毅感恩分，输肝剖胆效英才。昭王白骨萦蔓草 [9]，谁人更扫黄金台？行路难，归去来！

诗中运用许多典故，以古衬今，将古今之情打成一片作对比，使人感慨万千，怅恨不已。

[注释]

[1] 此诗亦当作于开元年间李白第一次入长安时期。当时他干谒权贵，渴望能入朝做一番事业，却到处碰壁，找不到出路，于是写下不少诗篇，宣泄愤慨。　　[2]"大道"二句：谓仕宦的大路像青天一样宽广，可唯独我找不到出路。　　[3]"羞逐"二句：谓自己羞于追随长安里巷中的市井小人，去干斗鸡走狗、以梨栗作赌品的游戏。社中儿，市井少年。社，古代基层单位，二十五家为一社，此泛指里巷。赤鸡白狗，指当时斗鸡走狗的博戏。狗，一作"雉"。梨栗，赌胜负的物品。　　[4] 弹剑作歌：用战国时冯谖在孟尝君门下为食客事，见前《玉真公主别馆苦雨赠卫尉张卿二首》其一诗注。　　[5] 曳裾王门：邹阳《上吴王书》："饰固陋之心，则何王之门不可曳长裾乎？"后以喻在王公贵族门下作食客。曳裾，牵起衣服的前襟。不称情：不称心，不如意。　　[6]"淮阴"句：《史记·淮阴侯列传》："淮阴侯韩信者，淮阴人也。……淮阴屠中少年有侮信者，曰：'若虽长大，好带刀剑，中情怯耳。'众辱之曰：'信能死，刺我；不能死，出我袴下。'于是信熟视之，俯出袴下，蒲伏。一市人皆笑信，以为怯。"淮阴，今江苏淮安。市井，古代群聚买卖之地，小城镇。《史记·聂政传》："政乃市井之人。"张守节《正义》："古者相聚汲水，有物便卖，因成市，故云市井。"　　[7]"汉朝"句：《史记·屈原贾生列传》："于是天子议以为贾生任公卿之位。绛、灌、东阳侯、冯敬之属尽害之，乃短贾生曰：'雒阳之人，年少初学，专欲擅权，纷乱诸事。'于是天子后亦疏之，不用其议，乃以贾生为长沙王太傅。"贾生，指贾谊（前200—前168），西汉政论家、文学家。　　[8]"君不见"以下四句：《史记·燕召公世家》："燕昭王于破燕之后即位，卑身厚币以招贤者。谓郭隗曰：'齐因孤之国乱而袭破燕，孤极知燕小力少，不足以报。然诚得贤士

以共国，以雪先王之耻，孤之愿也。先生视可者，得身事之。'郭隗曰：'王必欲致士，先从隗始。况贤于隗者，岂远千里哉！'于是昭王为隗改筑宫而师事之。乐毅自魏往，邹衍自齐往，剧辛自赵往，士争趋燕。"此四句即用其意。拥彗（huì），古人迎候尊贵的人，常拿着扫帚在前扫地领路，以示敬意。《史记·孟子荀卿列传》："（邹衍）如燕，昭王拥彗先驱，请列弟子之座而受业。"司马贞《索隐》："谓为之扫地，以衣袂拥帚而却行，恐尘埃之及长者，所以为敬也。"彗，扫帚。折节，屈己下人。一作"折腰"。嫌猜，猜疑，疑忌。剧辛（？—前242），赵人，入燕为谋士。乐毅，魏人，使于燕，燕王待之以礼，遂委质为臣。昭王以为上将军，伐齐，下七十余城。《史记》有传。输肝剖胆，献出肝胆，喻竭诚尽力。效英才，以英才相报效。英，一作"俊"。　[9]"昭王"二句：意谓燕昭王已死很久，如今无人能再像他那样重用贤才。萦，缠绕。蔓草，一作"烂草"。黄金台，相传为燕昭王所筑，因曾置千金延请天下之士，故名。《文选》卷二十八鲍照《放歌行》："将起黄金台。"李善注引《上谷郡图经》："黄金台，易水东南十八里。"

[点评]

此诗开头二句陡起壁立，让郁积于内心的感受喷发出来。开元盛世，大道宽广，许多人得到朝廷重用，飞黄腾达，只有自己窘困失路。这就是诗人内心的不平。接着六句每两句一意。一是不愿与长安浮浪青年为伍，干斗鸡走狗、游戏赌博的勾当；二是奔走权贵之门干谒求援，却遭到冷落，饱受艰辛；三是诗人感到自己的遭遇就像当年韩信受辱、贾谊遭忌一样。不过诗人

虽感到孤立无援，但字里行间仍流露出鹤立鸡群的傲气。"君不见"以下六句，向往而深情地歌颂战国时代燕昭王谦虚求贤、礼贤下士的态度和取得的功业，沉痛感叹当今没有这样的贤君，流露出对唐玄宗的失望。以上十二句从正反两方面具体描写"行路难"。最后两句，诗人以一声浩叹收束全篇，表示在上述情况下无可奈何，只有"归去"！

梁园吟 [1]

我浮黄河去京阙 [2]，挂席欲进波连山 [3]。天长水阔厌远涉，访古始及平台间 [4]。平台为客忧思多，对酒遂作《梁园歌》[5]。却忆蓬池阮公咏 [6]，因吟渌水扬洪波 [7]。

洪波浩荡迷旧国 [8]，路远西归安可得？人生达命岂暇愁 [9]，且饮美酒登高楼。平头奴子摇大扇 [10]，五月不热疑清秋 [11]。玉盘杨梅为君设 [12]，吴盐如花皎白雪 [13]。持盐把酒但饮之 [14]，莫学夷齐事高洁 [15]。

昔人豪贵信陵君 [16]，今人耕种信陵坟 [17]。荒城虚照碧山月 [18]，古木尽入苍梧云 [19]。梁王

诗中次第写诗人访古、纵酒、行博，抒发"人生达命岂暇愁""莫学夷齐事高洁"的思想感情，彰显出狂放不羁、游戏人生的生活态度，但其实是因初入长安干谒失败内心极度苦闷的应激反应。比如李白《少年子》诗刺贵公子打猎行乐，末二句以夷齐与之对比："夷齐是何人，独守西山饿？"则对夷齐事高洁予以首肯。

宫阙今安在[20]？枚马先归不相待[21]。舞影歌声散渌池[22]，空余汴水东流海[23]。

沉吟此事泪满衣，黄金买醉未能归[24]。连呼五白行六博[25]，分曹赌酒酬驰晖[26]。歌且谣[27]，意方远。东山高卧时起来[28]，欲济苍生未应晚！

[注释]

[1]此诗当是开元二十一年（733）离开长安，舟行抵达梁园时作。宋本、缪本题下俱注："一作《梁苑醉酒歌》。"又注："梁宋。"敦煌写本《唐人选唐诗》作"《梁园醉哥（歌）》"。梁园，即梁苑，又称兔园，汉梁孝王刘武筑。为游赏与延宾之所，当时名士司马相如、枚乘、邹阳等皆为座上客。故址在今河南开封东南。　[2]浮：漂舟，一作"乘"。去京阙：离开长安，一作"去京关"。　[3]挂席：扬帆。欲进：一作"欲往"。波连山：形容水势浩瀚。　[4]平台：相传为春秋时鲁襄公十七年宋皇国父所筑，汉梁孝王与邹阳、枚乘等文士曾游于其上（见《汉书·梁孝王传》）。南朝宋谢惠连曾在此作《雪赋》，故又名雪台。《元和郡县志》卷七河南道宋州虞城县云："平台，县西四十里。"故址在今河南商丘东北。　[5]对酒：一作"醉来"。　[6]阮公：指三国魏诗人阮籍。在当时复杂的政治斗争中，常用饮酒放诞保全自己。咏：吟咏，此指诗作。　[7]渌水扬洪波：阮籍《咏怀》诗句，其诗云："徘徊蓬池上，还顾望大梁。渌水扬洪波，旷野莽茫茫。走兽交横驰，飞鸟相随翔。是时鹑火中，日月正相望。朔风厉严寒，阴气下微霜。羁旅无俦匹，俯仰怀哀伤。

小人计其功，君子道其常。岂惜终憔悴，咏言著斯章。"以上
第一段，叙离京来梁园作客。　　[8]"洪波"二句：意谓波涛汹
涌壮阔，长安已迷茫不可见，路途遥远不能回归。旧国，指长
安。　　[9]达命：通达知命。暇：空闲。　　[10]平头奴子：戴平
头巾的奴仆。平头，头巾名。　　[11]疑：一作"如"。　　[12]玉
盘：一作"素盘"。杨梅：一作"青梅"。　　[13]吴盐：《史记·吴
王濞列传》："吴王即山铸钱，煮海水为盐。"又《史记·货殖列
传》："夫吴自阖庐、春申、王濞三人招致天下之喜游子弟，东
有海盐之饶……"自此吴地产盐以供四方。皎白雪：一作"皎
如雪"。　　[14]持盐把酒：《魏书·崔浩传》："赐浩御缥醪酒十
觚，水精戎盐一两，曰：'朕味卿言，若此盐酒，故与卿同其
旨也。'"　　[15]"莫学"句：意谓应及时行乐，不必空持高洁而
受苦。此句一作"何用孤高比云月"，又作"咄咄书空字还灭"。
敦煌写本《唐人选唐诗》作"世上悠悠不堪说"。夷齐，指殷末
孤竹君的两个儿子伯夷、叔齐。周武王伐纣，平定天下，他们
俩认为是"以暴易暴"，耻食周粟，饿死在首阳山（见《史记·伯
夷列传》）。以上为第二段，谓人生须旷达知命，及时行乐，失
意之情溢于言表。　　[16]信陵君：战国时魏国贵族，安釐王之
弟，名无忌（？—前243），封于信陵（今河南宁陵），故号信
陵君。喜养士，有食客三千，为著名的战国四公子之一。公元
前257年，曾设法窃取虎符，取得兵权，击秦救赵。后十年，
又联合五国击退秦将蒙骜的进攻。　　[17]信陵坟：据《太平寰
宇记》载，信陵君墓在河南开封府浚仪县（治所在今河南开封）
"南十二里"。　　[18]虚照：一作"远照"。　　[19]苍梧云：《太
平御览》卷八引《归藏》曰："有白云自苍梧入大梁。"此即用其
意。苍梧，山名，即九疑（一作"嶷"）山，在今湖南永州宁远
南。　　[20]梁王：指汉梁孝王刘武。当年曾于此大治宫室。阮

籍《咏怀》诗："梁王安在哉！"宫阙：一作"宾客"。　[21]枚马：指西汉文学家枚乘和司马相如。两人都曾游梁。《汉书·枚乘传》："枚乘字叔，淮阴人。……游梁，梁客皆善属词赋，乘尤高。"又《汉书·司马相如传》："是时梁孝王来朝，从游说之士齐人邹阳、淮阴枚乘……之徒，相如见而说之，因病免，客游梁，得与诸侯游士居。"　[22]渌池：清澈的水池。　[23]汴水：古水名，自河南荥阳东流，经开封南，入于淮河。以上为第三段，凭吊古迹，抒发感慨。　[24]未能：一作"莫言"。　[25]五白：古代博戏樗蒲用五木掷采打马，其后则专掷五木以决胜负。唐李翱著《五木经》谓：五木之制，上黑下白，掷得五子皆黑，叫卢，最贵；其次五子皆白，叫白。行：一作"投"。六博：古代博戏。两人相博，共十二棋，每人六棋，六黑六白，故名。又叫"六簙"或"陆博"。《楚辞·招魂》："菎蔽象棋，有六簙些。分曹并进，遒相迫些。成枭而牟，呼五百些。"蒋骥注："菎，竹名；蔽，簙箸也；盖投之以行棋者。象，象牙；棋，棋子也。簙，博通，局戏也。投六箸，行六棋，故曰六簙。言设六簙以行酒，用菎籍为箸、象牙为棋也。……枭，博采；倍胜为牟。五白，簙箸之齿也。言棋已得采，欲成倍胜，故呼五白以助投也。"　[26]分曹：两人一对为曹，分曹即分对。酣：一作"看"。驰晖：飞驰的太阳。　[27]歌且谣：《诗·魏风·园有桃》："我歌且谣。"毛传："曲合乐曰歌，徒歌曰谣。"且，而，进层连词。　[28]"东山"二句：意谓准备像谢安那样高卧东山（指隐居），但终有出山之日，到时再拯救百姓也不应算晚。《世说新语·排调》："谢公在东山，朝命屡降而不动。后出为桓宣武司马，将发新亭，朝士咸出瞻送。高灵时为中丞，亦往相祖。先时多少饮酒，因倚如醉，戏曰：'卿屡违朝旨，高卧东山，诸人每相与言："安石不肯出，将如苍生何！"今亦苍生将如卿何！'谢笑而不答。"时，一作

"忽"，又作"还"。苍生，百姓。以上为第四段，写暂且行乐，等待时机出山济世。

[点评]

　　第一段抒发离京到梁园作客的忧思及醉酒作此诗的原因。诗人想到阮籍当年在复杂的政治环境中饮酒放诞保全自己，不禁吟起他的《咏怀诗》。第二段叙梁园距长安很远，再回京城求取功业已不可能。人生必须放达知命，暂且登楼饮酒。五月不热，奴仆摇扇，杨梅吴盐，一饱口福吧，不必学那伯夷、叔齐"耻食周粟"的所谓高洁。第三段即景抒情，当年豪贵的信陵君，如今坟墓都保不住；梁孝王的华丽宫殿，现已不见踪迹；枚乘、司马相如也早已作古，那轻歌曼舞都烟消云散了，只空留下汴水仍在东流到海。充分表达了诗人功名无常、富贵难存的思想。第四段承前抒感，为此沉吟流泪，在泣涕之后感情更为激越，由暂且饮酒一跃而为狂饮豪博，但诗人绝不满足这种消沉的人生态度，末二句笔锋陡转，诗人身在纵酒，但心中却念念不忘"济苍生"的宏愿，深信自己将来终能像谢安那样东山再起，实现"济苍生"的抱负。失望而不绝望，对未来还有憧憬，这正是初入长安前后李白的许多诗中表现的思想。前人谓此诗乃天宝中赐金还山后作，殊不知那时诗人离京走的是商山道，一心寻找商山四皓，隐居出世，受道箓当道士，已无实施抱负之信心，与此诗的思想截然不同。

梁甫吟 [1]

开头两句为第一段，抒发未见明主、不能施展抱负的感慨。点明主旨，为全诗定下基调。

第二段以吕望九十始遇周文王而发达为例，说明大贤终能得志。

第三段以郦食其遇刘邦而施展才能为例，表示自己终有一天能大展宏图。

第四段叙欲见明主，却因权幸所阻而无门可入。

第五段叙自己为国担忧，徒有壮志而无人理解，并揭露朝廷小人当权。沈德潜《唐诗别裁集》云："言朝无贤人，何以为国！仍望世之用己也。"

长啸《梁甫吟》[2]，何时见阳春 [3]？

君不见朝歌屠叟辞棘津 [4]，八十西来钓渭滨。宁羞白发照清水，逢时壮气思经纶。广张三千六百钓，风期暗与文王亲。大贤虎变愚不测 [5]，当年颇似寻常人。

君不见高阳酒徒起草中 [6]，长揖山东隆准公。入门不拜骋雄辩，两女辍洗来趋风。东下齐城七十二 [7]，指麾楚汉如旋蓬。狂客落拓尚如此 [8]，何况壮士当群雄！

我欲攀龙见明主 [9]，雷公砰訇震天鼓 [10]。帝旁投壶多玉女 [11]，三时大笑开电光，倏烁晦冥起风雨。阊阖九门不可通 [12]，以额叩关阍者怒。

白日不照吾精诚 [13]，杞国无事忧天倾 [14]。猰貐磨牙竞人肉 [15]，驺虞不折生草茎。手接飞猱搏雕虎 [16]，侧足焦原未言苦。智者可卷愚者豪 [17]，世人见我轻鸿毛。力排南山三壮士 [18]，齐相杀之费二桃。吴楚弄兵无剧孟 [19]，亚夫咍尔为徒劳。

《梁甫吟》，声正悲。张公两龙剑[20]，神物合有时。风云感会起屠钓[21]，大人峣屼当安之。

第六段谓有志之士终有得意的际遇，目前应当安守困境，以待时机。回答了开篇"何时"的设问。

[注释]

[1]此诗当作于开元二十一年（733）。 [2]《梁甫吟》：又作《梁父吟》，乐府旧题。《乐府诗集》卷四十一列于《相和歌辞·楚调曲》，并引《古今乐录》曰："王僧虔《技录》有《梁甫吟行》，今不歌。……李勉《琴说》曰：《梁甫吟》，曾子撰。《琴操》曰：曾子耕泰山之下，天雨雪冻，旬月不得归，思其父母，作《梁山歌》。蔡邕《琴颂》曰：梁甫悲吟，周公越裳。"梁父乃泰山下小山名。郭茂倩谓："《梁甫吟》，盖言人死葬此山，亦葬歌也。"今存古辞乃题为诸葛亮所作，主题是伤被齐相晏婴用二桃所杀三士之事。《三国志·蜀书·诸葛亮传》："亮躬耕陇亩，好为《梁父吟》。"按《文选》卷二十九张衡《四愁诗》："我所思兮在太山，欲往从之梁父艰。"刘良注："太山，东岳也。愿辅佐君王致于有德而为小人谗邪之所阻难也。"此诗即取此义。 [3]阳春：温暖的春天。此喻知遇明主以施展抱负。诗人于天宝初供奉翰林时曾作《阳春歌》以颂得意，可知此诗作于未遇明主之时。萧士赟注："喻有志之士何时而遇主也。"是。 [4]"君不见"以下六句：《韩诗外传》卷七："吕望行年五十，卖食棘津，年七十屠于朝歌，九十乃为天子师，则遇文王也。"又同书卷八："太公望少为人婿，老而见去，屠牛朝歌，赁于棘津，钓于磻溪（在今陕西宝鸡东南），文王举而用之，封于齐。"朝歌，商代京城，在今河南淇县。屠叟，屠夫，此指吕望（姜太公吕尚）。棘津，在今河南延津东北。渭滨，渭水边。《史记·范雎蔡泽列传》："臣闻昔者吕尚之遇文王也，身为渔父而钓于渭滨耳。"清水，宋本原作"渌水"，据萧本、王本

等改。壮气，一作"吐气"。经纶，治国安邦之术。三千六百钓，谓吕望八十钓于渭滨，至九十遇文王，则垂钓十年，共三千六百日，故云。钓，宋本原作"钧"，据萧本、王本等改。风期，一作"风雅"，犹风度。《晋书·习凿齿传》："其风期俊迈如此。"　[5]"大贤"句：谓大贤不会永久穷困而有得志之日，此非愚者所能预测。虎变，如虎皮花纹的更新变化。《易·革》："大人虎变。象曰：其文炳也。"孔颖达疏："损益前王，创制立法，有文章之美，焕然可观，有似虎变，其文彪炳。"后因以虎变喻杰出人物的经历变化莫测。　　[6]"君不见"以下四句：《史记·郦生陆贾列传》："郦生食其者，陈留高阳人也。好读书，家贫落魄，无以为衣食业，为里监门吏。然县中贤豪不敢役，县中皆谓之狂生。……沛公（刘邦）至高阳传舍，使人召郦生。郦生至，入谒，沛公方倨床使两女子洗足而见郦生。郦生入，则长揖不拜，曰：'足下欲助秦攻诸侯乎？且欲率诸侯破秦也？'沛公骂曰：'竖儒！夫天下同苦秦久矣，故诸侯相率而攻秦，何谓助秦攻诸侯乎？'郦生曰：'必聚徒合义兵诛无道秦，不宜倨见长者。'于是沛公辍洗，起摄衣，延郦生上坐，谢之。"又曰："初，沛公引兵过陈留，郦生踵军门上谒曰：'高阳贱民郦食其，窃闻沛公暴露，将兵助楚讨不义，敬劳从者，愿得望见，口画天下便事。'使者入通，沛公方洗，问使者曰：'何如人也？'使者对曰：'状貌类大儒，衣儒衣，冠侧注。'沛公曰：'为我谢之，言我方以天下为事，未暇见儒人也。'……郦生瞋目案剑叱使者曰：'走！复入言沛公，吾高阳酒徒也，非儒人也。'……沛公遽雪足杖矛曰：'延客入！'"山东隆准公，指刘邦。《史记·高祖本纪》："高祖为人，隆准而龙颜。"山东，因沛地处太行山东，故称。隆准，高鼻。趋风，疾行至下风，表示向对方致敬。一说疾趋如风。入门不拜，一作"入门开说"，又作"一开游说"。　　[7]"东下"二句：据《史记·郦生陆贾列传》，

郦食其在楚汉战争中常为刘邦出谋划策，后又游说齐王田广，不费一兵一卒而使齐七十余城归汉。旋蓬，如随风旋转的蓬草，形容轻而易举。　[8]"狂客"二句：萧士赟注："两段聊自慰解，谓太公之老，食其之狂，当时视为寻常落魄之人，犹遇合如此，则为士者终有遇合之时也。"狂客，一作"狂生"，郦食其曾被人称为狂生。落拓，穷困失意。萧本、郭本、咸本、王本皆作"落魄"，同"落泊"。壮士，李白自指。　[9]攀龙：喻依附帝王以建功立业。陶潜《命子诗》："于赫愍侯，运当攀龙。"　[10]雷公：雷神。砰訇：宏大的响声。天鼓：《史记·天官书》："天鼓，有音如雷非雷，音在地而下及地。"本谓天神所击之鼓发声如雷，后即以天鼓喻雷声。《初学记》卷一引《抱朴子》："雷，天之鼓也。"　[11]"帝旁"以下三句：萧士赟注："喻权奸女谒用事，政令无常也。"《神异经·东荒经》："东王公……恒与一玉女投壶，每投千二百矫，……矫出而脱误不接者，天为之笑。"张华注："今天上不雨而有电光，是天笑也。"按：投壶为古代宴乐游戏，设特制之壶，宾主以次向壶中投箭，中多者为胜，负者罚饮。玉女，仙女，此喻被皇帝宠幸的小人。三时，指早、中、晚一整天。开电光，指闪电。一作"生电光"。倏烁，电光闪动貌。《楚辞·九思·悯上》："云蒙蒙兮电倏烁。"晦冥，《汉书·高帝纪》："雷电晦冥。"颜师古注："晦冥，皆谓暗也。"此喻政治昏暗。　[12]"阊阖"二句：《楚辞·离骚》："吾令帝阍开关兮，倚阊阖而望予。"王逸注："阍，主门者也。阊阖，天门也。"二句即用其意。九门，神话中的九道天门。　[13]"白日"句：意谓皇帝不知自己对国事的真诚关切。白日，喻皇帝。精诚，至诚，忠心。　[14]"杞国"句：谓己对朝廷的忧虑被人认为是杞人忧天。《列子·天瑞》："杞国有人，忧天地崩坠，身亡（无）所寄，废寝食者。"　[15]"猰貐（yà yǔ）"二句：谓朝廷权幸，为政害人，就像猰貐磨牙，竞食人肉；

而忠良之臣，总像驺虞那样仁爱，连草茎都不肯践踏。猰㺄，古代传说中食人的凶兽。《尔雅·释兽》："猰㺄，类貙，虎爪，食人，迅走。"驺虞，古代传说中不吃生物、不踏生草的仁兽。《诗·召南·驺虞》："于嗟乎驺虞。"毛传："驺虞，义兽也。白虎，黑文，不食生物，有至信之德则应之。"　[16]"手接"二句：意谓自己虽处于贫穷疏贱之地，却仍有勇气和才能去克服艰难险阻。沈德潜《唐诗别裁集》云："见君子小人并列，而人主不知。我欲起而除去邪恶，犹'接飞猱，搏雕虎'，不自言苦也。以愚自谓。"《文选》卷十五张衡《思玄赋》："执雕虎而试象兮，阽焦原而跟趾。"旧注引《尸子》："中黄伯曰：余左执太行之獶（同"猱"），而右搏雕虎。……夫贫穷，太行之獶也；疏贱，义之雕虎也。而吾日遇之，亦足以试矣。"《尸子》卷下又曰："莒国有石焦原者，广五十步，临百仞之溪，莒国莫敢近也。有以勇见莒子者，犹却行齐踵焉，此所以服莒国也。夫义之为焦原也，亦高矣。贤者之于义，必且齐踵，此所以服一世也。"飞猱，猿类动物，攀援轻捷的猕猴。雕虎，毛色斑驳之虎。焦原，山名，在今山东莒县南，亦名横山、峥嵘谷，俗称青泥弄。　　[17]"智者"二句：谓聪明人往往在政治昏暗时把本领掩藏起来，而愚笨者却偏要逞强斗胜；而己不被世俗所了解，因此被看得轻如鸿毛。《论语·卫灵公》："君子哉，蘧伯玉！邦有道，则仕；邦无道，则可卷而怀之。"鸿毛，喻分量极轻。《汉书·司马迁传》："死有重于泰山，或轻于鸿毛。"　[18]"力排"二句：据《晏子春秋·内篇·谏下二》记载：春秋时齐国公孙接、田开疆、古冶子并以勇力闻名，因对齐相晏子不恭敬，晏子阴谋除之，请齐景公以二桃赐赠三人，让三人论功食桃。公孙接和田开疆先叙己功而取。古冶子叙述己功最大，要求他们把桃让出；两人羞愧自杀，古冶子亦感到自己不义而自杀。后常以"二桃杀三士"喻用阴谋借刀杀人。诸葛亮《梁

甫吟》："力能排南山，文能绝地纪。一朝被谗言，二桃杀三士。
谁能为此谋？相国齐晏子。"李白诗中亦常用此典。如《惧谗》
诗："二桃杀三士，讵假剑如霜！"　[19]"吴楚"二句：此以剧
孟自比，意谓朝廷如用己，就会像周亚夫得剧孟那样发挥作用，
否则就将无所作为。《史记·游侠列传》："吴楚反时，条侯（周
亚夫）为太尉，乘传车将至河南，得剧孟，喜曰：'吴楚举大事
而不求孟，吾知其无能为已矣。'天下骚动，宰相得之若得一敌
国云。"吴楚弄兵，指汉景帝三年（前145）吴王刘濞、楚王刘
戊等七国叛乱。一本无"弄兵"二字。哈（hāi），讥笑。　[20]"张
公"二句：《晋书·张华传》记载：丰城县令雷焕掘得二剑，送
一剑给张华，留一剑自佩。张华很爱宝剑，写信复雷焕说："详
观剑文，乃干将也，莫邪何复不至？虽然，天生神物，终当合
耳。"后张华被杀，宝剑不知去向。雷焕死后，其子雷华佩剑经
延平津，剑突然从腰间跃入水中。急觅之，只见两龙各长数丈，
蟠在一起，光彩照水，波浪惊沸。雷华叹曰："先君化去之言，
张公终合之论，此其验乎？"二句即用此典，谓才士与明主终
有遇合之时。　[21]"风云"二句：萧士赟注："申言有志之士
终当感会风云，如神剑之会合有时。则夫大人君子遭时屯否，
岘岋不安，且当安时以俟命可也。"沈德潜《唐诗别裁集》云："言
己安于困厄以俟时。"风云感会，《后汉书·马武等传论》："咸能
感会风云，奋其智勇。"风云，喻际遇。屠钓，吕望曾屠牛、钓鱼，
因借指。岘岋（niè wù），同"嵲屼"，不安貌。

[点评]

关于这首诗的创作时间需要加以辨析。前人因诗中
有"雷公""玉女""阍者"等形象用以比喻奸佞小人，
多以为系李白被谗去朝后所作。殊不知诗人于开元年间

初入长安求取功业，就是因为被张垍等奸佞所阻碍，而未能见到明主，此诗正切合当时情事。《梁甫吟》现存古曲相传为诸葛亮出山前所吟，本诗入手即问"何时见阳春"，"阳春"即喻明主，证明其时未遇君主。所用吕望、郦食其事也表达了渴望君臣遇合的心理诉求，末以张公神剑遇合为喻，深信君臣际遇必有时日。则此诗必作于未见君主之前，与天宝年间待诏翰林和被放还山时事完全不同。诗当作于开元二十一年即初入长安被张垍所阻而未见明主之后。从表现手法上看，全诗通篇用典，"拉杂使事，而不见其迹，以气胜也。若非太白本领，不易追逐"（沈德潜《唐诗别裁集》卷六）。诗人列举历史人物遭际，衬托自己怀才不遇，于揭露朝政昏暗的同时，深信终有风云感会之时。诗中借鉴屈原《离骚》的比兴象征手法，奇幻迷离，曲折地反映出诗人对现实生活的感受。通篇一气呵成，意脉清楚，气势磅礴。

唐代闻笛诗为数不少，杜甫、贯休等都有传世之作。但李白闻笛诗个性鲜明，独具风采，受到后人好评："唐人作闻笛诗每有韵致，如太白散逸潇洒者不复见。"（敖英《唐诗绝句类选》）"下句下字炉锤工妙，却如信笔直写。后来闻笛诗，谁复出此？真绝调也。"（黄叔灿《唐诗笺注》）

春夜洛城闻笛 [1]

谁家玉笛暗飞声 [2] ？散入春风满洛城。
此夜曲中闻《折柳》[3]，何人不起故园情 [4] ？

前二句点题，紧扣"闻笛"抒写感受。"散入"二字妙，领起下二句。

[注释]

[1] 此诗当是开元二十二年（734）春在洛阳作。洛城，即洛阳城，今河南洛阳。　[2] 玉笛：华美的笛，镶嵌玉石的笛。暗飞

声：因笛声在夜间传来，故云。　　[3]《折柳》：笛曲名，即乐府横吹曲《折杨柳》，内容多抒离别相思之情。《乐府诗集》卷二十二收最早的《折杨柳》辞为梁元帝所作。　　[4]故园情：怀念家乡的感情。

[点评]

　　首句开门见山写听笛，由于声音悠扬悦耳，想到这笛子一定非常美好，所以"笛"前加上"玉"字。"暗"字不仅点题中"夜"字，也表示吹笛者原来并不准备打动听众。"飞"者，快也，远也，说明美妙的笛声扩散得很快很远，这样首句就点明了题中的"夜"和"闻笛"。次句不仅点明题中的"春"和"洛城"，而且用"散入"和"春风"四字与首句的"飞"字相应，说明笛声随着春风飞散，再用一个"满"字形象地描写了扩散的范围。"满洛城"当然有点夸张，但因为是在深夜人静之时，再加上春风的帮助，所以说笛声飞满洛城也并不太过分。第三句用"此夜"二字，不仅点明题中的"夜"，而且标出了特定的时间。不说听了一支《折柳》曲，却说在笛中听到了"折柳"。《折杨柳》是曲名，听到这伤别相思的曲声，定会引起思乡之情。同时，古代送别还有折柳的习俗，此时正是春天折柳离别的季节，于是"折柳"就有双重意义。末句不说自己起了思乡之情，却说"何人不起故园情"，诗人觉得，在这种环境下，所有作客他乡的人都会引起思家之情，当然包括诗人在内。此诗与晚年所写《与史郎中钦听黄鹤楼上吹笛》用意相似，但章法不同。本诗顺叙，条理通畅；彼诗倒叙，含蓄深沉。

天津三月时[1]（《古风》其十六）

本诗可与杜甫《丽人行》并观，李杜二诗主旨皆为讽刺权贵骄纵豪侈，但杜诗曲折见意，李诗则直白显豁。

天津三月时[2]，千门桃与李。朝为断肠花[3]，暮逐东流水。前水复后水，古今相续流。新人非旧人，年年桥上游。

鸡鸣海色动[4]，谒帝罗公侯[5]。月落西上阳[6]，余辉半城楼。衣冠照云日，朝下散皇州[7]。鞍马如飞龙[8]，黄金络马头。行人皆辟易[9]，志气横嵩丘[10]。

入门上高堂，列鼎错珍羞[11]。香风引赵舞[12]，清管随齐讴[13]。七十紫鸳鸯[14]，双双戏庭幽。行乐争昼夜，自言度千秋。

结尾所言与前面诗句相呼应，王琦注引徐祯卿评语说："'黄犬'句应前贵宠之言，'绿珠'句应前歌舞之言，'鸱夷'句应前功成身退之言。"

功成身不退，自古多愆尤[15]。黄犬空叹息[16]，绿珠成衅雠[17]。何如鸱夷子[18]，散发棹扁舟[19]。

[注释]

[1]此诗当为开元二十二年（734）春游洛阳时所作。据《旧唐书·玄宗纪》记载，开元二十二年正月己丑，玄宗幸东都，由此可知是年春天百官在东都上朝全为写实。 [2]天津：古浮桥名。故址在今河南洛阳旧城西南、隋唐皇城正南的洛水上。此借指洛阳。《元和郡县志》卷五河南道河南府河南县："天津桥，在县北

四里。隋炀帝大业元年初造此桥，以架洛水，用大缆维舟，皆以铁锁钩连之。南北夹路，对起四楼，其楼为日月表胜之象。然洛水溢，浮桥辄坏，贞观十四年更令石工累方石为脚。《尔雅》'箕、斗之间为天汉之津'，故取名焉。"　[3]断肠花：杨齐贤注："言三月之朝，人见桃李烂熳，春心摇荡，感物伤情，肠为之断。至于日暮，花已零落，随逐东流之水。"刘希夷《公子行》："可怜杨柳伤心树，可怜桃李断肠花。""伤心"与"断肠"互文见义，诗人即用其意。　[4]"鸡鸣"句：杨齐贤注："海色，晓色也。鸡鸣之时，天色昧明，如海气朦胧然。"一说海色动谓日出时海水沸腾，疑非是。　[5]"谒帝"句：按唐沿汉制，称洛阳为东都，从高宗到玄宗，皇帝经常东幸，文武百官随从，在东都上朝。其时长安则设西京留守。意谓公侯列队拜见皇帝。谒，拜见。罗，排列。　[6]西上阳：一作"上阳西"。上阳，宫名。《旧唐书·地理志一》河南道东都："上阳宫，在宫城之西南隅。南临洛水，西拒毂水，东即宫城，北连禁苑。宫内正门正殿皆东向，正门曰提象，正殿曰观风。其内别殿、亭、观九所。上阳之西，隔毂水有西上阳宫，虹梁跨毂，行幸往来。皆高宗龙朔后置。"　[7]"朝下"句：意谓下朝后各官员散往东都各处。皇州，《文选》卷三十谢朓《和徐都曹》诗："春色满皇州。"张铣注："皇州，帝都也。"　[8]"鞍马"二句：形容官僚臣属下朝后在路上的神气。飞龙，《后汉书·明德马皇后纪》："车如流水，马如游龙。"《晋书·食货志》："车如流水，马若飞龙。"黄金络马头，古乐府《鸡鸣曲》《相逢行》《陌上桑》中的成句。　[9]辟易：惊退躲避。《史记·项羽本纪》："项王瞋目而叱之，赤泉侯人马俱惊，辟易数里。"张守节《正义》："言人马俱惊，开张易旧处，乃至数里。"　[10]"志气"句：谓朝官得志，盛气横溢嵩山。横，横暴，强横。嵩丘，嵩山，古称中岳，在今河南登封北。　[11]"列鼎"句：谓桌上杂陈各种佳肴。列，

布陈。鼎，古食器，多用青铜制成。错，错杂。珍羞，名贵珍奇的食物。羞，同"馐"。　[12]香风：指脂粉香味随风飞散。赵舞：与下文"齐讴"共形容歌舞华美。春秋战国时代，赵舞、齐讴皆负盛名。左思《娇女诗》："从容好赵舞。"《汉书·礼乐志》："齐讴员六人。"　[13]清管：清澈的管乐之声。讴（ōu）：古代齐国称唱歌曰讴。　[14]"七十"二句：古乐府《鸡鸣曲》《相逢行》皆云："鸳鸯七十二，罗列自成行。"此"七十"即举成数，指鸳鸯之多，非实数。鸳鸯，鸟名。雌雄偶居不离，古称"匹鸟"，常用以比喻夫妇。　[15]愆（qiān）尤：罪过，灾祸。　[16]"黄犬"句：用秦相李斯被杀典故。《史记·李斯列传》："二世二年七月，具斯五刑，论腰斩咸阳市。斯出狱，与其中子俱执，顾谓其中子曰：'吾欲与若复牵黄犬俱出上蔡东门逐狡兔，岂可得乎！'遂父子相哭，而夷三族。"李白诗赋屡用此事。其《拟恨赋》："及夫李斯受戮，神气黯然。左右垂泣，精魂动天。执爱子以长别，叹黄犬之无缘。"与此同义。余见《行路难》其三注。　[17]"绿珠"句：《晋书·石崇传》："崇有妓曰绿珠，美而艳，善吹笛。孙秀使人求之。崇时在金谷别馆，方登凉台，临清流，妇人侍侧。使者以告，崇尽出其婢妾数十人以示之，皆蕴兰麝，被罗縠。曰：'在所择。'使者曰：'君侯服御丽则丽矣，然本受命指索绿珠，不识孰是。'崇勃然曰：'绿珠吾所爱，不可得也！'……崇竟不许。秀怒，乃劝（赵王）伦诛崇。……崇正宴于楼上，介士到门，崇谓绿珠曰：'我今为尔得罪！'绿珠泣曰：'当效死于官前。'因自投于楼下而死。……崇母兄妻子无少长皆被害。"衅（xìn），事端。雠（chóu），怨仇。　[18]鸱夷子：指春秋时越国大夫范蠡。《史记·货殖列传》："昔者越王勾践困于会稽之上，乃用范蠡、计然。……范蠡既雪会稽之耻，……乃乘扁舟浮于江湖，变名易姓，适齐，为鸱夷子皮，之陶，为朱公。"又《史记·越王勾践世家》："范蠡事越王勾践，既苦身勠力，

与勾践深谋二十余年，竟灭吴，报会稽之耻，……范蠡浮海出齐，变姓名，自谓鸱夷子皮。"司马贞《索隐》："范蠡自谓也。盖以吴王杀子胥而盛以鸱夷，今蠡自以有罪，故为号也。韦昭曰'鸱夷，革囊也'。"[19]"散发"句：谓弃冠簪，不束发而隐居。棹扁舟，指泛游江湖。

[点评]

第一段，写阳春三月，天津桥边千家万户桃李盛开，鲜花艳丽动人心魄，但不能耐久，朝荣暮落，随流水而去。由此感叹流水古今相续，而游人则今人非旧人，深叹人生短暂。第二段，写在洛阳的大臣上朝和下朝的情景。公侯们在鸡鸣时即上朝，此时月在西上阳宫落下去，余光射在城楼上。而百官在云日照耀下散朝时，马若飞龙，行人吓得唯恐躲避不及，充分显示出权贵们气势骄横。第三段，写权贵们在家中奢侈享乐的生活。吃的是山珍海味，玩的是赵舞齐讴，香风阵阵，管乐清奏，就像许多鸳鸯在幽庭戏游。权贵们自以为这种昼夜行乐的生活可以千年享受。第四段，以李斯、石崇的悲剧与范蠡功成身退逍遥自在相对照，讽刺权贵们的不知足。全诗描写、叙述、用典、议论融为一体，自然流畅，讽刺深刻。

襄阳歌 [1]

落日欲没岘山西 [2]，倒著接䍦花下迷 [3]。襄

“清风朗月”二句得到宋人欧阳修及清代刘熙载的极力称赏，欧阳公说二句见“太白之横放”，是李白“惊动千古”的原因之所在（胡仔《苕溪渔隐丛话前集》卷五引）。刘熙载进一步阐述道：“‘清风明月不用一钱买’，上四字共知也，下五字独得也。凡佳章中必有独得之句，佳句中必有独得之字。惟在首、在腰、在足，则不必同。”（《艺概·诗概》）

“舒州杓”三句浅语中见奇趣，极写狂放颓唐之态。前人曾把这三句诗与杜甫《同谷七歌》“长镵长镵白木柄，我生托子以为命”相提并论，认为“苦乐不同，造语正复匹敌”（《唐宋诗醇》卷五）。

阳小儿齐拍手，拦街争唱《白铜鞮》[4]。旁人借问笑何事，笑杀山公醉似泥[5]。

鸬鹚杓[6]，鹦鹉杯[7]。百年三万六千日，一日须倾三百杯[8]。遥看汉水鸭头绿[9]，恰似葡萄初酦醅[10]。此江若变作春酒[11]，垒麹便筑糟丘台[12]。千金骏马换少妾[13]，笑坐雕鞍歌《落梅》[14]。车旁侧挂一壶酒，凤笙龙管行相催[15]。咸阳市中叹黄犬[16]，何如月下倾金罍[17]？

君不见晋朝羊公一片石[18]，龟头剥落生莓苔[19]。泪亦不能为之堕，心亦不能为之哀[20]。清风朗月不用一钱买，玉山自倒非人推[21]。舒州杓[22]，力士铛，李白与尔同死生[23]。襄王云雨今安在[24]？江水东流猿夜声[25]。

[注释]

[1] 此诗当是开元二十二年（734）游襄阳时作。襄阳歌：旧注或指为乐府《襄阳曲》，非。此为李白即地怀古之作。襄阳，县名，唐襄州治所，今湖北襄阳。 [2] 岘山：又名岘首山，在今湖北襄阳南。东临汉水，为襄阳南面要塞。 [3] 倒著接䍦：《晋书·山简传》：“永嘉三年，出为征南将军，都督荆、湘、交、广四州诸军事，假节，镇襄阳。……简每出嬉游，多之池上，置酒辄醉，名之曰高阳池。时有童儿歌曰：‘山公出何许？往至高阳池。

日夕倒载归，茗艼无所知。时时能骑马，倒著白接篱。'"李白另有乐府诗《襄阳曲四首》，专咏山简事。一作"行客辞归"。接篱，古代一种白色头巾。篱，宋本作"篱"，据胡本、缪本、王本、咸本、《全唐诗》等校改。　　[4]《白铜鞮（tí）》：即《白铜蹄》。南朝齐梁时歌谣。《隋书·音乐志上》记载：南齐末，萧衍行雍州府事，镇襄阳。时有童谣云："襄阳白铜蹄，反缚扬州儿。"时有附会者言：白铜蹄谓马；白，金色。后萧衍起兵，实以铁骑，扬州（今江苏南京）之士皆面缚，如谣所言。故（梁武帝）即位之后，更造新声，自为词三曲，又令沈约为三曲，以被弦管。　　[5]山公：指山简，此为诗人自喻。一作"山翁"。以上为第一段，叙山简事以起兴。　　[6]鸬鹚（lú cí）杓：形似鸬鹚鸟颈的长柄酒杓。鸬鹚，水鸟名，亦称"水老鸦""鱼鹰"。颈长、善潜水，可驯养捕鱼。　　[7]鹦鹉杯：用形似鹦鹉嘴的螺壳制成的酒杯。吴均《别新林》："还倾鹦鹉杯。"鹦鹉，鸟名，俗称"鹦哥"。头圆，上嘴弯曲成钩状，羽毛色彩美丽，能模仿人言的声音。　　[8]"一日"句：《世说新语·文学》："郑玄在马融门下，……业成辞归。"刘孝标注引《郑玄别传》："袁绍辟玄，及去，饯之城东，欲玄必醉。会者三百余人，皆离席奉觞，自旦及暮，度玄饮三百余杯，而温克之容，终日无怠。"陈暄《与兄子秀书》："郑康成（郑玄）一饮三百杯，吾不以为多。"　　[9]鸭头绿：染色业术语，指像鸭头上绿毛般的颜色。此用以形容汉水清澈。颜师古《急就篇注》卷二："春草、鸡翘、凫翁，皆谓染采而色似之，若今染家言鸭头绿、翠毛碧云。"绿，一作"渌"。　　[10]"恰似"句：此句谓清澈的汉水正像刚酿的葡萄酒。恰似，一作"疑是"。初，一作"新"。葡萄，酒名。据《博物志》记载：西域有蒲萄酒，积年不败，彼俗云可十年，饮之，醉弥日乃解。程大昌《演繁露续集》卷四引《南部新书》云："太宗破高昌，收马乳蒲萄，种于苑中，并得酒法，仍

自损益之，造酒，绿色，长安始识其味。太白命蒲萄之酒以为绿者，盖本此也。"酸醅（pō péi），未经过滤的重酿酒。　[11]春酒：古代称美酒冠以"春"字，如剑南春、老春等。　[12]坖：堆栈。麹：俗称酒药，即酿酒时所用的发酵糖化剂。糟丘台：酒糟堆成的山丘高台，极言其多。《新序·节士》："桀为酒池，足以运舟；糟丘，足以望七里。"　[13]"千金"句：此句用曹彰以妾换马典。《独异志》卷中："后魏曹彰性倜傥，偶逢骏马，爱之，其主所惜也。彰曰：'予有美妾，可换，惟君所选。'马主因指一妓，彰遂换之。"少妾，一作"小妾"。　[14]笑坐：一作"醉坐"。雕鞍：一作"金鞍"。《落梅》：即乐府《梅花落》曲。《乐府诗集》卷二十四《横吹曲辞》有《梅花落》，曰："本笛中曲也。按唐大角曲亦有《大单于》《小单于》《大梅花》《小梅花》等曲，今其声犹有存者。"　[15]凤笙：谓笙形像凤，因称凤笙。《风俗通·声音》："《世本》：'随作笙。'长四寸，十二簧，像凤之身，正月之音也。"龙管：谓笛声如龙鸣，故称龙管。马融《长笛赋》："近世双笛从羌起，羌人伐竹未及已。龙鸣水中不见已，截竹吹之声相似。"　[16]"咸阳"句：用秦相李斯被杀典，见《行路难》其三注。　[17]金罍：古酒器，即黄金所饰之酒尊。《诗·周南·卷耳》："我姑酌彼金罍。"以上为第二段，抒写诗人纵酒行乐。　[18]羊公：指西晋名将羊祜。一片石：指堕泪碑。《晋书·羊祜传》："祜乐山水，每风景，必造岘山，置酒言咏，终日不倦。"祜卒，"襄阳百姓于岘山祜平生游憩之所建碑立庙，岁时飨祭焉。望其碑者莫不流涕。杜预因名为堕泪碑"。一作"一片古碑材"。　[19]龟头：指负碑的石雕动物赑屃（bì xì）。赑屃，又名蠵（xī）龟，形状似龟。古代碑下的石座，习惯雕作赑屃，作为负碑之物。一作"龟龙"。剥落：剥蚀脱落。一作"驳落"。　[20]"心亦"句：一本后有"谁能忧彼身后事，金凫银鸭葬死灰"二句。　[21]"玉山"句：《世说新语·容止》："嵇叔

夜之为人也，岩岩若孤松之独立；其醉也，傀俄若玉山之将崩。"
后因以"玉山自倒"形容醉态。　[22]"舒州"二句：一作"黄金爵，
白玉瓶"。舒州，今安徽潜山。据《新唐书·地理志五》，唐代舒
州产酒器，为进贡之物。铛（chēng），温酒器。《新唐书·韦坚传》
载各地进贡之物中有"豫章力士瓷饮器、茗铛、釜"。　[23]李白：
一作"酒仙"。　[24]襄王云雨：宋玉《高唐赋》云：楚王曾游高唐，
梦一神女，自称巫山之女，愿荐枕席。临别时云："妾在巫山之阳，
高丘之岨。且为朝云，暮为行雨，朝朝暮暮，阳台之下。"后以"云
雨"称男女幽欢，即本此。巫山云雨原为楚怀王事，后因此事乃
宋玉对楚襄王所说，遂变为"襄王云雨"。　[25]猿夜声：一作"猿
夜鸣"。以上第三段，感慨往事如烟，故迹难寻。

[点评]

　　首段描绘晋朝山简镇襄阳时"醉如泥""倒著接䍦"
的形象。为后面写自己的醉酒作铺垫。第二段写自己在
襄阳痛饮及醉中情态。"一日须倾三百杯"，反映出忧愁
难解。"何以解忧，唯有杜康。"（曹操《短歌行》）这正
是李白醉酒的原因。在醉眼蒙眬中，望见清澈的汉水就
像重酿过的葡萄酒，汉水变成了美酒，酒麹就可垒成夏
桀时的糟丘台了。诗人想学当年曹彰以随行小妾换骏马，
笑坐在雕鞍上，唱着《梅花落》的曲子，车旁挂着一壶
酒，乐队奏着凤笙龙笛。想当年富贵到极点的秦朝丞相
李斯最后被杀，连想跟儿子出上蔡牵黄犬打猎都不可能，
还不如我现在自由自在地在月下倾杯喝酒呢！第三段以
"君不见"领起，进一步抒发人生短促、功业不能长存的
悲哀，当年为纪念羊祜立的碑，如今已剥落，谁还记得

他的功业而哀悼堕泪呢？楚襄王与巫山神女的故事亦属子虚乌有。只有清风朗月不用花钱可尽情享用，酒醉后像玉山自倒在清风朗月下，是多么潇洒！全诗反映纵酒行乐的生活以及功名富贵不能长在的思想，表现出诗人初入长安功业无成所产生的悲愤情绪。其气势纵横跌宕，语言奔放自然，意境开旷神逸，艺术成就甚高。

江夏别宋之悌[1]

楚水清若空[2]，遥将碧海通[3]。
人分千里外[4]，兴在一杯中[5]。
谷鸟吟晴日，江猿啸晚风。
平生不下泪，于此泣无穷！

宋之悌为初唐诗人宋之问季弟。《朝野佥载》卷六："宋令文者，有神力。……令文有三子：长之问，有文誉；次之逊，善书；次之悌，有勇力。"《旧唐书·宋之问传》："之悌，开元中自右羽林将军出为益州长史、剑南节度兼采访使，寻迁太原尹。"详见郁贤皓著《李白丛考·李白诗〈江夏别宋之悌〉系年辨误》。

[注释]

[1]此诗约作于开元二十二年（734）前后，时宋之悌贬朱鸢途经江夏，李白作此送别诗。江夏：唐县名，治所在今湖北武汉武昌区。　[2]楚水：指江夏。陆游《入蜀记》卷三："自此（鹦鹉洲）以南为汉水，……水色澄澈可鉴。太白云：'楚水清若空'，盖言此也。"　[3]将：与。碧海：指朱鸢。朱鸢在唐代属安南都护府交趾郡（交州），在今越南境内。当时有朱鸢江经此入海。《水经注》卷三十七：叶榆水"过交趾，……东入海"。　[4]千里：据《旧唐书·地理志四》：交趾"至京师七千二百五十三里"，则

朱鸢至江夏亦相距有数千里。　　[5]兴：兴会，兴致。

[点评]

　　首联分别点明送别的地点和宋之悌将往的地点。颔联点题，由友人将往之处回到眼前的离别，千里之别是悲哀的，但眼前还有酒可以解愁，不说"悲"而说"兴"，"一杯"对"千里"，既表现出豪气和潇洒，又有无可奈何的情绪。含蓄有味，耐人咀嚼。颈联转为写景，从"晴日"到"晚风"，暗示时间的推移，依依惜别之情于言外见之。出句是美好景色，与颔联"兴"字相应；对句是凄凉景色，为尾联"泣"字张本。尾联抒情，宋之悌早年仕途发达，但在暮年却远谪蛮荒之地，面对此情此景，即便铁石心肠也会动情，何况诗人富有同情心，自然就"泣无穷"了。前三联写得豪逸洒脱，尾联却以悲怆沉郁作结，使诗情跳跃跌宕，大开大合，有起之无端、结之无尽之妙。

将进酒 [1]

　　君不见黄河之水天上来 [2]，奔流到海不复回 [3]！君不见高堂明镜悲白发 [4]，朝如青丝暮成雪 [5]！人生得意须尽欢，莫使金樽空对月。

　　天生我材必有用 [6]，千金散尽还复来 [7]。烹

此为李白代表作之一，诗人沿用乐府古题饮酒放歌的传统写法，但又复中有变，旧瓶装新酒，带有鲜明的个性特征。全诗以明快的节奏、参差的句式、跳跃的韵律，抒发汹涌奔腾的悲愤感情，表面看豪放痛快，实际上苦闷无奈，深沉的悲痛寓于豪语之中，是本诗的主要特征。

羊宰牛且为乐[8]，会须一饮三百杯[9]。岑夫子、丹丘生[10]，进酒君莫停[11]。与君歌一曲[12]，请君为我倾耳听[13]。钟鼓馔玉不足贵[14]，但愿长醉不用醒[15]。古来圣贤皆寂寞[16]，惟有饮者留其名。

陈王昔时宴平乐[17]，斗酒十千恣欢谑。主人何为言少钱，径须沽取对君酌[18]。五花马[19]，千金裘[20]，呼儿将出换美酒[21]，与尔同销万古愁！

[注释]

[1] 此诗约作于开元二十四年（736）前后。岑勋因仰慕李白，寻访到嵩山元丹丘处，请丹丘再邀李白到嵩山。三人置酒高会，李白在席间写成此诗。将（qiāng）进酒：乐府旧题。《乐府诗集》卷十六《鼓吹曲辞·汉铙歌》载《将进酒》古辞，内容言饮酒放歌。同书卷十七载梁昭明太子同题之作，亦只及游乐饮酒。萧士赟云：“《将进酒》者，汉短箫铙歌二十二曲之一也。……唐时遗音尚存，太白填之以申己之意耳。”将，请。此诗两见《文苑英华》，题一作“惜空樽酒”，一作“将进酒”；敦煌写本《唐人选唐诗》作“惜樽空”。　[2] 君不见：乐府诗常用作提醒人语。黄河：我国第二大河，上源马曲出青海巴颜喀拉山脉雅拉达泽山东麓约古宗列盆地西南缘。古代统称其左右之山为昆仑墟，故有河出昆仑之说。以其地势极高，故诗人以“天上来”形容之。　[3]“奔流”句：古乐府《长歌行》：“百川东到海，何时复西归？”　[4] 高堂：一作“床头”。　[5] 青丝：喻柔软的黑发。一作“青云”。成雪：

一作"如雪"。　[6]"天生"句：一作"天生我身必有财"，又作
"天生吾徒有俊材"。用，一作"开"。　[7]千金散尽：李白《上
安州裴长史书》云："曩昔东游维扬，不逾一年，散金三十余万，
有落魄公子，悉皆济之。"一作"黄金散尽"。李白《答王十二寒
夜独酌有怀》："黄金散尽交不成。"　[8]烹羊宰牛：曹植《野田黄
雀行》："中厨办丰膳，烹羊宰肥牛。"　[9]会须：该当。一饮三百
杯：用郑玄典故。见前《襄阳歌》注。　[10]岑夫子：当即岑勋。
李白另有《酬岑勋见寻就元丹丘对酒相待以诗见招》。《文苑英
华》卷八五七（《全唐文》卷三七九）有岑勋撰《西京千福寺多
宝佛塔感应碑》。丹丘生：即元丹丘，李白好友。诗人《上安州裴
长史书》提及前受安州马都督和李长史接见时曰："故交元丹，亲
接斯议。"知早在青年时代已与元丹丘订交。《冬夜于随州紫阳先
生餐霞楼送烟子元演隐仙人山序》曰："吾与霞子元丹、烟子元演
气激道合，结神仙交。"魏颢《李翰林集序》："与丹丘因持盈法师
达，白亦因之入翰林。"知元丹丘曾与李白同为玉真公主所推荐。
据李白《汉东紫阳先生碑铭》，元丹丘于天宝初受道箓于胡紫阳。
李白一生与元丹丘过从甚密，酬赠元丹丘诗甚多，详见郁贤皓著
《李白丛考·李白与元丹丘交游考》。　[11]"进酒"句：一作"将
进酒，杯莫停。"君，一作"杯"。　[12]与君：为君。敦煌写本
《唐人选唐诗》即作"为君"。　[13]倾耳：萧本、郭本、胡本、《全
唐诗》皆作"侧耳"。　[14]"钟鼓"句：一作"钟鼎玉帛岂足贵"。
钟鼓馔（zhuàn）玉，瞿蜕园、朱金城《李白集校注》："按钟鼓馔
玉不成对文，疑当作鼓钟馔玉，即钟鸣鼎食之意。"古时富贵之
家用膳时鸣钟列鼎。馔玉，形容食物如玉一般精美。梁戴暠《煌
煌京洛行》："挥金留客坐，馔玉待钟鸣。"馔，食饮。　[15]不
用醒：一作"不复醒"，又作"不愿醒"。　[16]圣贤：一作"贤
圣"。寂寞：一作"死尽"。　[17]"陈王"二句：曹植《名都篇》：

"归来宴平乐，美酒斗十千。"陈王，三国时魏国诗人曹植。据《三国志·魏书·陈思王植传》记载：陈思王植，字子建。太和六年，封植为陈王。昔时，一作"昔日"。平乐，观名，汉明帝时造，在洛阳西门外。斗酒十千，形容酒美价贵。斗，古代盛酒容器，亦用作卖酒的计量单位。恣欢谑，纵情寻欢作乐。　[18]径须：只管。一作"且须"。沽取：买取。一作"沽酒"。对：一作"共"。　[19]五花马：毛为五色花纹的好马。又据《图画见闻志》引韩幹《贵戚阅马图》及张萱《虢国出行图》注"三花马"，及王琦注，谓五花乃剪马鬣（颈上长毛）为五瓣花。其说亦通。　[20]千金裘：形容狐裘价值之高。《史记·孟尝君列传》："此时孟尝君有一狐白裘，直（值）千金，天下无双。"　[21]将出：拿出。

[点评]

将进酒，就是劝酒歌。前人写此题的作品都是五言小诗，李白衍为大幅长句，并灌输强烈的浪漫主义激情，使旧题乐府获得新的生命，达到顶峰，使后人难以为继。发端以狂飙突起之势，用惊心动魄的两个排比长句，唱出深沉的人生感慨。先以河水入海的壮伟景象比喻光阴一去不回，再用极度的夸张描写人生短暂。气势豪纵，相互衬托，奠定了全诗豪放的主旋律。既然人生短促，就自然地落到主题：何不及时行乐？这里的"人生得意"并非世俗所指的富贵荣华，而是指适性快意。也就是"莫使金樽空对月"的欢情。但诗人并非真的愿意遁入醉乡、游戏人生，只是想摆脱现实中的痛苦而不得已为之，内心深处仍向往着功名和理想，所以第二段就高唱"天生我材必有用，千金散尽还复来"，表达乐观信念，肯定自

我价值，这与其同一时期的《梁甫吟》等诗一样，对前途充满信心。于是诗人沉浸在酣畅淋漓的纵情宴饮中，诗至此变为三言句，短促的音节，毕肖声口；吟诗放歌，画出酒酣耳热的自我形象。接着诗意又起波澜，转为激愤，蔑视豪门贵族的豪华生活为"不足贵"，自己只愿长醉，表达出诗人对黑暗现实的不满情绪。自古志士仁人难酬壮志，空耗壮心；只有狂歌醉酒的高士留下不朽名声。这里隐含着诗人心头的痛苦和愤怒。第三段借古人曹植欢宴平乐之事，抒发自己的豪情，于是酒兴诗情都进入高潮，竟放言无忌，反客为主。"主人何为言少钱"，既与前"千金散尽还复来"相呼应，又引出后面的不惜将名马贵裘换取美酒，只求销却无穷的愁绪。这最后点出的诗旨，既深沉而有气势，又流畅而耐人寻味。

赠孟浩然 [1]

吾爱孟夫子 [2]，风流天下闻 [3]。
红颜弃轩冕 [4]，白首卧松云 [5]。
醉月频中圣 [6]，迷花不事君 [7]。
高山安可仰 [8]，徒此揖清芬 [9]。

[注释]

[1] 此诗当为开元二十七年（739）李白过襄阳重晤孟浩然

李白与同时期著名诗人杜甫、高适、贺知章、王昌龄等都有交往，但公然声称喜爱景仰的诗人似乎只有孟浩然一人，原因在于孟浩然风流自持、高洁不俗的品节。其实，本诗中塑造的迷花醉月的孟浩然形象何尝不是李白的自画像呢？

时所作。其时孟浩然已届暮年，次年即患背疽卒。孟浩然：见前
《黄鹤楼送孟浩然之广陵》诗注。　[2]孟夫子：指孟浩然。夫子，
古代对男子的敬称。　[3]风流：儒雅潇洒的风度。《三国志·蜀
书·刘琰传》："（刘备）以其宗姓，有风流，善谈论，厚亲待
之。"　[4]"红颜"句：在青壮年时就绝意仕宦。《新唐书·孟浩
然传》："少好节义，喜振人患难，隐鹿门山。年四十，乃游京师。
尝于太学赋诗，一座嗟伏，无敢抗。张九龄、王维雅称道之。维
私邀入内署，俄而玄宗至，浩然匿床下，维以实对。帝喜曰：'朕
闻其人而未见也，何惧而匿？'诏浩然出。帝问其诗，浩然再拜，
自诵所为，至'不才明主弃'之句，帝曰：'卿不求仕，而朕未尝
弃卿，奈何诬我？'因放还。采访使韩朝宗约浩然偕至京师，欲
荐诸朝。会故人至，剧饮欢甚，或曰：'君与韩公有期。'浩然叱曰：
'业已饮，遑恤他！'卒不赴。朝宗怒，辞行，浩然不悔也。"红颜，
红润的脸色，指青壮年时代。轩冕，古时公卿大夫的车子和礼帽，
后用以代指官位爵禄。　[5]卧松云：指隐居山林。　[6]醉月：
月夜醉酒。中圣：犹中酒。《三国志·魏书·徐邈传》记载，汉末
曹操主政，禁酒甚严。当时人讳说酒字，把清酒称为圣人，浊酒
称为贤人。尚书郎徐邈私自饮酒，对人说是"中圣人"。后遂以
"中圣人"或"中圣"称酒醉。"中"本应读去声，但此需读平声
才合辙。　[7]迷花：迷恋丘壑花草。　[8]"高山"句：《诗·小
雅·车辖》："高山仰止，景行行止。"此以仰望高山喻己对孟浩然
的景仰。　[9]徒：只能。一作"从"。揖：拱手为礼，表示致敬。
清芬：喻高洁的德行。

[点评]

首联点明题旨，总摄全诗。"爱"字是诗眼，是贯穿
全诗的抒情线索。"风流"二字是对孟浩然品格的总概括，

全诗围绕此展开笔墨。颔联和颈联申说"风流"所在，描写孟浩然的高士形象。"红颜"与"白首"对举，概括从青壮年到晚年的生涯，从纵的方面写；"醉月"与"迷花"对举，概括隐居生活，从横的方面写；而"弃轩冕"与"不事君"是风流的核心，如果没有弃轩冕、不事君，那么"卧松云""醉月""迷花"就显示不出高洁和脱俗，所以这两联的深意是耐人咀嚼的。前人多批评此两联诗意重复，其实这是从两个不同角度描写的。颔联由"弃"而"卧"，是从反到正写法；颈联由"醉月""迷花"而不事君，是从正到反写法。纵横反正，笔法灵活，摇曳生姿，将孟浩然的高洁形象描绘得非常充分，同时也深蕴着诗人的敬爱之情。于是尾联就水到渠成，直接抒情。孟浩然的品格像高山屹立，仰望不及，故有"安可仰"之叹，只能对着他的高洁品格揖拜而已。这就比一般的赞仰又进了一层。此诗直抒胸臆，情深词显，自然古朴，格调高雅。巧用典故，无斧凿痕。从抒情到描写又回到抒情，从爱最后归结到敬仰，意境浑成，感情率真，表现出诗人特有的风格。

鲁东门泛舟二首[1]（其一）

日落沙明天倒开[2]，波摇石动水萦回[3]。
轻舟泛月寻溪转[4]，疑是山阴雪后来。

黄叔灿《唐诗笺注》评此诗说："'日落沙明'二句，写景奇绝。少陵造句常有此，而此二句毕竟是李非杜，有飞动凌云之致也。下二句日落泛月，寻溪而转，清境迥绝，故疑似王子猷之山阴雪后来也。诗真飘然不群。"

[注释]

[1] 开元后期李白移居东鲁，此诗约作于开元二十八年（740）前后。鲁东门：萧本、郭本、胡本、王本皆作"东鲁门"。按：鲁东门当指唐兖州（鲁郡）城东门。在今山东兖州。　[2] 天倒开：谓天上云彩倒映水中。王尧衢《古唐诗合解》："日光落下，照沙而明，有似乎天在下者，故曰倒开。"　[3] 萦：盘旋，回绕。王尧衢云："水腾起为波，摇石如动，其四面皆水，萦旋回绕，总言泛舟光景。"　[4]"轻舟"二句：谓月下泛舟，其兴恍如王徽之雪夜访戴。山阴，今浙江绍兴。雪后来，《世说新语·任诞》："王子猷（徽之）居山阴，夜大雪，眠觉，开室，命酌酒，四望皎然。因起仿徨，咏左思《招隐》诗。忽忆戴安道。时戴在剡，即便夜乘小船就之。经宿方至，造门不前而返。人问其故，王曰：'吾本乘兴而行，尽兴而返，何必见戴？'"

[点评]

首句写日落时阳光反照使水中的天空和沙洲的倒影分外鲜明，给人有"天开"之感。次句写波浪的摇动和水流的萦回，给人以"石动"的错觉。前两句都是写景，是日落时间，第三句才点题，已到了月夜泛舟。月光照射水面，小舟轻盈漂游，似乎泛着月光前进。诗人兴致极高，随溪曲而转，信流而行。此句不仅纪事，而且用一个"轻"字，生动地表现出诗人飘飘然的精神状态。末句抒情，用东晋名士王徽之雪夜访戴逵的典故，"乘兴而行，尽兴而返"，如今这皎洁的月光和当年的雪光十分相似，自己的豪兴也和当年的王徽之相同。一个"疑"字，表现出诗人此时已进入"忘我"的境界。这典故信手拈

来，只借用其"乘兴"一端，用得非常巧妙。

嘲鲁儒[1]

鲁叟谈《五经》[2]，白发死章句。

问以经济策[3]，茫如坠烟雾[4]。

足著远游履[5]，首戴方山巾[6]。

缓步从直道，未行先起尘。

秦家丞相府[7]，不重褒衣人。

君非叔孙通[8]，与我本殊伦。

时事且未达[9]，归耕汶水滨。

[注释]

[1]此诗约作于移家东鲁后的开元二十八年（740）。鲁儒：鲁地（今山东兖州、曲阜一带，春秋时鲁国）的儒者。　[2]"鲁叟"二句：嘲讽鲁儒学习经书到老只知道记诵章句。《五经》，指儒家五部经典著作，即《易》《书》《诗》《礼》《春秋》。章句，指文字的句读和分章。　[3]经济策：治理国家的策略。经济，经世济民。　[4]"茫如"句：谓一无所知，茫然如坠入烟雾之中。　[5]远游履：履名，其形制未详。《文选》卷十九曹植《洛神赋》："践远游之文履。"　[6]方山巾：当即"方山冠"，原为汉代祭祀宗庙时乐舞者所戴之冠。《后汉书·舆服志下》："方山冠，似进贤（冠），以五采縠为之。祠宗庙，《大予》《八佾》《四时》《五行》乐人服之。

通过言行举止、穿着打扮的细节描写来刻画鲁地腐儒形象是本诗的突出特点，"按善写人物形相是盛唐诗的一大风景，名篇有李颀《送陈章甫》《别梁锽》，杜甫《饮中八仙歌》等。李白本诗也体现了这一风会，而于穷形极相之中，语含轻蔑调笑，则又见李白洒落本色"。还需要提醒读者注意的是，李白对儒家文化及儒生并非一概否定："李白并非反对读经，他幼时已熟读五经；他也不笼统非儒，所非的只是迂儒、鄙儒。对于通儒，他不仅不非，更引以为同调。"（赵昌平《李白诗选评》）

冠衣各如其行方之色而舞焉。"后成为儒生所戴之冠。　[7]"秦家"二句：谓秦朝丞相李斯，是不看重宽袍阔带的儒生的。秦家丞相，指李斯。《史记·李斯列传》载李斯曾建议秦始皇焚书曰："臣请诸有文学《诗》《书》百家语者，蠲除去之。令到满三十日弗去，黥为城旦。所不去者，医药卜筮种树之书。若有欲学者，以吏为师。"秦始皇接受了这个建议，遂"收去《诗》《书》百家之语以愚百姓，使天下无以古非今"。褒衣，宽袍，古代儒生的装束。《汉书·隽不疑传》："褒衣博带，盛服至门上谒。"颜师古注："褒，大裾也。言着褒大之衣，广博之带也。"　[8]"君非"二句：诗人于此自比叔孙通，以"不知时变"的"鄙儒"喻鲁叟，故云不同类。叔孙通，汉初薛县（今山东枣庄薛城）人，曾为秦博士。秦末农民起义，为项羽部下，后归刘邦，任博士。汉朝建立，曾率儒生改造前代礼制，为汉高祖刘邦制定新的朝仪。《史记·刘敬叔孙通列传》："于是叔孙通使征鲁诸生三十余人。鲁有两生不肯行，曰：'公所事者且十主，皆面谀以得亲贵。今天下初定，死者未葬，伤者未起，又欲起礼乐。礼乐所由起，积德百年而后可兴也。吾不忍为公所为。公所为不合古，吾不行。公往矣，无污我！'叔孙通笑曰：'若真鄙儒也，不知时变。'"殊伦，不同类。　[9]"时事"二句：谓鲁叟对什么是适合时代的事尚且不懂，只能回到汶水边去种田了。时事，适合当时之事。汶水，今名大汶河，源出山东莱芜北，西南流至梁山入济水。

[点评]

首四句批评鲁地的儒生只会死记《五经》的章句，却对治理天下的方略茫然不知。接着四句描绘腐儒的可笑形象：脚穿仿制汉代的远游履，头戴仿制汉代的方山

冠，顺着直道慢慢地踱步走路，还未走几步，那宽大的衣袖就卷起了飞扬的尘土。这幅画面把鲁儒的动态肖像描绘得惟妙惟肖。末六句诗人作正面评论：秦朝丞相李斯早就不看重脱离实际只做表面文章的儒生，劝秦始皇焚书坑儒；而汉初的叔孙通为汉高祖制定新的制度则符合时宜。诗人以叔孙通自喻，表明自己与死守章句的腐儒完全是不同的人。最后两句讽刺鲁儒不懂时事，只能到汶水边去种田。此诗表明作者讽刺的只是儒生中的一部分，即死守章句而不懂经世济民方略者，说明诗人自认为是一个有政治抱负、希望积极用世的真正儒生。全诗形象鲜明，用典贴切。

南陵别儿童入京[1]

白酒新熟山中归[2]，黄鸡啄黍秋正肥。

呼童烹鸡酌白酒，儿女嬉笑牵人衣[3]。

高歌取醉欲自慰[4]，起舞落日争光辉。

游说万乘苦不早[5]，著鞭跨马涉远道[6]。

会稽愚妇轻买臣[7]，余亦辞家西入秦[8]。

仰天大笑出门去，我辈岂是蓬蒿人[9]！

[注释]

[1] 此诗当是天宝元年（742）奉诏入京时所作。《河岳英灵

李白的情感之路颇为坎坷，关于他的婚姻状况，时人魏颢《李翰林集序》有过简要介绍："白始娶于许，生一女，一男曰明月奴，女既嫁而卒。又合于刘，刘诀。次合于鲁一妇人……"后又娶宗氏女。此处"会稽愚妇"疑指刘氏。

诗末两句向来脍炙人口，"结句以直致见风格，所谓辞意俱尽，如截奔马"（《唐宋诗醇》卷六）。

集》《又玄集》《唐文粹》收此诗均题作《古意》。南陵：前人说是指宣州南陵（今属安徽），今人多认为在今山东兖州附近。自开元末至天宝末李白子女一直居住于东鲁。　[2] 新熟：指酿酒完成。一作"初熟"。　[3] 儿女：李白有女名平阳，有子名伯禽。嬉笑：一作"歌笑"。　[4]"高歌"二句：一本无此二句。　[5] 游说（shuì）：战国时代策士周游列国，向诸侯陈说形势，提出政治、军事、外交方面的主张，以获取官禄，谓之游说。万乘（shèng）：指皇帝。古代天子有兵车万辆，故以万乘（乘即一车四马）指帝位。苦不早：恨不能在早些年头实现。　[6] 著鞭：执鞭，挥鞭。　[7]"会稽"句：据《汉书·朱买臣传》记载：朱买臣，吴人。"家贫，好读书，不治产业，常艾薪樵，卖以给食。担束薪，行且诵书。其妻亦负戴相随，数止买臣毋歌呕（讴）道中。买臣愈益疾歌，妻羞之，求去。买臣笑曰：'我年五十当富贵，今已四十余矣。女（汝）苦日久，待我富贵报女功。'妻恚怒曰：'如公等，终饿死沟中耳，何能富贵！'买臣不能留，即听去。"后买臣得汉武帝信用，任会稽太守，"入吴界，见其故妻、妻夫治道。买臣驻车，呼令后车载其夫妻，到太守舍，置园中，给食之，居一月，妻自经死"。此处以朱买臣自喻，既自信会像朱买臣那样终当富贵，又似指时有妻妾辈轻己者。　[8] 西入秦：一作"方入秦"。秦，指长安。　[9] 蓬蒿人：埋没于草野之人，指平民百姓。蓬蒿，两种草名。

[点评]

开头两句写酒熟鸡肥，山村丰实景象，已逗欢愉气氛，为下文的描写做了铺垫。接着四句，正面描写欢乐情景：高呼童子烹鸡酌酒，儿女嬉笑牵衣，放声高歌自

慰，起舞落日争辉，诗人舒畅的心情，飞扬的神采，都跃然纸上。前半首已将诗人和儿女热烈兴奋的情绪写足，下半首则转折跌宕。此年李白已四十二岁，按理早该游说皇帝取得功名了，迟至今日始偿夙愿，终觉有些遗憾，"苦不早"三字，表现出诗人不无遗恨。但毕竟如今能挥鞭跨马登程入京，还是令人高兴的。这里一句一转，反映出诗人内心的复杂。诗人觉得自己就像汉朝的朱买臣，晚年才得志，先前还被愚昧的小妾轻视过，如今自己也辞家赴京了。这两句用典贴切自然，将诗人心中的愤恨宣泄殆尽。最后两句"仰天大笑出门去，我辈岂是蓬蒿人"，犹如蕴蓄已久的波涛，异峰突起，汹涌澎湃，把感情波澜推向高潮，诗人自负自信的心理和兴奋至极的神态充分地表现出来了。全诗写景叙事凝练简洁，描写人物形象鲜明生动，刻画心理曲折多变。既有正面描写，又有间接烘染；既跌宕多姿，又一气呵成，淋漓尽致。

驾去温泉宫后赠杨山人 [1]

少年落魄楚汉间 [2]，风尘萧瑟多苦颜 [3]。
自言管葛竟谁许 [4]，长吁莫错还闭关 [5]。
一朝君王垂拂拭 [6]，剖心输丹雪胸臆 [7]。
忽蒙白日回景光 [8]，直上青云生羽翼。
幸陪鸾辇出鸿都 [9]，身骑飞龙天马驹 [10]。

全诗结构完整，层次分明。以时间为线索，依次写过去、现在、将来，完全顺叙，这种结构方式在李白诗中较为少见。

王公大人借颜色^[11]，金章紫绶来相趋^[12]。

当时结交何纷纷^[13]，片言道合唯有君。

待吾尽节报明主，然后相携卧白云^[14]。

[注释]

[1]本诗作于天宝元年（742）奉诏入京得到君王礼遇供奉翰林、从驾温泉宫时。敦煌写本《唐人选唐诗》题作《从驾温泉宫醉后赠杨山人》，是。温泉宫：故址在今陕西临潼骊山下。《新唐书·地理志一》京兆府昭应县："有宫在骊山下，贞观十八年置，咸亨二年始名温泉宫。天宝元年更骊山曰会昌山。……六载，更温泉（宫）曰华清宫，宫治汤井为池，环山列宫室，又筑罗城，置百司及十宅。"杨山人：名未详。山人，隐居山林之士。　[2]落魄：同"落泊""落托""落薄"，叠韵联绵词，穷困失意貌。楚汉间：指今湖北汉水流域。　[3]萧瑟：形容寂寞凄凉。　[4]"自言"句：意谓尽管自以为有管仲、诸葛之才，可又有谁推许呢！管葛，指春秋时辅佐齐桓公称霸的管仲和三国时辅佐刘备建立蜀汉政权的丞相诸葛亮。　[5]莫错：内心纷乱的样子。一作"错漠"，即错莫。闭关：闭门，指无人往来。关，门栓。　[6]拂拭：喻赏拔、器重。　[7]"剖心"句：是说甘愿竭诚尽力报答君王的知遇之恩。　[8]白日：喻皇帝。景光：日光，此指皇帝的宠赐。　[9]鸾辇：皇帝的车乘。鸿都：此喻指李白当时所在的翰林院。《后汉书·灵帝纪》："光和元年……始置鸿都门学生。"李贤注："鸿都，门名也，于内置学。时其中诸生，皆敕州、郡、三公举召能为尺牍辞赋及工书鸟篆者相课试，至千人焉。"　[10]"身骑"句：据李肇《翰林志》记载，唐代制度：翰林学士初入院，赐中厩马一匹，谓之长借马。其时李白供奉翰林，故得借飞龙厩马。傅玄《拟四愁

诗四首》之一:"寄言飞龙天马驹。"飞龙,马厩名。《新唐书·兵志》:"又以尚乘掌天子之御。……其后禁中又增置飞龙厩。"天马驹,指骏马。《史记·大宛列传》:汉武帝时,"得乌孙马,好,名曰天马。及得大宛汗血马,益壮,更名乌孙马曰'西极',名大宛马曰'天马'云"。　[11]借颜色:给面子,赏脸。　[12]金章紫绶:代指朝廷大官。《汉书·百官公卿表》:"相国丞相皆秦官,金印紫绶。"金章,铜印。一作"金印"。紫绶,紫色印带。相趋:奉承,讨好。　[13]"当时"二句:当时结交的人很多,可是真正志同道合的只有你。　[14]然后相携:一作"携手沧洲"。卧白云:谓隐居。

[点评]

　　开头四句诗人回顾自己年轻时流寓于安陆一带,穷困凄凉,虽自以为抱负可比管仲、诸葛亮,但却无人推许赏识,只能长叹而寂寞闭门,无人往来。这与后面的情景形成鲜明对比。中间八句写入京后得到君王的赏识,供奉翰林,自己甘愿掏出心来竭力尽忠,报答君王之恩。又蒙君王宠召,使自己像长出翅膀直上青云,叨陪侍从到温泉宫,骑着飞龙厩的骏马出翰林院,王公大臣都给我赏脸,朝廷大官也都奉承我。得志的神情溢于言表,与从前的落魄萧瑟、长吁闭关相比反差极大,充分显示出世态的炎凉。最后四句抒写自己的理想。当此之时,巴结自己的人很多,但真正志同道合的只有你杨山人。诗人表示要等自己尽忠做一番事业、报答英明君王以后,就与杨山人携手隐居。

隋炀帝曾命虞世南写《应诏嘲司花女》的诗："学画鸦黄半未成，垂肩亸袖太憨生。缘憨却得君王惜，长把花枝傍辇行。"据说当时洛阳人献合蒂迎辇花，隋炀帝命令御车女袁宝儿持之，号司花女。宝儿多憨态，注目于虞世南，故炀帝命世南嘲之。此处暗用虞世南诗意，写宫女的憨态。

此诗末句对后人影响很大。宋代晏几道的《临江仙》词"当时明月在，曾照彩云归"，显然受此启发。

宫中行乐词八首[1]（选三）

其一

小小生金屋[2]，盈盈在紫微[3]。

山花插宝髻，石竹绣罗衣[4]。

每出深宫里，常随步辇归[5]。

只愁歌舞散[6]，化作彩云飞。

[注释]

[1] 此组诗当作于天宝二年（743）春天李白供奉翰林时。各本题下并注："奉诏作五言。"《乐府诗集》卷八十二列为《近代曲辞》。《才调集》以今本一、二、四、五、六题作《紫宫乐五首》，三、七、八题作《宫中行乐三首》。《文苑英华》题作《醉中侍宴应制》。《本事诗·高逸》："（玄宗）尝因宫人行乐，谓高力士曰：'对此良辰美景，岂可独以声伎为娱？倘时得逸才词人吟咏之，可以夸耀于后。'遂命召白。时宁王邀白饮酒，已醉。既至，拜舞颓然。上知其薄声律，谓非所长，命为宫中行乐五言律诗十首，白顿首曰：'宁王赐臣酒，今已醉。倘陛下赐臣无畏，始可尽臣薄技。'上曰：'可。'即遣二内臣掖扶之，命研墨濡笔以授之，又令二人张朱丝栏于其前。白取笔抒思，略不停辍，十篇立就，更无加点。笔迹遒利，凤跱龙拏。律度对属，无不精绝。"据此知《宫中行乐词》乃奉诏而作，原有十首，今存八首，当已逸二首。按：宁王即玄宗兄李宪。据《旧唐书·李宪传》，李宪卒于开元二十九年十一月。李白于天宝

元年秋入京供奉翰林，李宪已卒，怎能与之饮酒？故《本事诗》所记未可尽信。　　[2] 小小：幼小时。金屋：华美的宫室。《汉武故事》载："汉武帝刘彻，为胶东王，数岁，长公主嫖抱置膝上，问曰：'儿欲得妇不？'……对曰：'若得阿娇作妇，当作金屋贮之也。'"　　[3] 盈盈：风姿仪态美好貌。《古诗十九首》："盈盈楼上女。"在紫微：一作"入紫微"。紫微，以紫微星垣比喻皇帝的居处。《文选》卷二十四陆机《答贾谧一首并序》："来步紫微。"李善注："紫微，至尊所居。"吕向注："紫微，天子宫也。"　　[4] 石竹：亦名石竹子。叶似竹而细窄，开红白小花如钱，可植于庭院供观赏。六朝至唐，常用作服饰刺绣图案。　　[5] 步辇：皇帝或皇后乘坐的用人抬的代步工具，类似轿子。　　[6]"只愁"二句：只忧歌舞结束，人将像彩云一样不知漂流何处。散，一作"罢"。

[点评]

　　这是一首五律，写一个年幼的宫女。首联用"小小""盈盈"形容宫女年轻而丰姿绰约、引人怜爱的仪态，用"金屋""紫微"写她长期居住在帝王的深宫中。颔联写她的服饰和打扮：发髻上插的是野花，罗衣上绣的是石竹图案，说明她喜欢朴素淡雅，带有民间气息，不像一般宫女打扮得大红大紫，满身富贵气。由此暗示她的内心是一片天真烂漫。颈联写她的活动：经常步行出宫，侍从帝后步辇，这已是难得的恩宠了。尾联从侧面写宫女的神采，暗示她能歌善舞，担心歌舞散后，她也化作彩云飞走了。前六句写姿态仪容服饰，写出她的憨娇天真，反映诗人的怜惜之意。末二句以彩云的飘逸比喻人

物之轻盈，乃画龙点睛的传神之笔，并以"愁"字暗示诗人的眷念之情。

本诗词藻华美，意象密丽，但读来并无雕缋满眼、滞涩难通之弊。正如清人纪昀所说："此首纯用浓笔，而风韵天然，无繁缛排迭之迹。"（高步瀛《唐宋诗举要》引）

其二

柳色黄金嫩[1]，梨花白雪香。

玉楼巢翡翠[2]，珠殿锁鸳鸯[3]。

选妓随雕辇[4]，征歌出洞房[5]。

宫中谁第一？飞燕在昭阳[6]。

[注释]

[1]"柳色"二句：王琦注："本阴铿诗，太白全用之。"但今传阴铿诗无此二句。　[2]玉楼：华美的高楼。巢：一作"关"，又作"开"。翡翠：鸟名。羽毛有蓝、绿、赤、棕等色，嘴和足呈珊瑚红色。嘴长而直，捕食鱼、虾、蟹和昆虫，栖息于平原或山麓多树的溪旁。其羽可为饰品。　[3]珠殿：华美的宫殿。一作"金殿"。锁：一作"入"。鸳鸯：雌雄偶居不离的水禽，故古称匹鸟，常用作比喻形影不离的夫妇。　[4]雕辇：雕饰彩画的帝后坐车。雕，一作"朝"。　[5]洞房：深邃的内室。　[6]飞燕：指汉成帝皇后赵飞燕。《西京杂记》卷上："赵后体轻腰弱，善行步进退，女弟昭仪不能及也。但昭仪弱骨丰肌，尤工笑语。二人并色如红玉，为当时第一，皆擅宠后宫。"昭阳：汉殿名。《三辅黄图》："成帝皇后居昭阳殿，有女弟俱为婕妤。"（按《汉书·外戚传》谓飞燕妹昭仪，居昭阳舍）沈佺期《凤箫曲》："飞燕侍寝昭阳殿，班姬饮恨长信宫。"此以赵飞燕喻杨贵妃。

[点评]

　　首联写良辰美景：柳色金黄，梨花雪白，真是初春季节的景色，其实这又嫩又香的柳条和梨花，又何尝不是象征美女的腰身和皮肤呢！颔联写美女的居处，玉楼、珠殿，极写其豪华富丽。翡翠、鸳鸯，象征美女与君王如同匹鸟，恩爱异常。颈联写选取歌妓，排练歌舞，美女陪同君王坐着辇车出洞房。尾联点出美女的身份：是宫中第一尊贵的人，犹如当年汉成帝的皇后赵飞燕在昭阳宫中的地位。诗人未明说杨贵妃，而是用含蓄的手法，但读者完全可以自明。

其三

卢橘为秦树[1]，蒲桃出汉宫。

烟花宜落日[2]，丝管醉春风。

笛奏龙鸣水[3]，箫吟凤下空[4]。

君王多乐事[5]，还与万方同。

[注释]

[1]"卢橘"二句：写宫庭中有各种珍异果木。卢橘，《史记·司马相如列传》："卢橘夏孰（熟）。"裴骃《集解》引郭璞曰："今蜀中有给客橙，似橘而非，若柚而芬香，冬夏华实相继，或如弹丸，或如拳，通岁食之，即卢橘也。"司马贞《索隐》引《广州记》云："卢橘皮厚，大小如甘，酢多，九月结实，正赤，明年二月更青黑，夏孰（熟）。"又云："卢即黑是也。" 蒲桃，又作"蒲萄"，即葡萄。《史记·大宛列传》："宛左右以蒲陶为酒，富人藏酒至万余石，久

"还与万方同"句宋本原作"何必向回中"，今据他本改。"何必向回中"，意为外面风景迷人，行乐之事极多，何必要回到宫中去。回中，秦宫名。故址在今陕西陇县西北。与"何必向回中"句相较，"还与万方同"的思想境界更高，意蕴更显厚重，也更为后世诗评家所接受，赞赏其"中有规讽"（沈德潜《唐诗别裁集》），"托讽微婉"（高步瀛《唐宋诗举要》）。周珽《唐诗选脉会通》也说："苑囿声乐，是称巨丽，君王岂可独享其乐？末句托讽昭然。一篇得此结，振起几多声调！"

者数十岁不败。俗嗜酒，马嗜苜蓿。汉使取其实来，于是天子始种苜蓿、蒲陶肥饶地。及天马多，外国使来众，则离宫别观旁尽种蒲萄、苜蓿极望。"出，一作"是"。　[2]"烟花"二句：春日丽景与落日的壮阔气象相称，春风中荡漾着令人陶醉的乐声。　[3]"笛奏"句：谓笛声如龙鸣水中。鸣，一作"吟"。马融《长笛赋》："近世双笛从羌起，羌人伐竹未及已。龙鸣水中不见已，截竹吹之声相似。"　[4]"箫吟"句：谓箫声如凤鸣，使凤凰纷纷从空中飞下。《列仙传》："萧史者，秦穆公时人也，善吹箫。……穆公有女，字弄玉，好之，公遂以妻焉。日教弄玉作凤鸣，居数年，吹似凤声，凤凰来止其屋。公为作凤台，夫妇止其上，不下数年。一日，皆随凤凰飞去。"　[5]"君王"二句：谓君王行乐之事极多，还当与百姓同乐。万方，指庶民百姓。

[点评]

首联写桌上摆满卢橘和蒲桃，这是秦地产品，宫中取来的。颔联点明时间：烟光飘香落日时，人们都陶醉在春风传来的丝竹音乐声中。一个"醉"字，写尽了乐声的动人心魄，春风烟花，本已使人赏心悦目，在此美景中又有美妙乐曲，怎不令人如痴似醉！颈联进一步点出音乐的美妙：笛声就像龙鸣水中，箫声就像凤从空下。这里暗用《列仙传》萧史与弄玉的故事。尾联笔锋犀利，先说"君王多乐事"，总括以上六句，末句陡转："还与万方同"，希望君王与民同乐。

或以为《宫中行乐词八首》不过写玉楼、金殿、鸳鸯、翡翠等语，无关社稷苍生，失之于浅薄。这种看法

没有考虑到这组诗的创作语境，未免苛责李白，沈德潜的评语相对比较客观："原本齐、梁，缘情绮靡中不忘讽意，寄兴独远。"（《唐诗别裁集》卷十）

清平调词三首[1]

其一

云想衣裳花想容[2]，春风拂槛露华浓[3]。
若非群玉山头见[4]，会向瑶台月下逢[5]。

此句承上进一步写出贵妃之美，"'春风拂槛露华浓'，乃花最鲜艳、最风韵之时，则其容之美为何如？"（李锳《诗法易简录》）

[注释]

[1]根据《松窗杂录》记载，此三首诗当是天宝二年（743）春天李白在长安供奉翰林时所作。清平调：唐大曲名。指清商乐中之清调、平调。《碧鸡漫志》卷五谓其于"清调""平调"中制词，近人或疑其说。《乐府诗集》卷八十列入《近代曲辞》，题中无"词"字。后用为词牌，盖因旧曲名，另创新声。此三诗本事，李濬《松窗杂录》记载："开元中，禁中初重木芍药，即今牡丹也。得四本：红、紫、浅红、通白者，上因移植于兴庆池东沉香亭前。会花方繁开，上乘月夜，召太真妃以步辇从。诏特选梨园弟子中尤者，得乐十六色。李龟年以歌擅一时之名，手捧檀板，押众乐前，欲歌之。上曰：'赏名花，对妃子，焉用旧乐词为？'遂命龟年持金花笺宣赐翰林学士李白，进《清平调词》三章。白欣承诏旨，犹苦宿醒未解，因援笔赋之。……龟年遂以词进，上命梨园弟子约略调抚丝竹，遂促龟年以歌。太真妃持颇梨（玻璃）七宝

杯，酌西凉州蒲萄酒，笑领，意甚厚。上因调玉笛以倚曲，每曲遍将换，则迟其声以媚之。太真饮罢，饰绣巾重拜上意。……上自是顾李翰林尤异于他学士。"[2]"云想"句：此句以云和花比拟杨贵妃的衣裳和容貌。想，如，像。　[3]"春风"句：写牡丹受春风露华之滋润而鲜艳盛开，喻妃子得玄宗之宠幸而更显美丽。槛，亭子周围的栏杆。　[4]群玉山：神话传说中的仙山。《穆天子传》卷二："癸巳，至于群玉之山。"郭璞注："即《西山经》玉山，西王母所居者。"　[5]会：当。瑶台：神话中神仙所居之地。《拾遗记》卷十昆仑山："第九层山形渐小狭，下有芝田蕙圃，皆数百顷，群仙种耨焉。傍有瑶台十二，各广千步，皆五色玉为台基。"

[点评]

三诗都将木芍药（即牡丹）和杨贵妃交织在一起描写，但着重点不同。第一首开头就很奇妙，不说妃子的衣裳像云霓、容貌像鲜花，却反过来说。"想"字用得新颖，也可理解为云霓想成为妃子的衣裳，牡丹花想成为贵妃的容貌，这就把妃子绮丽的衣裳和娇艳的玉容写得更深一层。第二句表面上是写牡丹花在春风吹拂和雨露滋润下盛开，以"露华浓"极写花之美艳，实际上也是以春风、雨露暗喻君王的恩泽，写妃子在君王的宠爱下更加容光焕发，更显得娇媚无比。后二句诗人的想象拓开空间，引向神仙世界，更进一层地描写妃子之美：这样花容玉貌的美人，人世间不可能有，只有在仙山上神仙居住的地方才能见到！把妃子比作神仙下凡，给读者留下了无穷的想象空间。

其二

一枝红艳露凝香^[1]，云雨巫山枉断肠^[2]。
借问汉宫谁得似？可怜飞燕倚新妆^[3]。

[注释]

[1]"一枝"句：以牡丹之秾艳芬芳喻妃子之美。红，一作"秾"，又作"浓"。　[2]"云雨"句：谓楚王与神女幽欢，毕竟是在梦中，虚无缥缈，故曰"枉断肠"。言外有不若今日君王有真实美人相陪尽欢之意。云雨巫山，宋玉《高唐赋》谓楚王游高唐，梦一女子前来幽会，王因幸之。临去致辞曰："妾在巫山之阳，高丘之阻，旦为朝云，暮为行雨，朝朝暮暮，阳台之下。"枉，空，徒然。断肠，销魂。　[3]可怜：可爱。飞燕：汉成帝皇后赵飞燕，以美貌著称。

[点评]

此首起句表面上是写牡丹，不但色美，而且味香；不只是天然的美，而且是含露的美，这比第一首的"露华浓"更进一层。实际上也是以花拟人，咏妃子之美红艳凝香。后三句都是用典故以衬托美人，从时间纵深度来写。"云雨"句有多种解释：一说是巫山神女比不上牡丹之美艳，另一说是巫山神女若见妃子之美会羞愧而"断肠"。更多的学人谓此实嘲楚王为神女断肠，只在梦中幽欢，所以说"枉"。意谓哪里及得上当前真正的美人使人销魂！后二句用"汉宫第一"美女来与妃子相比，相传赵飞燕体态轻盈，能为掌上舞。但她与当前的妃子相比，

李锳《诗法易简录》评此句："仍承'花想容'言之，以'一枝'作指实之笔，紧承前首三四句作转，言如花之容，虽世非常有，而现有此人，实如一枝名花，俨然在前也。两首一气相生，次首即承前首作转。"

还得新妆而倚立，才能与妃子的娇媚姿态相仿佛，哪里及得上妃子的天然丽质，不需依赖脂粉服饰。此用抑古尊今之法，压低巫山神女和汉宫飞燕以更深一层衬托妃子之美。

关于三首诗吟咏的对象及章法布局，或以为第一首咏妃子，第二首咏花，第三首将名花与妃子合咏。实际上三首都将牡丹花与杨贵妃合写，只不过用笔命意有主宾之分、明暗之别而已。

其三

名花倾国两相欢[1]，长得君王带笑看[2]。

解释春风无限恨[3]，沉香亭北倚阑干[4]。

[注释]

[1] 名花：指牡丹花。倾国：指美女。《汉书·外戚传·孝武李夫人》："（李）延年侍上起舞，歌曰：'北方有佳人，绝世而独立。一顾倾人城，再顾倾人国。宁不知倾城与倾国，佳人难再得！'"后即以"倾国""倾城"代指绝色佳人。　[2] 长：一作"常"。　[3]"解释"句：意谓赏名花、对妃子，即使有无限春愁，亦已在春风中消释。解释，消除。　[4] 沉香亭：用沉香木建造的亭子。徐松《唐两京城坊考》卷一兴庆宫："宫之正门西向，曰兴庆门。其内兴庆殿，殿后为龙池。池之西为文泰殿，殿西北为沉香亭。"注："在池东北。"

[点评]

前二首用仙境和古代美人比拟，都未明说所咏的对象，第三首才将"名花""倾国"点出，回到当前现实。"名花"，指牡丹花；"倾国"，当然指杨贵妃。前二首表面上写牡丹花，实际上都是写妃子，而第三首却是写唐明皇

眼中、心中的杨贵妃。"两相欢"把名花和倾国合在一起，
"带笑看"把"君王"也融在一起。"笑"字还引出第三句，
一切忧愁怨恨都在这美好的情境中消除了。末句点明君
王和美人赏花的地点：沉香亭北。"倚阑干"三字，生动
地描绘出人物形象，优雅风流，韵味深长。

　　这三首诗，语言艳丽，但挥洒自如，毫无雕琢。第
一首和第三首两用"春风"，前后呼应。信笔写来，自然
流畅。其艺术水平之高超，历代公认。

塞下曲六首 [1]（选五）

其一

五月天山雪 [2]，无花只有寒。

笛中闻《折柳》 [3]，春色未曾看。

晓战随金鼓 [4]，宵眠抱玉鞍。

愿将腰下剑，直为斩楼兰 [5]。

> "无花"两字有双关意义，既指没有雪花，也指不见花草，并暗逗将士盼春之切，引启下两句。

[注释]

[1] 此组诗疑于天宝二年（743）在长安作。塞下曲：《乐府
诗集》卷九十二收此诗，列为《新乐府辞》。又卷二十一《出塞》
引《晋书·乐志》曰："《出塞》《入塞》曲，李延年造。"按：《西
京杂记》曰："戚夫人善歌《出塞》《入塞》《望归》之曲。"则似
高帝时已有之。然《西京杂记》多小说家语，不可尽信。唐代《塞

上》《塞下》曲，盖出于《出塞》《入塞》曲。　[2]天山：《元和郡县志》卷四十陇右道伊州伊吾县："天山，一名白山，一名折罗漫山，在州北一百二十里。春夏有雪。出好木及金铁。匈奴谓之天山，过之皆下马拜。"按：伊州在今新疆哈密，西州在今新疆吐鲁番一带。天山即指伊州、西州以北一带山脉。　[3]《折柳》：即《折杨柳》，汉乐府曲名，属《横吹曲辞》。古辞已亡。后人拟作，多为五言八句，为伤春悲离之辞。梁《鼓角横吹曲》亦有《折杨柳歌辞》，源出北国。此外，《相和歌·瑟调曲》有《折杨柳行》，《清商曲·西曲歌》有《月折杨柳歌》，皆与此不同。　[4]金鼓：金属乐器，即钲。《汉书·司马相如传上》："扠金鼓，吹鸣籁。"颜师古注："金鼓，谓钲也。"王先谦补注："钲，铙也。其形似鼓，故名金鼓。"　[5]楼兰：汉代西域国名，在今新疆罗布泊西，地处西域通道上。此指楼兰国王。据《汉书·傅介子传》记载，西汉昭帝时，楼兰国王屡次遮杀通西域的汉使，大将军霍光派平乐监傅介子前往楼兰，用计刺杀楼兰国王安归（一作"尝归"），立尉屠耆为王，改其国名为鄯善。

[点评]

这是一首五言律诗，但在结构上完全打破律诗四联起、承、转、合的格式。首四句一气呵成，极力渲染边塞的严寒景象，突出环境的艰苦。夏历五月，内地早已是暑气炎炎的仲夏，但塞外的天山却仍是白雪皑皑。虽然不是飞舞雪花，却只觉得寒气逼人。诗人写"五月"天山之寒，春秋两季尤其是冬季之寒也就不言自明，笔致蕴藉。《折杨柳》只能在笛声中听到，现实生活中根本看不到杨柳。杨柳是春色的标志，不见杨柳也就是不

见春色。五、六两句紧承前意，写战斗生活的艰辛紧张。上句写战士们白天奋不顾身、冲锋陷阵的情景，气氛英勇而壮烈。下句写夜晚仍抱鞍而眠，表现出士卒时刻准备作战的高度警惕。此联以严整的对仗，形象地揭示出战斗的频繁和严酷。尾联急转而合，用傅介子的典故，表达将士们甘愿拼死疆场、为国立功的悲壮情怀。"愿将""直为"，语气坚定，加深了慨当以慷的爱国激情。前六句写环境之苦、战斗之烈，暗含怨情，实为反衬烘托。末二句雄快有力，是画龙点睛之笔。全诗苍凉雄壮，意境浑成，真实感人。

其二

天兵下北荒[1]，胡马欲南饮[2]。

横戈从百战，直为衔恩甚[3]。

握雪海上餐[4]，拂沙陇头寝。

何当破月氏[5]，然后方高枕[6]。

"握雪"二句极言士兵征战生活艰苦，白天以雪为餐，夜晚露宿陇沙。

[注释]

[1]天兵：指唐军。北荒：北方荒远之地。　[2]"胡马"句：谓胡人觊觎唐朝疆域，准备南侵。　[3]"直为"句：谓只因承恩甚多。　[4]"握雪"句：《汉书·苏武传》："单于愈益欲降之，乃幽武置大窖中，绝不饮食。天雨雪，武卧啮雪与旃毛并咽之，数日不死。匈奴以为神，乃徙武北海上无人处。"又《后汉书·段颎传》载：段颎追羌人，"且斗且行，昼夜相攻，割肉、食雪四十余日，遂至河首积石山，出塞二千余里"。　[5]何当：何时。月

氏：亦作"月支"，汉代西域国名。据《汉书·西域传》载：其族原居今甘肃敦煌与青海祁连县之间。汉文帝时被匈奴攻破，西迁至今伊犁河上游，又击败大夏，都妫水北为王庭，称大月氏。其余小众不能去者，入祁连山区，称小月氏。　[6]高枕："高枕而卧"的略语，表示无所顾虑。《汉书·匈奴传》："故北狄不服，中国未得高枕安寝也。"

[点评]

前四句写北方胡兵南侵，朝廷派兵出征。将士身经百战，只是因为承恩很多。表现唐军抗敌报国的思想和行为。五、六两句描写士兵生活的艰苦，日以雪为餐，夜露宿陇沙。末二句写将士的愿望：何时消灭敌人，然后可以高枕无忧。实际上这也是诗人希望和平的思想。全诗叙事、描写、议论相结合，层次分明。

汉代画图像于麒麟阁者是霍光，不是霍去病。李白不过借以言霍去病受赏之高。诗于此用一"独"字，感叹功劳只归上将一人，不能遍及浴血奋战的广大将士。因霍去病为汉代外戚，故诗又有功归外戚之意。所谓"独有贵戚得以纪功，则勇士丧气矣"（沈德潜《唐诗别裁集》卷十）。

其三

骏马如风飙[1]，鸣鞭出渭桥[2]。
弯弓辞汉月[3]，插羽破天骄[4]。
阵解星芒尽[5]，营空海雾销。
功成画麟阁[6]，独有霍嫖姚[7]！

[注释]

[1]如：一作"似"。飙：暴风。　[2]渭桥：即中渭桥，本名横桥，在今陕西西安北渭水上。秦都咸阳，渭南有兴乐宫，渭北有咸阳宫，因建此桥以通二宫。　[3]"弯弓"句：谓拿着武器离

开京城。　[4] 插羽：腰间插着箭。箭杆上端有羽毛，叫箭翎，又叫箭羽。此以羽代指箭。天骄：指匈奴。《汉书·匈奴传》："南有大汉，北有强胡。胡者，天之骄子也。"汉朝称北方匈奴为天之骄子，简称天骄。后常用以泛称强盛的边地民族。　[5]"阵解"二句：指士兵皆已离开战地回归家乡。杨素《出塞二首》其一："兵寝星芒落，战解月轮空。"为此二句所本。阵解，解散阵列，指战争结束。星芒，星光。营空，兵营已空，　[6] 麟阁：麒麟阁。汉高祖时萧何造。汉宣帝时曾画霍光等十一功臣像于阁上，以表彰其功绩，见《汉书·苏武传》。后多以"麒麟阁"或"麟阁"喻指褒奖最高功绩之处。　[7] 霍嫖姚：汉武帝时破匈奴的名将霍去病，曾为票（嫖）姚校尉。

[点评]

首联描写骏马飞奔，以风飚比喻骏马飞驰之疾，以鸣鞭渲染壮士策马之威。绘声绘色，高唱入云。颔联点明离京出征，一举击败敌人，壮丽雄激。颈联描写战争结束，阵散星尽，营空雾消。王夫之《唐诗评选》卷三评此诗说："总为末二句作。前六句，直尔赫奕，正以激昂见意。俗笔开口便怨。"揭示出本诗前六句起势构思不同凡响，意在为末句蓄力张本。王琦注则在概要梳理全诗脉络的基础上特意点出末句的匠心："'弯弓'以上三句，状出师之景，'插羽'以下三句，状战胜之景。末言功成奏凯，图形麟阁者，止上将一人，不能遍及血战之士。太白用一'独'字，盖有感乎其中欤？然其言又何婉而多风也。"

其五

塞虏乘秋下[1]，天兵出汉家[2]。

将军分虎竹[3]，战士卧龙沙[4]。

边月随弓影[5]，胡霜拂剑花。

玉关殊未入[6]，少妇莫长嗟[7]！

结尾两句语意
深婉，因征夫回不
了家，故致意安慰
闺中人。

[注释]

[1]塞虏：边塞上的敌人。　[2]"天兵"句：谓唐朝调遣军队出征。　[3]虎竹：兵符。古代朝廷征调兵将，朝廷与领军人各执一半兵符，合之以验真假。《汉书·文帝纪》："（二年）九月，初与郡守为铜虎符、竹使符。"颜师古注："与郡守为符者，谓各分其半，右留京师，左以与之。"又引应劭说："铜虎符第一至第五，国家当发兵，遣使者至郡，合符，符合乃听受之。竹使符皆以竹箭五枚，长五寸，镌刻篆书，第一至第五。"古代诗文中因常以"虎竹"连称，代指兵符。鲍照《拟古》诗："留我一白羽，将以分虎竹。"　[4]卧龙沙：一作"泣龙沙"。《后汉书·班超传赞》："坦步葱、雪，咫尺龙沙。"李贤注："葱岭、雪山。白龙堆，沙漠也。"又《汉书·西域传》："楼兰国最在东垂，近汉，当白龙堆。"　[5]"边月"二句：描写夜晚行军情状。意谓边月伴着弓影，严霜拂拭着剑光。　[6]"玉关"句：谓战士尚未入关。玉关，玉门关，在今甘肃敦煌西北小方盘城。和西南的阳关同为当时通往西域各地的交通门户。殊，副词，还，尚。　[7]长嗟：长叹。

[点评]

前四句与第二首意思相同，高步瀛《唐宋诗举要》引

吴汝纶说："前四句，有气骨，有采泽，太白才华过人处。"颈联二句描写夜晚行军情状，"笔端点染，遂成奇彩"（沈德潜《唐诗别裁集》）。前六句一气之下，尾联则反转作结，谓战争尚未结束，还未回到关内，妻子不要长叹。

其六

烽火动沙漠，连照甘泉云[1]。

汉皇按剑起[2]，还召李将军[3]。

兵气天上合[4]，鼓声陇底闻[5]。

横行负勇气[6]，一战静妖氛[7]。

[注释]

[1] 甘泉：秦汉宫名，秦始皇二十七年建。汉武帝建元中增广。一名云阳宫。在今陕西淳化西北甘泉山。　[2] 按剑起：形容发怒时的举动。　[3] 李将军：指屡败匈奴的西汉名将李广。《史记·李将军列传》："广居右北平，匈奴闻之，号曰'汉之飞将军'，避之数岁，不敢入右北平。"　[4] "兵气"句：意谓战争气氛弥漫天空。兵气，一作"杀气"。　[5] 陇底：山岗之下。　[6] 横行：纵横驰骋。　[7] 静妖氛：指平定祸乱。

[点评]

首联写沙漠中的烽火照到甘泉宫，形容敌人来势凶猛，军情危急。颔联紧承前二句，形象地描写君王对敌情的态度，按剑而起，立即行动，召见将军，派兵出征。颈联正面描绘战斗场面：杀气冲天，鼓声陇底，字里行

这组诗写作时间不易确定。从诗中多写朝廷出兵情况推测，疑为天宝初在长安所作。其主题是要求平定边患。诗中描写战士的艰苦生活以及妇女对征夫的思念，都统摄于"愿将腰下剑，直为斩楼兰""何当破月氏，然后方高枕""横行负勇气，一战静妖氛"的主题思想之下，格调昂扬。

间都是刀光剑影。尾联写战争胜利结束。将士们纵横驰
骋，英勇杀敌，一举把敌人彻底消灭。全诗充分表现出
英雄主义的光辉。

感寓二首 [1]（其二）

咸阳二三月 [2]，宫柳黄金枝 [3]。

绿帻谁家子 [4]？卖珠轻薄儿。

日暮醉酒归，白马骄且驰。

意气人所仰 [5]，冶游方及时 [6]。

子云不晓事 [7]，晚献《长杨辞》。

赋达身已老，草《玄》鬓若丝 [8]。

投阁良可叹 [9]，但为此辈嗤。

诗中以扬雄与
轻薄儿对比，显为
有感而发。前人或
谓以扬雄自况，恐
未必是。不如视为
咏史为妥。

[注释]

[1]此诗具体作年不详，当是在长安所见所感而作。萧本、郭
本、王本、咸本皆作《古风》其八。　[2]咸阳：借指长安。　[3]"宫
柳"句：此句宋本作"百鸟鸣花枝"，据萧本、郭本、王本、咸本
改。　[4]"绿帻（zé）"二句：《汉书·东方朔传》载：董偃少时
与母卖珠为业，十三岁时随母入武帝姑母馆陶公主家，为馆陶公
主宠幸，出则执辔，入则侍内，号曰董君。为防武帝治罪，用爰
叔之计，让馆陶公主把自己的园林长门园献给武帝。后武帝至山

林，要见董偃，馆陶公主乃下殿，去掉簪珥，赤脚步行叩头认罪。武帝免其罪，并命她引董偃进见。董君绿帻傅鞴（鞴 bèi，此句意为穿贱人服，两手臂着臂套），随主前，伏殿下。主乃赞："馆陶公主胞（庖）人臣偃昧死再拜谒。"因叩头谢，上为之起。有诏赐衣冠上。偃起，走就衣冠。主自奉食进觞。当是时，董君见尊不名，称为"主人翁"，"于是董君贵宠，天下莫不闻。郡国狗马蹴鞠剑客辐辏董氏"。此二句宋本作"玉剑谁家子，西秦豪侠儿"，据萧本、郭本、王本、咸本改。绿帻，仆役低贱人所戴绿色包发头巾。　[5]意气：意态，气概。仰：一作"倾"。　[6]冶游：野外游乐，后专指狎妓。一作"游冶"。　[7]"子云"二句：杨修《答临淄侯笺》："修家子云，老不晓事，强著一书，悔其少作。"子云，西汉辞赋家扬雄，字子云，中年时曾向汉成帝献《甘泉赋》《羽猎赋》《长杨赋》等，为黄门侍郎。不晓事，不识时务。《长杨辞》，即《长杨赋》。　[8]"草《玄》"句：据《汉书·扬雄传》载，扬雄晚年鄙薄辞赋，以为"雕虫篆刻，壮夫不为"，转而研究哲学。哀帝时，董贤等用事，依附者骤登高官。扬雄秉节，不钻营富贵，在家仿《易经》作《太玄经》，提出以"玄"作为宇宙万物根源的学说。草《玄》，撰写《太玄经》。鬓若丝，头发斑白。　[9]"投阁"二句：王莽篡汉，建立新朝，扬雄曾写《剧秦美新》阿谀王莽。后来王莽诛甄丰父子，扬雄学生刘棻被流放，雄受牵连。时雄正于天禄阁校书，治狱者来，雄乃从阁上跳下，几乎死。王莽下诏勿问。但当时京城中人多用雄在《解嘲》中说的"惟寂惟寞，守德之宅"讥其"惟寂寞，自投阁"。意谓扬雄不能自守其言。此辈，指前所谓"轻薄儿"。嗤，讥笑。

[点评]

首二句写景，点明时节和地点，景色艳丽。接着六

句写"卖珠轻薄儿"得宠后的神态。"绿帻""卖珠"点出原来的低微出身,着"轻薄"二字,把小人得志便猖狂的本相生动挑明。"轻薄儿"的具体行为是骑着白马骄横驰骋,至日暮醉酒而归,这两个特写镜头留给读者丰富的想象:驰向何处?在何处因何醉酒,不言自明。"意气人所仰"是说气势凌人。"冶游方及时"则点明轻薄儿的思想和生活。后六句则写扬雄事,"不晓事"是说年老而献赋。晚年写《太玄》,本为守节,可又不能始终遵循,歌颂王莽成为他的历史污点。结果是被追捕而投阁,被轻薄儿辈所嗤笑。诗中将年少与年老,卖珠与草《玄》,冶游与寂寞两组画面并陈,对比鲜明,意蕴深刻。

玉壶吟 [1]

烈士击玉壶 [2],壮心惜暮年。三杯拂剑舞秋月 [3],忽然高咏涕泗涟。

凤凰初下紫泥诏 [4],谒帝称觞登御筵 [5]。揄扬九重万乘主 [6],谑浪赤墀青琐贤 [7]。朝天数换飞龙马 [8],敕赐珊瑚白玉鞭 [9]。世人不识东方朔 [10],大隐金门是谪仙。

西施宜笑复宜矉 [11],丑女效之徒累身。君王虽爱蛾眉好 [12],无奈宫中妒杀人 [13]。

这两句诗所咏奉诏入朝情形,李阳冰《草堂集序》叙述说:"天宝中,皇祖(指唐玄宗)下诏,征就金马,降辇步迎,如见绮、皓。以七宝床赐食,御手调羹以饭之。"

[注释]

[1] 此诗当作于天宝二年（743）秋天供奉翰林时，其时诗人已遭小人谗毁，帝王疏远他，故心情激愤。玉壶吟：《世说新语·豪爽》："王处仲（敦）每酒后，辄咏'老骥伏枥，志在千里。烈士暮年，壮心不已'（曹操《步出夏门行》诗句）。以如意打唾壶，壶口尽缺。"本诗即以此故事为题。　[2] 烈士：刚烈之士。李白自谓。烈，一作"列"。　[3] "三杯"二句：谓酒后拔剑于月下起舞，一时激愤高歌，涕泪纵横。一作"三杯拂剑舞，秋月忽高悬"。涕，眼泪。泗，鼻涕。涟，不断流淌。　[4] "凤凰"句：《初学记》卷三十引晋陆翙《邺中记》云："石季龙（虎）皇后在观上，有诏书五色纸，著凤口中。凤既衔诏，侍人放数百丈绯绳，辘轳回转，凤凰飞下。凤以木作之，五色漆画，咮脚皆用金。"后因称皇帝的诏书为"凤诏"或"凤凰诏"。紫泥，一种紫色有黏性的泥，古代用以封诏书袋口，上面盖印。《汉旧仪》上："皇帝六玺，……皆以武都紫泥封。"后又称诏书为"紫诏""紫诰""紫泥诏"。　[5] 称觞：犹举杯。称，举。御筵：皇帝所设酒席。　[6] 揄扬：赞扬。九重：指皇帝所居之处。《楚辞·九辩》："君之门以九重。"　[7] 谑浪：戏谑放浪。《诗·邶风·终风》："谑浪笑敖。"毛传："言戏谑不敬。"赤墀：皇宫中用丹漆所涂的台阶。青琐：古代宫殿门窗上雕刻的连锁文，并涂以青色。贤：指朝廷大臣。　[8] "朝天"句：谓上朝时经常换乘飞龙厩中的好马。按：唐代制度，学士初入翰林院，例借飞龙厩马一匹。李白《答杜秀才五松山见赠》："敕赐飞龙二天马，黄金络头白玉鞍。"朝天，指朝见皇帝。飞龙，唐代御厩名。　[9] 敕：皇帝诏令。珊瑚白玉鞭：用珊瑚、白玉装饰的马鞭。　[10] "世人"二句：《史记·滑稽列传》记载东方朔事云："时坐席中，酒酣，据地歌曰：'陆沈于俗，避世金马门。宫殿中可以避世全身，

何必深山之中，蒿庐之下。'"其时李白正供奉翰林，故以东方朔自喻。金门，即金马门，因宫门旁有铜马，故称。谪仙，谪居凡间的仙人。贺知章初见李白，呼之为谪仙人，诗人深喜之，常用以自称。　[11]"西施"二句：谓西施无论微笑或皱眉均美，而丑女效之，却只增其丑态而已。《庄子·天运》："故西施病心而矉其里，其里之丑人见而美之，归亦捧心而矉其里。其里之富人见之，坚闭门而不出。贫人见之，挈妻子而去走。"矉，同"颦"，皱眉。梁简文帝《鸳鸯赋》："亦有佳丽自如神，宜羞宜笑复宜颦。"　[12]蛾眉：代指美女，此处用以自喻。　[13]宫中：指妃嫔，此处喻谗毁自己的小人。屈原《离骚》："众女嫉余之蛾眉兮，谣诼谓余以善淫。"

[点评]

　　第一段四句，写激愤的外在表现。首二句暗用王敦击玉壶咏曹操诗句的典故，刻画出诗人愤慨难平的自我形象。"烈士""壮心""暮年"三个词都是曹操诗中语，说明诗人本想像曹操那样做出一番大事业，如今理想破灭，壮志难酬，心中的苦闷可想而知。接着二句写借酒浇愁仍抑制不住内心的痛苦，于是拔剑而起，对月挥舞，忽而又忍不住高声吟咏，涕泪交流。四句一气倾泻，击壶、痛饮、舞剑、高咏、流泪，这一连串的传神动作，将诗人内心的苦闷刻画得淋漓尽致。第二段八句，回忆自己奉诏入京受到皇帝宠遇的情景。"揄扬"二句写在朝廷的作为：赞颂皇帝和嘲弄权贵。"朝天"二句写受到皇帝特殊的恩宠。这六句极力形容得意的神态，与第一段四句形成鲜明对照，同时也为下两句的悲哀作衬托。诗

人以被汉武帝看作滑稽弄臣的东方朔自喻，又以天上谪仙人自负，反映出他无可奈何的心情。从受宠得意到大隐金门，正反相照，内心的痛苦悲哀不言而喻。第三段四句，以春秋时越国美女西施自比，写诗人的美好品德并斥责小人对自己的忌害。意思是说，自己的一举一动都很得体和美好，别人是做不到的。君王虽然喜爱自己的品格，无奈那些小人忌妒而谗害自己。后二句用《离骚》诗意，以美人被妒喻有志之士不见容于朝廷。含蓄蕴藉，寄慨深沉。

全诗波澜起伏，收放自如，洋溢着愤慨不平之气。但不作悲酸语，不流于粗野，仍显示出壮浪豪放的风格。

翰林读书言怀呈集贤院内诸学士[1]

晨趋紫禁中[2]，夕待金门诏[3]。观书散遗帙[4]，探古穷至妙。片言苟会心，掩卷忽而笑。青蝇易相点[5]，《白雪》难同调[6]。本是疏散人[7]，屡贻褊促诮[8]。云天属清朗[9]，林壑忆游眺。或时清风来，闲倚栏下啸[10]。严光桐庐溪[11]，谢客临海峤。功成谢人间[12]，从此一投钓[13]。

全诗属赋体直叙，语言平实，却不乏比兴。句多对仗，却自然流畅。是诗人豪放以外的又一种风格。

［注释］

[1] 此篇当为天宝二年（743）秋后在翰林供奉时作。其时诗人已遭谗，故诗中充满愤懑之情。翰林：指翰林院。玄宗初，置翰林待诏，掌四方表疏批答应和文章。后因中书省事繁，文书盈积，遂选文学之士号翰林供奉，与集贤院学士分掌制诏书敕。开元二十六年（738），又改翰林供奉为学士，别置学士院，专掌内命。凡拜免将相、号令征伐，都由学士起草，礼遇优宠，时号为内相。集贤院内：一本无“院内”二字。开元十三年（725），改丽正修书院为集贤殿书院，五品以上为学士，六品以下为直学士。玄宗常选耆儒每日一人侍读，以质史籍疑义。遂置集贤院侍读学士、侍讲直学士。学士本文学语言顾问，出入侍从，于是得以参谋政事。李白于天宝初供奉翰林，时集贤院亦在宫禁中，故与集贤院学士往来甚密。　[2] 紫禁：古人以紫微星垣喻皇帝居处，因称皇宫为“紫禁宫”。　[3] 金门：即金马门，汉代宫门名。《史记·滑稽列传》：“金马门者，宦者署门也。门傍有铜马，故谓之曰金马门。”汉代朝廷征召来京者都待诏公车（官署名），其中才能优异者待诏金马门。此处借指唐代翰林院。　[4]“观书”二句：意谓博览群书，深入钻研其中奥妙。帙，用布帛制成的书套，亦可作书籍的代称。　[5]“青蝇”句：意谓苍蝇遗粪于白玉，致污点。此喻谗言使正人蒙冤。陈子昂《宴胡楚真禁所》诗：“青蝇一相点，白璧遂成冤。”　[6]“《白雪》”句：谓因己所持甚高而知音难得。《白雪》，古乐曲名。宋玉《对楚王问》：“客有歌于郢中者，其始曰《下里》《巴人》，国中属而和者数千人。……其为《阳春》《白雪》，国中属而和者不过数十人。”同调，曲调相同。　[7] 疏散：闲散，不受拘束。　[8]“屡贻”句：谓经常遭到狭隘小人的讥讽。贻，招致。褊促，狭隘。诮（qiào），讥

嘲。　[9]属：适值，正当。　[10]栏：一作"檐"。啸：撮口发出长而清越的声音。　[11]"严光"二句：表明对严光、谢灵运等古人清闲生活的向往。严光，东汉初会稽余姚（今属浙江）人，字子陵，曾与光武帝刘秀同学。刘秀即位后，严光改名隐居。后被召至京师洛阳，任为谏议大夫，不受，归隐富春山。桐庐溪，指今浙江桐庐富春江上游，今江边有严陵濑和严子陵钓台，即严光游钓遗迹。谢客，南朝宋诗人谢灵运，小字客儿，时人称为谢客。临海峤（jiào），谢灵运有《登临海峤初发疆中作》诗。临海，郡名，今浙江临海。峤，尖而高的山。　[12]"功成"句：谓功成之后将告别朝廷。谢，辞别。人间，一作"人君"。　[13]投钓：指过隐居的生活。

[点评]

首二句点题：每天早晨赶到翰林院，一直到晚上都在等待皇帝的诏令。表面上写工作时间之长，暗中却以东方朔自况："待诏金马门，稍得亲近"，实际上皇帝以弄臣待之。接着四句写在翰林院遍览群书，探究妙理，偶有心得，掩卷欢笑。这读书的快感实际上反衬出政治上失意的无聊和烦闷。再四句便写遭谗。以苍蝇比喻向皇帝进谗言的小人，以《白雪》比喻自己高尚的品格，充分表现出对佞幸小人的蔑视。"云天"四句即景抒情，回忆过去隐居山林时逍遥自在的生活，清风徐来，倚栏长啸，表现出对归隐的向往。末四句即题中的"言怀"，明说自己想学严光的隐居和谢灵运的性爱山水，只要完成功业，就要辞别世俗人间，归隐投钓。

白云歌送刘十六归山 [1]

楚山秦山皆白云 [2]，白云处处长随君。长随君，君入楚山里，云亦随君渡湘水 [3]。湘水上，女萝衣 [4]。白云堪卧君早归。

[注释]

[1] 此诗当是天宝二年（743）李白在长安送友人归隐之作。刘十六：排行十六，名未详。 [2] 楚山秦山：楚山代指刘十六将要归隐的楚地，秦山指送别之地长安。 [3] 湘水：即湘江，今湖南省最大河流。源出广西壮族自治区灵川县东海洋山西麓，东北流贯湖南东部，经衡阳、湘潭、长沙等市至湘阴县浩河口入洞庭湖。 [4] 女萝衣：以女萝为衣。女萝，即松萝，植物名。屈原《九歌·山鬼》："若有人兮山之阿，被薜荔兮带女萝。"

[点评]

首句称"楚山""秦山"，不仅与题中"归山"相应，加强隐逸色彩，而且古人谓云因触山石而产生，于是很自然地引出题中的"白云"。诗中反复吟咏"白云"，相随刘十六入楚山，渡湘水，直到"白云堪卧"。王琦注引方弘静说："太白赋《新莺百啭》与《白云歌》，无咏物句，自是天仙语。他人稍有拟象，即属凡辞。"除"白云"这一意象外，"女萝衣"这一意象是用了屈原《九歌·山鬼》的典故，更增强了隐士的飘逸性格。末句"白云堪卧君

题称"白云歌"，意即歌颂白云。又称"送刘十六归山"，显为赠别之作。因被送者即将归隐山林，故诗人充分运用"白云"这一意象展开抒情，舍去送别诗中屡见不鲜的渲染离情别绪的常规构思方式。南朝隐士陶弘景有诗云："山中何所有？岭上多白云。只可自怡悦，不堪持赠君。"白云自由飘浮，无拘无束，是隐士品格的象征。

早归"，意味深长。李白在京供奉翰林一年多，深感朝廷上"珠玉买歌笑，糟糠养贤才"（《古风》其十五）现实的不合理，也已产生了"还山"的念头。所以对刘十六的"早归"有称赞和羡慕之意。全诗运用顶真格和复沓歌咏形式，"随手写去，自然流逸"（沈德潜《唐诗别裁集》）。

送裴十八图南归嵩山二首[1]

其一

何处可为别？长安青绮门[2]。

胡姬招素手，延客醉金樽[3]。

临当上马时，我独与君言[4]。

风吹芳兰折[5]，日没鸟雀喧[6]。

举手指飞鸿[7]，此情难具论[8]。

同归无早晚，颍水有清源[9]。

"我独与君言"以下至结句即为诗人与裴图南所言的具体内容。

[注释]

[1] 此二首当为天宝二年（743）秋后在长安送裴图南归山时作。其时诗人已遭谗被疏，故诗中表示亦想归隐，等待时机。裴十八图南：裴图南，排行第十八，事迹不详。王昌龄亦有《送裴图南》诗云："黄河渡头归问津，离家几日茱萸新。漫道闺中

飞破镜，犹看陌上别行人。"当是同一人。未知是否与此诗为同时之作。 [2]青绮门：《水经注·渭水》："长安……东出……第三门，本名霸城门，……民见门色青，又名青城门，或曰青绮门，亦曰青门。" [3]延客：一作"留客"。 [4]独：一作"因"。 [5]"风吹"句：喻遭受权臣的谗毁和打击。吹，一作"惊"。芳兰，诗人自喻。 [6]日没：喻政治昏暗。鸟雀喧：喻佞臣嚣张。 [7]"举手"句：《晋书·郭瑀传》云：郭瑀隐于临松薤谷，张天锡遣使者孟公明持节，以蒲车玄纁备礼征之。公明至山，瑀指翔鸿以示之曰："此鸟安可笼哉？"遂深逃绝迹。此即用其事，表明己将不受官宦小人的束缚。 [8]难具论：难以一一叙说。 [9]"颍水"句：暗用《高士传》"许由洗耳于颍水之滨"典故，见前《古风》其二十四注。颍水，即颍河，淮河最大支流。源出河南登封嵩山西南，东南流到商水县，纳沙河、贾鲁河，至安徽寿县正阳关入淮河。裴图南归嵩山，故云"颍水"。清源，水源清澈无染。

[点评]

首四句点明送别地点和情景。长安青绮门是离京往东行的起点，酒店胡姬招手请客人入店，诗人便为裴图南金樽饯行。两人虽然离别之情无限，但却始终只是倾杯而无言相对。接着二句承上启下，"临当上马时"，诗人才把朋友拉到偏静之处，"我独与君言"，表明要说的话是绝对不能公开的。后六句便是"独与君言"的临别赠言。"风吹"二句表面看是写所见的景色，但实际上却暗喻当时的社会现实。"风吹""日没"，正是唐王朝国运的象征。"芳兰折"正像贤能正直之士的遭遇，"鸟雀喧"

犹如佞幸小人的嚣张气焰。这种黑暗的社会面貌难以诉
说，诗人用晋朝郭瑀的典故暗喻自己的隐逸之志，末二
句则明确表示自己与朋友一样要归隐，只是时间早晚而
已。王夫之《唐诗评选》卷二评此诗说："只写送别事，
托体高，着笔平。"指出此诗以平常的质朴笔法，写出了
立意高远的思想境界。

其二

君思颍水绿，忽复归嵩岑^[1]。

归时莫洗耳^[2]，为我洗其心^[3]。

洗心得真情，洗耳徒买名^[4]。

谢公终一起^[5]，相与济苍生。

"绿"字下得好，不仅实指颍水之清，而且喻指清静的隐逸生活。

[注释]

[1]嵩岑：嵩山。　[2]洗耳：用高士许由洗耳事。见前《古风》其二十四注。　[3]洗其心：清除其心中的杂念。《易·系辞上》："六爻之义，易以贡。圣人以此洗心，退藏于密。"孟浩然《和于判官登万山亭因赠韩公》："迟尔长江暮，澄清一洗心。"　[4]买名：追逐名誉。李白《赠范金乡二首》其二："范宰不买名，弦歌对前楹。"买，一作"卖"。　[5]"谢公"二句：指东晋著名政治家谢安，其早年隐居浙江上虞东山，时人希望他出山从政，谓："斯人不出，如苍生何？"后苻秦攻晋，谢安为征讨大都督，遣侄谢玄等大破苻坚于淝水，以功拜太保。二句以谢安为例，勉励裴图南及己待时济世。

[点评]

此诗紧承上首末句"颍水有情源"作进一步生发，在更深的层次上向朋友表达自己的志向。首二句仍点题旨，叙裴图南归隐嵩山。接着四句，反用上古高士许由、巢父洗耳的故事，劝告朋友不要做沽名钓誉学洗耳而隐山林的假隐士，这种人在当时有很多，此处当有所指。诗人希望朋友做"洗心"的真隐士，那就是末二句所说的像谢安那样，太平时隐居东山，国家危难时就出仕做一番大事业。沈德潜《唐诗别裁集》评此诗曰："言真能洗心，则出处皆宜，不专以忘世为高也。借洗耳引洗心，无贬巢父意。"说得很中肯。

《晋书·王羲之传》说王羲之写《道德经》换取白鹅；宋代黄伯思考证王羲之卒于晋穆帝升平五年（361），而《黄庭经》至哀帝兴宁二年（364）始出，故有人怀疑李白诗用典有误。但《太平御览》卷二三八引何法盛《晋中兴书》已谓王羲之写《黄庭经》换白鹅，则当时传闻不同而已。李白诗此处用典当不误。

送贺宾客归越[1]

镜湖流水漾清波[2]，狂客归舟逸兴多[3]。
山阴道士如相见[4]，应写《黄庭》换白鹅。

[注释]

[1] 此诗当是天宝三载（744）正月作。敦煌写本《唐人选唐诗》题作《阴盘驿送贺监归越》。贺宾客，即唐代诗人贺知章（659—744），字季真，会稽永兴（今浙江杭州萧山）人。曾任工部侍郎、集贤院学士、太子宾客、秘书监等职，故称"贺宾客""贺监"。两《唐书》有传。天宝二年十二月乙酉，请度为道士还乡。三载正月庚子，皇帝遣左右相以下祖别贺知章于长乐坡，

各赋五律诗赠之，诗今存《会稽掇英总集》。今李白集有七律《送贺监归四明应制》一首，乃晚唐人拟作，误入李集。李白与贺知章感情深厚，当是单独送贺至阴盘驿（今陕西临潼东），作此首七绝送别。越：越州，治所在今浙江绍兴。　[2]镜湖：在今浙江绍兴会稽山麓。得名于王羲之"山阴路上行，如在镜中游"之句，又名鉴湖、长湖、庆湖。东起今曹娥镇附近，经郡城（今浙江绍兴）南，西抵今钱清镇附近，尽纳南山三十六源之水潴而成湖。周三百一十里，呈东西狭长形。唐朝时湖底逐渐淤浅，今唯城西南尚有一段较宽河道被称为鉴湖，此外只残存几个小湖。据《新唐书·贺知章传》，贺知章还乡时，皇帝"有诏赐镜湖剡川一曲"。　[3]狂客：指贺知章。《旧唐书·贺知章传》："知章晚年尤加纵诞，无复规检，自号'四明狂客'。"杜甫《寄李十二白二十韵》："昔年有狂客，号尔谪仙人。"逸兴：超逸豪放的意兴。　[4]"山阴"二句：用东晋书法家王羲之典故。相传山阴（今浙江绍兴）有道士以鹅作报酬请王羲之书写《黄庭经》。王羲之欣然同意，写毕，笼鹅以归。贺知章乃唐代书法家，尤工草隶，又度为道士，故以此典为喻。《黄庭》，即《黄庭经》。道教经书名，讲养生修炼之道，称脾脏为中央黄庭，于五脏中特重，故名《黄庭经》。

[点评]

全诗紧扣"归越"二字。首句写镜湖，有三层意思：第一，它是越中名胜；第二，它是贺知章故乡的名胜；第三，此次"归越"，皇帝"有诏赐镜湖剡川一曲"。所以，如今镜湖荡漾着清波，似乎在欢迎这位"少小离家老大回"的游子归来。第二句点题，也有三层意思：用"狂客"

二字，描绘出贺知章的性格和精神风貌；"归舟"题明此次归程是走水路；"逸兴多"表现出贺知章对归乡养老的惬意心情。前两句把题意已写足，后两句则拓开境界，用王羲之写《黄庭经》与山阴道士换鹅的故事，以赞美今后贺知章的生活，兼致送别之意。用典非常精切。因为贺知章也是大书法家，故以王羲之拟之；此次归乡前已入道，而又定居山阴，故以"山阴道士"作陪衬。如此用典，意义深刻而贴切，毫无雕琢痕迹，而且饶有情趣，不愧为绝句中的佳构。

灞陵行送别 [1]

送君灞陵亭，灞水流浩浩 [2]。上有无花之古树，下有伤心之春草 [3]。我向秦人问路岐 [4]，云是王粲南登之古道 [5]。古道连绵走西京 [6]，紫阙落日浮云生 [7]。正当今夕断肠处 [8]，骊歌愁绝不忍听 [9]。

李白诗中常以"浮云"比喻邪恶小人，如《古风》其三十七云："浮云蔽紫闼，白日难回光。"《登金陵凤凰台》："总为浮云能蔽日，长安不见使人愁。"寓意与此相同。

[注释]

[1] 此诗约天宝三载（744）春天在长安作。灞陵：汉文帝陵墓所在地，又作"霸陵"，在今陕西西安东。附近有灞桥，唐人常在此送别。　[2] 灞水：本作"霸水"，今灞河，为渭河支流，关中八川之一，在陕西中部。源出蓝田东秦岭北麓，西南流

纳蓝水，折向西北经西安东，过灞桥北流入渭河。浩浩：水盛大
貌。　[3]"下有"句：江淹《别赋》："春草碧色，春水渌波。送
君南浦，伤如之何？"此句用其意。　[4]路岐：即歧路、岔路。
岐，通"歧"。　[5]"云是"句：谓据说这是王粲南奔时走的道
路。王粲（177—217），字仲宣，东汉末山阳高平（今山东邹城
西南）人，建安七子之一。《三国志·魏书》有传。献帝初，因
长安纷乱，南奔荆州依刘表，后归曹操。其《七哀》诗描写离开
长安情景，其中有句云："南登灞陵岸，回首望长安。"　[6]西京：
指长安。唐代称长安为西京，洛阳为东都（东京），太原为北都（北
京）。　[7]紫阙：帝王所居之宫城。宋本作"紫关"，据萧本、郭本、
王本、咸本改。浮云：喻朝廷奸佞。　[8]断肠处：《开元天宝遗事》
卷下："长安东灞陵有桥，来迎去送，皆至此桥，为离别之地，故
人呼之为销魂桥。"断肠、销魂，都是形容伤心到极点。江淹《别
赋》："黯然销魂者，惟别而已矣。"　[9]骊歌愁绝：《汉书·王式
传》："（江公）谓歌吹诸生曰：'歌《骊驹》。'"颜师古注："服虔
曰：'逸《诗》篇名也，见《大戴礼》。客欲去，歌之。'文颖曰：'其
辞云"骊驹在门，仆夫具存；骊驹在路，仆夫整驾"也。'"后因
称离别之歌为骊歌。绝，极点。

[点评]

开头两句"灞陵""灞水"连用，烘托出浓重的离别
气氛，因为这两个词在唐诗中常与离别联系在一起。"流
浩浩"三字固然是实写水势，但也可看作带有比兴色彩，
暗示诗人惜别感情如流水般不可控制。三、四两句用排
比句开拓诗的意境，古树无花，春草伤心，在写景中透
露出上下瞩目、不忍分手的情态，更增添惆怅意绪。五、
六两句写王粲当年南奔时的古道，带有怀古情绪，也隐

含王粲《七哀》诗"回首望长安"诗意，暗示友人离开灞陵时，也像王粲那样依依不舍，翘望帝都。七、八两句写回望所见，漫长的古道直奔帝京，如今宫阙上笼罩着暮霭，日欲落而被浮云遮蔽，景象黯淡。在古诗中，"落日"与"浮云"联写，都有象征奸邪蔽主，谗害忠良之意，此处也透露出友人离京有着遭谗的政治原因，由此可知诗中除了离情别绪外，还包含着对政局的忧虑。所以结尾两句说离别时的骊歌使人愁绝，正因为今夕所感受的还有由离别触发的更深广的愁思。

"独"字为全诗关键词。所谓"题本'独酌'，诗偏幻出三人，月影伴说，反覆推勘，愈形其独"（孙洙《唐诗三百首》卷一）。

"既""徒""暂""须"四字，充分表现出诗人苦中作乐、无可奈何的孤独之感。

月下独酌四首[1]（其一）

花间一壶酒[2]，独酌无相亲。

举杯邀明月[3]，对影成三人。

月既不解饮，影徒随我身。

暂伴月将影[4]，行乐须及春。

我歌月徘徊，我舞影零乱。

醒时同交欢，醉后各分散。

永结无情游[5]，相期邈云汉[6]。

[注释]

[1]此诗约作于天宝三载（744）春天。当时诗人被谗见疏，

心情苦闷。敦煌写本《唐人选唐诗》题作《月下对影独酌》，且合一、二两首为一首，无三、四两首。《文苑英华》仅录前二首，题作《对酒》。第一首题下注："一作《月下独酌》。"第二首题下注："一作《月夜独酌》。"此处选的是第一首。　[2]花间：一作"花下"，又作"花前"。　[3]"举杯"以下四句：陶渊明《杂诗》："欲言无余和，挥杯劝孤影。"此处或受其启发。三人，指月、自己和影。徒，只，但。　[4]将：与，共。　[5]无情游：月与影都为无知无情之物，而与之游，故称"无情游"，与上文称月、影不解人事相应。　[6]"相期"句：诗人想象自己飘然成仙，故与月、影相约在遥远的高空相见。期，约。邈云汉，一作"碧岩畔"。邈，遥远。云汉，云霄，高空。

[点评]

全诗突出一个"独"字。开头即切入题旨：在花间携着一壶酒痛饮的只有诗人一个人。"一壶酒""独酌"已构成冷清的氛围，再用"无相亲"来重复强调其"独"。三、四两句突发奇想，邀请天上的明月和月光照射下自己的影子来举杯共饮，于是一个人幻化成三个人。接着四句是说，月亮和影子毕竟是虚幻的，它们既不懂得饮酒，也只是随着自己的身子而已。暂且就以月和影子为伴，在鸟语花香的春夜及时行乐罢。再接着四句，描绘诗人醉舞的情景，诗人感觉到自己歌舞时月亮也在徘徊歌舞，影子也随着自己的步子摆动；酒醒时共同欢舞，醉倒后也就分散了。这四句把月亮和影子对诗人的关系写得相亲相知，一往情深，更深刻地反衬出诗人的"独"。最后两句把想象引向高远处，诗人与月亮和影子相约，要永远在美好的天国结

成无情的交游，因无情则无愁、无累。全诗想象丰富，构思奇特。由"独"幻化成不独，再由不独而"独"到"独"而不独。回环起伏，富于变化，洵为李白诗佳构。

燕昭延郭隗^[1]（《古风》其十四）

李白此诗是针对当时昏暗朝政和自身遭遇有感而发，"刺不养士求贤也。天宝之末，宰臣媢嫉，（李）林甫贺野无遗贤，（杨）国忠非私人不用，庙堂惟声色是娱。而天地否，贤人隐矣"（陈沆《诗比兴笺》卷三）。

燕昭延郭隗^[2]，遂筑黄金台^[3]。

剧辛方赵至^[4]，邹衍复齐来^[5]。

奈何青云士^[6]，弃我如尘埃！

珠玉买歌笑^[7]，糟糠养贤才。

方知黄鹤举^[8]，千里独徘徊。

[注释]

[1] 此诗当是天宝三载（744）离长安后作。　[2] 燕昭：宋本原作"燕赵"，据萧本、郭本、咸淳本、缪本、王本改。燕昭王，战国时燕国国君，名职，燕王哙的庶子，前311—前279年在位。原来在韩国为质，公元前315年，燕国内乱，齐国乘机攻占燕国，燕国王被杀。赵国派乐池护送他回燕国，公元前311年即位。他在位期间，改革政治，招聘人才，后来联合各国攻打齐国，占领齐国七十多城，成为燕国最强盛的时期。延：聘请。郭隗：燕昭王的谋臣。据《战国策·燕策一》与《史记·燕召公世家》等记载，燕昭王即位，欲招致天下贤士，雪先王之耻，向郭隗问计，他说："请先自隗始。"燕昭王就先为郭隗筑宫而师事

之。结果，乐毅从魏国来、邹衍从齐国来、剧辛从赵国来，贤士都争着往燕国。　[3] 黄金台：先秦典籍和《史记·燕召公世家》皆未记黄金台之名。孔融《论盛孝章书》："昭王筑台，以尊郭隗。隗虽小才，而逢大遇。"亦未有"黄金台"之名。《文选》卷二十八鲍照《放歌行》："岂伊白璧赐，将起黄金台。"李善注："王隐《晋书》曰：'段匹磾讨石勒，进屯故安县故燕太子丹金台。'《上谷郡图经》曰：'黄金台，易水东南十八里，燕昭王置千金于台上，以延天下之士。'二说既异，故具引之。"则晋以后始有此名。　[4] 剧辛：燕昭王招徕贤者，剧辛从赵国入燕国为将军。至：一作"往"。　[5] 邹衍：燕昭王招徕贤者，他从齐国入燕国为将军。　[6] 青云士：比喻高官显爵之人。《史记·伯夷列传》："闾巷之人，欲砥行立名者，非附青云之士，恶能施于后世哉！"张守节《正义》："砥行修德在乡闾者，若不托贵大之士，何得封侯爵赏而名留后代也？"　[7]"珠玉"二句：萧士赟《分类补注李太白诗》引杨齐贤注："太白意谓吴姬越女资其一歌笑，则不惜珠玉之费，至于贤人才士，则待之以糟糠，其好色而不好德如此。"瞿蜕园、朱金城《李白集校注》认为："'珠玉买歌笑'不过比喻谗谄面谀之近幸。杨说似失之浅。"　[8]"方知"二句：是说有了被朝廷遗弃的亲身经历，才懂得黄鹤为什么一举千里，独自徘徊自适的道理。黄鹤举：《韩诗外传》卷二，"田饶事鲁哀公而不见察，谓鲁哀公曰：'臣将去君，黄鹄举矣！'"黄鹄即"黄鹤"。

[点评]

首四句写战国时燕昭王招贤纳士的故事，说明君王礼贤下士就会使有才能的人从各地奔来。接着四句写当今处高位的掌权者只顾自己挥霍珠玉，追求淫乐，糟蹋

和抛弃贤能之士，与当年燕昭王完全不同。与前四句恰成鲜明对照。末二句暗用春秋时鲁国田饶的故事，感叹贤士远离君王，不能施展才华。全诗借古讽今，抒发怀才不遇的深切感慨。

金乡送韦八之西京[1]

“狂风吹我心”两句堪称神来之笔，想象奇特，形象生动，历来传为名句。李白另一首诗也用了这种出人意表的运思方式："南风吹归心，飞堕酒楼前。"（《寄东鲁二稚子》），一送友人，一寄儿女，对象虽不同，用情却同样深挚。

结尾两句与《诗·邶风·燕燕》"瞻望弗及，实劳我心"语意相同，但白诗更具形象性。

客自长安来，还归长安去。
狂风吹我心[2]，西挂咸阳树。
此情不可道[3]，此别何时遇？
望望不见君，连山起烟雾[4]。

[注释]

[1]此诗当为天宝四载（745）在金乡送别友人时作。其时李白已被"赐金还山"，离开长安。与杜甫、高适一同游历梁（今河南开封）、宋（今河南商丘）后，李白来到东鲁兖州。韦八可能是李白在长安结识的朋友，他从长安来，又要回长安去，李白为他送行，写下此诗。金乡：县名，唐代属兖州（今属山东）。韦八：排行第八，名不详。西京：指长安。唐天宝元年称长安为西京，洛阳为东京，太原为北京。　[2]"狂风"二句：以心挂咸阳树形象地表示对长安的眷恋。狂，一作"秋"。咸阳，指长安。　[3]道：一作"论"。　[4]"连山"句：语本鲍照《吴兴黄浦亭庾中郎别》诗："连山眇烟雾，长波迥难依。"

[点评]

开头二句明白如话，毫无修饰。三、四句承接首二句，"因别友而动怀君之念，可谓身在江海，心在魏阙"（萧士赟《分类补注李太白诗》），以心挂咸阳树的形象表示自己对长安的思念。这里的"狂风"未必指自然界的狂风，实际上是形容内心情绪的翻腾，说自己的心（思念之情）西飞挂念着长安。一方面表示对朝廷的眷恋，另一方面也有心随友人西去，思念长安友人之意，表示依依惜别之情。五、六句承上启下，表示转折。"此情"承上，指思恋长安之情，此情说不完，干脆说"不可道"。"此别"启下，指眼前的离别，反映出诗人深厚的友情和无穷的离愁别情。末二句写目送友人离去，友人愈走愈远，终于消失在弥漫着烟雾的连绵山脉中，暗示出诗人心中的无限惆怅。"望望"二字连用，表示诗人伫立之久，也衬托出友情之深。

西岳云台歌送丹丘子 [1]

西岳峥嵘何壮哉 [2]！黄河如丝天际来。黄河万里触山动，盘涡毂转秦地雷。荣光休气纷五彩 [3]，千年一清圣人在 [4]。巨灵咆哮擘两山 [5]，洪波喷流射东海。

三峰却立如欲摧 [6]，翠崖丹谷高掌开。白帝

从诗题中不难看出，全诗分为两部分。前半为"西岳云台歌"，后半写"送丹丘子"。用歌行体诗写送别，两半分写，是李白的创造。后来岑参继续用这种体式写了许多著名的歌行体送别诗。

金精运元气[7]，石作莲花云作台。

云台阁道连窈冥[8]，中有不死丹丘生。明星玉女备洒扫[9]，麻姑搔背指爪轻。我皇手把天地户[10]，丹丘谈天与天语[11]。

九重出入生光辉[12]，东求蓬莱复西归[13]。玉浆倜傥惠故人饮[14]，骑二茅龙上天飞。

王闿运手批《唐诗选》卷八评"白帝"二句说："只是实赋，便成奇语。"其实，奇语的形成还是离不开诗人奇特的想象力。

[注释]

[1]此诗当是天宝四载（745）李白在龟蒙山一带送元丹丘西游华山而作。西岳：华山，一称太华山，在今陕西华阴。云台：华山东北部山峰。因两峰峥嵘，四面陡绝，上冠景云，下通地脉，崔嵬独秀，犹如云中之楼台，故名。丹丘子：即李白好友元丹丘。李白在《上安州裴长史书》中提及前受安州马郡督和李长史接见时说"故交元丹，亲接斯议"，知其早在青年时代已与元丹丘订交。又在《冬夜于随州紫阳先生餐霞楼送烟子元演隐仙城山序》中说："吾与霞子元丹、烟子元演气激道合，结神仙交。"魏颢《李翰林集序》："与丹丘因持盈法师达，白亦因之入翰林。"知元丹丘曾与李白同为玉真公主推荐。据李白《汉东紫阳先生碑铭》，元丹丘于天宝初受道箓于胡紫阳。李白一生与元丹丘过从最密，酬赠元丹丘诗甚多，如《元丹丘歌》《题元丹丘颍阳山居》等（详郁贤皓著《李白丛考·李白与元丹丘交游考》）。　[2]"西岳"以下四句：形容华山的高峻雄壮和黄河的伟大气势。峥嵘，高峻貌。黄河如丝，极言山高，站在峰顶遥望黄河细小如丝。周密《癸辛杂识·续集下·华岳阿房基》："五岳惟华岳极峻，直上四十五里，遇无路处皆挽铁絙以上。有西岳庙在山顶，望黄河一衣带水耳。"

盘涡毂转秦地雷，谓黄河水势撞击华山，水流回旋，声如鸣雷。
盘涡毂转，《文选》卷十二郭璞《江赋》："盘涡毂转，凌涛山颓。"
李善注："涡，水旋流也。"张铣注："盘涡言水深风壮，流急相冲，
盘旋作深涡，如毂之转。"毂，一作"谷"。秦地，华山一带古为
秦地，故云。　[3]"荣光"句:《太平御览》卷八十引《尚书中候》：
"荣光起河，休气四塞。"注："休，美也。荣光，五色。从河出
美气四塞炫耀熠熠也。"荣光，指五色云气，古时以为祥瑞之征。
休气，吉祥之气。　[4]"千年"句:《太平御览》卷六十一引《拾
遗记》："黄河千年一清，圣王之大瑞也。"　[5]"巨灵"二句:谓
河西华山与河东首阳山本为一山，因河神用力而分开，使黄河从
中流过，才直奔东海。《文选》卷二张衡《西京赋》："缀以二华，
巨灵赑屃，高掌远跖，以流河曲，厥迹犹存。"薛综注："华，山
名也。巨灵，河神也。巨，大也。古语云：'此本一山，当河。水
过之而曲行。河之神以手擘开其上，足蹋离其下，中分为二，以
通河流。手足之迹，于今尚在。赑屃，作力之貌也。'"喷流射东
海，一作"箭射流东海"。　[6]"三峰"二句:华山有三峰:西为
莲华峰，南为落雁峰，东为朝阳峰。华山东北部岩壁黑色，石膏
流出凝结成痕，黄白相间，远望如巨人指掌。传说为巨灵劈山时
留下的痕迹，故称巨灵掌，又称仙人掌。二句即写此景。却立，
退后。摧，倾倒。　[7]"白帝"二句:谓白帝运用自然之能，使
华山宛如青色莲花开于云台之上。白帝，古代神话中西方之神。
金精，华山在西方，属白帝管辖。古代阴阳五行说西方属金，故
又称白帝为金精。元气，古人认为天地未分前，宇宙间充满的混
一之气。　[8]阁道:栈道。连窈冥:一作"人不到"。窈冥，深
远幽暗貌。　[9]"明星"二句:谓元丹丘乃神仙，到华山有明星、
玉女为其洒扫，麻姑为其搔痒。明星玉女，神话中的仙女。《集
仙录》云："明星玉女者，居华山，服玉浆，白日升天。"（见《太

平广记》卷五十九引）麻姑，传说中的女仙。《神仙传》云：东汉桓帝时，神仙王方平降于蔡经家，召麻姑至，年十八九许。自云："接侍以来，已见东海三为桑田，向到蓬莱，水又浅于往者会时略半也。岂将复还为陵陆乎？"蔡经又见麻姑指甲细长如鸟爪，心中自念："背大痒时，得此爪以爬背，当佳。"（见《太平广记》卷六十引）　[10]"我皇"句：此指唐朝统治者控制着天下。《汉武帝内传》：王母命侍女法安婴歌《元灵之曲》曰："大象虽廓寥，我把天地户。"我皇，指唐玄宗。手把，掌握统治。天地户，天地的门户，天下。　[11]谈天：战国时齐人邹衍（约前305—前240）善于论辩宇宙之事，人称"谈天衍"。《史记·孟子荀卿列传》裴骃《集解》引刘向《别录》："邹衍之所言五德终始，天地广大，尽言天事，故曰'谈天'。"　[12]九重出入：指出入朝廷。元丹丘天宝初曾由玉真公主荐举入京，为西京大昭成观威仪。九重，指帝王所居之处。　[13]"东求"句：谓元丹丘东来求仙，今又西归。求，一作"来"。蓬莱，传说中的海上仙山。　[14]"玉浆"二句：谓如元丹丘愿惠赐玉浆，两人即可共骑茅龙上天成仙。玉浆，犹玉精、琼浆，古代传说饮之能使人升仙。傥，通"倘"。惠，赐。骑二茅龙，《列仙传》卷下："呼子先者，汉中关下卜师也。老寿百余岁。临去，呼酒家老姬曰：'急装，当与姬共应中陵王。'夜有仙人持二茅狗来，至，呼子先，子先持一与酒家姬，得而骑之，乃龙也。上华阴山，常于山上大呼，言'子先、酒家母在此'云。"

[点评]

诗中所谓"东求蓬莱复西归"，即指元丹丘大约在天宝三载（744）前后离开长安，东来蒙山海边求仙，然后又要西回华山。杜甫有《玄都坛歌寄元逸人》诗云："故人昔隐东蒙峰，已佩含景苍精龙。"此"元逸人"

当即元丹丘。杜甫又有《与李十二白同寻范十隐居》诗云："余亦东蒙客，怜君如弟兄。"证知李白与杜甫曾一起至东蒙作客，当时元丹丘正隐居东蒙，即"东求蓬莱"。大约元丹丘离东蒙山时拟西去华山隐居，故李白写此诗送别。诗的第一段极写华山的高峻雄伟和黄河的澎湃气势，并且互为衬托。然后插叙黄河千年一清的祥瑞和河神分首阳、华山为两山的神话，更反映黄河的神威。第二段写华山三峰的形态，用"高掌开"三字进一步补证河神劈山的神话。接着又描叙华山云台是由白帝运用元气形成的，拓开更为遥远的想象空间。第三段开头两句承上启下。上句形容云台栈道之高，总括"西岳云台歌"，下句呼出主人公而转为"送丹丘子"。接着写元丹丘到华山后将会有仙女为他洒扫，麻姑为他搔痒，点明丹丘子乃道教中人。第四段写丹丘曾在京城与皇家接触，有过光辉的经历。最后以共同登仙表示祝愿，为道教中人送别诗应有之语。全诗多用神话传说，增添了虚幻缥缈的气氛。想象神奇，构思巧妙；笔势起伏，气象万千，洋溢着道教的仙气，却又显得豪放潇洒，引人入胜。《唐宋诗醇》卷五评此诗曰："健笔凌云，一扫靡靡之词。"

鲁郡东石门送杜二甫^[1]

醉别复几日^[2]，登临遍池台。

前人爱拿李白杜甫互赠诗数量的多寡说事，以为杜赠李诗多而厚于李，李赠杜诗少而薄于杜，这种看法用郭沫若《李白与杜甫》中的话来说是"皮相之见"。李白赠杜甫诗流传下来的虽少，但情溢言外、真挚感人。

本诗的结构经营颇具匠心，先说二人过往的交游，接写盼望未来再见，五、六句才说到当下所见景色，最后又写到将来。时空交错，回环往复。

何时石门路^[3]，重有金樽开^[4]？

秋波落泗水^[5]，海色明徂徕^[6]。

飞蓬各自远^[7]，且尽手中杯。

[注释]

[1] 此诗作于天宝四载（745）秋。鲁郡：即兖州，天宝元年（742）改为鲁郡。石门：今山东兖州东二里泗水金口坝附近原有巨石如门，相传为李白送别杜甫处。杜二甫：诗人杜甫，在同祖兄弟中排行第二。   [2]"醉别"句：李白与杜甫于天宝三载（744）秋在梁宋（今河南开封、商丘一带）会面同游，后暂别；杜甫《寄李白二十韵》："醉舞梁园夜，行歌泗水春。"可知次年春又在鲁郡相会，接着游齐州（今山东济南），又暂别。杜甫《赠李白》诗："秋来相顾尚飘蓬。"知是年秋再次在鲁郡相会，然后杜甫告别李白，西往长安，李白在石门相送，写下此诗。   [3]"何时"句：一作"何言石门下"。   [4]"重有"句：杜甫《赠李白》诗"何时一樽酒，重与细论文"，意与此句略同。萧士赟《分类补注李太白诗》因疑两诗为同时唱酬之作。然杜诗乃春天在长安写成，当是在长安怀念李白之作。   [5] 泗水：在今山东中部。源出今山东泗水县东蒙山南麓，四源并发，故名。西流经今泗水县、曲阜市、兖州市，折南至济宁市东南鲁桥镇入运河。唐代泗水自鲁桥以下又南循今运河至南阳镇，穿南阳湖而南，经江苏沛县东，又南至徐州市东北循淤黄河东南流至靖江市北，注入淮河。全长千数百里，是淮河下游第一支流，故往往"淮泗"连称。   [6] 海色：晓色。明：用作动词，照亮。徂徕：山名，又称尤崃山、龙崃山。在今山东泰安东南，为大小汶河的分水岭。   [7] 飞蓬：以蓬草遇风飞旋喻行踪漂泊

不定。

[点评]

　　开头两句，写两人曾暂别不久又相会同游。相聚时，在梁宋、齐鲁遍览胜迹，与高适一起曾登吹台，慷慨怀古；同到孟诸泽打猎，又同登单父台。他俩还同游鹊山湖，同作东蒙客，同寻范居士……这些就是"登临遍池台"的内容。如今真要分别，诗人心头充满依恋之情。不知何年何月能在石门相会，再开金樽痛饮狂欢。杜甫别后在长安写有《春日忆李白》诗："何时一樽酒，重与细论文？"一说重开金樽，一说重与论文，互文见义，深切地表达了两位大诗人企盼重逢的心情，同时也反映出二人在相处的日子里开怀畅饮、切磋诗文的欢快。两人对这段生活念念不忘，表现出感情的深笃。颈联写景，点明季节、环境。两位诗人同爱山水，如今在秋高气爽的季节中在泗水边分别，早晨晴朗的气候映照徂徕山显得更为美丽。两句写鲁郡石门周围的山光水色非常传神而动人。在这美好景色中分手，更添难舍难分的惆怅之情。尾联点明告别。从此一别，各自远奔，犹如蓬草飘飞，行踪不定，但大丈夫离别不作儿女态，还是以酒作别，倾杯饮酒吧！与首句"醉别"呼应。感情豪迈，襟怀开朗，无哀伤色彩。全诗叙事、抒情、写景融为一体，互相映衬，感情真挚深厚，景色明丽动人。这是表现两位大诗人友谊的杰作，在文学史上具有重要意义。

沙丘城下寄杜甫[1]

诗为寄赠怀人
之作，抒情基调为
"思君"，但前六句
却不着痕迹，直到
篇末才点题，逼出
此二字，具有画龙
点睛之妙。

我来竟何事？高卧沙丘城[2]。
城边有古树，日夕连秋声。
鲁酒不可醉[3]，齐歌空复情。
思君若汶水[4]，浩荡寄南征[5]。

[注释]

[1]此诗当是天宝五载（746）秋李白思念杜甫而作。沙丘城：
指兖州（鲁郡）治城瑕丘，今山东兖州。　[2]高卧：指闲居、隐
居。　[3]"鲁酒"二句：谓鲁地薄酒已不能使自己酣醉，齐女歌
舞徒然多情，也不能使自己快乐而忘记友人。极写思念友人之深
切。鲁、齐，均指今山东地区。古代鲁地产美酒，齐国美女善歌
舞。　[4]汶水：今名大汶河。源出今山东济南莱芜北，西南流经
古嬴县南，古称嬴汶，又西南会牟汶、北汶、石汶、柴汶至今东
平戴村坝。自此以下，古汶水西流经东平县南，至梁山东南入济
水。　[5]浩荡：水势盛大广阔貌。南征：南流。

[点评]

首二句凌空自问，为什么竟然独自闲居在兖州？起
得突兀，字里行间饱含着苦闷和恼恨，抒发友人别后的
孤独、惆怅感情。三、四句写景：如今陪伴诗人的只有
城边的老树，在秋风中日夜发出萧瑟的声音。这是景语，
也是情语，进一步烘托诗人寂寞凄凉的心情。五、六句

直接抒写心境：鲁酒不能引起自己的兴趣去沉饮酣醉，齐女美妙的歌舞也不能使自己动心去欣赏而徒有其情。这样从反面衬托，把思念友人而无精打采的神态写得惟妙惟肖，非常深刻。末二句用当地的滔滔汶水比喻相思之情的深长，韵味无穷。

秋日鲁郡尧祠亭上宴别杜补阙范侍御[1]

我觉秋兴逸[2]，谁云秋兴悲？

山将落日去[3]，水与晴空宜。

鲁酒白玉壶，送行驻金羁[4]。

歇鞍憩古木[5]，解带挂横枝。

歌鼓川上亭[6]，曲度神飙吹。

云归碧海夕，雁没青天时。

相失各万里，茫然空尔思[7]。

李白善押"宜"韵，明代胡震亨统计说："太白诗惯押'宜'字，如'山将落日去，水与晴空宜''月色望不尽，空天交相宜'，又'谑浪偏相宜''置酒正相宜''春风与醉客，今日乃相宜'，凡五用，而前二'宜'韵尤佳。"（《李诗通》）不为无见。

[**注释**]

[1] 此诗当是天宝四载（745）秋在鲁郡作。此诗题近人有新解。鲁郡：见《鲁郡东石门送杜二甫》诗注。尧祠：《元和郡县志》卷十：在兖州瑕丘县南七里洙水之右。杜补阙范侍御：名皆不详。当是李白友人。郭沫若《李白与杜甫》云："考唐人段成式《酉阳杂俎》已征引此诗：众言李白惟戏杜考功'饭颗山头'之句，成

式偶见李白《祠亭上宴别杜考功》诗，今录其首尾（按即上引诗首四句与尾四句）。这虽然误把'考功'弄成了杜甫的功名，'杜考功'即杜甫是无疑问的。'饭颗山头'之句是李白赠杜甫的诗句，《尧祠亭上宴别》也必然是赠杜甫的诗。因此，李白集中的诗题应该是《秋日鲁郡尧祠亭上宴别杜甫兼示范侍御》。'兼示'二字，抄本或刊本适缺，后人注以'阙'字。其后窜入正文，妄作聪明者乃益'甫'为'补'而成'补阙'。《酉阳杂俎》既只言'宴别杜考功'，则原诗应该只是'宴别杜甫'，范侍御不是'宴别'的对象。这位范侍御很显然就是杜甫《与李白同寻范十隐居》的那位'范十'了。"按：此说尚嫌缺乏根据。况范十乃隐士，范侍御为御史台官员，当非其人。据《旧唐书·职官志二》，门下省有左补阙二员，从七品上。天授二年二月，加置三员，通前五员。中书省有右补阙二员，从七品上。补阙拾遗之职，掌供奉讽谏，扈从乘舆。又同书《职官志三》：御史台有侍御史四员，从六品下，掌纠举百僚，推鞫狱讼。殿中侍御史六人，从七品下，掌殿廷供奉之仪式。监察御史十员，正八品上，掌分察巡按郡县、屯田、铸钱、岭南选补、知太府、司农出纳，监决囚徒。　[2]"我觉"二句：宋玉《九辩》："悲哉秋之为气也，萧瑟兮草木摇落而变衰。"此反其意而用之。逸，安逸恬乐。　[3]"山将"二句：谓落日倚山而下，绿水与蓝天一色相宜。将，带。　[4]驻金羁：犹停马。羁，马络头，此指马。　[5]憩古木：在古树下休息。　[6]"歌鼓"二句：宋本校："一本无此二句"，却添"南歌忆郢客，东转见齐姬。清波忽淡荡，白雪纷逶迤。一隔范、杜游，此欢各弃遗"三韵。曲度，乐曲的节度。神飙吹，形容吹奏有力。飙，疾风。　[7]茫然：犹惘然，惆怅貌。空尔思：徒然思念你。

[点评]

首二句点题中的"秋日"。自宋玉《九辩》以来，历代诗多以秋景兴悲伤的感情，李白却一反常格："我觉秋兴逸"，情致高昂，再用"谁云秋兴悲"作反衬，这一对时令不同感受的鲜明对照，使诗人不平凡的个性跃然纸上。三、四两句写宴别的时间和环境：群山带走落日的傍晚时分，流水与晴空碧绿相映，诗人通过丰富的想象，用"将""与"两个动词，把山、落日、水、晴空这些景物组合成一体，使这些景物充满活力，为首句的"秋兴逸"作了具体的注释，也烘托出诗人欢愉的心情。以下六句描绘别宴：宴席上已摆着盛满鲁地美酒的白玉壶，送行的人们都已停下马，有的卸鞍让马在古树下休息，有的解下衣带挂在横叉的树枝上。主宾一起在水上的亭子里畅饮高歌，击鼓奏曲，乐曲的旋律节奏声响云霄，像神飙似地飘扬在尧祠亭的周围。诗人将宴会气氛写得非常热烈，有声有色，使人如亲历其境。表现出诗人和友人们的欢快情感，一扫历来送别时的悲凉气氛，形象地显示出"秋兴逸"的情景。末四句写临别情景。云归碧海，雁没青天，已是黄昏时分，既与前三、四两句呼应，又暗衬烘托临别依依的友谊。从此一别，各奔前程，相隔万里，茫然思念。言尽而意不尽。全诗格调高昂，节奏明快，感情豪放，具有很强的艺术感染力。

鲁郡尧祠送窦明府薄华还西京 [1]

朝策犁眉骝 [2]，举鞭力不堪 [3]。强扶愁疾向何处？角巾微服尧祠南 [4]。长杨扫地不见日 [5]，石门喷作金沙潭 [6]。笑夸故人指绝境 [7]，山光水色青于蓝。庙中往往来击鼓 [8]，尧本无心尔何苦 [9]？门前长跪双石人，有女如花日歌舞。银鞍绣毂往复回 [10]，簸林蹶石鸣风雷 [11]。远烟空翠时明灭 [12]，白鸥历乱长飞雪 [13]。红泥亭子赤栏干 [14]，碧流环转青锦湍 [15]。深沉百丈洞海底 [16]，那知不有蛟龙蟠 [17]？

君不见绿珠潭水流东海 [18]，绿珠红粉沉光彩。绿珠楼下花满园，今日曾无一枝在。昨夜秋声阊阖来 [19]，洞庭木落骚人哀 [20]。遂将三五少年辈 [21]，登高远望形神开 [22]。生前一笑轻九鼎 [23]，魏武何悲铜雀台 [24]？

我歌白云倚窗牖 [25]，尔闻其声但挥手。长风吹月渡海来，遥劝仙人一杯酒。酒中乐酣宵向分 [26]，举觞酹尧尧可闻 [27]？何不令皋繇拥彗星八极 [28]，直上青天扫浮云？高阳小饮真琐

琐^[29]，山公酩酊何如我？竹林七子去道赊^[30]，兰亭雄笔安足夸^[31]？尧祠笑杀五湖水^[32]，至今憔悴空荷花。尔向西秦我东越^[33]，暂向瀛洲访金阙^[34]。蓝田太白若可期^[35]，为余扫洒石上月。

第三段写与窦薄华在尧祠相别时情景，相约将来在蓝田、太白隐居。

[**注释**]

[1] 按诗云："尔向西秦我东越，暂向瀛洲访金阙。"知将赴东越，当作于天宝五载（746）秋天。各本题下原注："时久病初起作。"鲁郡尧祠：见前《秋日鲁郡尧祠亭上宴别杜补阙范侍御》诗注。窦明府薄华：姓窦名薄华的县令。窦薄华，事迹未详。明府，唐代对县令的尊称。西京：指长安。　[2] 策：鞭打。犁眉𬳶（guā）：黑眉黄马。据《十六国春秋》记载，姚襄所乘骏马为鸒眉𬳶，日行千里。犁，通"鸒"，黑色。𬳶，黑嘴的黄马。　[3] 不堪：不能胜任。　[4] 角巾：古代隐士常戴的一种有棱角的头巾。微服：平民服装。一作"微步"。　[5]"长杨"句：谓柳条修长垂地，遮天蔽日。　[6]"石门"句：谓山上瀑布喷射而下，形成金沙潭。石门，疑为尧祠附近山名。　[7] 笑夸故人：一作"笑谑伯明"。绝境：风景极美的环境。　[8] 击鼓：指尧祠中击鼓祠神。　[9]"尧本"句：谓尧本无心让人祭祀，人又何苦来击鼓祠神呢？　[10]"银鞍"句：谓华美的车马来来往往。王勃《临高台》诗："银鞍绣毂盛繁华。"银鞍，一作"银鞭"。银，与下文"绣"均形容车马装饰之美。毂，车轮中心用以插轴的圆木，此指车。　[11]"簸林"句：是说车马声如林石摇动，风雷鸣响。簸，与下文"蹶"并谓摇动。　[12]"远烟"句：谓远处绿树在烟雾

中时明时暗。谢灵运《过白岸亭诗》："空翠难强名。"　[13]"白鸥"句：谓白鸥在空中杂乱飞翔，犹如经年的飞雪。历乱，杂乱无次貌。　[14]"红泥"句：谓用红泥涂砌的亭子，用红漆涂抹的栏干。赤，一作"朱"。　[15]青锦湍：青锦似的急流。　[16]"深沉"句：谓金沙潭水之深可贯通海底。洞，动词，穿通。　[17]"那知"句：此句以"蛟龙蟠"暗喻藏有贤能之士。那，通"哪"，怎。蟠，盘伏。　[18]"君不见"以下四句：《晋书·石崇传》《世说新语·仇隙》记载，西晋大臣石崇之妾绿珠，当时赵王司马伦专权，其亲信孙秀向石崇索绿珠，绿珠跳楼自杀。绿珠潭，即洛阳石崇家池，又名翟泉、狄泉，池南有绿珠楼。《太平寰宇记》卷二记载：洛阳县石崇宅有绿珠楼，今谓之狄泉是也。流东海，暗喻往事一去不返，都成陈迹。绿珠红粉沉光彩，意谓红粉佳人的光彩皆已沉没。一作"白首同归翳光彩"。曾，乃。　[19]阊阖：风名，即秋天的西风。《淮南子·天文训》："凉风至四十五日，阊阖风至。"《史记·律书》："阊阖风居西方。"《文选》卷三张衡《东京赋》："俟阊风而西遏。"李善注："阊风，秋风也。"　[20]"洞庭"句：屈原《九歌·湘夫人》："袅袅兮秋风，洞庭波兮木叶下。"骚人，此指屈原。　[21]将：带领。　[22]"登高"句：宋玉《高唐赋》："登高远望，使人心瘁。"此反用其意。形神开，谓身心舒畅。远望，一作"送远"。　[23]九鼎：古代传说夏禹铸九鼎，象征九州，夏、商、周三代奉为传国之宝。后人常以九鼎喻指帝位。　[24]魏武：魏武帝，即曹操。铜雀台：又作"铜爵台"。《三国志·魏书·武帝纪》："建安十五年，冬，作铜爵台。"故址在今河北临漳西南古邺城西北隅，与金虎、冰井合称三台，现台基大部为漳水冲毁。据陆机《吊魏武帝文》记载：曹操临终时曾遗令四子曰："吾婢好妓人，皆著铜爵台，于台堂上施八尺床，穗帐，朝晡上脯糒之属，月朝十五，辄向帐作妓，汝等时时登铜爵

台,望吾西陵墓田。"　[25]白云:汉武帝《秋风辞》:"秋风起兮
白云飞。"一说用《穆天子传》典故,西王母在瑶池宴会上曾歌
赠穆王曰:"白云在天,山陵自出。道里悠远,山川间之。将子无
死,尚复能来。"倚窗牖:一作"大开口"。　[26]酒中乐酣:《汉
书·司马相如传》:"于是酒中乐酣。"颜师古注:"酒中,饮酒中
半也。乐酣,奏乐洽也。"宵向分:近夜半。宵分,夜半。沈约《秋
夜诗》:"月落宵向分,紫烟郁氛氲。"　[27]"举觞"句:谓在尧祠
前举杯酒祭,尧能知道否?酹,洒酒于地以示祭奠。　[28]"何
不"二句:谓尧为何不派皋陶拥彗横扫八方,一直扫尽天上的浮
云,以此迎接贤臣?皋繇,一作"皋陶",尧舜时贤臣,曾被舜
任为掌刑法的官。拥彗,古人迎候尊贵之人,常用以示敬意。《史
记·孟子荀卿列传》:"(邹衍)如燕,昭王拥彗先驱,请列弟子
之座而受业。"司马贞《索隐》:"谓为之埽地,以衣袂拥帚而却
行,恐尘埃之及长者,所以为敬也。"彗,扫帚。横八极,横扫
八方最远之地。扫,一作"挥"。　[29]"高阳"二句:谓山简
的高阳池大醉微不足道,怎能及得上我们今天的情景。楚汉相争
时,郦食其揖见刘邦,自称高阳酒徒。晋代山简镇守襄阳,岘山
南有后汉侍中习郁的鱼池。山简每临此池,置酒辄醉,曰:"此
是我高阳池也。"时有儿歌曰:"山公出何许?往至高阳池。日夕
倒载归,茗艼无所知。时时能骑马,倒著白接䍦。"见《世说新
语·任诞》《晋书·山简传》《水经注·沔水》。琐琐,细小貌。
酩酊,大醉貌。　[30]"竹林"句:谓竹林七贤的佳事已离得很
远了。竹林七子,据《三国志·魏书·王粲传》裴松之注引《魏
氏春秋》云:三国魏末陈留阮籍、谯国嵇康、河内山涛、河南向
秀、籍兄子咸、琅邪王戎、沛人刘伶相与友善,常宴集于竹林之
下,时人号为竹林七贤。又见《世说新语·任诞》《晋书·嵇康
传》。赊,远。　[31]兰亭雄笔:东晋永和九年(353)三月三

日，王羲之与友人孙统、孙绰、谢安等四十二人，在山阴（今浙江绍兴）的兰亭举行修禊（古时上巳日在水边消除不祥的一种风俗，后演化为春游），饮酒赋诗，编成《兰亭集》，王羲之亲笔写序，笔力遒媚劲健，绝代所无。　[32]五湖：此指太湖。一作"镜河"。　[33]"尔向"句：谓窦薄华还西京，而诗人已准备到东越（今浙江绍兴一带）去。　[34]"暂向"句：谓暂去东越求仙访道。瀛洲，传说中的海中仙山。金阙，道教谓天上有黄金阙、白玉京，为天帝所居。又谓仙山上以黄金白银为宫阙。　[35]"蓝田"二句：谓如果可相约在蓝田、太白二山相会，那么请清扫周围环境，待我来日前去隐居。蓝田，山名，在今陕西蓝田东。《元和郡县志》卷一京兆府蓝田县："蓝田山，一名玉山，一名覆车山，在县东二十八里。"太白，山名，在今陕西周至、眉县、太白等之间，为秦岭主峰。期，约会。

[点评]

诗歌从送别时自己的身心疲惫之感说起，再写由周围环境引起的跳跃式联想。首四句点明"久病初起"，不仅体力不支，而且"强扶愁疾"，说明病由愁起。这"愁"字包含着内心的许多感慨和不平。接着四句写景，青山绿水令人"笑夸"。然而自然美景中却传来击鼓嘈杂声，原来是人们到尧祠来祭祀。诗人叹问：尧是圣帝，本无心要人祭祀，你们何苦喧嚣使他不安呢？这里隐含着对皇帝周围佞臣的讥讽。再接着从"红泥亭子""碧流环转"联想到在那"深沉百丈"的海底，怎知没有蛟龙蟠伏着呢！这显然是暗喻贤士藏匿在野。第二段思想跳跃到古代，感叹历史人物：绿珠光彩沉埋，屈原空哀洞庭落木，

曹操幻想死后还要在铜雀台享乐。诗人认为无论是绝代佳人、超人才士，还是权势熏天的帝王，都将成为历史陈迹，所以生前事不必计较得失，身后事更不必挂怀。第三段面对山光水色，长风飘月，诗人倚窗歌《白云》，劝仙人饮酒，但现实中的朝政黑暗又不能忘怀，于是举杯酹尧，请他令皋陶拥彗扫浮云。看来诗人对唐明皇仍有幻想，此处显然以尧暗喻明皇，希望他任用贤人，清除小人。但诗人很快又进入超脱境界，觉得历史上豪饮傲世而传名的山简、竹林七贤，以及书圣王羲之、功成身退的范蠡都比不上自己，诗人傲视前人的昂扬气概跃然纸上。末四句又出人意外地转入与友人临别相期，相约以后在蓝田太白隐居。全诗意象的发展都是跳跃式的，随着诗人感情的变幻激荡而接连奔泻，这正是诗人丰富想象力的如实表现。

梦游天姥吟留别 [1]

海客谈瀛洲 [2]，烟涛微茫信难求 [3]。越人语天姥 [4]，云霞明灭或可睹。天姥连天向天横 [5]，势拔五岳掩赤城 [6]。天台四万八千丈 [7]，对此欲倒东南倾。

我欲因之梦吴越 [8]，一夜飞度镜湖月 [9]。湖月照我影，送我至剡溪 [10]。谢公宿处今尚

顾名思义，"留别"即留诗而别，是诗人要离开某地前往目的地，其意与诗人送他人出发登程的"赠别"诗不同。

第一段，点出入梦之由，因语而梦。

在[11]，渌水荡漾清猿啼。脚著谢公屐[12]，身登青云梯[13]。半壁见海日[14]，空中闻天鸡[15]。千岩万转路不定，迷花倚石忽已暝[16]。熊咆龙吟殷岩泉[17]，栗深林兮惊层巅。云青青兮欲雨，水澹澹兮生烟[18]。列缺霹雳[19]，丘峦崩摧。洞天石扇[20]，訇然中开[21]。青冥浩荡不见底[22]，日月照耀金银台[23]。霓为衣兮风为马[24]，云之君兮纷纷而来下[25]。虎鼓瑟兮鸾回车[26]，仙之人兮列如麻[27]。忽魂悸以魄动[28]，恍惊起而长嗟[29]。惟觉时之枕席，失向来之烟霞。

第二段，描绘梦中游历，因梦而悟。

世间行乐亦如此[30]，古来万事东流水[31]。别君去兮何时还？且放白鹿青崖间[32]，须行即骑访名山。安能摧眉折腰事权贵[33]，使我不得开心颜！

第三段，梦后抒怀，因悟而别。

[注释]

[1]此诗当是天宝五载（746）李白离开东鲁南下会稽时告别东鲁友人之作。各本题下俱注云："一作《别东鲁诸公》。"天姥（mǔ）：山名。唐代属剡县，在今浙江新昌南部。主峰拨云尖海拔817米，其峰孤峭突起，仰望如在天表。   [2]瀛洲：传说

中的海上仙山。《史记·秦始皇本纪》："海中有三神山，名曰蓬莱、方丈、瀛洲，仙人居之。" [3]"烟涛"句：谓瀛洲在烟雾波涛之中，隐约渺茫，难以寻访。微茫，犹隐约，景象模糊。一作"弥漫"。 [4]"越人"二句：谓越人说的天姥山，在云霞缭绕下时隐时现，有时还可以看到。语，一作"道"。云霞，一作"云霓"。明灭，谓时隐时现、忽明忽暗。或可，一作"安可"。 [5]连天：形容天姥山高峻耸直。向天横：形容山势绵延阔大。除主峰拨云尖外，还有斑竹、大尖等高峰，峰峦连绵三十余里。 [6]"势拔"句：形容天姥山雄伟气势超出五岳，掩盖赤城。此乃诗人以往游剡中时留下的直觉印象。五岳，指东岳泰山、西岳华山、中岳嵩山、南岳衡山、北岳恒山。赤城，赤城山，在今浙江天台县城东北，为天台山南门。因土色皆赤，状如云霞，望之似雉堞，故名。 [7]"天台"二句：谓高一万八千丈的天台山也倾倒在天姥山东南。天台，天台山，在今浙江天台县城东北。主峰名华顶。四万八千丈，极言其高。王琦注："四，当作一。"按：《王文公诗集》卷四《送僧游天台》李壁注云："《真诰》：桐柏山高一万八千丈，今天台亦然，太白云四万，字误。"欲，一作"绝"。 [8]因之：一作"冥搜"。 [9]镜湖：见前《送贺宾客归越》诗注。 [10]剡溪：在今浙江嵊州南。即曹娥江上游诸水，古通称剡溪。剡，今浙江嵊州及新昌县地。 [11]谢公：指南朝宋诗人谢灵运，他曾在剡中住宿，登天姥山。其《登临海峤初发疆中作》诗云："暝投剡中宿，明登天姥岑。高高入云霓，还期那可寻。" [12]著：一作"穿"。谢公屐（jī）：谢灵运所穿木底有齿之鞋。《南史·谢灵运传》："寻山陟岭，必造幽峻，岩嶂数十重，莫不备尽。登蹑常着木屐，上山则去其前齿，下山去其后齿。" [13]青云梯：谓山岭石阶高峻入云，如登上天之梯。《文选》卷二十二谢运《登石门最高顶》诗："共登青云梯。"刘良

注：“仙者因云而升，故曰云梯。”　[14]“半壁”句：谓在半山腰上就能看见太阳从海面升起。　[15]天鸡：《述异记》：“东南有桃都山，上有大树名曰桃都，枝相去三千里，上有天鸡。日初出，照此木，天鸡则鸣，天下之鸡皆随之鸣。”　[16]“迷花”句：谓正迷恋山间花草、依倚山石时，天色突然暗下来。　[17]“熊咆”二句：谓龙吟熊吼声震山岩泉水，使深林战栗、高山惊惧。《楚辞·招隐士》：“虎豹斗兮熊罴咆。”咆，猛兽嗥叫。殷，震动。栗，恐惧，战栗。层巅，重叠的山峰。　[18]澹澹：《文选》卷十九宋玉《高唐赋》：“水澹澹而盘纡兮。”李善注：“《说文》曰：澹澹，水摇也。”　[19]列缺：闪电。《汉书·扬雄传》：“辟历列缺，吐火施鞭。”颜师古注引应劭曰：“列缺，天隙电照也。”　[20]洞天：道教称神仙所居洞府为洞天，意谓洞中别有天地。石扇：石门。一作“石扉”。　[21]訇（hōng）然：大声貌，象声。中：一作“而”。　[22]青冥：青色的天空。浩荡：广阔浩大貌。一作“蒙鸿”。　[23]金银台：神仙所居的黄金白银宫阙。郭璞《游仙诗》：“神仙排云出，但见金银台。”　[24]“霓为衣”句：《楚辞·九歌·东君》：“青云衣兮白霓裳。”傅玄《吴楚歌》：“云为车兮风为马。”风，一作“凤”。　[25]云之君：云神。《楚辞·九歌》有《云中君》篇。　[26]虎鼓瑟：张衡《西京赋》：“白虎鼓瑟，苍龙吹篪。”鼓，用作动词，敲击，弹奏。鸾回车：神鸟驾车而回。鸾，传说中凤凰一类的鸟。　[27]列如麻：《汉武帝内传》引上元夫人《步玄之曲》“忽过紫微垣，真人列如麻。”　[28]魂悸：心跳。　[29]恍：恍然，猛然。惊起：惊醒而起。长嗟：长叹。　[30]亦如此：指与梦境一样虚幻。一作“皆如是”。　[31]东流水：喻一去不复还。　[32]白鹿：古代隐士多以养白鹿、骑白鹿表示清高。青崖：青山。　[33]摧眉折腰：低头弯腰，卑躬屈膝貌。

[点评]

第一段写梦游的诱因，先以整齐的对句写出两个虚实相映的形象，以仙山的虚幻难觅反衬天姥的实际存在，表现出诗人对名山胜境的向往。接着用夸张的手法，描绘天姥山拔地参天、横空出世的雄伟形势。"横""拔""掩"三个动词不仅写出了天姥山的外形，而且赋予了强烈的气势和动态感，为第二段的梦游做了铺垫。第二段写梦游，是全诗主体。"我欲因之梦吴越"承上启下，由醒境转入梦境。梦境有四个层次：第一层次至"渌水荡漾清猿啼"，写梦至剡溪的情景。着一"飞"字，形容历程之快，显示游山之心切。驾长风，披月光，越镜湖，抵剡溪，来到当年谢灵运宿处，眼见荡漾渌水，耳闻清猿啼鸣。于是游兴更浓，连夜登山。第二层次至"空中闻天鸡"，写梦登天姥的情景。"着""登"动作的连写，可看出诗人迫不及待登山的轻捷情态。到达半山时，眼看海上日出，耳闻天鸡鸣叫，诗人心情是愉悦的。第三层次至"仙之人兮列如麻"，写幽深的峰峦中所见的惊险神奇的境界。这是梦游的重点。白天的游程，只用"千岩万转路不定，迷花倚石忽已暝"二句概括。正当游赏极乐时，夜幕突然降临，这时出现了可怕的景象：熊咆哮，龙吟啸，岩泉为之震荡，深林为之战栗，峰巅为之惊惧。浓云欲雨，流水腾烟。接着用四字句写闪电雷鸣，山崩石裂，洞府石门，轰地打开。于是，诗人把幻想推向高峰，用瑰丽的色彩描绘神仙世界：天空广阔，无边无际，日月高照，楼台辉煌，仙人们以霓霞为衣，以风为马，纷纷飞下。白虎弹瑟，鸾鸟驾车，神仙之多，

犹如乱麻。这是梦游的高潮。第四层次即第二段最后四句，写梦醒情状。诗人惊醒回到现实，不禁长叹，觉得枕边缭绕仙气的烟霞顿然消失。这大段写得色彩缤纷却层次井然，迷离惝恍而跌宕多姿，前人多谓其中寓有长安三年宫廷生活的迹印。如陈沆《诗比兴笺》卷三说："盖此篇即屈子《远游》之旨，亦即太白《梁甫吟》'我欲攀龙见明主，雷公砰訇震天鼓。……阊阖九门不可通，以额叩关阍者怒'之旨也。太白被放以后，回首蓬莱宫殿，有若梦游，故托天姥以寄意。"第三段写梦游后的感慨，点出全诗主旨。对名山仙境的向往，是对权贵的抗争。全诗不写惜别之情，却借"别"抒怀，另有寄托，写成惊心动魄的记梦游仙诗，在构思上匠心独运，在表现手法上别开生面。

本诗是一首咏史怀古诗，借怀念张良以寄托诗人的用世之志，言在此而意在彼，自寓之意，见于言表。

"岂曰非智勇"这句诗深受后人赞赏，认为可用来补充《史记·留侯世家》对张良的评价，如明代钟惺说："无数断案，在此五字，可作《留侯世家》小赞。"（《唐诗归》卷十五）清人沈德潜也说："为子房生色，'智勇'二字可补《世家》赞语。"（《唐诗别裁集》卷二）

经下邳圯桥怀张子房 [1]

子房未虎啸 [2]，破产不为家 [3]。

沧海得壮士 [4]，椎秦博浪沙。

报韩虽不成 [5]，天地皆振动。

潜匿游下邳 [6]，岂曰非智勇？

我来圯桥上，怀古钦英风。

唯见碧流水，曾无黄石公 [7]。

叹息此人去，萧条徐泗空 [8] 。

[注释]

[1] 此诗当为天宝五、六载（746、747）李白由东鲁南下会稽途经下邳时作。下邳（pī）：古地名，在今江苏邳州西南。圯（yí）：即桥。一说圯桥为圯水上的桥。《史记·留侯世家》："（张）良尝闲从容步游下邳圯上。"司马贞《索隐》："李奇云：'下邳人谓桥为圯。'……应劭云：'沂水之上也。'"《元和郡县志》卷九河南道泗州下邳县："沂水，经县北分为二水，一水于城北西南入泗；一水经城东屈曲从县南亦注泗，谓之小沂水。水上有桥，昔张子房遇黄石公于圯上，即此处也。南人谓桥为圯。"张子房：即张良，字子房。张良曾在下邳圯上遇一老父黄石公，授《太公兵法》一册，曰："读此则为王者师矣。"后张良果为刘邦运筹帷幄，决胜千里，汉朝建立后，封留侯。　[2] 虎啸：喻豪杰奋发建立功业。　[3] "破产"句：据《史记·留侯世家》记载，张良原为战国时韩国贵族，秦灭韩，张良年幼，即用全部家产求刺客为韩报仇。　[4] "沧海"二句：《史记·留侯世家》记载：张良到东方去见仓海君，得一力士，遂以一百二十斤重的铁椎，在博浪沙（在今河南原阳）狙击秦始皇，误中副车。始皇大怒，大索天下，张良因改换名姓，逃亡下邳。　[5] "报韩"二句：谓张良为韩报仇虽未成功，但名声却振动天下。《史记·留侯世家》："不爱万金之资，为韩报仇强秦，天下振动。"　[6] "潜匿"二句：谓其隐藏而游下邳，难道说就不是智谋和勇敢？　[7] 曾：乃。黄石公：即张良早年于下邳圯上所遇之长者。　[8] 徐泗：徐州和泗州。唐玄宗时徐州领彭城（今徐州铜山区）、丰、沛（今属江苏）、萧、符离、蕲（今均属安徽）、滕（今属山东）等七县；泗州领临淮、徐城（今已没入洪泽湖中）、虹（今安徽泗县）、

下邳（今江苏邳县西南）、宿预（今江苏宿迁与泗阳之间）、涟水（今属江苏）等六县。

［点评］

首四句叙事：一、二句从张良未建功业前写起，表明其年幼时即非平凡人物。三、四句便是写其不平凡的事迹，将《史记》所叙的一段故事紧缩为十个字，可见熔铸之功力。接着四句议论，五、六句先用"虽"字作顿挫一抑，然后又指出"天地皆振动"一扬。七、八句强调藏匿下邳是智勇之举，却用"岂"字以反诘句提出，使气势跌宕有致。以上八句都写张良事迹，九、十句才点题，诗人怀古抒怀，将今人与古人绾合。"唯见""曾无"是此诗最紧要处，诗人只见到圯桥下的流水仍然像当年一样清澈碧绿，然而却见不到黄石公了。按理应该说见不到张子房，诗中却越过张良而偏说黄石公，一是因为张良就是在圯桥见到黄石公接受《太公兵法》的，如此可省却笔墨，二是诗人别有用意，即当今如张良那样的豪杰之士，还是有的，只是没有像黄石公那样识拔人才的人而已。末二句表面上叹息张良去后，徐泗一带就萧条没有人才了，实际上是曲笔反语，其意实为"谁曰萧条徐泗空"，诗人后来在《扶风豪士歌》结尾云："张良未逐赤松去，桥边黄石知我心。"正好是此诗末二句的注脚。意谓当今之世，继张良而起，舍我其谁！

丁都护歌[1]

云阳上征去[2]，两岸饶商贾[3]。

吴牛喘月时[4]，拖船一何苦[5]！

水浊不可饮，壶浆半成土。

一唱《都护歌》，心摧泪如雨[6]！

万人系盘石[7]，无由达江浒[8]。

君看石芒砀[9]，掩泪悲千古。

以乐府旧题描写纤夫在炎热季节拖船之苦，为李白独创。这是李白反映劳动人民生活、同情百姓疾苦的重要篇章，前人指出它与忧国忧民的杜甫诗境界相仿，"落笔沉痛，含意深远，此李诗之近杜者"（《唐宋诗醇》）。但情感的浓厚炽热却又是李白式的。

[注释]

[1] 此诗约作于天宝六载（747）。丁都护歌：一作"丁督护歌"。乐府旧题。《乐府诗集》卷四十五列为《清商曲辞·吴声歌曲》，并引《宋书·乐志》曰："《督护歌》者，彭城内史徐逵之为鲁轨所杀，宋高祖使府内直督护丁旿收敛殡埋之。逵之妻，高祖长女也。呼旿至阁下，自问殓送之事。每问辄叹息曰：'丁督护！'其声哀切，后人因其声广其曲焉。"《旧唐书·音乐志二》："督护，晋、宋间曲也。"按：今存最早的《丁督护歌》为宋武帝所作五首，内容写督护出征送别情事，王金珠所作一首意亦同，与《宋书·乐志》所云本事毫无关涉，疑别有所本。　[2] 云阳：今江苏丹阳。《元和郡县志》卷二十五江南道润州丹阳县："本旧云阳县地。秦时望气者云有王气，故凿之以败其势，截其直道，使之阿曲，故曰曲阿。……天宝元年，改为丹阳县。"上征：向上游行舟。　[3] 饶商贾：多商人，指商业兴隆。商贾，商人的总称。《周礼·天官·太宰》："六曰

商贾，阜通货贿。"郑玄注："行曰商，处曰贾。"　[4]"吴牛"句：指时值盛夏季节。《世说新语·言语》："满奋畏风，在晋武帝坐，北窗作琉璃屏，实密似疏，奋有难色。帝笑之，奋答曰：'臣犹吴牛，见月而喘。'"刘孝标注："今之水牛，唯生江淮间，故谓之'吴牛'也。南土多暑，而此牛畏热，见月疑是日，所以见月则喘。"　[5]一何：副词，何其，多么。　[6]摧：悲伤。　[7]系：牵缚。盘石：大石。　[8]江浒：江边。　[9]芒砀（máng dàng）：叠韵联绵词，粗重庞大貌。

[点评]

　　诗的开头两句写云阳乘舟北上，两岸商贾云集。这个富饶的环境与纤夫的生活形成鲜明对照。三、四句巧用典故，点出时令，比直接说盛夏酷暑具体而形象。在这个季节拖船，发出"一何苦"的叹息就更为沉痛了。盛夏炎热，高强度劳动，挥汗成雨，当然最需要喝水，可是五、六句说："水浊不可饮！"浊到什么程度，盛在壶中多半是泥浆！而这半是泥土的水浆又不得不饮，字里行间体现着诗人的强烈控诉。七、八句写纤夫唱着拖船号子，泪下如雨。所谓"都护歌"，并非指乐府诗，只是借指歌声凄哀如《都护歌》而已，以上八句写盛夏拖船之苦，生活条件之恶劣，心境的悲哀，似已写足。但末四句却写出更触目惊心的劳动场面：万人拖巨石还无法拖到江边，纤夫们只能面对庞然大物流泪痛哭，千古哀伤！全诗层层深入，多以形象画面代替叙写，笼罩着浓厚的哀伤氛围和悲凉色调，从中可以感受到诗人对劳动人民的同情极为强烈，也可体会到诗

人心情的沉重。

登金陵凤凰台 [1]

凤凰台上凤凰游 [2]，凤去台空江自流。
吴宫花草埋幽径 [3]，晋代衣冠成古丘 [4]。
三山半落青天外 [5]，一水中分白鹭洲 [6]。
总为浮云能蔽日 [7]，长安不见使人愁。

[注释]

[1] 此诗约作于天宝六载（747）游金陵时。凤凰台在今江苏南京城西南集庆门内。相传南朝宋元嘉十六年（439），有三鸟翔集山间，文彩五色，状如孔雀，音声谐和，众鸟群附，时人谓之凤凰。起台于山，谓之凤凰台，山曰凤台山。　[2] 凰：宋本作"皇"，据他本改。"皇"为"凰"本字。　[3] 吴宫：一作"吴时"。三国时吴国建都金陵，即今江苏南京。　[4] 晋代：一作"晋国"。东晋都城为建康，即今江苏南京。衣冠：指世族、士绅。成古丘：谓昔人已死，空留古坟。　[5] 三山：在今江苏南京西南长江岸边，以有三峰得名。长江从西南来，此山突出江中，当其冲要。六朝都城在今江苏南京，三山为其西南屏障，故又称护国山。半落青天外：形容三山有一半被云遮住，看不清楚。陆游《入蜀记》云："三山，自石头及凤凰台望之，杳杳有无中耳。及过其下，则距金陵才五十余里。"可为本句注脚。　[6] 一水：一作"二水"。白鹭洲：古代长江中的小洲，在今江苏南京水西门外。后世江流西移，洲

传说李白经过黄鹤楼，见崔颢《黄鹤楼》诗，极为赞赏，有"眼前有景道不得，崔颢题诗在上头"之叹。来到金陵登凤凰台，才仿崔诗作此篇。崔、李二诗相较，古人说"真敌手棋也"（刘克庄《后村先生大全集》卷一七三），"格律气势未易甲乙"（方回《瀛奎律髓》卷一）。但如果从思想境界上看，崔诗落脚于乡关之思，李诗结穴于忧国之情，则李白诗远远超过崔颢《黄鹤楼》。

与陆地遂相连接。　[7]总为：宋本校："一作'尽道'"。浮云能蔽日：陆贾《新语·慎微》："邪臣之蔽贤，犹浮云之障日月也。"

[点评]

本诗为李白最著名的一首七律。首联点题，上句写凤凰台传说，下句悲凤去台空而江水依然不歇，逗引思古之幽情。句法摹仿崔颢《黄鹤楼》诗："昔人已乘黄鹤去，此地空余黄鹤楼。黄鹤一去不复返，白云千载空悠悠。"十四字中凡三"凤"字、二"台"字，却不嫌重复，音节流畅，以古诗法入律，堪称神奇。颔联意承"凤去台空"，诗人从吴国昔日宫苑如今已成幽僻荒径，东晋贵族士绅现已湮为野坟古冢，悟彻人世沧桑，抒发吊古情怀。颈联从怀古中转出，写眼前之景，上句远眺，下句近观。对偶工整，气象壮丽，乃千古名对。诗人面对永恒江山，感叹人生短暂，功业难建。于是逼出尾联，以"浮云"喻奸佞小人，以"日"喻皇帝，暗指天宝三载（744）自己遭佞人谗害而被"赐金还山"的遭遇，并抒发了眷恋朝廷和忠君忧国之情。全诗从登台起笔，最终结响于报国无门的忧愤，感情深沉，声调激越。

此诗名为咏史，实为针对现实有感而发，是李白《古风》中指斥玄宗最激烈的一首诗。

殷后乱天纪[1]（《古风》其五十一）

殷后乱天纪[2]，楚怀亦已昏[3]。

夷羊满中野^[4]，绿葹盈高门^[5]。

比干谏而死^[6]，屈平窜湘源^[7]。

虎口何婉娈^[8]？女嬃空婵媛^[9]。

彭咸久沦没^[10]，此意与谁论？

[注释]

[1]此诗约作于天宝六载（747）。当时玄宗宠爱贵妃杨玉环，不理国事，朝政被奸相李林甫把持，制造了许多冤狱，名士李邕、裴敦复都无辜被杀。李林甫又奏分遣御史，在贬所将皇甫惟明、韦坚等杀害。当时左相李适之被贬为宜春太守，听到消息，也服毒自杀。李白的好友崔成甫，也因受韦坚案牵连，被贬为湘阴县尉。李适之是唐王朝宗室（他于玄宗是从祖兄弟行），也是李白好友，是杜甫歌咏的"饮中八仙"之一。此诗显然是借用殷、楚的宗室比干、屈原的历史题材来讽刺现实。 [2]殷后：指殷纣王，殷（商）代最后一个帝王，即亡国之君。古代帝王亦称"后"。天纪：天之纪纲，指国之法制。陶渊明《桃花源诗》："嬴氏乱天纪。"殷朝君王姓子。 [3]楚怀：即楚怀王（？—前296），战国时楚国国君。他因听信谗言，放逐屈原。后被秦王所骗，死于秦国。昏：昏愦。 [4]夷羊：古代传说中的神兽，此喻贤者。《国语·周语上》："商之兴也，梼杌次于丕山；其亡也，夷羊在牧。"韦昭注："夷羊，神兽；牧，商郊牧野也。" [5]绿葹（shī）：一作"菉葹"，两种恶草。《楚辞·离骚》："薋菉葹以盈室兮。"王逸注："薋，蒺藜也。菉，王刍也。葹，枲耳也。……三者皆恶草，以喻谗佞盈满于侧者也。"高门：比喻朝廷。 [6]比干：殷代贵族，纣王的叔父，官少师。因屡谏

纣王，被剖心而死。《论语·微子》："微子去之，箕子为之奴，比干谏而死。孔子曰：殷有三仁焉。"《史记·殷本纪》："纣愈淫乱不止。……比干曰：'为人臣者，不得不以死争。'乃强谏纣。纣怒曰：'吾闻圣人心有七窍。'剖比干，观其心。"　[7]"屈平"句：《史记·屈原贾生列传》："屈原者，名平，楚之同姓也。为楚怀王左徒。……上官大夫与之同列，争宠而心害其能。……因谗之，……王怒而疏屈平。屈平疾王听之不聪也，……故忧愁幽思而作《离骚》。"又："令尹子兰闻之大怒，卒使上官大夫短屈原于顷襄王，顷襄王怒而迁之。屈原至于江滨，被发行吟泽畔，颜色憔悴，形容枯槁。……于是怀石遂自沈汨罗以死。"由此知屈原被流放到湘江之南乃楚顷襄王时事，非楚怀王。此乃交错言之。湘源：湘江上游。　[8]"虎口"句：谓比干、屈原处在黑暗时代，已陷于虎口，何以对君主还如此眷恋？虎口，喻危险的境地。婉娈，依恋，眷念。　[9]"女婴"句：谓屈原不听其姊劝告，女婴徒然情思牵萦。《楚辞·离骚》："女婴之婵媛兮。"王逸注："女婴，屈原姊也。婵媛，犹牵引也。"女婴，宋本作"女颜"，据萧本、郭本、王本改。婵媛，宋本作"婵娟"，据萧本、郭本改。　[10]"彭咸"句：谓彭咸已投水死了很久。彭咸，宋本作"彭城"，据他本改。《楚辞·离骚》："虽不周于今之人兮，愿依彭咸之遗则。"王逸注："彭咸，殷贤大夫，谏其君不听，自投水而死。"沦没，淹没。

[点评]

首二句以"乱天纪"的殷纣王和昏庸的楚怀王影射唐玄宗，笔锋非常辛辣。三、四句实际上描绘当时的政治环境：神兽在野，恶草盈门。即贤能的人都贬逐在外，

而高门之内都是谗佞小人。五、六句表面上写殷朝时此比干强谏而死，楚怀王时屈原被人谗害而放逐湘源，实际上暗指当时李适之冤死和崔成甫被贬湘阴。有很强的现实针对性。七、八句揭示贤人在危险境地仍对朝廷和国家非常眷恋，使关心他们的人徒然牵挂担心。末二句诗人感叹如今已无彭咸那样的贤人，又能与谁去谈论心事呢？全诗洋溢着痛恨权奸和哀挽贤人的强烈感情。萧士赟《分类补注李太白诗》曰："此诗比兴之诗也。……太白此诗哀思怨怒，有感于时事而作，讽刺议谏之道，兼尽之矣。"

寄东鲁二稚子 [1]

吴地桑叶绿 [2]，吴蚕已三眠 [3]。我家寄东鲁，谁种龟阴田 [4]？春事已不及 [5]，江行复茫然。

南风吹归心，飞堕酒楼前 [6]。楼东一株桃，枝叶拂青烟 [7]。此树我所种，别来向三年 [8]。桃今与楼齐，我行尚未旋 [9]。

娇女字平阳，折花倚桃边。折花不见我，泪下如流泉 [10]。小儿名伯禽 [11]，与姊亦齐肩。双行桃树下，抚背复谁怜 [12]？

念此失次第 [13]，肝肠日忧煎。裂素写远

"无情未必真豪杰，怜子如何不丈夫"，李白此诗与杜甫《自京赴奉先县咏怀五百字》末节同写骨肉离散，同言忧愁，杜甫"忧端齐终南"，李白"肝肠日忧煎"。但二诗语境不同，杜诗哭幼子饿死，兼及时事；李诗专写异地思子，舐犊之情溢于言表。

李白为其女取名"平阳"，按照周勋初先生的解读，源于汉武帝姐姐平阳公主家姬卫子夫，她以歌舞受宠于武帝，得为皇后，后世即以平阳指称能歌善舞的女子。因李白"长于西域的胡化家庭，从小培养起对歌舞的爱好，于是他为女儿命名时，也就采取'平阳'这一罕见的名字了"。（周勋初《李白评传》）

意[14]，因之汶阳川[15]。

周勋初先生认为，"伯禽"这一名字暗喻"李"字，寓托姓氏所出，和伯禽的小名"明月奴"一样，"还暗喻'西方'之意，因为古时还有李出西方的说法"。（《李白评传》）

[注释]

[1] 诗云"别来向三年"，李白于天宝五载（745）离东鲁，则此诗当为天宝八载（749）春在金陵作。东鲁：指今山东兖州、曲阜一带。当时李白的儿女寄住在兖州。　[2] 吴地：当时诗人所在的金陵，在春秋时属吴国。　[3] 三眠：荀卿《蚕赋》："三俯三起，事乃大已。"后因称"三俯"为"三眠"。《本草》："蚕三眠三起二十七日而老。"　[4] 龟阴：龟山之北。龟山在今山东新泰南。　[5] 春事：指春天的农事。　[6] 酒楼：旧注以为指任城（今山东济宁）酒楼。《太平广记》卷二〇一引《本事诗》："初白自幼好酒，于兖州习业，平居多饮。又于任城县构酒楼，日与同志荒宴其上，少有醒时。邑人皆以白重名，望其重而加敬焉。"　[7] 拂青烟：形容枝叶繁密。　[8] 向三年：李白在天宝五载离东鲁南下，至写此诗时已近三年。向，将近，接近。　[9] 旋：回归。　[10]"泪下"句：刘琨《扶风歌》："据鞍长叹息，泪下如流泉。"　[11] 伯禽：李白有《送萧三十一之鲁中兼问稚子伯禽》诗，又《赠武十七谔》诗序云："余爱子伯禽在鲁，许将冒胡兵以致之。"李华《故翰林学士李君墓志》云："有子曰伯禽。"范传正《唐左拾遗翰林学士李公新墓碑》亦云："得公之亡子伯禽手疏十数行。"　[12]"抚背"句：谓又有谁抚摩和爱怜他们？　[13] 失次第：失去常态，形容心绪紊乱。刘桢《赠徐干诗》："起坐失次第，一日三四迁。"　[14] 裂素：撕开白色生绢。古代常以素绢代纸。　[15] 之：往。汶阳川：即汶水，见前《沙丘城下寄杜甫》诗注。

[点评]

首六句从江南春色想到自己在东鲁龟山北面的田地无

人耕种，心中茫然。接着由"南风"两句过渡到想象世界：先用六句想象酒楼前亲手栽种的桃树，三年来长得与酒楼一样高了吧！而自己还在南方没有归去。然后用八句想象女儿平阳在桃树边折花想念父亲而流泪，儿子伯禽个子也长得与姊一样高，两人同在桃树下行走，有谁为他们抚背而爱怜他们？这十四句描绘想象中的情景，充满了诗人强烈的怀乡思儿女之情。最后四句回到现实，点明因想念儿女"肝肠忧煎"而用白绢写成此诗，寄往东鲁。诗中想象儿女的体态、动作、神情、心理活动，都描绘得惟妙惟肖，生动逼真，由此亦反映出诗人思念之深情。

闻王昌龄左迁龙标遥有此寄 [1]

杨花落尽子规啼 [2]，闻道龙标过五溪 [3]。
我寄愁心与明月 [4]，随风直到夜郎西 [5]。

本诗为李白七绝代表作之一，妙在即景见时，以景生情，末句对月怀人，寄愁与月，想象奇特，情思缠绵深挚。

[注释]

[1] 此诗约作于天宝八载（749）。王昌龄：唐代诗人。《旧唐书·文苑传》及《新唐书·文艺传》有传。据傅璇琮《唐代诗人丛考·王昌龄事迹考略》云：京兆人，开元十五年（727）进士登第，补秘书省校书郎。开元二十二年（734）博学宏词科登第，为汜水县尉。开元二十七年（739）贬谪岭南，开元二十八年（740）冬为江宁县丞。约天宝七载（748）秋被贬为龙标县尉，约至德中（756—757）被闾丘晓所杀。左迁：贬官，降职。龙标：

唐县名，属巫州，治所在今湖南黔阳西南。　[2]杨花落尽：一作"扬州花落"。子规：杜鹃鸟的别称。传说其啼声凄哀，甚至啼血。　[3]五溪：《通典》卷一八三黔州："五溪，谓酉、辰、巫、武、陵等五溪也。"指今湖南怀化、黔阳一带。　[4]与：给。　[5]风：一作"君"。夜郎西：此处"夜郎西"指龙标。当时龙标县实际在夜郎县南，诗中的"西"只是押韵而泛指附近。夜郎，唐县名，治所在今湖南芷江西南，天宝元年改名峨山，曾先后为舞州、鹤州、业州（龙标郡）的治所。

[点评]

　　首句用比兴手法点明时节，渲染凄凉哀愁的气氛。暮春季节杨花飘散落尽，子规鸟又哀啼叫着"不如归去"，给人飘零悲伤之感，暗含着诗人之愁，融情于景。次句交代王昌龄被贬之事，点明愁的由来。此处"龙标"代指王昌龄。五溪是战国时代楚国大诗人屈原流放之地，如今友人王昌龄远贬，行程艰难，境遇不幸，字里行间渗透着诗人的忧虑。后两句点出主旨，"愁心"二字是诗眼，笼罩全诗。诗人既为王昌龄的政治境遇愁，又为他的生活环境愁。只能将这颗充满忧愁之心托付给明月，让明月带着诗人的"愁心"到远方，慰抚友人。明月象征着纯洁、高尚，诗人在许多诗中把明月看作通人心的多情物，也只有明月才能同时照亮诗人和友人。诗中虽未追叙两人昔日相聚的情景和友谊，却把友情抒发得非常真挚感人，而"遥有此寄"的题意也自然点明。

答王十二寒夜独酌有怀[1]

昨夜吴中雪[2]，子猷佳兴发。万里浮云卷碧山[3]，青天中道流孤月。孤月沧浪河汉清[4]，北斗错落长庚明[5]。怀余对酒夜霜白，玉床金井冰峥嵘[6]。人生飘忽百年内，且须酣畅万古情[7]。

第一段，写王十二寒夜独酌。

君不能狸膏金距学斗鸡[8]，坐令鼻息吹虹霓[9]。君不能学哥舒横行青海夜带刀[10]，西屠石堡取紫袍。吟诗作赋北窗里，万言不直一杯水。世人闻此皆掉头[11]，有如东风射马耳[12]。

第二段，写王十二不会以斗鸡取宠，以军功邀赏，只会吟诗作赋，因此久不得志。

鱼目亦笑我[13]，谓与明月同。骅骝拳局不能食[14]，蹇驴得志鸣春风[15]。《折杨》《皇华》合流俗[16]，晋君听琴枉《清角》[17]。巴人谁肯和《阳春》[18]，楚地犹来贱奇璞[19]。黄金散尽交不成，白首为儒身被轻。一谈一笑失颜色[20]，苍蝇贝锦喧谤声。曾参岂是杀人者？谗言三及慈母惊[21]。

第三段，写自己被谗而仕途困踬。

与君论心握君手，荣辱于余亦何有？孔圣犹闻伤凤麟[22]，董龙更是何鸡狗[23]？一生傲岸苦不谐[24]，恩疏媒劳志多乖。严陵高揖汉天子[25]，

第四段，抒发对不合理现实的愤慨。

有一种观点认为本诗不是李白所写，是后世无名氏的伪作，如元萧士赟《分类补注李太白诗》说："按此篇造语叙事，错乱颠倒，绝无伦次，董龙一事尤为可笑。决非太白之作，乃先儒所谓五季间学太白者所为耳。"此说失之于简单粗暴，既无实据，又未能真正读懂本诗，不足采信。

何必长剑拄颐事玉阶[26]。达亦不足贵，穷亦不足悲。韩信羞将绛、灌比[27]，祢衡耻逐屠沽儿[28]。君不见李北海[29]，英风豪气今何在？君不见裴尚书[30]，土坟三尺蒿棘居[31]。少年早欲五湖去[32]，见此弥将钟鼎疏[33]。

[注释]

[1]诗中提及李邕、裴敦复之死，事情发生于天宝六载（747），又提及哥舒翰攻取石堡城，事情发生于天宝八载（749）六月。此诗当为天宝八载冬所作。王十二：姓王，排行十二，名字不详。其时王十二作《寒夜独酌有怀》诗寄李白，李白作此诗答之。宋本、缪本题下俱注云："再入吴中。" [2]"昨夜"二句：用王子猷雪夜访戴逵事，见前《鲁东门泛舟》诗注。此以王子猷比拟王十二。 [3]"万里"二句：形容寒夜浮云在青山上移动，月亮在浮云中出没。谢庄《月赋》："白露暧空，素月流天。" [4]沧浪：苍凉、寒冷之意。一作"苍波"，非。河汉：银河。 [5]北斗：星名，在北天列成斗形的七颗亮星。错落：交错缤纷貌。长庚：即金星，又名太白星，早晨出现在东方谓启明，黄昏出现在西方谓长庚。 [6]玉：与下文"金"皆形容井和井栏装饰华丽。床：井上围栏。峥嵘：形容冰结得很厚。 [7]且：句首助词。须：应当。酣畅：指因饮酒而产生的畅快豁达之意。 [8]狸膏：据《尔雅翼》记载：狸能捕鸡，斗鸡时以狸膏涂于鸡头，对方之鸡闻后即畏惧而走。金距：用锋利的金属品装在鸡爪上。《左传·昭公二十五年》："季、郈之鸡斗，季氏介其鸡，郈氏为之金距。"梁简文帝《鸡鸣篇》："陈思助斗协狸膏，郈昭妒敌安金距。" [9]"坐

令"句：按玄宗喜斗鸡，王准、贾昌之流以善斗鸡得宠，此句即
形容这些小人气焰嚣张的情状。坐令，遂使。鼻息吹虹霓，见前
《古风》其二十四注。　[10]"君不能学哥舒"二句：哥舒即哥舒
翰，唐代名将。《旧唐书·哥舒翰传》记载：哥舒翰于天宝七载
（748）冬代王忠嗣为陇右节度支度营田副大使，知节度事。"明
年，筑神威军于青海上，吐蕃至，攻破之；又筑城于青海中龙驹
岛，有白龙见，遂名为应龙城，吐蕃屏迹不敢近青海。吐蕃保石
堡城，路远而险，久不拔。八载，以朔方、河东群牧十万众委翰
总统攻石堡城。翰使麾下将高秀岩、张守瑜进攻，不旬日而拔之，
上录其功，拜特进、鸿胪员外卿，与一子五品官，赐物千匹、庄
宅各一所，加摄御史大夫。"夜带刀，《太平广记》卷四九五载："天
宝中，歌舒翰为安西节度，控地数千里，甚著威令。故西鄙人歌
之曰：'北斗七星高，歌舒夜带刀。吐蕃总杀尽，更筑两重濠。'"
石堡，石堡城，又名铁刃城，在今青海西宁西南。唐与吐蕃交界，
为唐蕃交通要道，曾于此先后置振武军、神武军及天威军。紫袍，
唐代三品以上大官所穿公服。　[11]闻此：一作"闻之"。　[12]东
风射马耳：意谓闻而不关心。按苏轼《和何长官六言诗》："青山
自是绝色，无人谁与为容。说向市朝公子，何殊马耳东风。"即
用李白此意。射，吹。　[13]"鱼目"二句：按鱼目喻平庸之辈，
明月即明月珠，喻才能之士。张协《杂诗》："鱼目笑明月。"谓，
宋本原作"请"，据胡本改。　[14]"骅骝"句：喻贤士困窘。骅
骝，周穆王八骏之一。亦作"华骝"。拳局，拳曲不伸貌。亦作
"蜷局""蜷屈"。　[15]"蹇驴"句：喻小人春风得意。蹇，跛
足。　[16]"《折杨》"句：谓《折杨》《皇华》符合流俗，为人喜爱。
《折杨》《皇华》，皆古歌曲名。《庄子·天地》："大声不入里耳，
《折杨》《皇华》则嗑然而笑。"　[17]"晋君"句：谓无德者听高
雅的音乐反而遭受灾难。《韩非子·十过》："（晋平公）曰：'音

莫悲于清徵乎？'师旷曰：'不如清角。'平公曰：'清角可得而闻乎？'师旷曰：'不可。昔者黄帝合鬼神于西泰山之上，……大合鬼神，作为清角。今主君德薄，不足听之，听之恐有败。'平公曰：'寡人老矣，所好者音也，愿遂听之。'师旷不得已而鼓之。一奏而有玄云从西北方起，再奏之，大风至，大雨随之，裂帷幕，破俎豆，隳廊瓦。坐者散走。平公恐惧，伏于廊室之间。晋国大旱，赤地三年。平公之身遂癃病。"[18]"巴人"句：谓曲调高雅，唱和者少。宋玉《对楚王问》："客有歌于郢中者，其始曰《下里》《巴人》，国中属而和者数千人；……其为《阳春》《白雪》，国中属而和者不过数十人。"巴人，一作"几人"。《阳春》，古乐曲名。　[19]"楚地"句：《韩非子·和氏》记载：楚国人卞和在山中得一玉璞，奉献给楚厉王。厉王使玉工看，说是石头，厉王以为卞和欺君，砍其左足。武王即位，卞和又献，玉工仍说是石头，武王砍其右足。文王即位，卞和抱着玉璞在楚山下哭了三日三夜，后文王派玉工治理玉璞，才发现是块宝玉，因名之曰和氏璧。司马彪《赠山涛诗》："卞和潜幽冥，谁能证奇璞。"[20]"一谈"二句：是说小人喧嚣诽谤，罗织罪名，令人于一谈一笑亦不得不有所戒忌。苍蝇，即青蝇。《诗·小雅·青蝇》："营营青蝇，止于樊。岂弟君子，无信谗言。"贝锦，古代绣有贝形花纹的锦缎。《诗·小雅·巷伯》："萋兮斐兮，成是贝锦。彼谮人者，亦已太甚。"郑玄笺："喻谗人集作己过以成于罪，犹女工之集采色以成锦文。萋、斐，文彩错杂貌。"[21]"曾参"二句：谓谣言可畏。《战国策·秦策二》："费人有与曾子同名族者而杀人。人告曾子母曰：'曾参杀人。'曾子之母曰：'吾子不杀人。'织自若。有顷焉，人又曰：'曾参杀人。'其母尚织自若也。顷之，一人又告之曰：'曾参杀人。'其母惧，投杼逾墙而走。"[22]"孔圣"句：孔子生于乱世，不为世用，曾叹凤鸟之不至，悲西狩之获麟。见《论语》

及《史记·孔子世家》。　[23]"董龙"句：据《十六国春秋》记载：前秦宰相王堕性刚峻疾恶，雅好直言。右仆射董荣（小字龙）以佞幸进，疾之如仇，每于朝见之际，略不与言，或谓之曰："董尚书贵幸一时无比，公宜降意接之。"堕曰："董龙是何鸡狗，而令国士与之言乎？"荣闻而惭恨，借故杀堕。　[24]"一生"二句：是说自己一生高傲耿直，故与世不合，使荐者徒劳，己志不伸。傲岸，耿直刚正貌。鲍照《代挽歌》："傲岸平生中，不为物所裁。"媒劳，指引荐者徒劳无功。乖，违背。　[25]"严陵"句：《后汉书·严光传》："严光，字子陵，一名遵，会稽余姚人也。少有高名，与光武同游学。及光武即位，乃变名姓，隐身不见。……后齐国上言，有一男子，披羊裘，钓泽中。帝疑其光，乃备安车玄纁，遣使聘之，三反而后至……除为谏议大夫，不屈，乃耕于富春山，后人名其钓处为严陵濑焉。"　[26]长剑拄颐：形容佩剑很长，上端顶着下巴。事玉阶：在宫庭玉阶边侍奉皇帝。　[27]"韩信"句：《史记·淮阴侯列传》记载：韩信本封齐王，刘邦击败项羽后夺其军，徙封楚王，后又降为淮阴侯。"信由此日夜怨望，居常鞅鞅，羞与绛、灌等列。"绛，指绛侯周勃。灌，指颍阴侯灌婴。二人当时功劳均不及韩信。　[28]"祢衡"句：《后汉书·祢衡传》："（祢衡）来游许下。……是时许都新建，贤士大夫四方来集。或问衡曰：'盍从陈长文（群）、司马伯达（朗）乎？'对曰：'吾焉能从屠沽儿耶！'"按陈群、司马朗为当时名人，祢衡故意辱之。　[29]李北海：指唐代北海郡（即青州，治所在今山东益都）太守李邕。与李白、杜甫都有交往，天宝六载（747）被奸相李林甫陷害杖杀。　[30]裴尚书：指刑部尚书裴敦复。裴为李林甫所忌，贬淄川郡（即淄州，治所在今山东淄博南）太守，天宝六载与李邕同案被杖杀。　[31]蒿棘：泛指杂草。一作"蒿下"。　[32]"少年"句：谓己年轻时就立志要像范蠡那样功成

身退，隐居江湖。五湖，泛指太湖流域一带所有湖泊。此用春秋时范蠡典。据《国语·越语》载，春秋时越国大夫范蠡助越王勾践灭吴后，功成身退，遂乘轻舟，浮于五湖，后莫知其所终。　[33]"见此"句：谓看到李、裴诸贤士怀忠被害，更将富贵看得淡薄。弥，更加。钟鼎，钟鸣鼎食的简称。古代贵族之家往往击钟列鼎而食，后借指富贵。

[点评]

　　首段设想王十二寒夜怀念自己的情景，为后面的畅抒情怀奠定基础。首二句以王子猷比拟王十二，以戴逵自比，用东晋王子猷雪夜访戴，将至而返的故事，将当前时间、地点、环境的交待巧妙地融入典故中，简洁蕴藉，出神入化。接着四句描写寒夜景色，从黄昏一直到天明，浮云碧山，青天孤月，河汉北斗，长庚天明。景中烘托豪士的高洁品格。"怀余"二句传神地想象王十二寒夜独酌的环境，接着二句笔锋一转，承上"怀余对酒"，启下直抒"万古情"。第二段饱含愤怒的感情，揭露得志小人飞扬跋扈，志士寒窗孤寂的黑暗现实：诗中连用两个"君不能"，形成排比气势，前人多认为此四句是告诫王十二，其实"不能"者，"不会"也。王十二乃一介正直书生，对斗鸡徒与黩武者哥舒翰深恶痛绝，所以不会去取悦统治者。正因为"不会"去斗鸡、邀功，王十二与自己一样只会在窗下吟诗作赋，可是纵有诗赋万言，其价值却不如一杯水。世人听了只把头一扭，就像东风吹进马耳，无动于衷，毫不关心。诗人对王十二的遭遇寄予无限同情，而这也正是自己的境遇，诗人深感不平。

第三段以鱼目嘲笑明月珠；千里马屈伏在马厩里受饥饿，
跛足驴子却春风得意，比喻小人得志，贤士被辱。又用
两个典故说明昏君只能听《折杨》《皇华》等俗歌，没有
资格听《清角》，习惯唱低俗曲的人怎么能与高雅的《阳
春》曲唱和？楚国人向来不懂而轻视玉石，比喻统治者
只能起用庸碌之徒，而不善于赏识杰出人才。接着诗人
又感叹世风日薄，人心势利，当初诗人以为"天生我材
必有用，千金散尽还复来"，想不到现在黄金散尽，却朋
友难交，白发书生还是被人看轻。再用《诗经》成语和
曾母投杼逾墙而走的故事形象地说明谗言的可怕，人言
可畏。第四段诗人向王十二倾心相诉：荣辱对自己来说
早已不存在。孔子尚且感叹麒麟出不逢时，董龙那样的
小人又是何等的鸡狗！诗人蔑视进谗的小人，表现出疾
恶如仇的坚决态度。"一生"二句是诗人对自己的总结，
正由于"一生傲岸"，不能与权贵相处，结果是天子疏远，
举荐徒劳，壮志难酬。即便如此，诗人仍坚持要向严子
陵学习，不做"长剑柱颐"侍奉皇帝的事。因为诗人认
为显达不足为贵，穷困也不足为悲，一切都无所谓。接
着又自比韩信羞与绛、灌为伍，祢衡耻与屠沽小儿结交。
然后笔锋一转，直指黑暗时事：被权奸杀害的李北海和
裴尚书，早已不见他们的英风豪气，只见三尺土坟上的
蒿草荆棘。诗人年轻时就向往范蠡功成身退，如今看见
这样的黑暗现实更想远离富贵荣华。诗至此结束，但愤
慨余音仍在言外回荡。

　　全诗感情激荡，章法多变。元、明二代李诗注家萧
士赟、朱谏、胡震亨都断此诗为伪作。其实，沿着诗人

的感情脉搏探索，不难理出头绪。仔细品味，可知意脉一贯，一气呵成，浑然一体。非李白写不出此等诗。清方东树《昭昧詹言》曰："太白当希其发想超旷，落笔天纵，章法承接，变化无端，不可以寻常胸臆摸测。"其说甚是。

宋人罗大经曾嘲讽李白不关心社稷苍生，一味豪侠使气，所作诗歌只写自己狂醉于花月之间，"其视杜少陵之忧国忧民，岂可同年语哉！"（《鹤林玉露》卷六）其实，李白这首诗极具政治讽喻性和忧患意识，"与杜甫《兵车行》《出塞》等作，工力悉敌，不可轩轾"（《唐宋诗醇》卷一），是对罗大经观点的有力回击。

羽檄如流星 [1]（《古风》其三十四）

羽檄如流星 [2]，虎符合专城 [3]。喧呼救边急，群鸟皆夜鸣。白日曜紫微 [4]，三公运权衡。天地皆得一 [5]，澹然四海清。借问此何为 [6]？答言楚征兵。渡泸及五月 [7]，将赴云南征。怯卒非战士，炎方难远行 [8]。长号别严亲 [9]，日月惨光晶。泣尽继以血，心摧两无声。困兽当猛虎 [10]，穷鱼饵奔鲸。千去不一回，投躯岂全生？如何舞干戚 [11]，一使有苗平？

［注释］

[1] 此诗叙"楚征兵""云南征"，与史籍所记天宝十载（751）四月征南诏事合，当为是年作。南诏在今云南大理一带，是唐代西南民族建立的一个政权，附属唐朝。后因与唐战争，改附吐蕃。据史载，天宝九载（750），宰相杨国忠荐鲜于仲通为剑南节度使，

仲通残暴欺压西南民族百姓，引起南诏反抗。次年夏，仲通发兵八万征讨，战于泸南，遭到惨败。而杨国忠却为他隐瞒败绩，仍大肆征兵以图报复。此诗即叙写此次战争给人民造成的灾难，抨击当权者穷兵黩武之罪。　[2]羽檄：征兵的文书，以鸟羽插檄书，表示紧急。《史记·韩信卢绾列传》："上曰：'非若所知！陈豨反，邯郸以北皆豨有，吾以羽檄征天下兵，未有至者，今唯独邯郸中兵耳。'"裴骃《集解》："魏武帝《奏事》曰：'今边有小警，辄露檄插羽，飞羽檄之意也。'骃案：推其言：则以鸟羽插檄书，谓之羽檄，取其急速若飞鸟也。"　[3]虎符：兵符，古代征调军队的凭证。以铜刻作虎形，中剖为两半，半留京都，半付将帅或州郡长官。《史记·孝文本纪》："初与郡国守相为铜虎符、竹使符。"裴骃《集解》引应劭曰："铜虎符第一至第五，国家当发兵，遣使者至郡合符，符合乃听受之。"按：唐代已无合符调兵之制，此处只是用典。专城：指州郡地方长官。《文选》卷五十七潘岳《马汧督诔》："剖符专城。"张铣注："专，擅也，擅一城也，谓守宰之属。"　[4]"白日"二句：形容朝廷政治清明。紫微，星座名，即紫微垣。位于北斗东北，有星十五颗。古以紫微垣喻皇帝居处。《晋书·天文志上》："紫宫垣十五星，……一曰紫微，大帝之坐也，天子之常居也，主命主度也。"三公，周代三公有二说：一说指司空、司徒、司马；一说指太师、太傅、太保。西汉以丞相（大司徒）、太尉（大司马）、御史大夫（大司空）合称三公；东汉以太尉、司徒、司空合称三公；为共同负责军政的最高长官。唐代虽也以太尉、司徒、司空为三公，但已无实际职权，只是最高荣誉衔。此处指朝廷的军政长官。权衡，古星座名。《史记·天官书》："南宫，朱鸟权衡。"裴骃《集解》引孟康曰："轩辕为权，太微为衡。"此处指权力。　[5]"天地"二句：意谓君主贤明，无为而治；臣辅得力，天地和合。《老子》："昔之得一者，天得一以清，地得

一以宁。"河上公章句:"一,无为,道之子也。言天得一,故能垂象清明;言地得一,故能安静不动摇。"澹然,安定貌。　[6]"借问"二句:沈德潜《唐诗别裁集》注:"言天下清平,不应有用兵之事,故因问之。"楚征兵,一作"征楚兵",指天宝年间为征南诏而征兵事。《资治通鉴》天宝十载四月,"剑南节度使鲜于仲通讨南诏,大败于泸南。……制大募两京及河南、北兵以击南诏;人闻云南多瘴疠,未战士卒死者什八九,莫肯应募。杨国忠遣御史分道捕人,连枷送诣军所。旧制,百姓有勋者免征役,时调兵既多,国忠奏先取高勋。于是行者愁怨,父母妻子送之,所在哭声振野。"　[7]"渡泸"句:泸为古水名,指今雅砻江下游和金沙江会合雅砻江以后的一段江流。相传江边多瘴气,三、四月间最甚,人遇之易亡。五月后稍好,故古代常择五月发兵。诸葛亮《出师表》:"五月渡泸,深入不毛。"即此意。及,趁。　[8]炎方:南方炎热之地。　[9]"长号"以下四句:形容征兵时的悲惨情景,大哭着告别父母,日月黯然,泪尽继血,心肝欲裂,相对无言。长号,大哭。严亲,指父母。惨光晶,日月为之感动而惨淡无光。晶,光。摧,悲伤。　[10]"困兽"二句:谓怯卒前去与凶敌作战,必死无疑。困兽,与下文"穷鱼"皆喻怯卒。当,通"挡",抵挡。猛虎,与下文"奔鲸"皆喻强敌。饵,喂食。　[11]"如何"二句:《帝王世纪》:"有苗氏负固不服,禹请征之。舜曰:'我德不厚而行武,非道也。吾前教由未也。'乃修教三年,执干戚而舞之,有苗请服。"干,盾牌。戚,大斧。古代武舞时执之。有苗,古代民族名。

[点评]

首四句渲染出征前气氛,一落笔就有声势。羽檄飞传说明军情紧急,调兵遣将非常忙乱,救边急的喧呼声惊得夜鸟乱鸣,骚扰之甚可以想见。而诗人对此次战争

持否定态度已暗含其中。接着四句宕开一笔，勾勒出君明臣能、国泰民安的景象，与首四句的战争气氛不谐调，形成鲜明对照。在这太平盛世为何爆发战争？于是再四句用问答方式补叙此次战争的本事。"借问"实为明知故问，谴责之意甚明。"怯卒"以下六句写士卒与亲人别离之惨状，浓墨重彩，将离别场面写得声情并茂，撼人心魄。杜甫《兵车行》所描绘被征者与亲人离别时的情景，与此诗同出一辙，可参读。"困兽"以下四句写驱民于虎口的结果。诗人用形象的比喻，揭示出疲弱的"怯卒"面对桀悍之强敌，"千去不一回"也就是必然的结果。末二句用典故衬托，批评当权者不能以文德来远人。当时唐军大举南下，南诏王曾表示谢罪，愿归还掠夺的人口和财物，修复云南城。如果唐朝廷能审时度势，妥善处理，可能还有好结果。但杨国忠等拒绝南诏的请求，迷信武力，结果惨败。

此诗在谋篇布局上颇具匠心，迂回盘旋，跌宕起伏，错落有致，使人有荡气回肠之感。诗中表达了忧国忧民之情，反对统治者不恤民力而穷兵黩武，这与同时代诗人高适等为南诏战争大唱赞歌形成了鲜明对比，可以看出李白高尚的政治品格。

北风行 [1]

烛龙栖寒门 [2]，光耀犹旦开。日月照之何不

此句以长于夸张而脍炙人口，但它是基于生活真实基础上的夸张，诚如鲁迅先生所说："'燕山雪花大如席'，是夸张，但燕山究竟有雪花，就含有一点诚实在里面，使我们立刻知道燕山原来有这么冷。如果说'广州雪花大如席'，那就变成笑话了。"（《鲁迅全集》卷六《漫谈"漫画"》）李白另有两句诗"瑶台雪花数千点，片片吹落春风香"（《酬殷明佐见赠五云裘歌》），句法相似，同是咏雪，但却给人以温暖的感受，这是由于两首诗的创作背景和主题表达存在差异。

及此[3]？唯有北风号怒天上来[4]。燕山雪花大如席[5]，片片吹落轩辕台[6]。幽州思妇十二月，停歌罢笑双蛾摧[7]。倚门望行人，念君长城苦寒良可哀。别时提剑救边去，遗此虎文金鞞靫[8]。中有一双白羽箭[9]，蜘蛛结网生尘埃。箭空在，人今战死不复回。不忍见此物，焚之已成灰[10]。黄河捧土尚可塞[11]，北风雨雪恨难裁。

[注释]

[1]此诗当是天宝十一载（752）在幽州作。北风行：乐府旧题。《乐府诗集》卷六十五列入《杂曲歌辞》，云："《北风》，本卫诗也。《北风》诗曰：'北风其凉，雨雪其雱。'传云：'北风寒凉，病害万物，以喻君政暴虐，百姓不亲也。'若鲍照'北风凉'、李白'烛龙栖寒门'，皆伤北风雨雪，而行人不归，与卫诗异矣。"　[2]"烛龙"二句：用古代神话。《淮南子·地形训》："烛龙在雁门北，蔽于委羽之山，不见日，其神人面龙身而无足。"高诱注："龙衔烛以照太阴，盖长千里，视（睁眼）为昼，瞑（闭眼）为夜，吹为冬，呼为夏。"又："北方曰北极之山，曰寒门。"高诱注："积寒所在，故曰寒门。"因神龙开眼为昼，闭眼为夜，故云"光耀犹旦开"。　[3]"日月"句：一作"日月之赐不及此"。此，指唐代幽州，天宝初改称范阳郡，治所在今北京市。　[4]号怒：呼啸狂暴。　[5]燕山：在今河北平原北侧，由潮白河河谷直至山海关。大致成东西走向。此处乃概指燕地之山，犹秦山、楚山之类，非专指一山。大如席：极言雪片之大。　[6]轩辕台：乃黄帝

轩辕氏与蚩尤战于涿鹿之处，遗址在今河北怀来乔山上。　[7] 双蛾摧：双眉低垂。蛾，蛾眉，女子细长娟秀的眉毛。　[8]"遗此"句：谓留下了饰有虎纹的金色箭囊。鞞靫（chāi），当作"鞴（bù）靫"，亦作"步叉"，装箭的器具。　[9] 白羽箭：以白色羽毛装饰的箭。　[10] 已成：一作"以为"。　[11]"黄河"二句：极言苦痛之深、怨恨之广。《后汉书·朱浮传》："此犹河滨之人捧土以塞孟津，多见其不知量也。"此处反用其意，谓黄河之水不足道，可用捧土加以阻塞，而思妇之恨，却如北风雨雪，难以遏制。

［点评］

首起六句照应题目，写北方苦寒。运用神话怪诞的魔力，突出幽冷严寒形象。日月不临，"唯有北风"，互相衬托，强调气候之冷。"号怒"写风声，"天上来"写风势，意境已很壮阔；而对雪的描写则更是气象雄伟，想象奇特，极尽夸张之能事，成为千古传诵的名句。诗中点出"燕山"和"轩辕台"，从泛指的北方引入幽燕地区。环境气氛已造足，"幽州思妇"就登场了。诗人用"停歌""罢笑""双蛾摧""倚门望远人"等一连串动作，刻画人物的心理和神情，使一位愁肠百结、忧心忡忡的思妇形象出现在读者面前。思妇从幽州的苦寒，想到远在长城的丈夫定当更为苦寒，所以格外思念和担心。接着便写思妇回想丈夫离别时的情景，"提剑救边"，说明丈夫是慷慨从军去，当时只留下装箭的袋子，如今只有以此寄托思念之情。由于离别已久，白羽箭已结蛛网尘埃。睹物思人，已是黯然神伤，而如今却是"箭空在"，人则"不复回"了。这是思妇失落的悲哀，是绝望的悲哀。她

有极度的悲愤，但没有高声嚎哭，而是把痛苦埋在心底。人亡物在，更觉伤心，不忍再见遗物，于是把羽箭和箭袋焚烧成灰。这一动作深刻揭示出思妇悲痛欲绝的心境。最后诗人用惊心动魄的夸张比喻，表达思妇的极度悲痛：即使广阔无边的滔滔黄河还可捧土来塞住，而思妇之恨却难以裁止，反衬出思妇之恨该有多深广！结尾以"北风雨雪"的具体艺术形象比拟思妇之恨绵绵不尽，韵味隽永。全诗以景起，以景结，首尾呼应，结构完整。

本篇是李白的名篇，也是唐人五绝诗的代表作之一，妙在善于状写孤独。前两句言鸟飞云去，看似已写足"独坐"。后两句别开生面，"从不独处写出'独'字，倍觉警妙异常"（李锳《诗法易简录》）。赵昌平先生认为："中唐柳宗元《江雪》诗'千山鸟飞绝，万径人踪灭。孤舟蓑笠翁，独钓寒江雪'；宋辛弃疾《贺新郎》词'我见青山多妩媚，料青山、见我应如是'，均得本诗影响，而柳孤峻，辛疏放，李飘逸，个性晰然可见。对读可见诗家变化之妙。"（《李白诗选评》）

独坐敬亭山[1]

众鸟高飞尽，孤云独去闲。
相看两不厌，只有敬亭山。

[注释]

[1] 此诗约为天宝十二（753）或十三载（754）在宣城作。时距诗人离开长安已整十年，亦是北上幽燕目睹安禄山嚣张气焰后刚来到宣州。怀才不遇和孤独之感使他到大自然中去寻找安慰。敬亭山：在今安徽宣州城北。一名昭亭山，又曰查山。东临宛溪，南俯城闉，为近郭之名胜。

[点评]

前二句看似写景，实写孤独之情。诗人寄情于鸟，但众鸟却高飞远去；寄情于云，云也悠悠飘远；鸟和云

乃至世间万物似乎都在躲避诗人，厌弃诗人。"尽""闲"二字，充分显示出"静"的境界。烘托诗人心灵的寂寞和孤独，也暗示独坐观望之久。后二句用拟人化手法写出诗人对敬亭山的感情。诗人凝视敬亭山，感到敬亭山也默默地凝视着自己，仿佛理解诗人内心的苦闷，给诗人以朋友般的抚慰。敬亭山本是无情之物，但在诗人眼里却是多情的。"相""两"同义重复，充满强烈的感情色彩，深切表达出一种心心相印、互看不厌的友谊，"只有"二字更表示除了敬亭山外诗人已无人可亲。诗人愈写敬亭山之多情，也就愈衬托出人的无情。全诗平淡恬静，善于将感情融合于景象之中，从而创造出空寂的境界。"有此一诗，敬亭遂千古矣。"（黄周星《唐诗快》）

秋登宣城谢朓北楼[1]

江城如画里[2]，山晚望晴空[3]。
两水夹明镜[4]，双桥落彩虹[5]。
人烟寒橘柚[6]，秋色老梧桐。
谁念北楼上，临风怀谢公。

[注释]

[1]此诗当是天宝十二（753）或十三载（754）秋在宣城作。宣城：唐宣州，天宝元年改为宣城郡，今安徽宣城。谢朓：字玄

"人烟"两句是人所共知的佳句，"寒""老"二字堪称神来之笔，妙用通感手法描绘秋意秋色。杜甫诗句"荒庭重橘柚，古屋画龙蛇"（《禹庙》）和李白此句"气焰盖相敌"，而宋代陈师道的"寒心生蟋蟀，秋色上梧桐"（《秋怀四首》）诗句，"盖出于李白也"（曾季貍《艇斋诗话》）。

晖，南朝齐诗人，曾为宣城郡太守，在宣城陵阳山上建北楼，人称谢朓楼。　[2]江城：宣城有宛溪、句溪二水绕城流过，江南地区称水为江，故称"江城"。　[3]山：指陵阳山，在宣城。李白《自梁园至敬亭山见会公谈陵阳山水》诗有"陵峦抱江城"句。《江南通志》卷十六称此山"冈峦盘屈，三峰秀拔"。　[4]两水：指宛溪、句溪。两水绕城合流，故称"夹"。明镜：形容溪水清澈。　[5]双桥：据《江南通志》卷十六记载，宣城宛溪上古有凤凰、济川二桥，隋代开皇年间建。彩虹：形容桥呈拱状，倒映在水中，望之如彩虹之下落。　[6]"人烟"二句：意谓秋色炊烟缭绕于空，橘柚似带寒意，梧桐显得苍老。谢朓《宣城郡内登望》诗："切切阴风暮，桑柘起寒烟。"二句即由此化出。

[点评]

　　首联从大处落笔，写登楼远眺，总揽宣城风光。碧空夕阳，江城山色，明丽如画。气象壮阔，神韵高逸。首联的"望"字，直贯颔联、颈联。颔联二句，具体写"江城如画"，颈联二句则具体写"山晚晴空"。颔联以明镜喻秋水的清澈澄明，以彩虹喻双桥在水中的倒影，都非常贴切恰当。因为溪水平静流淌，清澄水波可以照人，还会泛出晶莹的光，极似明镜；而从高楼上俯视双桥在水中的倒影，夕阳照射中桥影映出璀璨色彩，宛似天上落下的彩虹。"夹"字传二溪合流绕城之态，"落"字状双桥映波飞动之势，可谓"刻画鲜丽，千古常清"（《唐宋诗举要》引吴汝纶语）。颈联写傍晚秋色，山野炊烟，橘柚深碧，梧桐微黄，使人感到荒寒苍老。用极凝练的语言，不仅勾勒出深秋寒景，而且写出秋意和诗人心境，

遂成为千古名句。尾联点题，与首联呼应，从登临到怀古。谢朓是李白一生最折服景仰的前代诗人，如今登上他建造的北楼，更加怀念古人。可是有谁能理解诗人的心情呢？感知音难觅的寂寞，叹壮志难酬的忧伤，自己只能寄情山水，尚友古人。这些意思均在言外，可谓言有尽而意无穷。

宣州谢朓楼饯别校书叔云 [1]

　　弃我去者昨日之日不可留 [2]，乱我心者今日之日多烦忧。长风万里送秋雁 [3]，对此可以酣高楼。蓬莱文章建安骨 [4]，中间小谢又清发 [5]。俱怀逸兴壮思飞 [6]，欲上青天览明月。抽刀断水水更流 [7]，举杯消愁愁更愁。人生在世不称意 [8]，明朝散发弄扁舟 [9]。

诗题当依《文苑英华》作《陪侍御叔华登楼歌》，因为诗中并无饯别之意，确实是登楼放歌。

全诗语言自然浅近，用字不避重复，如开头两句连续用四个"日"字，"举杯消愁愁更愁"连用三个"愁"字，但读来并不给人以重复累赘之感。

[注释]

　　[1] 此诗约为天宝十二（753）或十三载（754）在宣城作。宋本题下校："一作《陪侍御叔华登楼歌》。"《文苑英华》卷三四三收此诗正题作《陪侍御叔华登楼歌》。谢朓楼：即北楼，见《秋登宣城谢朓北楼》诗注。校书：校书郎。据《旧唐书·职官志二》，秘书省有校书郎八人，正九品上。又门下省弘文馆亦有校书郎二人，从九品上。云：李云，《新唐书·宗室世系表下》道王

房有道孝王元庆曾孙名云，乃敷城郡公李诞孙，右千牛将军李岑子。李云嗣爵敷城郡公，未署官职。时代相当，或即此人。按：李白另有《饯校书叔云》诗，有"喜见春风还"等句，而本诗于秋天作，李白似不可能在春和秋两次饯别李云。又按：李华乃著名散文家，为李白作墓志者。《旧唐书·李华传》："天宝中，登朝为监察御史。累转侍御史。"《新唐书·李华传》："天宝十一载，迁监察御史。宰相杨国忠支娅所在横猾，华出使，劾按不桡，州县肃然。为权幸见疾，徙右补阙。"年代和事迹相符，则此诗题当以《文苑英华》为是。　[2]"弃我"二句：谓以往岁月已弃我而去，无法挽留，如今岁月却只能使人心烦意乱。　[3]"长风"二句：谓长风万里，目送秋雁南归，面对眼前之景，正可陪友酣饮于高楼。　[4]"蓬莱"句：谓李华的诗文具有汉魏风格。蓬莱，原指海中神山，据说仙府幽经秘录均藏于此山，故东汉时即以蓬莱指国家藏书处东观。《后汉书·窦章传》："是时学者称东观为老氏藏室，道家蓬莱山。"此处即借指汉代。《文苑英华》作"蔡氏"，指蔡邕，东汉文学家，以文章著名。建安，东汉末献帝年号（196—220）。当时曹操父子和王粲等七子写作诗歌，辞情慷慨，语言刚健，形成骏爽刚健的风格，被后人誉为"建安风骨"。　[5]"中间"句：谓从汉至唐，谢朓诗最清新秀丽。小谢，指谢朓。因谢朓晚于谢灵运，唐人称灵运为大谢，称朓为小谢。《南齐书·谢朓传》："少好学，有美名，文章清丽。"　[6]"俱怀"二句：谓两人都满怀豪情逸兴，似可上天摘取明月。卢思道《卢纪室诔》："丽词泉涌，壮思云飞。"逸兴，超逸豪放的意兴。青天，一作"青云"。览，通"揽"，摘取。　[7]"抽刀"二句：形容自己的忧愁连续不断，无法排除。更愁，一作"复愁"。　[8]人生：一作"男儿"。不称意：不合意。　[9]散发弄扁舟：一作"举棹还沧洲"。散发，抛弃冠簪，隐居不仕。《文选》卷二十四张华《答

何劭诗》："散发重阴下，抱杖临清渠。"张铣注："散发，言不为冠所束也。"扁舟，小舟。《史记·货殖列传》："范蠡既雪会稽之耻，……乃乘扁舟，浮于江湖。"

[点评]

首二句起势豪迈如风雨骤至，用十一字长句直抒胸臆。"昨日"指已经逝去的岁月，包括开元盛世的大好时光，但当诗人的理想尚未施展之时已"弃我而去"，这里包含着诗人对壮志未酬和年华消逝的痛惜和感叹。"今日"是指近年来接踵而至的岁月。当时控制着北方广大地区的安禄山正在阴谋叛乱，诗人曾亲探虎穴，已有预感；而朝廷中宰相杨国忠又发动对南诏的战争，两次全军覆没，消耗了大量民力财力。作为忧国忧民的诗人，对此感到心烦意乱。既说"弃我去"，又说"不可留"，既说"乱我心"，又说"多烦忧"，这种重叠复沓的语言，以及破空而来的发端，深刻地揭示出诗人郁结之深、忧愤之烈、心绪之乱。三、四句突作转折，目见长风万里、秋雁南飞之景，心境豁然开朗，烦忧尽扫，登楼酣饮的豪兴油然而生，点明题中的"登楼"。五、六句切题面"陪侍御叔华"，以推崇东汉蔡邕等人的文章和建安诗人的风骨，赞美李华的文章，以推崇谢朓诗歌的清新秀丽，自誉诗歌成就。七、八句写酣饮时的豪兴，两人都怀有逸兴壮志，酒酣后更是飘然欲飞，想登天揽月。这里的"月"是诗人的想象，非实景。但这"欲上青天"的形象显然是诗人对理想境界的追求，也是全诗激扬情绪的高潮。诗人的想象翅膀尽可在幻境中翱翔，但现实毕竟是

残酷的，九、十句又是大转折，回到现实中的愁思万端，恰似谢朓楼前宛溪水，滚滚而流，抽刀斩不断。这一奇特而独创的比喻，非常生动贴切地显示出诗人想摆脱愁苦而不能的情态。末两句自明心迹：既然报国无路，壮志难酬，忧愁不断，唯一途径只有"散发弄扁舟"来摆脱苦闷了。这里兼有放浪不羁和傲视权贵两层意思。全诗感情波澜起伏，结构跌宕跳跃，语言生动自然，风格豪放而深沉。

书怀赠南陵常赞府 [1]

全诗叙往事，述友情，言时事，写心声，虽曲折多变，但脉络分明。

岁星入汉年 [2]，方朔见明主。调笑当时人 [3]，中天谢云雨。一去麒麟阁 [4]，遂将朝市乖。故交不过门，秋草日上阶。当时何特达 [5]，独与我心谐 [6]。

置酒凌歘台 [7]，欢娱未曾歇。歌动白纻山 [8]，舞回天门月 [9]。问我心中事，为君前致辞。君看我才能 [10]，何似鲁仲尼？大圣犹不遇 [11]，小儒安足悲？

云南五月中 [12]，频丧渡泸师。毒草杀汉马 [13]，张兵夺秦旗。至今西二河 [14]，流血拥僵

尸。将无七擒略^[15]，鲁女惜园葵^[16]。咸阳天下枢^[17]，累岁人不足^[18]。虽有数斗玉，不如一盘粟。赖得契宰衡^[19]，持钧慰风俗。

自顾无所用，辞家方未归。霜惊壮士发^[20]，泪满逐臣衣。以此不安席^[21]，蹉跎身世违^[22]。终当灭卫谤^[23]，不受鲁人讥。

[注释]

[1]诗云："云南五月中，频丧渡泸师。"据史载，第二次征南诏在天宝十三载（754），则此诗当为是年在南陵时作。南陵：唐县名，属宣州，即今安徽南陵，在今安徽东南部。常赞府：姓常的县丞，名未详。李白另有《与南陵常赞府游五松山》《于五松山赠南陵常赞府》二诗，当是同一人，且为同时之作。赞府，唐代对县丞的尊称。　[2]"岁星"二句：《太平广记》卷六引《洞冥记》及《东方朔别传》："朔未死时，谓同舍郎曰：'天下人无能知朔，知朔者唯太王公耳。'朔卒后，武帝得此语，即召太王公问之曰：'尔知东方朔乎？'公对曰：'不知。''公何所能？'曰：'颇善星历。'帝问：'诸星皆具在否？'曰：'诸星具，独不见岁星十八年，今复见耳。'帝仰天叹曰：'东方朔生在朕傍十八年，而不知是岁星哉！'惨然不乐。"此以东方朔自喻。入汉年，与下文"见明主"皆指天宝元年（742）应诏入京见玄宗。　[3]"调笑"二句：谓供奉翰林时因调侃嘲笑时臣而得罪，终于半途辞别君恩。　[4]"一去"二句：谓离开翰林院后，就与朝廷脱离了关系。麒麟阁，汉代阁名，在未央宫中。《三辅黄图》："麒麟阁，萧何造，以藏秘书，处贤才也。"此指唐代翰林院。将，与。朝市，

朝廷。乖,分离。　[5]特达:特出。　[6]谐:合。　[7]凌歊(xiāo)台:古台名,在今安徽当涂北黄山上。　[8]白纻山:即白苎山。据《太平寰宇记》:白苎山在当涂东五里,本名楚山,桓温领妓游此山,奏乐,好为《白苎歌》,因改名白苎山。　[9]天门:山名。见前《望天门山》诗注。　[10]“君看”二句:谓自己与孔子才能相比如何。鲁仲尼,孔子,字仲尼,春秋时鲁国人。　[11]“大圣”二句:谓像孔子那样的圣人尚且不被世用,自己是个小儒,又有何可悲!江淹《魏文帝曹丕游宴》:“高文一何绮,小儒安足为。”　[12]“云南”二句:指鲜于仲通及李宓等两次征南诏丧师。见前《古风》其三十四“羽檄如流星”篇注。　[13]“毒草”二句:谓云南的野草毒死了唐朝的战马,南诏的士兵夺取了唐朝的军旗。汉,与下文“秦”均借指唐朝。　[14]“至今”二句:写两次征南诏死者之众。按《新唐书·玄宗纪》:天宝十载,“四月壬午,剑南节度使鲜于仲通及云南蛮战于西洱河,大败绩,大将王天运死之”,十三载六月,“剑南节度留后李宓及云南蛮战于西洱河,死之”。西二河,即西洱海,今称洱海,在今云南大理、洱源间,以湖形如耳得名。　[15]“将无”句:谓唐军将领没有像当年诸葛亮七擒孟获那样的军事才能。七擒略,《三国志·蜀书·诸葛亮传》裴松之注引《汉晋春秋》曰:“亮至南中,所在战捷。闻孟获者,为夷汉并所服,募生致之。既得,使观于营陈之间,问曰:‘此军何如?’获对曰:‘向者不知虚实,故败。今蒙赐观营陈,若只如此,即定易胜耳。’亮笑,纵使更战,七纵七禽,而亮犹遣获。获止不去,曰:‘公,天威也,南人不复反矣。’”　[16]“鲁女”句:谓人民忧虑国家有难使百姓遭殃。《列女传·仁智传》:“漆室女者,鲁漆室邑之女也,过时未适人。当穆公时,君老太子幼,女倚柱而啸。……其邻人妇从之游,谓曰:‘何啸之悲也!子欲嫁邪?吾为子求偶。’漆室女曰:‘嗟乎!

吾岂为不嫁不乐而悲哉！吾忧鲁君老太子幼。'邻女笑曰：'此乃鲁大夫之忧，妇人何与焉？'漆室女曰：'不然。……昔晋客舍吾家，系马园中，马佚驰走，践吾葵，使我终岁不食葵。……今鲁君老悖，太子少愚，愚伪日起。夫鲁国有患者，君臣父子皆被其辱，祸及众庶。妇人独安所避乎？吾甚忧之。子乃曰妇人无与者，何哉？'邻妇谢曰：'子之所虑，非妾所及。'三年，鲁果乱。齐、楚攻之，鲁连有寇。男子战斗，妇人转输，不得休息。" [17] "咸阳"句：《文选》卷三十一袁淑《效曹子建乐府白马篇》："秦地天下枢。"李善注引高诱曰："枢，要也。"咸阳，此指长安。天下，一作"天地"。 [18]累岁：多年。人不足：人民没有足够的粮食。 [19] "赖得"二句：谓幸有如契那样的贤宰相，掌握国政，关心人民疾苦。据《旧唐书·玄宗纪》载：天宝十二载八月，"京城霖雨，米贵，令出太仓米十万石，减价粜与贫人。"十三载秋，"霖雨积六十余日，……物价暴贵，人多乏食，令出太仓米一百万石，开十场贱粜以济贫民"。诗当即云此。契，传说中商朝的始祖，帝喾之子，母为简狄。曾助禹治水有功，被舜任为司徒，掌管教化。宰衡，原为汉平帝时加给王莽的称号。《汉书·王莽传》："咸曰：伊尹为阿衡，周公为大宰，……采伊尹、周公称号，加公为宰衡，位上公。"后人因多以宰衡指宰相。持钧，操持国政。钧，制陶器所用的转轮。古代常以陶钧比喻治理国家。 [20] "霜惊"二句：谓头上白发如霜，使人心惊而泪满衣襟。逐臣，诗人自指。 [21]不安席：不能安坐。 [22]蹉跎：光阴虚度。身世违：遭遇不顺时。 [23] "终当"二句：用孔子遭受非议毁谤典故，明代朱谏《李诗选注》说："卫谤者，孔子见卫南子也。鲁人讥者，叔孙、武叔毁仲尼也。"按：孔子在卫国曾两次遭谤，《论语·雍也》："子见南子，子路不说（悦）。夫子矢之曰：'予所否者，天厌之！天厌之！'"南子为卫灵公夫人，作风淫荡，请求见孔子，

孔子不得已而见之，子路因此不悦。后孔子见卫灵公好色不好德，便离开了卫国。又据《史记·孔子世家》记载，孔子由鲁至卫，"居顷之，或谮孔子于卫灵公。灵公使公孙余假一出一入，孔子恐获罪焉。居十月，去卫"。鲁人讥，《论语·子张》："叔孙、武叔毁仲尼。子贡曰：'无以为也，仲尼不可毁也。他人之贤者，丘陵也，犹可逾也；仲尼，日月也，无得而逾焉。人虽欲自绝，其何伤于日月乎！多见其不知量也。'"

[点评]

第一段借汉代东方朔自喻。暗写自己当年供奉翰林见遇明主，因"调笑"权贵，中途辞别君恩。离开翰林院后，与朝廷脱离了关系。老友不往来，台阶长满秋草，当时只有你非常特别，独与我的心情谐和。第二段写诗人与常赞府相聚的欢乐并诉说胸怀，充满悲喜交加的复杂感情。他们在凌歊台置酒，白纻山歌舞。诗人对自己的遭际表面上说得很旷达超脱：大圣人孔子尚且不遇于时，自己只是一介小儒，失意又何足悲！其实内心的沉痛悲愤可于言外体会。此段以对话入诗，密合无迹，声口逼肖。第三段写时事，深切表达诗人对国家的关心。朝廷两次征南诏都全军覆没，尸血染红了西洱河。诗人认为这是将领没有当年诸葛亮七擒孟获的本领造成的，而自己对此却有鲁女惜葵即担忧朝廷将乱之心。京城遭灾多年，粮食不足，物价飞涨，斗玉买不到一盘粟。诗人企盼有位贤相操持国政，关怀民生疾苦。第四段抒写自己的境遇和心情。感叹自己不能为世所用，离家远游还不能回去，"霜惊壮士发，泪满逐臣衣"乃传世名句，

深刻反映出当时诗人极为沉痛的心情。为此坐不安席，岁月虚度。但诗人还深信将来终有一天能消灭那些小人对他的诽谤，不再受别人的讥讽。

哭晁卿衡[1]

日本晁卿辞帝都[2]，征帆一片绕蓬壶[3]。
明月不归沉碧海[4]，白云愁色满苍梧[5]。

[注释]

[1] 此诗为天宝十三载（754）春夏间诗人在广陵（今江苏扬州）遇见魏颢，闻晁衡归国时遇暴风失事的消息后所作，充满了对日本友人的痛悼之情。然所谓晁衡溺水而死是误传，实际上他并未遇难，侥幸生还后，复还长安为官。晁卿衡：晁衡，日本奈良时代遣唐留学生阿倍仲麻吕的华名。又作"朝衡""仲满"。卿，对友人的爱称。《旧唐书·东夷传·日本国》："开元初，又遣使来朝，因请儒士授经。……其偏使朝臣仲满，慕中国之风，因留不去，改姓名为朝衡，仕历左补阙、仪王友。衡留京师五十年，好书籍，放归乡，逗留不去。……上元中，擢衡为左散骑常侍、镇南都护。"《新唐书·东夷传·日本》称："天宝十二载，朝衡复入朝。" [2] 帝都：指唐朝京城长安。 [3] 征帆：远行之船。一片：犹一叶，极言其小。蓬壶：即蓬莱、方壶等传说中的海上仙山。 [4] 明月：喻品德高洁、才华出众之士晁衡。沉碧海：谓溺死海中。 [5] "白云"句：意谓海上笼罩着哀愁的

据近年中日学者考证，晁衡于开元五年作为遣唐留学生来华，时年二十。天宝十二载，任秘书监，兼卫尉卿。是年十二月，随遣唐使藤原清河等自长安经扬州东归，遇暴风，漂至安南驩州。后重返长安，时为天宝十四载六月。天宝十三载，李白于扬州闻晁衡等人海上遇风失踪，误以为身亡，故写此诗哀悼。今《全唐诗》尚存王维《送秘书晁监还日本国并序》赵骅《送晁补阙归日本》、包佶《送日本国聘贺使晁巨卿东归》等送行诗，储光羲有《洛中贻朝校书衡》诗。

云雾，比喻哀悼之情的深广。苍梧，本指九疑山，即传说中所谓舜死于苍梧之野，即其地，在今湖南宁远南。又东北海中有大洲名郁洲，亦名苍梧山，即今江苏连云港花果山，清中叶时泥沙淤涨，遂与大陆相连。传说此山由苍梧飞来。

[点评]

首句点明本事，"辞帝都"三字，包含着当时朝廷上下隆重欢送的场景。唐玄宗御笔题诗相送，王维、包佶、赵骅等好友都赋诗赠别，情意殷殷。次句描绘挂帆东渡之景。征帆在浩渺大海中只是"一片"，衬托海之大，帆之小，暗示航行的艰险。"绕蓬壶"三字，既写海中岛屿之多，又隐含航程曲折、漂泊颠簸、前途未卜等悬念，景中已寓忧情。后两句运用比兴手法，隐喻晁衡遇难溺死海中，深寄哀悼之情。明月即明月珠。《楚辞·九章·涉江》："被明月兮佩宝璐。"王逸注："言己被明月之珠，腰佩美玉。"此处借喻晁衡，谓晁衡遇难犹如明月珠沉海，使人深感痛惜。末句以哀愁之景写伤悼之情，寓情于景。诗人通过白云哀愁、苍梧变色的拟人手法，烘托出云天、碧山、沧海与人同悲的氛围，于宇宙景色中寄托哀悼之情，情韵悠长，含不尽之意于言外。

清溪行 [1]

清溪清我心，水色异诸水。

借问新安江[2]，见底何如此？

人行明镜中[3]，鸟度屏风里。

向晚猩猩啼[4]，空悲远游子。

"人行明镜中"二句承袭东晋王羲之《镜湖》诗"山阴路上行，如坐镜中游"，初唐沈佺期"船如天上坐，鱼似镜中悬"的写法，但李白此诗"语益工也"（《苕溪渔隐丛话》引《复斋漫录》）。

[注释]

[1]此诗当是天宝十三载（754）往秋浦时作。诗题一作"宣州青溪"。按：清溪在今安徽池州城北。《舆地纪胜》卷二十二：池州有清溪，刘长卿有《次秋浦界清溪馆》诗。　[2]"借问"二句：新安江，为钱塘江上游的一支，一称"徽港""歙港"。源出皖南休宁、祁门两县境，东南流至浙江建德市梅城入钱塘江。按：沈约有《新安江水至清深浅见底》诗。　[3]"人行"二句：语本南朝陈释惠标《咏水诗》："舟如空里泛，人似镜中行。"屏风，比喻重叠的山岭。　[4]"向晚"句：江淹《杂体诗·谢临川灵运游山》："夜闻猩猩啼。"

[点评]

首二句抒写诗人对清溪水的感受。诗人游历过许多清流，但清溪的水色与所有清澈的水流不同之处在于能使诗人"清心"。接着二句将清溪水与新安江的水对比，新安江的水是以清澈著名的，南朝诗人沈约就写有《新安江水至清浅深见底》诗。但诗人却说：新安江的水怎能像清溪这样清澈见底呢？用新安江水衬托出清溪水更为清澈。再二句用比喻手法描绘清溪水的清澈。把清溪喻为明亮的镜子，周围的群山喻为一道道屏风。岸上行走的人和群山间的飞鸟在清溪中的倒

影，就像"人行明镜中，鸟度屏风里"。这幅美丽的图画，读后犹如亲临其境。以上六句诗从三个不同的角度写清溪的水清，末二句则写出悲凉的气氛。傍晚猩猩的悲啼，使诗人感到作为一个远游他乡游子的孤寂和凄凉。一个"空"字，显示出诗人的漂泊无依。清溪虽能清心，却不能解忧。其时诗人已到过幽州，目睹安禄山的气焰，深感唐王朝政局不稳，所以在游秋浦的同期作品中，多有"秋浦猿夜愁，黄山堪白头""猿声催白发，长短尽成丝"之句。诗人之心虽同清溪之水，但却"空"而无补政局，所以只有"空悲"之愁了。《唐宋诗醇》曰："伫兴而言，铿然古调。一结有言不尽意之妙。"甚是。

秋浦歌十七首（选二）

其十四 [1]

炉火照天地 [2]，红星乱紫烟。
赧郎明月夜 [3]，歌曲动寒川。

这首小诗前三句写光和色，末句写声，有声有色，使热烈的劳动场景与静谧的夜景形成鲜明对比，给读者留下深刻印象。

[注释]

[1]《秋浦歌》是天宝十三（754）或十四载（755）诗人游秋浦时作的组诗，共十七首，此首为第十四。秋浦：唐县名，以秋浦水得名。今安徽贵池。 [2]"炉火"句：据《新唐书·地理

志》，秋浦在唐时采银及铜，此篇乃咏冶炼景状。　[3] 赧（nǎn）
郎：指冶炼工人。赧，本指因羞愧而脸红，此处指脸庞被火映红。

[点评]

此诗是李白诗歌乃至中国古代诗歌中唯一歌赞冶炼工人的诗。前二句写冶炼场面：炉火熊熊燃烧，把天地都照得通红。红星四溅，紫烟蒸腾。整个场面气氛热烈，色彩缤纷，从中可以感受到诗人的兴奋、惊奇之情。后二句描绘冶炼工人的形象。诗人用粗线条勾勒，人物形象跃然纸上。用"赧郎"称冶炼工人，当然是指炉火映红了脸，但另一方面也可以指繁重劳动使工人涨红了脸，或因歌唱而涨红了脸。由此可以联想到工人健壮的身体和勤劳、朴实的性格。"赧郎"句描绘了炉火和明月交映下工人的肖像，结句则揭示工人的内心世界，他们边劳动、边唱歌，嘹亮的歌声使寒冷的秋浦水为之激荡，反映出冶炼工人乐观的情绪和美好的品德。

其十五[1]

白发三千丈[2]，缘愁似个长[3]。
不知明镜里，何处得秋霜？

[注释]

[1] 此诗与前首为同一时期之作，是抒发怨愤愁结最杰出的一篇。　[2] 千：宋本原作"十"，据他本改。　[3] 缘：因为。个：这般。

按照生活逻辑，诗人照镜在先，而后见自己的满头白发，但诗却先说白发再说明镜，这是用倒装法。倒装的好处是起笔不凡，格力劲健。杜牧《泊秦淮》："烟笼寒水月笼沙，夜泊秦淮近酒家。"与此诗同例。

[点评]

　　首句劈空而来，令人生奇发懵，白发岂有"三千丈"长之理？寻思之间，下句方释疑义，原来"三千丈"白发因愁而生。愁生白发，人所共知，传说伍子胥过昭关，一夜之间黑丝尽成白发，可见其愁之急重。李白用夸张的手法，以白发之长——三千丈来比喻愁之深重，赋予愁以奇特形象，可谓奇人奇想。前两句已暗藏照镜，后两句更明白点出。"不知"是故作不知，"何处"是明知故问。以"秋霜"代指白发，不仅避免重复，而且带有浓重的憔悴和感伤色彩。由愁带来白发，诗人自然知道。那么，愁又从何"得"来？足使人深思玩味。诗人怀有"安社稷""济苍生"的理想，却一直无法施展，所以"何处得秋霜"的明知故问中，包含着对国事的忧怀和虚度年华的悲慨。

赠汪伦 [1]

　　李白乘舟将欲行 [2]，忽闻岸上踏歌声 [3]。
桃花潭水深千尺 [4]，不及汪伦送我情。

　　结句不仅善于即景言情，而且妙在用"不及"二字转换出新意，"若说汪伦之情比于潭水千尺，便是凡语，妙境只在一转换间"（沈德潜《唐诗别裁集》卷二十）。

[注释]

　　[1] 此诗作于天宝十三载（754）或十四载（755）诗人游泾县桃花潭临别时。敦煌写本《唐人选唐诗》题作"桃花潭别汪伦"。宋本题下注："白游泾县桃花潭，村人汪伦常酝美酒以

待白。伦之裔孙至今宝其诗。"按：李白另有《过汪氏别业二首》，王琦引《宁国府志》载胡安定《石壁诗序》，题作《泾川汪伦别业二章》，认为二诗皆赠汪伦，为同时之作。据泾县《汪氏宗谱》《汪渐公谱》《汪氏续修支谱》残卷，皆谓汪伦为汪华五世孙，曾为泾县令，任满后辞官居泾县之桃花潭。　　[2] 将欲行：敦煌写本作"欲远行"。　　[3] 踏歌：唐代民间流行的一种手拉手、两足踏地为节拍的歌唱方式。《旧唐书·睿宗纪》："上元日夜，上皇御安国门观灯，出内人连袂踏歌。"《资治通鉴》卷二〇八则天后圣历元年："（阎知微）为虏蹋歌。"胡三省注："蹋歌者，连手而歌，蹋地以为节。"　　[4] 桃花潭：在今安徽泾县西南一百里。

[点评]

前两句写送别场面。首句诗人自报姓名，"乘舟"点明是走水路，"将欲行"表明是待发之时。次句不从正面叙写主人殷勤送行之情，只写"岸上踏歌声"，而这"声"又从被送者"闻"中写出，又加"忽"字，似出被送者意料之外。"忽闻"二字加深了将行客的意外惊喜之情。"岸上"点明送行人的位置，与"乘舟"相应。此句未写送行之人，先传踏歌之声，既设置了悬念，又渲染出浓厚的欢送气氛。后两句抒情，先放开一笔，以即景桃花潭入诗，似顺手拈来，天然巧妙。然后以逆挽之法，将潭水之深衬托汪伦情谊之深，赋予情谊以具体鲜明的生动形象，而"不及"两字使情谊意境更深一层。末句点出汪伦之名，既释悬念，又呼应首句李白之名，以突出两人感情之真挚。

当涂赵炎少府粉图山水歌[1]

峨眉高出西极天[2]，罗浮直与南溟连。名工绎思挥彩笔[3]，驱山走海置眼前。满堂空翠如可扫[4]，赤城霞气苍梧烟[5]。洞庭潇湘意渺绵[6]，三江七泽情洄沿。

惊涛汹涌向何处[7]？孤舟一去迷归年。征帆不动亦不旋，飘如随风落天边。心摇目断兴难尽[8]，几时可到三山巅？西峰峥嵘喷流泉[9]，横石蹙水波潺湲。东崖合沓蔽轻雾[10]，深林杂树空芊绵。此中冥昧失昼夜[11]，隐几寂听无鸣蝉。

长松之下列羽客[12]，对坐不语南昌仙[13]。南昌仙人赵夫子，妙年历落青云士[14]。讼庭无事罗众宾[15]，杳然如在丹青里。五色粉图安足珍[16]，真山可以全吾身。若待功成拂衣去[17]，武陵桃花笑杀人。

此句以下至"长松之下列羽客"描写的是图画中的景色，所言山水名称均为借喻。

此句承上启下，由画上人说到主人赵炎。诗人"见孤舟之逝而发三山之想，因少府所画而忆南昌之仙，盖以梅福况赵也"（唐汝询《唐诗解》卷十三）。

[注释]

[1]按：李白另有《寄当涂赵少府炎》《送当涂赵少府赴长芦》等诗，可见两人关系之亲密。又有《春于姑熟亭送赵少府炎迁

炎方序》云："然自吴瞻秦，日见喜气。上当攫玉弩，摧狼狐，洗清天地，雷雨必作。"当指安禄山乱时。此诗未有安史之乱迹象，却有"讼庭无事罗众宾"之句，当作于天宝十四载（755）未乱时。当涂：今安徽马鞍山属县。少府：县尉的尊称。粉图：以粉作图。李白《金陵名僧额公粉图慈亲赞》："粉为造化，笔写天真。"《观博平王志安少府山水粉图》诗："粉壁为空天，丹青状江海。"　[2]"峨眉"二句：以峨眉之高、罗浮之大赞美粉图山水的雄伟气势。峨眉，即四川峨眉山，主峰高三千多米。见前《峨眉山月歌》诗注。西极，西方极远之地。罗浮，山名，在广东东江北岸，增城、博罗、河源间，长达一百余里，主峰在博罗西北。南溟，南海。　[3]绎思：指画家创作构思。　[4]空翠：山上的草木绿叶。　[5]赤城：赤城山，在今浙江天台县北。见前《梦游天姥吟留别》诗注。苍梧烟：指苍梧云烟。《太平御览》卷八引《归藏》云："有白云自苍梧入大梁（今河南开封）。"苍梧，又名九疑山，在今湖南宁远南。　[6]"洞庭"二句：用"意渺绵""情洄沿"形容画中水景渺茫遥远、回旋荡漾，亦为赏画时之遐想。洞庭，湖名，在湖南北部，长江南岸。潇湘，湘水源出今广西壮族自治区灵川东海洋山西麓，至湖南零陵与潇水会合，故合称潇湘。渺绵，遥远貌。三江，古代各地多有"三江"之名的水道，如郭璞注《山海经·中山经》称长江、湘水、沅水为三江，《元和郡县志》称岷江、沣江、湘江为西、中、南三江，等等。七泽，司马相如《子虚赋》谓楚有七泽，后只称云梦一泽，其他六泽未详所在。此三江七泽乃从画意泛说，未必定指一处。洄沿，逆流而上曰洄，顺流而下曰沿。　[7]"惊涛"以下四句：诗人从画中的汹涌波涛，推想其流向何处；从画面的孤舟，推想旅客思归的怅惘心情。　[8]"心摇"二句：形容画的神妙作用是使人看后内心激动，意兴不尽，想登上神仙故事

中的蓬莱、方丈、瀛洲三山之顶，饱览宇宙景色。　[9]"西峰"二句：谓泉水从高耸的西峰上喷流而下，由于横石阻碍，水波湍急有声。蹙，迫促。潺湲，水流声。　[10]"东崖"二句：谓东边峰峦层叠，茂林杂树为轻雾所遮。合沓，重叠。芊绵，草木蔓延丛生貌。　[11]"此中"二句：谓在此深山幽暗处不分昼夜；隐坐几旁四周极为寂静，听不到蝉鸣。几，宋本作"机"，据他本改。　[12]"长松"句：谓穿道服者列坐于松下。羽客，道士。汉武帝时使方士栾大穿羽衣以示飞腾成仙，后因称道士所穿之衣为羽衣，称道士为羽客。以上均描绘画中景物。　[13]南昌仙：汉代梅福曾为南昌县尉，后弃官归乡里，王莽专政，又舍妻子而去，后传说得道成仙。此拟当涂县尉赵炎。仙，宋本作"山"，据他本改。　[14]妙年：指少壮之年。历落：形容仪态俊伟。青云士：高尚之士。　[15]"讼庭"二句：谓赵炎于公事之暇聚集宾客，就像在深远的图画之中。又合写主人与画。讼庭，诉讼的公堂，指赵炎的衙署。罗，排列，聚集。杳然，深远貌。丹青，中国古代画常用之色，此泛指图画。　[16]"五色"二句：谓五色之图不足贵，现实中的真山才可使自己隐居安身。又从图画回到现实。　[17]"若得"二句：谓如等到功成再身退，必然会被桃花源中人讥笑。武陵桃花，用陶渊明《桃花源记》典。

[点评]

　　这是一首咏画诗。通过对一幅山水壁画的描绘，既歌赞画工的艺术创造力，又表达诗人观画的深刻感受。全诗三十句，都用赋体铺陈，充分驰骋想象，"写画似真，亦遂驱山走海，奔辏腕下。'杳然如在丹青里。'文以真为画，各有奇趣。康乐之模山范水，从此另开生面"

（《唐宋诗醇》卷五）。首二句突兀而起，写西部的峨眉和南海的罗浮两座山景，三、四两句才点明此非自然界的山，而是粉图在壁上的画面，是著名画工通过艺术构思挥舞彩笔才驱使山海安置在眼前的。接着十八句，全面展开对山水图的描述：赤城霞气，苍梧云烟；洞庭潇湘，三江七泽；西峰流泉，横石蘸水；东崖轻雾，杂树芊绵；松下羽客，对坐不语。在描述中还不时提问或抒写观感：惊涛汹涌究竟奔向何处？孤舟中的旅客迷失归年了吧！征帆不动，是随风飘落天地，不知它何时能找到海外仙山？诗人看得心摇目断。画中深山幽暗而不分昼夜，隐坐几旁四周静寂却听不到蝉鸣。这些描写使壁画大为增色，因为其中包含了诗人游历过名山大川的体验和自己写作山水诗的心得，故使画面更加生动感人。写完壁画后，对主人歌颂，也是题中之意，以赵炎比拟"南昌仙子"，因为他与当年梅福一样都是县尉，而且也有高雅的情趣和仙气。公事之暇接待宾客，飘飘然就像在图画里，这又把人与画合写。末四句抒情：一反前面对壁画的赞赏，因为它毕竟只是画，比起真山真水，它不足为贵，真山真水才能使自己隐居全身。诗人此时的思想与先前有了很大变化，过去一直主张要功成身退，而现在却认为应及早归隐，可以避乱，如功成再去隐居，恐为时太晚，一定会被武陵桃花源中人讥笑。这是诗人观画后产生的新感触，有深刻意义。

西上莲花山[1]（《古风》其十七）

西上莲花山[2]，迢迢见明星[3]。
素手把芙蓉[4]，虚步蹑太清[5]。
霓裳曳广带[6]，飘拂升天行。
邀我登云台[7]，高揖卫叔卿[8]。
恍恍与之去[9]，驾鸿凌紫冥[10]。
俯视洛阳川[11]，茫茫走胡兵。
流血涂野草[12]，豺狼尽冠缨。

[注释]

[1] 此诗作于天宝十五载（756）初春，是一首游仙体的纪实之作。　[2] 西上：一作"西岳"。莲花山：即西岳华山。《太平御览》卷三十九引《华山记》曰："山顶有池，生千叶莲花，服之羽化，因曰华山。"　[3] 迢迢：遥远貌。明星：神仙故事中华山上的仙女。《太平广记》卷五十九引《集仙录》："明星玉女者，居华山，服玉浆，白日升天。"　[4] 素手：女子洁白的手。《古诗十九首》："纤纤擢素手。"芙蓉：莲花。　[5] 虚步：凌空而行。蹑（niè）：踩，踏。太清：天空。　[6] "霓裳"句：谓仙女穿着霓裳，拖着宽广的长带。霓裳，以虹霓为衣裳。曳，牵引，拖。　[7] 云台：华山东北部的高峰。因上冠景云，下通地脉，嶷然独秀，有若灵台，故名。　[8] 卫叔卿：神仙名。据《神仙传》卷八记载，叔卿，中山人，服云母得仙。曾乘云车、驾白鹿从天而降，见汉武帝。因武帝不加优礼而去。帝甚悔恨，遣使者至中山，与叔卿之子度世

共之华山，求寻其父。未到其岭，于绝岩之下，望见其与数人博戏于石上，紫云郁郁于其上，又有数仙童执幢节立其后。　[9]恍恍：犹恍惚，模模糊糊。　[10]紫冥：天空仙府。　[11]"俯视"二句：谓从华山上空俯看洛阳一带平原，只见茫茫一片都是来往的胡兵。按：天宝十四载（755）十二月，安禄山率叛军攻破东都洛阳。　[12]"流血"二句：谓洛阳人民惨遭屠杀，安禄山大封伪官。按：安禄山占领洛阳后，屠杀百姓，并于次年正月僭位称帝，大封叛臣伪官。豺狼，指屠杀人民的叛军官兵。冠缨，官员的代称。

[点评]

据诗人《奔亡道中五首》可知，安史之乱初起时，李白在洛阳一带目睹叛军暴行，于是西奔入函谷关，上华山避乱，至次年春又南奔宣城。过去学界认为此诗作于宣城，未谛（详见郁贤皓《安史之乱初期李白行踪新探索》一文，载《文史》二〇〇一年第二期）。诗的前十句写在华山游仙情景，虚幻飘忽。诗人登上华山，似乎远远地看到了明星玉女，仙女洁白素手拈着芙蓉凌空飞行，穿着霓裳拖着长长的广带，飘然升天。诗人描绘了一幅优美缥缈的仙女飞天图。接着写仙女邀请诗人到云台峰，与仙人卫叔卿长揖见礼，恍惚之间与神仙同驾鸿雁去游仙府。后四句写现实生活。正当诗人飞仙而去时，蓦然回首，从高空低头瞥见人间的血腥世界：茫茫洛阳大地到处是烧杀抢掠的安禄山叛军，人民的鲜血涂满草野，逆臣贼子却坐朝廷，封官晋爵、衣冠簪缨。字里行间充满沉痛愤怒之情。全诗通过美妙仙

境和血腥现实的对照，表现出诗人出世和用世思想的矛盾。前十句的游仙正是为了反衬末四句的写实，诗人念念不忘人民遭难的现实，反映出诗人对祖国的忠贞和对人民的关切。

扶风豪士歌[1]

洛阳三月飞胡沙[2]，洛阳城中人怨嗟。天津流水波赤血[3]，白骨相撑如乱麻[4]。我亦东奔向吴国[5]，浮云四塞道路赊[6]。

东方日出啼早鸦[7]，城门人开扫落花。梧桐杨柳拂金井[8]，来醉扶风豪士家。

扶风豪士天下奇，意气相倾山可移[9]。作人不倚将军势[10]，饮酒岂顾尚书期[11]？雕盘绮食会众客[12]，吴歌赵舞香风吹[13]。

原尝春陵六国时[14]，开心写意君所知[15]。堂中各有三千士，明日报恩知是谁？

抚长剑[16]，一扬眉，清水白石何离离[17]！脱吾帽，向君笑；饮君酒，为君吟。张良未逐赤松去[18]，桥边黄石知我心。

前人曾将李白这几句诗与高适《少年行》"未知肝胆向谁是，令人却忆平原君"相比，认为太白数语"其逸气尤觉旷荡，比高警策"（桂天祥《批点唐诗正声》）。的确，与李诗相比，高诗读来有质朴直白之感。

[注释]

[1] 此诗当为天宝十五载（756）三月在溧阳时作。当时诗人从华山向东南逃难至宣城、溧阳一带。扶风：即岐州，天宝元年（742）改为扶风郡，治所在今陕西凤翔。豪士：侠义之士。姓名不详，今人或谓即李白《溧阳濑水贞义女碑铭并序》中的溧阳"主簿扶风窦嘉宾"，但未有确据。　[2] 飞胡沙：指洛阳陷入胡人安禄山之手。　[3] 天津：洛阳桥名，见前《古风》其十六注。　[4]"白骨"句：形容白骨遍野，尸体纵横。陈琳《饮马长城窟行》："君独不见长城下，死人骸骨相撑拄。"　[5]"我亦"句：一作"我亦来奔溧溪上"，是。　[6]"浮云"句：司马相如《长门赋》："浮云郁而四塞。"赊（shē），远。以上谓安禄山陷东京，自己避乱至吴。　[7]"东方"二句：萧士赟注云："此太白避乱东土时诗。扶风乃三辅郡，意豪士亦必同时避乱于东吴，而与太白衔杯酒接殷勤之欢者。"　[8] 金井：雕饰美丽的井栏，诗词中常指宫廷苑囿中的井。王昌龄《长信秋词》："金井梧桐秋叶黄。"　[9]"意气"句：谓意气相投可使山移。鲍照《代雉朝飞》："握君手，执杯酒，意气相倾死何有？"江总《杂曲三首》："泰山言应可转移。"　[10]"作人"句：辛延年《羽林郎》："昔有霍家奴，姓冯名子都。依倚将军势，调笑酒家胡。"此反用其意，谓豪士为人不倚仗权势。　[11]"饮酒"句：谓豪士饮酒，哪里还顾得上尚书的约期。《汉书·陈遵传》载：遵嗜酒好客，每宴宾客，闭门，且将客人车辖抛入井中，有急事也不让离开。一刺史入朝奏事，路过拜访，正遇陈遵饮酒，强留不放。刺史大窘，只得等陈遵醉后，叩见陈母，说明已与尚书约定时间，陈母就让他从后阁门出。　[12] 雕盘绮食：形容华美的餐具和丰盛的食品。　[13] 吴歌赵舞：相传古代吴姬善歌，赵女善舞。以上赞豪士之豪侠奇伟。　[14] 原尝春陵：指战国时著名的四

公子：赵平原君、齐孟尝君、楚春申君、魏信陵君。他们都能待
客下士，招会四方，各有食客数千人。　[15]开心写意：敞开
心怀，表露心意。　[16]"抚长剑"二句：南朝陈诗人江晖《雨
雪曲》："恐君犹不信，抚剑一扬眉。"　[17]"清水"句：用古乐
府《艳歌行》"语卿且勿盻，水清石自见"之意。离离，清晰貌，
此形容胸怀光明磊落。　[18]"张良"二句：此以张良自比述志，
谓自己并未弃世，终有一天会像张良那样做一番事业。张良于下
邳圯桥遇黄石公事，见前《经下邳圯桥怀张子房》诗注。逐赤松，
事见《史记·留侯世家》：张良曰："今以三寸舌为帝者师，封万
户，位列侯，此布衣之极，于良足矣。愿弃人间事，欲从赤松
子游耳。"乃学辟谷，道引轻身。会高帝崩，吕后德留侯，乃强
食之。

[点评]

　　第一段写时事：这年正月，安禄山在洛阳僭称"大
燕皇帝"，洛阳成为叛军的政治中心。诗人着眼洛阳，
代表整个北中国情况。"飞胡沙"显示出叛军气焰嚣张，
"怨嗟"二字道出沦陷区民心。天津桥下血流成河，洛
阳郊外白骨如麻，这是何等怵目惊心的悲惨景象！在此
背景下，诗人向东南奔亡，沿途乌云密布，道路遥远艰
阻。第二段场景突然转换，叙事过程跳跃，经这一奇宕，
出现明媚境界。用四句赞美环境，日出啼鸦，闲扫落花，
梧杨拂井，醉卧豪士家。这是当时东南地区的太平景
象，与上段的洛阳流血恰成鲜明对比。第三段用四句赞
美主人，用了两个典故，说明主人不倚权势和好客结
友；又以两句赞美盛宴。这两段从全诗结构上看是即景

应酬的穿插，使气势疾徐有致，变换层出。第四段转入抒情，诗人敞开心胸，倾诉衷肠，用战国四公子各养门客数千，其中出现许多重义轻死、以智勇建立奇功，千秋万代为人传颂的故事，说明当今又是战乱年代，诗人愿效法他们施展才华，报效国家。"明日报恩知是谁"一句甚为自负，意谓今日受你款待，明日建功立业来报答。故意用反诘语气，逗起下一段。末段表述志向，神采飞扬，一片天真。诗人化用江晖《雨雪曲》和古乐府《艳歌行》诗意，以"三三七"句式抒写，如金石投地，铿然有声。以"清水白石"喻心地光明，"脱吾帽"四句生动地描画出诗人烂漫率真的天性。最后以张良自喻，表明自己目前必须干一番事业，然后隐退，黄石公当可明鉴己心。诗以系念国事始，以报国明志结，此乃全诗主旨。

望庐山五老峰 [1]

庐山东南五老峰，青天削出金芙蓉 [2]。
九江秀色可揽结 [3]，吾将此地巢云松 [4]。

[注释]

[1] 此诗约作于至德元载（756）隐居庐山屏风迭时。五老峰：庐山东南部名峰。五峰耸立，突兀雄伟，云烟缥缈，变化万千，为庐山胜境之一。峰下即九叠屏（屏风叠），李白隐居

"削出"二字，山峰峭拔之态毕现。诗人特别爱用"芙蓉"形容山峰的美丽秀拔，如"太华三芙蓉"（《江上答崔宣城》）、"秀出九芙蓉"（《改九子山为九华山联句》）。此句是远望景色的实写，通过"青""金"色彩的衬映，烘托五老峰之秀美。

处。　[2] 削出：形容五老峰峭拔峻险。芙蓉：莲花，喻山峰秀丽。　[3]“九江”句：谓登上五老峰，九江秀色尽收眼底。揽结，即揽取。　[4] 巢云松：巢居于白云青松之间。《方舆胜览》卷十七：“《图经》：‘白性喜名山，飘然有物外志，以庐阜水石佳处，遂往游焉。卜筑五老峰下，有书堂旧址。后北归，犹不忍去，指庐山曰："与君再会，不敢寒盟。丹崖绿壑，神其鉴之！"’”

[点评]

首句题点，写出五老峰在庐山的方位。第二句形容五老峰如秀开于青天的五朵金色芙蓉，"亦秀削天成"（《唐宋诗醇》卷七评语）。第三句凭高俯视，九江一带的秀丽景色尽收眼底，伸手便可揽取，表达出诗人对所见美景的喜悦心情。末句直抒胸臆：吾将在此地白云苍松之下筑巢隐居，写尽了诗人对庐山的喜爱之情。全诗以"望"字着笔，以简驭繁，轻妙地挥洒出一幅五老峰山水图，并抒发了倾慕之情。

赠韦秘书子春 [1]

此诗当作于肃宗至德元载（756）十二月。时韦子春为永王李璘谋士，因李白名气很大，永王便派韦子春至庐山请李白入其幕府。诗即言此事。

谷口郑子真 [2]，躬耕在岩石。高名动京师，天下皆藉藉 [3]。其人竟不起 [4]，云卧从所适 [5]。苟无济代心 [6]，独善亦何益？

惟君家世者 [7]，偃息逢休明。谈天信浩荡 [8]，

说剑纷纵横。谢公不徒然[9]，起来为苍生。秘书何寂寂[10]？无乃羁豪英！

且复归碧山，安能恋金阙？旧宅樵渔地[11]，蓬蒿已应没。却顾女几峰[12]，胡颜见云月[13]？徒为风尘苦，一官已白发。

气同万里合，访我来琼都[14]。披云睹青天[15]，扪虱话良图[16]。留侯将绮季[17]，出处未云殊。终与安社稷，功成去五湖[18]。

萧本、郭本、《全唐诗》自"徒为风尘苦"以下另作一首。但清人王琦认为"此诗一气贯注，不能断乙，通作一首为是"（《李太白全集》卷九），他的说法是有道理的。

[注释]

[1]韦秘书子春：秘书省著作郎韦子春。《旧唐书·玄宗纪下》：（天宝八载）"夏四月，咸宁太守赵奉璋决杖而死，著作郎韦子春贬端溪尉，李林甫陷之也。"知韦子春天宝八载（749）前在秘书省为著作郎。又据王季友《寄韦子春》诗"出山秋云曙，山木已再春。食我山中药，不忆山中人。山中谁余密？白发惟见亲"，可知韦子春天宝八载被贬端溪尉后曾隐居不仕，与李白此诗意合。安史之乱时，韦子春为永王李璘谋主。李白有《在水军宴韦司马楼船观伎》诗，是在永王幕府中作，韦司马应即韦子春。　[2]"谷口"二句：《汉书·王吉传》："谷口有郑子真，蜀有严君平，皆修身自保。……成帝时，元舅大将军王凤以礼聘子真，子真遂不诎而终。……谷口郑子真不诎其志，耕于岩石之下，名震于京师。"谷口，在今陕西礼泉东北，当箕谷之南口，泾水出山之口，故名。　[3]藉藉：众口盛说貌，形容名声极大。一作"籍籍"。　[4]其：一作"斯"。　[5]云卧：

隐居。　[6] 济代心：济世之心。避唐太宗李世民讳改"世"为"代"。　[7]"惟君"二句：谓韦子春父祖在政治清明的时代都偃然安卧。偃息，安卧。休明，政治清明。　[8]"谈天"二句：称赞韦子春才华卓异，知识渊博而善于雄辩。谈天，战国时齐人邹衍善于论辩宇宙之事，齐人称其为"谈天衍"。说剑，《庄子·说剑》谓"臣有三剑，唯王所用。……有天子剑，有诸侯剑，有庶人剑"云云，其说汪洋恣肆，故称其为"纷纵横"。　[9]"谢公"二句：《晋书·谢安传》："征西大将军桓温请为司马，将发新亭，朝士咸送，中丞高崧戏之曰：'卿累违朝旨，高卧东山，诸人每相与言：安石不肯出，将如苍生何？苍生今亦将如卿何！'"此处以谢安比拟韦子春。　[10]"秘书"二句：是说秘书省著作郎为清闲之职，可惜韦子春这样的英豪之士被此羁绊。秘书，指韦子春。寂寂，冷落沉寂。　[11] 地：宋本原作"池"，据他本改。　[12] 女几峰：山名，在今河南宜阳西南部。　[13] 胡颜：何颜，有何脸面。　[14] 琼都：指庐山。郭沫若《李白与杜甫》："'琼都'就是庐山。《郡国志》：'庐山叠嶂九层，崇岩万仞。'《山海经》所谓'三天子都'，亦曰'天子障'。"　[15]"披云"句：谓韦子春的游说使诗人恍然大悟，如拨开云雾见到青天。《世说新语·赏誉》："卫伯玉为尚书令，见乐广与中朝名士谈议，奇之，……曰：'此人，人之水镜也，见之若披云雾睹青天。'"　[16]"扪虱"句：《晋书·王猛传》："桓温入关，（王）猛被褐而诣之，一面谈当世之事，扪虱而言，旁若无人。"　[17]"留侯"句：《史记·留侯世家》记载，汉高祖欲废太子刘盈，改立戚夫人之子赵王如意为太子。吕后向张良问计，张良请太子为书固请商山四皓出山辅佐太子，汉高祖见四皓侍从太子，召戚夫人指视曰："吾欲易之，彼四人辅之，羽翼已成，难动矣。"绮季，即绮里季，商山四皓之一。季，一作"里"。　[18]"功成"句：用春秋时范蠡辅佐越王勾践灭吴后

退隐事。《国语·越语下》：（勾践）灭吴，"反至五湖，范蠡辞于王曰：'君王勉之，臣不复入越国矣。'……遂乘轻舟以浮于五湖，莫知其所终极"。

[点评]

此诗首段以汉朝郑子真隐谷口为喻，点出"苟无济代心，独善亦何益"的济世思想。次段写韦子春的家世、才能及宦历，点出韦子春像谢安一样不会徒然隐居，而是为苍生而起。第三段写韦子春不恋金阙弃官而隐居。第四段点明韦子春来庐山访问李白，说动李白出山济世。末段以留侯张良喻韦子春，以四皓自喻，说明都是为了安社稷，功成名就后再归隐江湖。全诗一气呵成，层次分明。"苟无"二句是后世盛传的名句，对读者了解李白入永王李璘幕府的思想动机很有帮助。

别内赴征三首 [1]

其一

王命三征去未还[2]，明朝离别出吴关[3]。
白玉高楼看不见，相思须上望夫山。

[注释]

[1] 别内赴征：告别妻子赴永王李璘的征召。天宝十五载

古代有关望夫石、望夫山的传说很多，分布地也较为广泛。前选李白《长干行》"岂上望夫台"条有详细注释，可参看。又如刘禹锡《望夫石》："终日望夫夫不归，化为孤石苦相思。望来已是几千载，只是当年初望时。"吟咏的是正对和州郡楼的望夫山（在今安徽当涂西北）。李白此诗虽写于庐山，但诗中提到的"望夫山"并非实指而是虚写，末句为诗人与妻子宗氏的戏谑语。

（756）六月，安禄山叛军破潼关，玄宗逃往蜀中，途经汉中郡（今陕西汉中），诏以璘为山南东道及岭南、黔中、江南西道节度、采访等使，江陵郡大都督。九月，李璘至江陵，以抗击叛军为名，招募将士数万人，随意任命官吏，江淮租赋在江陵堆积如山。当时肃宗已在灵武（今属宁夏回族自治区）即位，下诏令李璘归觐于蜀，璘不从。十二月，引舟师东下。时李白隐居庐山屏风叠，李璘三次遣使邀请李白入幕。此组诗三首即作于诗人应召告别妻子宗氏之际，时当至德元载（756）冬。　[2]王命三征：永王三次征召。李白《与贾少公书》云："王命崇重，大总元戎，辟书三至，人轻礼重。严期迫切，难以固辞。扶力一行，前观进退。"即指此事。　[3]吴关：吴地边关，指庐山一带。春秋时，今江西九江为吴国与楚国交界处，俗称"吴头楚尾"。

[点评]

诗首句用"王命三征"表明永王征召的频繁和迫切，次句以明朝即拟下山出关，表现诗人赴征之急。后两句写别内，抒离别之情。全诗真切地表达了诗人别妻赴征的复杂心态，既有对未来的憧憬，也蕴含对妻子的牵挂与不舍之情，想象妻子别后登高望远，翘首以盼丈夫归来。

其二

出门妻子强牵衣[1]，问我西行几日归[2]？

归时倘佩黄金印[3]，莫见苏秦不下机。

二句反用苏秦故事，谓归来时如果我佩带黄金之印，不要见我是个追名逐利之人而不理我。由此可知李白入永王幕，其妻宗氏曾加劝阻。此亦为李白与宗氏的戏谑语。

[注释]

[1]强牵衣：描绘妻子强拉着丈夫的衣服，不愿让其离去的情态。　[2]西行：当时永王水师尚在江陵东下途中，李白应召下庐山赴江夏，必须向西走出吴地。　[3]"归时"二句：《战国策·秦策一》："（苏秦）说秦王书十上而说不行。……归至家，妻不下纴，嫂不为炊，父母不与言。"后苏秦佩六国相印而归，妻嫂都不敢仰视。纴，织布机。归，宋本作"来"，据他本改。傥，通"倘"，倘若，如果。见，一作"学"。苏秦，战国时纵横家。

[点评]

此首诗前二句描写妻子牵衣惜别之状，后二句反用苏秦事，暗示妻子淡泊功名富贵，并不赞成李白应召。一、二两首均用戏谑口吻与宗氏开玩笑，显系诗人为排遣妻子的离愁别绪、活跃气氛而故意为之。全诗脱口而出，以俚语见长，"俚处却见其天真烂漫"（〔日〕近藤元粹《李太白诗醇》卷五）。

日本汉学家对这三首诗有较好的解读，如近藤元粹认为"三首皆拗体，可谓奇。后人为模范可也"（《李太白诗醇》卷五）。笕久美子则从女性视角分析道："李白是一位将妻子的情感化为自己的心理，并将其美化升华的诗人。"（《以"女性学"观点试论李白杜甫寄内忆内诗》）

其三

翡翠为楼金作梯[1]，谁人独宿倚门啼[2]？
夜坐寒灯连晓月[3]，行行泪尽楚关西[4]。

[注释]

[1]"翡翠"句：形容楼台的豪华壮丽，为夸饰之辞。翡翠，光泽翠绿色的玉石，常用作装饰品和艺术品的材料。为，一作"高"。　[2]"谁人"句：一作"卷帘愁坐待鸣鸡"。　[3]坐：

宋本作"泣",据他本改。   [4]楚关西:指江陵至江夏一带,为楚之重要关塞。永王李璘在至德元载(756)九月至江陵,十二月率舟师东下。李白应召时当往楚地见永王,故称"楚关西"。

[点评]

与前两首诗相比,本诗的离别感伤成分更为浓重。前二句想象妻子宗氏独守玉楼之悲,第三句悬想妻子寒夜孤灯、相思泪尽之痛。末句写诗人一路上思念妻子而不断流泪,使两地相思之情更深一层。李白与宗氏情感深挚,李白因从李璘被系寻阳牢狱后,宗氏曾不辞辛劳托人营救,李白《在寻阳非所寄内》一诗称赞宗氏说:"闻难知恸哭,行啼入府中。多君同蔡琰,流泪请曹公。"宗氏原本劝阻丈夫入永王幕(参《公无渡河》诗"旁人不惜妻止之"),然在丈夫出事后非但不埋怨,反而上下奔走积极设法施救,亦可谓一有情有义之女子。

永王东巡歌十一首[1](选二)

诗人自比谢安,可见其自负不浅。但历史证明,李白只是有平乱抱负,并无运筹帷幄、决胜千里的实际才干。

其二

三川北虏乱如麻[2],四海南奔似永嘉[3]。
但用东山谢安石[4],为君谈笑静胡沙[5]。

[注释]

[1] 此组诗作于至德二载（757）随永王水军东下金陵途中。永王：唐玄宗第十六子李璘。参前《别内赴征》诗注。《永王东巡歌》十一首作于永王幕中。东巡：指永王率舟师沿长江东下金陵、京口（今江苏镇江）。　　[2] 三川：秦郡名，治所在今河南洛阳东北。因有黄河、洛水、伊水三川，故名。此处即指洛阳。北虏：蔑指安禄山叛军。乱如麻：喻叛军既多且乱。　　[3] 永嘉：晋怀帝年号。晋永嘉五年（311），前赵匈奴族君主陷洛阳，中原士族相率南奔，避难江左。唐天宝十四载冬至十五载，两京蹂于胡骑，官吏百姓多南渡江东，与永嘉时事极相似。李白《为宋中丞请都金陵表》："天下衣冠士庶，避地东吴，永嘉南迁，未盛于此。"即指此。可参证。　　[4] 谢安石：谢安，字安石，东晋人，尝隐于东山。晋孝武帝太元八年（383），前秦君主苻坚率大军南侵，谢安起为征讨大都督，派谢玄等率军拒敌，最终大破苻坚百万之军于淝水，成为历史上著名的以少胜多的战例。捷报传来，"安方对客围棋，看（驿）书既竟，便摄放床上，了无喜色，棋如故。客问之，徐答云：'小儿辈遂已破贼。'"（《晋书·谢安传》）此处诗人以谢安自比。　　[5] 谈笑：形容运筹帷幄，从容不迫。胡沙：犹胡尘，指安禄山叛军。

[点评]

首句写洛阳地区叛军猖狂，烧杀抢掠，局势极为混乱。次句写中原士人纷纷南奔，重演永嘉悲剧。同为胡人，同起于北方，同样造成天下大乱，同样是大批士人南迁。诗人从历史的高度揭示出战争的性质和规模，表明爱憎态度。后两句，诗人以谢安自比，抒写建功立

业的抱负，自信能在谈笑间克敌制胜，平定叛乱。"但用""为君"，豪迈气概、乐观情绪和必胜的自信都跃然纸上。"谈笑"二字，生动刻画出成竹在胸、指挥若定的神态。以"胡沙"喻叛军，既有蔑视的心态，又有敌人嚣张气焰的内涵，一个"静"字，非常凝练而精确地概括出扫尽战争残迹后的安宁世界。全诗用永嘉典故和谢安典故，都非常自然妥帖，明白通畅。

其十一

前人多谓李白入永王幕为从逆，以《永王东巡歌》为罪证。然细绎诗意，并考察其入幕动机，诗人完全是出于平叛报国的热忱。只是对永王异志认识不足，结果诗人被系浔阳狱，又长流夜郎，实为千古冤案。《永王东巡歌》记录着诗人报国平叛的壮志和理想，向后人昭示着诗人的耿耿忠心！

试借君王玉马鞭[1]，指挥戎虏坐琼筵[2]。
南风一扫胡尘静[3]，西入长安到日边[4]。

[注释]

[1]"试借"句：谓试向永王借来君王赐予的军事指挥权。玉马鞭，喻指挥权。   [2]"指挥"句：形容指挥战争镇定自若，使敌人乞和投降，坐到宴席上来。亦即"谈笑静胡沙"之意。戎虏，指安禄山叛军。琼筵，盛大的筵席。   [3]南风：相传虞舜作五弦琴，歌《南风》诗曰："南风之薰兮，可以解吾民之愠兮。"永王的军队在南方，故以"南风"为喻。   [4]日边：指京城。日为君象，故京城、京畿之地称"日边""日下"，即皇帝身边。

[点评]

诗人参加永王幕府后，自以为可以施展抱负。首句以毛遂自荐的姿态，要"试借玉马鞭"使用一回，说得

比较委婉，但那种"平定叛乱，舍我其谁"的豪迈气概声容毕现。次句即"谈笑静胡沙"之意，但境界更奇：诗人设想玉马鞭一挥，叛军纷纷弃甲兵而乞降，于是在琼筵之上，谈笑之间，化干戈为玉帛。把遍地流血的残酷战争浪漫化、诗意化。似乎"运筹帷幄，决胜千里"是非常简单平常之事。这正是诗人浪漫主义个性的自然流露。后二句以"南风"喻永王之师，"胡尘"喻安史叛军。相传虞舜歌《南风》，是吉祥和平之风，此藉以歌颂永王平叛，重振乾坤，永王之师正在南方，所以用得十分贴切。一个"扫"字，表现出对叛军不堪一击的极端藐视，"静"字表示天下安定平静。末句设想永王大功告成，来到长安向皇帝报喜。全诗节奏明快，举重若轻，感情强烈，语带夸张，充溢着一种必胜的浪漫豪情。

上崔相百忧章 [1]

共工赫怒 [2]，天维中摧。鲲鲸喷荡 [3]，扬涛起雷。鱼龙陷人，成此祸胎。火焚昆山 [4]，玉石相碪。仰希霖雨 [5]，洒宝炎煨。

箭发石开 [6]，戈挥日回 [7]。邹衍恸哭 [8]，燕霜飒来。微诚不感 [9]，犹絷夏台。苍鹰搏攫 [10]，丹棘崔嵬 [11]。豪圣凋枯 [12]，王风伤哀。斯文未

诗中全用四言，节奏急促。多用典故做比喻，贴切恰当，更能深切表达诗人含冤悲愤的感情。

丧[13]，东岳岂颓？穆逃楚难[14]，邹脱吴灾[15]。见机苦迟[16]，二公所哈。骥不骤进[17]，麟何来哉[18]？

星离一门[19]，草掷二孩。万愤结缉[20]，忧从中催。金瑟玉壶[21]，尽为愁媒。举酒太息，泣血盈杯。

台星再朗[22]，天网重恢。屈法申恩[23]，弃瑕取材。冶长非罪[24]，尼父无猜。覆杯傥举[25]，应照寒灰。

[注释]

[1] 题下原注："四言，时在寻阳狱。"崔相：即崔涣。李白另有《狱中上崔相涣》及《系寻阳上崔相涣》诗可证。按《新唐书·宰相表》：至德元载（756）七月庚午，"蜀郡太守崔涣为门下侍郎、同中书门下平章事"。二载（757）八月甲申，"涣罢为左散骑常侍、余杭郡太守"。由此知崔涣为相仅一年时间。此诗当于至德二载在浔阳狱中作。其《为宋中丞自荐表》云："前后经宣慰大使崔涣及臣推覆清雪。"可知李白出狱，是得崔涣之助的。百忧：极度忧愁。   [2]"共工"二句：《淮南子·天文训》："共工与颛顼争为帝，怒而触不周之山，天柱折，地维绝。"此以共工喻安禄山。赫怒，勃然震怒。天维，天纲，喻国家纲纪。   [3] 鲲鲸：此喻指安禄山。鲲，传说中的大鱼。鲸，海中大鱼。   [4]"火焚"二句：《书·胤征》："火炎昆冈，玉石俱焚。"诗即用此典，比喻不分好坏，同遭灾难。昆山，古代传说中产玉之山。碓（duī），

撞击。　[5]"仰希"二句：谓希望有一场大雨，洒在宝地上，使灾火熄灭。霖雨，喻解救灾难的力量。煨，烬。　[6]"箭发"句：《西京杂记》卷六："李广……猎于冥山之阳，见卧虎，射之，没矢饮羽，进而视之，乃石也，其形类虎。退而更射，镞破干折而石不伤。予尝以问扬子云，子云曰：'至诚则金石为开。'"班固《幽通赋》："李虎发而石开。"　[7]"戈挥"句：《淮南子·览冥训》："鲁阳公与韩构难，战酣，日暮，援戈而挥之，日为之反三舍。"　[8]"邹衍"二句：《文选》卷三十九江淹《诣建平王上书》："昔者贱人叩心，飞霜击于燕地。"李善注引《淮南子》曰："邹衍尽忠于燕惠王，惠王信谮而系之，邹子仰天而哭，正夏而天为之降霜。"　[9]"微诚"二句：谓自己精诚不能感动上苍，所以还被拘系狱中。縶，一作"贽"。夏台，夏代监狱名。《史记·夏本纪》记载，商汤曾被夏桀囚于夏台。此即指牢狱。　[10]"苍鹰"句：形容狱吏凶狠。苍鹰，《汉书·郅都传》："都迁为中尉，……是时民朴，畏罪自重，而都独先严酷，致行法不避贵戚，列侯宗室见都侧目而视，号曰'苍鹰'。"颜师古注："言其鸷击之甚。"搏攫，猛力抓取。　[11]"丹棘"句：此谓牢狱戒备森严。丹棘，赤棘。《易·坎卦》："置于丛棘。"孔颖达疏："谓囚执之处以棘丛而禁之也。"崔嵬，高耸貌。　[12]"豪圣"二句：杨齐贤注："豪圣，周公也。周公遭流言之变，王道凋枯，故《豳》以下诸诗哀伤之。"陈子昂《岘山怀古》诗："丘陵徒自出，贤圣几凋枯。"王风，指《诗·豳风》中哀伤周公遭遇的篇什。　[13]"斯文"二句：反用二典，意为自信自己不会死亡。斯文未丧，《论语·子罕》："天之将丧斯文也，后死者不得与于斯文也！"斯，此。文，指礼乐制度。后以"斯文"指儒者或文人。东岳，指泰山，《礼记·檀弓上》记孔子临死时，"负手曳杖，消摇于门，歌曰：'泰山其颓乎，梁木其坏乎，哲人其萎乎。'……子贡闻之，曰：'泰

山其颓，则吾将安仰？梁木其坏，哲人其萎，则吾将安放？夫子殆将病也。'……盖寝疾七日而没。"　[14]"穆逃"句：《汉书·楚元王传》记载：楚元王以穆生、白生、申公为中大夫，穆生不嗜酒，元王特为其设醴（甜酒）。元王死，其子戊继位，也遵照设醴，后来偶忘置醴，穆生以为对己轻慢，再留将遭祸。申公、白生认为只是王偶失小礼，劝其留下。穆生说：君子见机而作，不俟终日。遂谢病而去。后王戊淫暴，申公、白生进谏，被罚穿囚衣做苦工。穆生因早走而免难。　[15]"邹脱"句：《汉书·邹阳传》载：邹阳，西汉时齐人。仕吴国，吴王以太子事怨望朝廷，阴有邪谋。邹阳上书谏，吴王不纳。于是邹阳离吴王至梁国事梁孝王。后吴王叛乱被诛，邹阳因先走得免。　[16]"见机"二句：谓己苦于没有及时离开永王李璘，故只能被穆王和邹阳那样见机而作的人嗤笑。咍（hāi），讥笑。　[17]骥不骤进：宋玉《九辩》："骥不骤进而求服兮。"此以良马不求急用喻己并不急于求功名。　[18]麟何来哉：《孔子家语·辩物篇》载：叔孙氏之车士获麟，"使人告孔子曰：'有麕而角者，何也？'孔子往观之，曰：'麟也，胡为来哉！胡为来哉！'反袂拭面，涕泣沾襟。……子贡问曰：'夫子何泣尔？'孔子曰：'麟之至，为明王也，出非其时而见害，吾是以伤焉。'"此以麟自比，表示自己入永王幕府亦"出非其时"而被害。　[19]"星离"二句：谓一家分散，把两个孩子抛在野外。　[20]"万愤"句：谓万种悲愤郁结不解。结缉，当作"结縎（gǔ）"。缉，宋本校："一作縎。"王逸《九思·怨上》："心结縎兮折摧。"　[21]"金瑟"二句：谓悦耳的音乐和玉壶中的美酒，都成了引起怨愁的媒介。　[22]"台星"二句：王琦注："台星再朗，谓崔相之明察，能照见幽微。天网重恢，冀其赦己之罪。"台星，《晋书·天文志上》："三台六星，两两而居，起文昌，列抵太微。一曰天柱，三公之位也。在人曰三公，在天曰三台。"此"台星"

即指宰相崔涣。天网，国法。恢，宽大。　　[23]"屈法"二句：此谓枉屈大法，施予恩德，抛开缺点，加以取用。丘迟《与陈伯之书》："主上屈法申恩，吞舟是漏。"陈琳《为袁绍檄豫州文》："收罗英雄，弃瑕取用。"　　[24]"冶长"二句：此以公冶长自比，希望崔相能像孔子那样明察自己的无辜。《论语·公冶长》："子谓公冶长：'可妻也。虽在缧绁之中，非其罪也。'以其子妻之。"尼父，孔子。　　[25]"覆盆"二句：谓崔相如能掀开覆盆，那么阳光应该照暖寒灰。覆盆，比喻沉冤莫白。《抱朴子·辨问》："是责三光不照覆盆之内也。"

[点评]

　　首十句写安禄山叛乱的原因、造成的灾难和诗人期望苍天灭火。以神话中共工的典故，比喻叛乱使唐王朝纲纪中断，形容其势如鲲鲸在大海中翻腾，卷起波涛如雷。诗人认为此次灾难的根源是朝廷中掌权者（鱼龙）互相陷害而造成的。其结果就像火烧昆仑山，玉石俱焚，谁也逃脱不了灾祸。诗人仰告苍天，快下大雨，浇灭叛乱的大火。第二段以李广"箭发石开"、鲁阳"戈挥回日"、邹衍含冤而夏天降霜的故事，说明精诚所至，能感动上苍而出现奇迹，反衬自己蒙冤却无法使苍天降恩，至今还被囚狱中。狱吏凶狠，荆棘森严。诗人想到上古圣人周公曾遭流言几乎凋枯，《诗经》中的《王风》都为之哀伤。然而苍天未丧斯文，泰山岂会倾塌？当年穆生能逃过楚国之难，邹阳能躲避吴王灾祸，而自己却不能见机行事，一定被邹、穆二公所嗤笑。良马不求急用，麒麟何必非其时而出来呢！表现出诗人对参加永王幕府悔恨

不已。第三段写自己的忧愁。家人分散，丢下子女，使诗人忧愤万端，只得借琴酒浇愁，但杯中的酒却是血泪，表现出诗人对骨肉之情的沉痛思念。第四段请求崔相明察冤情，赦己之罪，宽大开恩。并以公冶长自比，以孔子比拟崔相，希望崔相掀开覆盆，使自己重见阳光，点出主旨。

本诗体裁为五言排律，前人多从气格体式角度欣赏此诗，如胡震亨赞美起句"独坐清天下，专征出海隅""最为得体"，符合"凡排律起句，极宜冠裳雄浑，不得作小家语"的诗学规范（《唐音癸签》卷十）。沈德潜也称扬此诗"立言有体"，因为"诗中不多感谢脱囚，而第言己非剧孟"（《唐诗别裁集》卷十七）。其实，李白谦抑的态度和他刚摆脱牢狱之灾的创作语境有关，与之前写《永王东巡歌》高昂自信的精神面貌不可同日而语。

中丞宋公以吴兵三千赴河南军次寻阳脱余之囚参谋幕府因赠之 [1]

独坐清天下 [2]，专征出海隅。
九江皆渡虎 [3]，三郡尽还珠。
组练明秋浦 [4]，楼船入郢都 [5]。
风高初选将，月满欲平胡 [6]。
杀气横千里 [7]，军声动九区。
白猿惭剑术 [8]，黄石借兵符 [9]。
戎虏行当剪 [10]，鲸鲵立可诛。
自怜非剧孟 [11]，何以佐良图？

[注释]
[1] 此诗当是至德二载（757）秋被宋若思营救出狱后入其幕

时作。中丞宋公：即御史中丞宋若思。《旧唐书·玄宗纪》：天宝十五载六月，"以监察御史宋若思为御史中丞充置顿使"。李白另有《陪宋中丞武昌夜饮怀古》诗、《为宋中丞请都金陵表》《为宋中丞自荐表》及《为宋中丞祭九江文》等，并指宋若思。其《祭九江文》有"若思参列雄藩，各当重寄"语可证。按《元和姓纂》卷八宋氏："之悌，太原尹、益州长史，河南（东）、剑南节度；生若水、若恩（思），御史中丞。若水，丹徒令。"由此知宋若思乃宋之悌之子。李白早年与宋之悌为友，见前《江夏别宋之悌》诗。中丞，御史台副长官。脱余之囚：使己从寻阳狱中解脱出来。参谋幕府：参加宋若思幕府，谋议军事。　[2]"独坐"二句：谓宋若思身为御史中丞，受皇帝重任，专征来到海边。独坐，专席而坐，特指御史中丞。《后汉书·宣秉传》："建武元年，拜御史中丞。光武特诏御史中丞与司隶校尉、尚书令会同并专席而坐，故京师号曰'三独坐'。"专征，帝王授予诸侯、将帅掌握军旅的特权，不待帝王之命，可以自专征伐。《竹书纪年》帝辛三十三年："王锡命西伯得专征伐。"《白虎通·考黜》："赐以弓矢，使得专征。"　[3]"九江"二句：称颂中丞宋若思在宣城等三郡的治绩。九江皆渡虎，《后汉书·宋均传》："迁九江太守，郡多虎暴，数为民患，常募设槛阱而犹多伤害。均到，下记属县曰：'夫虎豹在山，龟鼋在水，各有所托。且江淮之有猛兽，犹北土之有鸡豚也。今为民害，咎在残吏，而劳勤张捕，非忧恤之本也。其务退奸贪，思进忠善，可去一槛阱，除削课制。'其后传言虎相与东游渡江。"三郡，按：是时宋若思为采访使兼宣城郡太守，采访使当管有九江郡在内。还珠，《后汉书·孟尝传》载，合浦原产珠，因宰守并多贪秽，珠遂渐徙于交趾郡界。孟尝任合浦太守，"革易前敝，求民病利。曾未逾岁，去珠复还，百姓皆反其业，商货流通，称为神明"。　[4]组练：组甲被练，指军士之武装阵容。《左传》襄

公三年："楚子重伐吴，为简之师，克鸠兹，至于衡山，使邓廖帅组甲三百，被练三千以侵吴。"杜预注："组甲，被练，皆战备也。组甲，漆甲成组文。被练，练袍。"秋浦：见前《秋浦歌》诗注。　[5]郢都：指今湖北江陵，楚国都城。《史记·货殖列传》："江陵，故郢都，西通巫巴，东有云梦之饶。"张守节《正义》："荆州江陵县，故为郢，楚之都。"《汉书·地理志》南郡："江陵，故楚郢都，楚文王自丹阳徙此。"　[6]月满：指月圆之时。平胡：指平定安禄山叛军。　[7]"杀气"二句：形容宋若思所率吴兵军威之盛。九区，即九州，泛指全国。　[8]"白猿"句：此处喻敌人非宋若思的对手。《吴越春秋》："越有处女，出于南林之中，越王使使聘，问以剑戟之事，处女将北见于越王，道逢老翁，自称素袁公，问处女：'吾闻子善为剑术，愿一观之。'女曰：'妾不敢有所隐，唯公试之。'于是袁公即跳于林竹，槁折堕地，处女即接末，袁公操本以刺处女，女应节入。三入，因举枝击之，袁公即飞上树，化为白猿，遂引去。"　[9]"黄石"句：谓宋若思富有用兵机谋，可与张良相比。《史记·留侯世家》载：张良曾经在下邳（pī）圯（yí）桥边遇见黄石公，黄授其太公兵法，张良佐刘邦建立汉王朝。　[10]"戎虏"二句：谓安禄山叛军很快就可消灭。戎虏，与下文"鲸鲵"皆喻安禄山叛军。　[11]"自怜"二句：谓可惜自己不像剧孟那样有才，无以辅助宋若思的英明决策。剧孟，见前《梁甫吟》诗注。

[点评]

首四句歌颂宋公受皇帝重用，到江南任职，为政清廉，使恶人除而民众归。接着四句点题中"以吴兵三千赴河南"，写宋公节制将兵秩序井然。再接着六句想象宋公

所率的吴兵在战场上英勇杀敌，威震全国。又以汉代张良得黄石公传授《太公兵法》来比拟宋公，谓敌人远非宋公对手，宋公乃富有用兵机谋之军师，因此叛军将很快被消灭。末二句点题中的"参谋幕府"，对自己在幕中未能很好地辅佐宋公表示歉意和惋惜。全诗除末二句外，全用对仗句赞美宋若思的政迹和军功。结构完整，用典深切。

公无渡河 [1]

黄河西来决昆仑 [2]，咆哮万里触龙门 [3]。

波滔天 [4]，尧咨嗟。大禹理百川 [5]，儿啼不窥家。杀湍堙洪水，九州始蚕麻。其害乃去，茫然风沙。

被发之叟狂而痴 [6]，清晨径流欲奚为 [7]？旁人不惜妻止之，公无渡河苦渡之。虎可搏 [8]，河难冯。公果溺死流海湄 [9]。有长鲸白齿若雪山 [10]，公乎公乎挂罥于其间 [11]，箜篌所悲竟不还 [12]。

全诗用比喻象征手法，前半首隐括上古时期大禹治水的故事，后半首则形象描写《古今注》所载《公无渡河》的本事，以神话传说为喻体，凭借丰富的想象，展现了生动感受，这是李白乐府诗的重要特点。

[注释]

[1] 此诗当是流放夜郎与宗夫人分别时作。公无渡河：乐府旧题，又名《箜篌引》。《乐府诗集》卷二十六列于《相和歌辞》，并引崔豹《古今注》曰："《箜篌引》者，朝鲜津卒霍里子高妻

丽玉所作也。子高晨起刺船，有一白首狂夫，被发提壶，乱流而渡，其妻随而止之，不及，遂堕河而死。于是援箜篌而歌曰：'公无渡河，公竟渡河！堕河而死，将奈公何！'声甚凄怆，曲终亦投河而死。子高还，以语丽玉。丽玉伤之，乃引箜篌而写其声，闻者莫不堕泪饮泣。丽玉以其曲传邻女丽容，名曰《箜篌引》。"李白之前今存梁代刘孝威和陈代张正见《公无渡河》各一首。　[2]昆仑：山名，在今新疆和西藏之间，西接帕米尔高原，东入青海省。古代相传黄河发源于昆仑山。《尔雅·释水》："河出昆仑墟。"　[3]咆哮：形容河水的奔腾怒啸。龙门：山名，在今山西河津、陕西韩城之间，黄河两岸峭壁对峙，形如阙门，故名。《尚书·禹贡》："导河积石，至于龙门。"《太平御览》卷四十引辛氏《三秦记》："河津一名龙门，……江海大鱼洎集门下数千，不得上，上则为龙，故云曝鳃龙门。"　[4]"波滔天"二句：《尚书·尧典》："帝曰：咨！四岳。汤汤洪水方割，荡荡怀山襄陵，浩浩滔天。"孔传："滔，漫也。……浩浩，盛大若漫天。"　[5]"大禹"以下四句：喻唐朝军民抗击安禄山叛军。大禹，传说中古代帝王，姓姒，名文命，史称禹、夏禹、戎禹。鲧之子，相传禹奉舜命治理洪水，采用疏导的方法，历十三年，三过家门而不入，水患皆平。《孟子·滕文公上》："禹八年于外，三过其门而不入。"理，治，因避高宗李治讳改。"杀湍"二句，谓大禹减少湍流，堵塞洪水，洪水治理好了，全国各地才得以养蚕种桑。杀，减少。湍，急流之水。堙，堵塞。九州，传说中古代中国的行政区划，后常泛指中国。　[6]被发之叟：见前引崔豹《古今注》，此为作者自喻。被，通"披"。　[7]径流：径渡，直接渡河。奚为：为何。　[8]"虎可搏"二句：《诗·小雅·小旻》："不敢暴虎，不敢冯河。"毛传："徒涉曰冯河，徒搏曰暴虎。"冯，古"凭"字。　[9]流海湄：漂流到海边。此喻流放夜郎。　[10]长鲸白齿：喻当时恶毒凶狠的谗

言，即杜甫诗所云"世人皆欲杀"。 [11]挂罥：挂缠。宋本作"挂骨"，误。据萧本、郭本、咸本、王本改。《文选》卷十二木华《海赋》："或挂罥于岑嵚之峰。"李善注："《声类》曰：罥，系也。"罥，缠绕，挂碍。 [12]箜篌：古代拨弦乐器，有卧、竖式两种。

[点评]

前人多谓此诗为李白拟作，咏其本事。后人亦有多种解释，皆未得其旨。唯郭沫若《李白与杜甫·李白的家室索隐》所析甚为精辟：首二句以黄河咆哮喻安禄山叛乱危害极大。接着八句以尧比拟玄宗在安禄山叛乱中没有办法，以大禹比拟玄宗之孙、肃宗之子——天下兵马元帅广平王李俶。以大禹尽心尽力治理洪水比喻广平王在肃宗至德二载（756）十月率主力军收复两京。后半首中"披发之叟"是李白自喻。"旁人不惜妻止之"的"妻"即指《别内赴征》中的妻子宗氏，诗句是说宗夫人曾劝阻李白应召入永王幕未果，最终永王兵败被杀，李白因此入浔阳狱，出狱后又长流夜郎。"挂罥于其间"即比喻入浔阳狱和长流夜郎。此诗当是在流放夜郎告别宗夫人时所作，其时未料到一年多以后会中途遇赦，所以诗末有"箜篌所悲竟不还"之语。

流夜郎闻酺不预[1]

北阙圣人歌太康[2]，南冠君子窜遐荒[3]。

汉酺闻奏钧天乐^[4]，愿得风吹到夜郎^[5]。

李白诗中常喜欢借助于"风吹"这一意象抒情达意，除本句外，再如前面已提及的例子："我寄愁心与明月，随风直到夜郎西。"（《闻王昌龄左迁龙标遥有此寄》）"南风吹归心，飞堕酒楼前。"（《寄东鲁二稚子》）"狂风吹我心，西挂咸阳树。"（《金乡送韦八之西京》）

［注释］

[1] 此诗作于唐肃宗至德二载（757）十二月。流夜郎：至德二载冬，李白因参加永王李璘幕府，被定罪流放夜郎。夜郎，唐县名，属黔中道珍州，在今贵州正安西北。酺（pú）：特指诏令所许可的大聚饮。《汉书·文帝纪》："酺五日。"颜师古注引文颖曰："汉律，三人以上无故群饮酒，罚金四两，今诏横赐得令会聚饮食五日也。"不预：不得参预。　[2]"北阙"句：按：这年冬唐军收复长安、洛阳，太上皇（唐玄宗）回长安，肃宗为表示庆祝，下制大赦，对立功大臣加官晋爵，阵亡者予以追赠，并赐酺五日。此句即指此。北阙，指帝王宫禁、朝廷。《汉书·高帝纪》："至长安，萧何治未央宫，立东阙、北阙、前殿、武库、大仓。"颜师古注："未央殿虽南向，而上书、奏事、谒见之徒皆诣北阙。……是则以北阙为正门。"圣人，指皇帝。太康，一作"大康"，太平安康。　[3] 南冠君子：囚犯。此处自称。《左传》成公九年："晋侯观于军府，见钟仪，问之曰：'南冠而絷者谁也？'有司对曰：'郑人所献楚囚也。'"杜预注："南冠，楚冠。"钟仪被囚时仍戴楚冠，唱楚歌，很有气节，被晋国大臣范文子誉为君子，以为他有仁、信、忠、敏等美德。后因以南冠君子或南冠为囚犯的代称。窜：放逐。遐荒：边远荒凉之地。　[4] 汉酺：此处借指唐肃宗至德二载十二月的赐酺。《旧唐书·肃宗纪》：至德二载，"十二月戊午朔，上御丹凤门，下制大赦。……赐酺五日。"钧天乐：神话中天上的仙乐，又称"钧天广乐"。《列子·周穆王》："王实以为清都紫微、钧天广乐，帝之所居。"　[5]"愿得"句：谓希望朝廷恩典能施及流放夜郎的人。

[点评]

诗的前两句写实：唐朝收复两京，太上皇回京，国势好转，大赦赐酺，欢欣升平，但诗人却被放逐远荒，命运乖舛。真是"冠盖满京华，斯人独憔悴"（杜甫《梦李白二首》其二）。两句用整齐的对偶句，对照非常强烈，字里行间渗透着凄凉和悲伤的情绪。诗人以钟仪自况，表示自己也似钟仪一样眷念朝廷，关心国运。后两句则写希望：皇帝赐酺，宫廷中当歌舞升平，诗人希望这美妙的乐曲，随着惠风远吹到夜郎。实则期盼朝廷大赦的恩泽，能够降临到自己身上，以免除流放退荒的处分。这里充分表现出诗人善用驰骋想象以表达感情的特点。

上三峡[1]

巫山夹青天[2]，巴水流若兹[3]。
巴水忽可尽，青天无到时。
三朝上黄牛[4]，三暮行太迟。
三朝又三暮，不觉鬓成丝[5]。

[注释]

[1]此诗当是乾元元年（758）流放夜郎途经三峡时所作。三峡：指长江的西陵峡、巫峡、瞿塘峡。　[2]巫山：在今重庆巫山县长江两岸，东北—西南走向，长江穿流其中，在长江中

后四句诗来源于古谣谚，但主观色彩更浓郁，个性更鲜明，"爽直之气，自是本色"（《唐宋诗醇》卷七），"如李光弼将郭子仪军，旌旗改色；又如禅僧拈佛祖语，信口无非妙谛"（田雯《古欢堂集杂著》卷一），堪称青出于蓝而胜于蓝之作。

仰望，如山夹青天。　　[3]巴水：指三峡中的长江流水，因地处古三巴地，故称。若兹：如此。　　[4]黄牛：山名，在今湖北宜昌西北，长江西陵峡处。据盛弘之《荆州记》载，此山高崖有石，如人负力牵牛状，人黑牛黄，形状极似。山势甚高，江流曲折迂回，故舟行虽多日，犹能望见。古有谚曰："朝发黄牛，暮宿黄牛。三朝三暮，黄牛如故。"　　[7]鬓成丝：鬓发皆白。

[点评]

首二句用夸张手法，描绘巫山高耸云天、长江急流滚滚的壮丽景色。接着二句由景入情，发出深沉感叹：长江水是很快可以渡过走尽的，但青天却没有到达的时候。李白诗中常写到"青天"，有时仅指天空，有时则暗喻人生道路的宽广光明，如《行路难》其二"大道如青天"等。此处显然寓有对壮志未酬却遭流放的人生感慨。融情于景，密合无间。后四句由古谣谚脱胎而来，但古谣谚只是说舟行的缓慢，而此诗除了这层意思外，还有"不觉鬓成丝"，旅途的艰苦和心中的忧愁在不知不觉中使头发变白。把客观叙事和主观抒情巧妙结合，含蓄委婉地反映出诗人当时愁苦、焦虑的心情。实际上这也是对三、四句诗意的进一步阐发。全诗语言真率自然，可见诗人学习民歌的成就。

早发白帝城[1]

朝辞白帝彩云间[2]，千里江陵一日还[3]。

两岸猿声啼不尽^[4]，轻舟已过万重山^[5]。

[注释]

[1] 此诗作于乾元二年（759）三月。李白在流放途中抵达白帝城时，遇大赦，流放罪以下一律赦免。诗人惊喜之极，旋即在早晨辞别白帝城，返舟东下，重经三峡直抵江陵。题一作"白帝下江陵"。白帝城：在今重庆奉节城东白帝山上，长江瞿塘峡边。东汉初公孙述筑城。述自号白帝，故以为名。　[2] 彩云间：一则描绘早晨之云彩，一则形容白帝城地势之高，为下句写水势之急张本。　[3] 江陵：县名，今属湖北荆州。相传白帝城至江陵共一千二百里，此"千里"乃举其成数。　[4]"两岸"句：《水经注·江水》："自三峡七百里中，两岸连山，略无阙处。重岩叠嶂，隐天蔽日，自非亭午夜分，不见曦月。至于夏水襄陵，沿溯阻绝，或王命急宣，有时朝发白帝，暮到江陵，其间千二百里，虽乘奔御风，不以疾也。……每至晴初霜旦，林寒涧肃，常有高猿长啸，属引凄异。空谷传响，哀转久绝。故渔者歌曰：'巴东三峡巫峡长，猿鸣三声泪沾裳。'"诗意本此。啼不尽，一作"啼不住"。　[5] 轻舟已过：一作"须臾过却"。

[点评]

首句描绘白帝城晨景，点明时间、地点。"彩云间"三字，既渲染晨霞满天、美丽如锦之景色，照应"朝辞"，又暗写白帝城地势之高峻，为下面舟飞三峡、一泻千里埋下伏笔。次句以"千里"与"一日"作时空对照，烘托出轻舟顺流而下疾奔如飞之气势。"还"字隐寓着摆脱前时"三朝上黄牛，三暮行太迟"的流放之苦、今日获

清人施补华对此句的功用有过精彩的分析："太白七绝，天才超逸，而神韵随之。如'朝辞白帝彩云间，千里江陵一日还'，如此迅捷，则轻舟之过万山不待言矣。中间却用'两岸猿声啼不住'一句垫之，无此句，则直而无味；有此句，走处仍留，急语仍缓。可悟用笔之妙。"（《岘佣说诗》）

赦急切东归的欢快喜悦之情。首二句是勾勒一幅千里江行的速写，具有飞奔的速度之美。三、四句是对第二句的具体描写，清人桂馥《札朴》认为"妙在第三句，能使通首精神飞越"，诗人突出千里江行中的最强印象——两岸连续不绝的猿啼声，借听觉来反映人在飞舟中的时空感受，衬托下三峡之飞疾。猿非一，猿声亦非一，但因舟行之速，使猿声在听觉中浑然一片，遂使三峡江流之急、舟行之速的景象如在目前。末句以"轻舟"的飞动与"万重山"的凝重形成对照，写小舟穿越群山时疾奔如飞的轻快，再次烘托出诗人内心的欢畅。本诗与《上三峡》之艰难形成鲜明对照，一方面固然因为逆流与顺流之别，但更重要的是心情不同。诗中巧妙地暗用《水经注》的一段文字，不仅未露痕迹，而且更为生动传神。总之，本诗落笔超逸，洒脱流利，如有神助，前人许为唐人七绝压卷之作，良有以也。

江夏赠韦南陵冰[1]

胡骄马惊沙尘起[2]，胡雏饮马天津水[3]。君为张掖近酒泉[4]，我窜三巴九千里[5]。天地再新法令宽[6]，夜郎迁客带霜寒[7]。西忆故人不可见，东风吹梦到长安。宁期此地忽相遇[8]，惊喜茫如堕烟雾。玉箫金管喧四筵，苦心不得申长句[9]。

昨日绣衣倾绿樽[10]，病如桃李竟何言[11]？昔骑天子大宛马[12]，今乘款段诸侯门[13]。赖遇南平豁方寸[14]，复兼夫子持清论。有似山开万里云[15]，四望青天解人闷。

人闷还心闷，苦辛长苦辛。愁来饮酒二千石，寒灰重暖生阳春[16]。山公醉后能骑马[17]，别是风流贤主人。头陀云月多僧气[18]，山水何曾称人意？不然鸣笳按鼓戏沧流[19]，呼取江南女儿歌棹讴[20]。我且为君槌碎黄鹤楼，君亦为吾倒却鹦鹉洲[21]。赤壁争雄如梦里[22]，且须歌舞宽离忧。

这是典型的李白式的大言、狂言，前人评此句"以必不可行之事，抒必当放浪之怀，气吞云梦，笔扫虹霓"（延君寿《老生常谈》）。

[注释]

[1]此诗当是乾元二年（759）流放夜郎遇赦返回至江夏时作。江夏：唐天宝元年（742）至至德二载（757）改鄂州为江夏郡，即今湖北武汉武昌区。韦南陵冰：即南陵县令韦冰。韦冰乃韦景骏之子，韦渠牟之父。黄本骥在《颜鲁公集》中附李白《寄韦南陵冰余江上乘兴访之遇寻颜尚书笑有此赠》诗，并注云："韦冰，元珪之子。后为鄂令者也。"詹锳《李白诗文系年》从其说。检《旧唐书·韦坚传》：天宝五载七月，"坚弟将作少匠兰、鄠县令冰……并远贬。至十月，使监察御史罗希奭逐而杀之，诸弟及男谅并死"。可知鄠县令韦冰已在天宝五载被逐杀，与此诗称"夜郎迁客"，时间不合。考《元和姓纂》卷二韦氏郿城公房："景骏

生述、迪、……冰。冰，一名达，生渠牟，太常卿。”又据权德舆《韦渠牟墓志》：“大历末，丁著作府君忧。”知韦冰卒于大历末，时代相当。又据权德舆《左谏议大夫韦公渠牟诗集序》称，韦渠牟年十一，赋《铜雀台》绝句，得到李白赞赏。韦渠牟卒于贞元十七年，享年五十三，则十一岁时正当乾元二年，正是李白流放夜郎遇赦归江夏之时（参见郁贤皓著《李白丛考·李白暮年若干交游考索》）。南陵，今安徽南陵。　[2]胡骄：胡人。《汉书·匈奴传》：“南有大汉，北有强胡。胡者，天之骄子也。”此指安禄山叛军。　[3]“胡雏”句：谓安禄山叛军占据洛阳。胡雏，胡人少年，此指安禄山部下的胡兵。天津水，天津桥下之水。天津桥在洛阳西南洛水上。　[4]张掖：与下文“酒泉”均为唐郡名。天宝元年改甘州为张掖郡，改肃州为酒泉郡。乾元元年复为甘州、肃州，即今甘肃张掖、酒泉。　[5]三巴：东汉末益州牧刘璋分巴郡为永宁、固陵、巴三郡，后改为巴、巴东、巴西三郡，合称三巴。在今重庆嘉陵江和綦江流域以东地区。李白流放夜郎，至三巴遇赦而归，故云“窜三巴”。九千里：夸张之辞，极言遥远。　[6]天地再新：指收复两京，国势好转。法令宽：指大赦天下。　[7]“夜郎”句：谓自己刚从流放夜郎途中赦回，心中仍带着寒霜余悸。　[8]“宁期”二句：谓未想到在此相遇，惊喜得茫然如入烟雾之中。宁期，岂料。　[9]申：表达。长句：指七言古诗。长，宋本作“一”，据他本改。　[10]绣衣：指御史台官员。《汉书·百官公卿表》：“侍御史有绣衣直指，出讨奸猾，治大狱。”又同书《武帝纪》：天汉二年，“遣直指使者暴胜之等衣绣衣杖斧，分部逐捕”。绿樽：酒杯。　[11]“病如”句：《史记·李将军列传》：“桃李不言，下自成蹊。”此仅取桃李不言之意。　[12]大宛马：汉西域大宛国所产名马。大宛国故址在今中亚费尔干纳盆地。《史记·大宛列传》：“及得大宛汗血马，益壮，更名乌孙马曰‘西

极'，名大宛马曰'天马'云。"　[13]款段：行走迟缓的劣马。《后汉书·马援传》："乘下泽车，御款段马。"李贤注："款，犹缓也，言形段迟缓也。"　[14]南平：指李白族弟南平太守李之遥。李白有《赠从弟南平太守之遥二首》。豁方寸：敞开胸襟。　[15]"有似"二句：用《晋书·乐广传》卫瓘赞乐广语："此人之水镜，见之莹然，若披云雾而睹青天也。"　[16]"寒灰"句：《史记·韩长孺列传》记载：韩安国犯罪入狱，为狱吏所辱，安国说："死灰独不复燃乎？"后梁国缺内史，朝廷又请韩安国去担任。此即用其意。　[17]山公：指晋朝名士山简，见前《襄阳歌》注。　[18]头陀：寺名，原址在今湖北武汉黄鹤山。　[19]不然：一作"不能"。筎：古管乐器。按鼓：击鼓。沧流：江水。　[20]棹讴：即棹歌。《文选》卷四左思《蜀都赋》："发棹讴。"刘渊林注："棹讴，鼓棹而歌也。"　[21]鹦鹉洲：在今湖北武汉西南长江中。相传东汉末江夏太守黄祖长子黄射在此大会宾客，有人献鹦鹉，祢衡作赋，故名。　[22]赤壁争雄：指历史上著名的三国赤壁之战。赤壁，山名，即今湖北蒲圻西之赤壁山。一说即今湖北武汉武昌西赤壁矶。东汉建安十三年（208）孙权、刘备联军败曹操于此。

[点评]

前二十句围绕与韦冰的离合抒感。开头如惊飙突起，以简练笔墨写安禄山叛乱爆发，驱兵南下，沙尘蔽天，叛军饮马洛阳天津桥下，气焰骄悍嚣张。紧接着写大动乱中自己与韦冰的遭遇：韦冰远处边疆，孤独之感可想而知；自己被流放夜郎，更是历尽艰辛。用"九千里"三字形容遥远的心理感受，拉长了空间的实际距离。接着四句写遇赦东归及对韦冰的思念。尽管国运好转，自

己获得赦免，但诗人仍心有余悸。"带霜寒"三字，形象地显示出流放生涯在诗人心灵烙下的伤痕。韦冰在任职张掖后大约曾回长安，所以诗人有"吹梦到长安"的思念。"宁期"四句，从离别陡转到相会，时代动乱，遭遇不幸，在梦寐思念不得见的情况下，突然不期而遇，惊喜之情可想而知，"茫如堕烟雾"五字，把乍见而疑梦的恍惚茫然神态描绘得真切生动。在箫管喧闹的宴会上，诗人却因内心苦闷而不能用擅长的七言长句抒发豪情，可见诗人心头的压抑多么沉重。"昨日"四句回忆不久前的一次盛宴。尽管席间有御史台官员频倾酒杯劝饮，自己竟如得病的桃李无言，没有兴致。往昔天子赏赐恩宠，如今却曳裾诸侯之门，诗人感到屈辱和悲伤。以豪爽著名的诗人竟缄口"无言"，进一步烘托出内心的苦闷压抑。"赖遇"四句转写遇见亲友的欣喜。诗人有《赠从弟南平太守之遥二首》诗，写到自己离开朝廷后，一些"畴昔相知"都拒交，只有李之遥"心不移"。这里的"豁方寸"是指敞开胸怀、肝胆相照的友谊，加上韦冰反对炎凉世态的"清论"，使诗人感到"有似山开万里云，四望青天解人闷"。

后段十六句借酒宣泄内心苦闷，两个对称的五言句嵌在前后七言句中，使全诗分出了前后段落和节奏，并以"苦""闷"领起以下的抒情。苦闷往往用狂饮求解脱，此处"二千石"既写狂饮，又和"寒灰"句巧用汉代韩安国事，还关合自己受到"风流贤主人"江夏太守韦良宰的款待，用山简事表示自己的酣醉。接着写醉游，先游头陀寺，但诗人感到头陀寺的风云月色也沾染着"僧气"，山水也失去了自然清新使人爽心悦目的本色。那

就遨游江上，歌舞戏乐，叫江南女子唱船歌来解闷吧。当狂饮、遨游、歌舞都不能排逐苦闷时，满腔悲愤就喷射而出，"我且"两句似醉后狂言，实际上是诗人对当时社会的强烈愤慨，在绝望情绪中表现出对苦闷的宣泄。末二句是愤怒发泄后无可奈何的自我宽解，把历史、人生、功名事业都看作梦幻，其实质是理想破灭后的深沉愤郁。最后"离忧"二字透露出又将与韦冰离别。

诗中不仅否定功名富贵，对神仙因有所待，故亦不向往，认为唯有诗文辞赋可以不朽。此当为李白晚年之思想。乾元二年流放遇赦回到江夏时，李白与友人韦冰游乐甚欢，有《江夏赠韦南陵冰》《寄韦南陵冰余江上乘兴访之遇寻颜尚书笑有此赠》等诗，与此诗意境相似。就在此年，李白还给韦冰之子韦渠牟传授古乐府之学（详见郁贤皓著《李白丛考·李白暮年若干交游考索》）。

江上吟 [1]

木兰之枻沙棠舟 [2]，玉箫金管坐两头。

美酒樽中置千斛 [3]，载妓随波任去留。

仙人有待乘黄鹤 [4]，海客无心随白鸥 [5]。

屈平词赋悬日月 [6]，楚王台榭空山丘。

兴酣落笔摇五岳 [7]，诗成笑傲凌沧洲。

功名富贵若长在，汉水亦应西北流 [8]。

[注释]

[1] 此诗当与上首同为乾元二年（759）之作。诗题一作《江上游》。　[2]"木兰"句：谓船和桨都用名贵木材制成。木兰，又名杜兰、林兰，形状如楠树，木质较松，可造船。《文选》卷四左思《蜀都赋》："其树则有木兰梫桂。"刘渊林注："木兰，大树也，叶似长生，冬夏荣，常以冬花，其实如小柿，甘美，南

人以为梅，其皮可食。"栧（yì），短桨。一说船舵。沙棠，木名。《山海经·西山经》："（昆仑之丘）有木焉，其状如棠，黄华赤实，其味如李而无核，名曰沙棠，……食之使人不溺。"《述异记》："汉成帝与赵飞燕游太液池，以沙棠木为舟。其木出昆仑山，食其实入水不溺。"　[3]"美酒"二句：郭璞《山海经赞》："安得沙棠，制为龙舟。……聊以逍遥，任波去留。"此盖用其意。樽，一作"当"。斛，古代量器名，十斗为一斛。千斛形容船中置酒之多。　[4]"仙人"句：黄鹤楼原在今湖北武昌西黄鹤矶上。传说仙人王子安乘黄鹤过此，故名。又传说费文祎登仙，曾驾黄鹤在此休息，遂以名楼。此谓要想成仙，还须待黄鹤飞来。　[5]"海客"句：谓海上人无机诈之心，因而能随白鸥一起嬉游。《列子·黄帝》："海上之人有好沤鸟者，每旦之海上，从沤鸟游，沤鸟之至者百，住而不止。"随白鸥，一作"狎白鸥"。　[6]"屈平"二句：谓屈原辞赋如日月高悬，千古不朽，而楚王的宫苑却早已成了荒丘。《史记·屈原贾生列传》："屈平之作《离骚》，……虽与日月争光可也。"台榭，台上有屋称榭。楚灵王有章华台，楚庄王有钓台。　[7]"兴酣"二句：谓兴酣落笔写成的诗可以摇撼五岳，凌驾沧洲。五岳，指东岳泰山、西岳华山、南岳衡山、北岳恒山、中岳嵩山。笑傲，一作"啸傲"。沧洲，古时称隐士的居处。　[8]"汉水"句：以汉水西北倒流为喻，谓事情绝不可能。汉水，源出今陕西宁强，东南流经陕西南部、湖北西北部和中部，至武汉入长江。

[点评]

前四句写游江，色彩华丽。木兰之舵，沙棠之舟，极言其精美。船两头有音乐班子，玉箫金管，乐器也精美异常。有万千斗美酒可尽诗酒之兴，还带着美貌歌妓

可享声色之娱。如此游江，随波任意去留，极耳目之欢，真可谓酣畅恣肆，但这不过是及时行乐的行为。中四句是两联对句。"仙人"一联承上，以"仙人"与"海客"对比，认为神仙仍有所待，没有黄鹤就上不了天，暗示诗人对求仙不甚认真；而海客没有心机，就能与白鸥相随，物我为一，岂不比神仙更快活？反映出诗人对自由的向往。"屈平"一联启下，扣住题中"吟"字，强调文学乃不朽之盛事。以屈原与楚王作为两种人生进行对比，屈原尽忠爱国，反被放逐，但他的辞赋可与日月争光，千古不朽；而楚王穷奢极欲，建造宫楼台榭，如今早就荡然无存，空见荒凉山丘，足见权势威力之不能长久。末四句紧接"屈平"一联意思尽情发挥。"兴酣"二句描绘自己作诗之得意情状，活画出诗人傲岸不羁的神态。落笔时五岳为之摇动，可见笔力何等雄健；诗成后笑傲沧洲，又是何等气概！此承屈平发挥。最后两句承楚王发挥，从反面说功名富贵不长在，并用一永无可能之事作一假设衬托，使否定力量更强，并带有嘲讽意味。全诗气势豪放，感情激昂，突然而起，矫然而止。结构绵密，独具匠心。

峨眉山月歌送蜀僧晏入中京 [1]

我在巴东三峡时 [2]，西看明月忆峨眉。
月出峨眉照沧海 [3]，与人万里长相随。

顾名思义，此诗前半写"峨眉山月歌"，后半写"送蜀僧晏入中京"，这是李白用歌行体写送别诗的常用手法。

黄鹤楼前月华白[4]，此中忽见峨眉客[5]。

峨眉山月还送君，风吹西到长安陌。

长安大道横九天，峨眉山月照秦川[6]。

黄金师子乘高座[7]，白玉麈尾谈重玄[8]。

我似浮云滞吴越[9]，君逢圣主游丹阙[10]。

一振高名满帝都，归时还弄峨眉月[11]。

[注释]

[1] 按：至德二载十二月改西京为中京。又按：《新唐书·地理志》：上元二年中京复曰西京。则此诗当在至德二载（757）后，上元二年（761）以前作。曾国藩《求阙斋读书录》曰："观黄鹤楼前二句，太白时在江夏逢僧晏也。我滞吴越句当指前事言之耳。"细按诗意，滞吴越即指留居江夏而言，非指前事。此诗疑是太白流放夜郎归江夏时作。蜀僧晏：事迹不详。中京：指长安。《资治通鉴》唐肃宗至德二载：十二月，"以蜀郡为南京，凤翔为西京，西京为中京。"胡三省注："以长安在洛阳、凤翔、蜀郡、太原之中，故为中京。" [2] 巴东：即归州，天宝元年改巴东郡，乾元元年复为归州。治所在今湖北秭归。 [3] 月出峨眉：一作"峨眉山月"。 [4] 黄鹤楼：见前《黄鹤楼送孟浩然之广陵》诗注。月华：月光。 [5] 峨眉客：指蜀僧晏。 [6] 秦川：指长安周围的渭河平原。东起潼关，西至宝鸡，南接秦岭，北达陕北高原，沃野千里，以古属秦地，故称。 [7] 师子：佛教认为佛是"人中狮子"，故美称和尚坐处为"狮子座"。《大智度论》七："佛为人中师子，佛所坐处若床若地，皆名师子座。夫师子，兽中独步，无畏，能伏一切。"《法苑珠林》亦载：龟兹王曾造金狮子座，上以

大秦锦褥铺之，请高僧鸠摩罗什升座说法。此指蜀僧晏。乘高座：
一作"承高座"。　[8]"白玉"句：《世说新语·容止》："王夷甫
容貌整丽，妙于谈玄，恒捉白玉柄麈尾，与手都无分别。"麈尾，
用麈（似鹿而大之兽）之尾做的一种扇形拂子，古代清谈家常执
手中以示高雅。重玄，即《老子》所谓"玄之又玄"之意。此指
老庄哲学。　[9]滞吴越：滞留于长江中下游地区。　[10]丹阙：
赤色宫门，此指皇宫。　[11]归时：一作"归来"。

[点评]

　　全诗以"峨眉山月"作为主线贯穿始终，作为此诗
的主题歌，也是诗人与蜀僧晏关系的纽带。首四句写诗
人当年出三峡时，西看峨眉山月与人万里相随的亲切情
景，为主题歌渲染气氛。接着四句叙诗人在黄鹤楼与蜀
僧晏相见，并送蜀僧晏到长安去。前半首八句已写足峨
眉山月，下半首八句写"中京"长安，仍用"峨眉山月
照秦川"点出。诗人祝愿蜀僧晏到长安后得到皇帝的青
睐，升上高座，讲论佛法，手挥麈尾，名震帝都。诗人
感到自己像浮云一样滞留在吴越一带，而蜀僧晏能游长
安而遇见肃宗皇帝，欣羡之意溢于言表。最后希望蜀僧
晏名振帝都后荣归故乡，仍以"峨眉月"作结。全诗以
我、峨眉月、蜀僧晏三者之间的关系为框架，峨眉月在
其中飘移，有如彩球。有时是我与蜀僧晏的位置发生变
化，但似乎是峨眉月在变换位置，灵动无比。旧题严羽
评点《李太白诗集》卷七评此诗说："是歌须看其主伴变
幻。题立峨眉作主，而以巴东、三峡、沧海、黄鹤楼、
长安陌与秦川、吴越伴之，帝都又是主中主。题用月作

主，而以风云作伴，我与君又是主中主。回环散见，映带生辉。真有月映千江之妙，非拟议所能学。"又对诗的生动性评曰："巧如蚕，活如龙，回身作茧，嘘气成云，不由造得。"提醒读者留意诗在景物与人物处理上的巧妙搭配，说得很精彩。

与史郎中钦听黄鹤楼上吹笛[1]

一为迁客去长沙[2]，西望长安不见家。
黄鹤楼中吹玉笛，江城五月落梅花[3]。

[注释]

[1]此诗当是乾元二年（759）五月在江夏作。史郎中钦：即郎中史钦。郎中，官名。唐代尚书省六部（吏、户、礼、兵、刑、工）皆置郎中，分掌各司事务，为尚书、侍郎、左右丞以下之高级部员。史钦，事迹不详。李白另有《江夏使君叔席上赠史郎中》诗，当为同一人。钦，宋本作"饮"，误。据萧本、郭本、咸本、王本改。黄鹤楼：见前《黄鹤楼送孟浩然之广陵》诗注。　[2]"一为"句：用西汉贾谊事。《史记·屈原贾生列传》记载：洛阳才子贾谊在文帝时召为博士，升至太中大夫，将任以公卿。后被灌婴、冯敬等人谗毁，贬为长沙王太傅。此处"迁客"以贾谊自比。一说指史钦。　[3]江城：指江夏，即今湖北武汉市武昌区。落梅花：即笛曲名《梅花落》，此因押韵而倒置，亦含笛声因风散落之意。一语双关，乃传神之笔。

诗人早年曾有《春夜洛城闻笛》诗，与本诗相比，二者同是七言绝句，同写闻笛，但《春夜洛城闻笛》抒乡愁客思之情，本诗则写飘零沦落之感。刘永济先生认为二诗章法也有变换，本诗"先有情后闻笛"，《春夜洛城闻笛》"先闻笛后有情"，"先有情者，情感物也；后有情者，物动情也"。（《唐人绝句精华》）

[点评]

首句用贾谊贬长沙事比拟自己被流放,实际上诗人的遭遇比贾谊惨得多。贾谊只是从朝廷贬谪到长沙做官,而诗人则被判罪长流夜郎,是仅次于死刑的一种重刑。但有一点是相同的,贾谊是无辜被贬,李白也是无辜受害,所以诗人用贾谊自比。尽管诗人遭遇如此悲惨,但仍不忘国事,次句"西望长安"表现出对朝廷的眷恋。但长安对曾被判重刑的诗人来说,是多么遥远,"不见家"三字表现出诗人惆怅、酸楚的心情。三、四两句巧妙地借笛声渲染愁情,同时点出地点和时令。笛中吹的是《梅花落》乐曲,诗人听后却幻化出梅花飞舞、随风飘落的景象,五月当然不会有梅花,这是现实中听觉与想象中视觉的通感结晶,是诗人凄凉心情的反映。

巴陵赠贾舍人 [1]

贾生西望忆京华 [2],湘浦南迁莫怨嗟。
圣主恩深汉文帝 [3],怜君不遣到长沙。

[注释]

[1] 此诗是乾元二年(759)秋在岳阳作。巴陵:即岳州,天宝元年改巴陵郡,乾元元年复为岳州。州治在巴陵县,即今湖南岳阳。贾舍人:即诗人贾至。至,字幼邻,天宝末为中书舍人,乾元元年春出为汝州刺史,乾元二年秋贬岳州司马。

唐代诗人送友人迁谪,往往喜欢用贾谊遭贬长沙典故,李白此期所作诸诗也不例外。这首诗婉而多讽,含蓄不露,在李白诗中较为少见。前人常称赞这首诗"得温柔敦厚之旨"(杨慎《升庵诗话》卷一、宋咸熙《耐冷谭》卷一)。其实,李白腹中有怨,话里有刺,言语之间隐含着对统治者薄情寡恩的不满。

《新唐书·肃宗纪》：乾元二年三月壬申，"九节度之师溃于滏水。……东京留守崔圆、河南尹苏震、汝州刺史贾至奔于襄、邓。"又同书《贾至传》："坐小法，贬岳州司马。"吴缜《新唐书纠谬》卷十六："至之贬岳州司马，正当至德、乾元之际。其贬岳州，即坐弃汝州而出奔之故也。本传既漏其为汝州刺史一节，又失其为岳州司马之因，止云'坐小法'而已。若以《肃宗纪》乾元二年崔圆、苏震事考之，则其贬岳州之事，昭然可见也。"按：杜甫有《送贾阁老出汝州》《寄岳州贾司马六丈巴州严八使君两阁老五十韵》等诗，黄鹤注谓贾至乾元元年春出为汝州刺史，次年贬岳州司马。贾至有《初至巴陵与李十二白裴九同泛洞庭湖》诗云："江畔枫叶初带霜，渚边菊花亦已黄。"则贾至抵巴陵，当在乾元二年九月。中书舍人是中书省重要官员，负责撰拟诏旨，以有文学资望者充任。贾至虽已贬为岳州司马，但按唐人习惯仍称其以往在朝廷的官职，故称他为"贾舍人"。　[2]"贾生"二句：《史记·屈原贾生列传》："孝文帝悦之，超迁，一岁中至太中大夫。……于是天子后又疏之，不用其议，乃以贾生为长沙王太傅。贾生既辞往行，闻长沙卑湿，自以寿不得长，又以适（谪）去，意不自得。及渡湘水，为赋以吊屈原。"此以贾谊拟贾至。西望，岳阳、长沙皆在长安东南，故云。京华，京城长安。湘浦，指长沙，亦暗指岳州。　[3]"圣主"二句：用反讥语，谓唐肃宗对贾至比汉文帝对贾谊的恩德似更深，因为没有把贾至贬到更远的长沙去，也算是皇帝的爱怜吧！圣主，指肃宗。长沙，今属湖南，在洞庭湖之南，比巴陵距长安更远。

[点评]

两位诗人劫后重逢，泛舟洞庭，酬唱之作颇多。此

诗首句写贾至由京城外任继而被贬官之后眷恋长安的伤感之情，次句点明贬谪之地，并由叙事转而作宽慰。诗人用双关笔法，将汉代贾谊与自己好友贾至相模拟，"贾生"兼指二贾，"湘浦"亦指代贾谊贬地长沙和贾至贬地岳州。这一双关手法在三、四句中更明显。承上"莫怨嗟"，诗人进一步宽慰朋友：当今圣明君主对你的恩德比汉文帝对贾谊的恩德深得多，他爱怜你，所以没有将你贬谪到更远的长沙去。此诗妙处在于对挚友的同情用含蓄的手法表现出来，表面看似在庆幸友人比古人有较好的待遇，实际却是说贾至的遭遇是贾谊无辜放遣的重演，显示贾至被贬与当年贾谊一样是受到不公正待遇。岳州与长沙，距长安都很远，岳州只近二百余里，以此宽慰，只是"五十步笑百步"，实在是曲为之词，是为友人鸣不平，讽刺唐肃宗的寡恩正如汉文帝对贾谊的疏远。这是更深的"怨嗟"，比贾至"停杯试北望，还欲泪沾襟"（《岳阳楼宴王员外贬长沙》）形于颜色的牢骚更沉痛。联系诗人自己的遭遇，这"怨嗟"中还有同病相怜的自伤之情。

陪族叔刑部侍郎晔及中书贾舍人至游洞庭五首[1]

其一

洞庭西望楚江分[2]，水尽南天不见云。

一般说来，诗忌重复用字，但这首小诗却两用"不"字。"前句云'不见'，后句'不知'，读之不觉其复。此二'不'字，决不可易。大抵盛唐大家正宗作诗，取其流畅，不似后人之拘拘耳。"（杨慎《升庵诗话》卷九）

日落长沙秋色远，不知何处吊湘君[3]。

结句含不尽之意，余音袅袅，深得后人赏识。李锳《诗法易简录》云："吊湘君妙在'不知何处'四字，写得湘君之神飘渺无方，而迁谪之感，令人于言外得之，含蓄最深。"俞陛云《诗境浅说续编》亦云："此诗写景皆空灵之笔，吊湘君亦幽邈之思，可谓神行象外矣。"

[注释]

[1]此组诗当是乾元二年（759）秋作，时李晔由刑部侍郎贬岭下某县尉，途经岳阳，贾至亦由汝州刺史贬任岳州司马，李白与二人在岳州相会而同游洞庭。刑部：唐代中央行政机关尚书省的六部之一，掌管法律和刑狱事务。侍郎：部的副长官。晔：李晔，《新唐书·宗室世系表》大郑王房有刑部侍郎晔，乃文部（即吏部，天宝十一载改吏部为文部，至德初复旧）侍郎李昕弟。据《旧唐书·李岘传》载：乾元二年，凤翔七马坊押官曾为盗，被天兴县令谢夷甫擒杀。其妻诉冤，诏令刑部侍郎李晔与御史中丞崔伯阳、大理卿权献三司讯问，认为该杀。其妻上诉不已，又诏令毛若虚覆审，毛若虚受宦官指使，却归罪谢夷甫，又在肃宗前倾谗崔伯阳、权献。肃宗怒，贬崔伯阳为端州高要尉，权献为郴州桂阳尉，李晔为岭南一个县的县尉。中书贾舍人至：见前《巴陵赠贾舍人》诗注。　[2]楚江分：长江西来，至湖北石首分两道入洞庭湖，因称。　[3]湘君：湘水之神。《史记·秦始皇本纪》："上问博士曰：'湘君何神？'博士对曰：'闻之，尧女，舜之妻……'"司马贞《索隐》："《列女传》亦以湘君为尧女。按：《楚辞·九歌》有湘君、湘夫人。夫人是尧女，则湘君当是舜。今此文以湘君为尧女，是总而言之。"

[点评]

此首写八百里洞庭水的浩渺，点出神话传说，抒发吊古深情。首句极目西望之水，描绘洞庭和长江水的分合；次句则写南眺之天，写出洞庭汪洋万顷、水天相接

之景。两句从大处落笔，渲染洞庭湖的雄伟壮阔之美。三句以"日落""秋色"点明时间和季节，长沙距洞庭数百里，可见日色、天色、秋色之远，撩起诗人愁绪万千。末句在寥远的神话境界中抹上一层隐约的哀情。

其二

南湖秋水夜无烟[1]，耐可乘流直上天[3]？

且就洞庭赊月色[3]，将船买酒白云边。

[注释]

[1]南湖：指洞庭湖，因在岳阳城南，故名。夜无烟：形容秋空清澄无染。　[2]耐可：犹哪可、安得、怎能。　[3]"且就"二句：谓既不能乘流上天，姑借洞庭月光，在船上喝酒为乐。赊，借。

[点评]

此首写月夜泛舟湖上，放诞纵酒。首句描绘洞庭夜景，暗写湖水清澈平静之美。次句发出奇问：怎么才能乘着水流直上九天？反映出诗人醉眼蒙胧地遥望水天交接处的痴想，表现出诗人天真豪逸的心情。三、四句实际上作了回答：既然不能上天，姑且在洞庭湖中借一点月色，将船划到白云深处买酒取乐吧！诗人将湖中倒影，幻化为美丽的天上游乐，活现了当时泛舟的兴致。一"赊"一"买"，戏谑而有妙趣。

此诗之佳不在景物描写的工致，而在于诗人将强烈而独特的奇想融进景中，使景色充满奇情异趣。钟惺《唐诗归》评此诗云："写洞庭寥廓幻杳，俱在言外。"甚是。

其三

洛阳才子谪湘川[1]，元礼同舟月下仙[2]。
记得长安还欲笑[3]，不知何处是西天。

这组诗中凡三次出现"不知"二字，或解读为"强弩之末"（宋长白《柳亭诗话》），实则不然。诗人一而再再而三地使用"不知"，形象揭示了内心极度的迷茫和失落，写尽心中的哀恻。

[注释]

[1]洛阳才子：指贾谊。潘岳《西征赋》："贾生，洛阳之才子。"贾至亦河南洛阳人，故以贾谊为比。　[2]"元礼"句：东汉时河南尹李膺，字元礼。《后汉书·郭太传》："乃游于洛阳，始见河南尹李膺，膺大奇之，遂相友善，于是名震京师。后归乡里，衣冠诸儒送至河上，车数千辆。林宗（郭太字）唯与李膺同舟而济，众宾望之，以为神仙焉。"此以李膺拟李晔，借指同舟游湖。　[3]"记得"二句：谓思念长安。桓谭《新论》："人闻长安乐，则出门而西向笑。"此即用其意。西天，即指长安。

[点评]

此首叹志士才高命蹇，并倾吐对长安的忆念。首二句借用西汉贾谊、东汉李膺的典故，贴切妙合，并将典故中飘然如仙的形象融入诗景，如化盐入水，盐无迹而水有味，情思隽美。三、四句写谪迁之士内心复杂的痛苦，回忆当年在长安的欢笑，如今"还欲笑"，这"还欲笑"三字显然充满苦涩和辛酸。结句更深一层地诉说内心的痛苦："不知何处是西天"，即"不知何处是长安"，诗人遇赦放归后一直等待朝廷任用，但朝廷早就把他丢弃了。诗人心中的苦痛无法用言语形容，"不知"二字，写得何等沉痛！

其四

洞庭湖西秋月辉，潇湘江北早鸿飞[1]。

醉客满船歌《白纻》[2]，不知霜露入秋衣。

[注释]

[1]潇湘江：潇水和湘水在湖南零陵合流，故云。鸿：大雁。　[2]《白纻》：即《白纻歌》，一说即《子夜吴歌》，六朝时吴地民歌。

[点评]

此诗首句点出秋月西移，暗示更深夜阑；次句点出秋深，"早鸿飞"又暗示天将黎明。斜月疏淡，雁声凄厉，洞庭无边，给人以清幽凄冷、空旷孤寂的感觉。三、四句转写舟中醉客沉迷在歌唱之中，全然不觉秋霜秋露已侵入衣内。这种穷极之乐的目的是为了忘掉痛苦，故更易沉醉麻木。末句正点出沉醉麻木的程度。此诗善用对比、反衬之法，主旨含而不露，神韵幽深。

其五

帝子潇湘去不还[1]，空余秋草洞庭间。

淡扫明湖开玉镜[2]，丹青画出是君山[3]。

[注释]

[1]帝子：指尧女即舜妻娥皇、女英。见前《远别离》注。　[2]"淡

唐汝询《唐诗解》卷二十五评此诗说："秋月未沉，晨雁已起，舟中之客，霜露入衣而不知，岂真乐而忘返耶？意必有不堪者在也！"

组诗其五与其一首尾呼应。如果说其一突出描写了洞庭湖雄伟壮阔之境，那么这首诗则着力描绘洞庭湖湖山娟静空灵之美。

四句诗分别用了君山、湘水、巴陵、洞庭四个地名，读来并无堆积滞涩之感。

扫"句：谓湖面洁净如镜。　[3]"丹青"句：谓君山耸立湖上，风景如画。丹青，图画。君山，又名洞庭山，在洞庭湖中。相传为舜妃湘君游览之处，故名。

[点评]

一、二两句以湘君、湘夫人的神话传说起兴，给诗意蒙上一层哀婉缥缈的云雾，寂寞秋草逗人萧瑟悲秋之情思，使人沉浸在渺茫悠远的意境中。三、四句具体描绘洞庭和君山的湖光山色。"淡扫"句以拟人化手法传神地写出月光照亮湖面之景，犹如美女打开玉镜，相映成辉，显示出洞庭湖水明静娟秀。结句从色彩角度立体勾勒君山之美，不说君山如画，却说"画出君山"，化静为动，使画面更加生动感人。全诗风神摇曳，灵动圆转，充溢着诗情画意之美。

陪侍郎叔游洞庭醉后三首[1]（其三）

划却君山好[2]，平铺湘水流[3]。

巴陵无限酒，醉杀洞庭秋。

[注释]

[1] 此诗为乾元二年（759）秋在岳州作。侍郎叔：指族叔刑部侍郎李晔。见前《陪族叔刑部侍郎晔及中书贾舍人至游洞庭五首》其一注。当时李晔赴岭南路经岳州，遇贾至与李白，遂同游洞庭。洞庭：湖名。在今湖南北部、长江南岸。唐代岳州治所巴

古人常将李白此诗首二句与杜甫名句"斫却月中桂，清光应更多"（《一百五日夜对月》）相提并论，认为二者诗豪语奇，可以匹敌。"二公所以为诗人冠冕者，胸襟阔大故也。此皆自然流出，不假安排。"（罗大经《鹤林玉露》卷三）罗大经的这则评语倒是持平之论。

陵县滨临洞庭湖东北入江处。　[2]划却：铲平，削去。划，"铲"的异体字。君山：见前首诗注。　[3]"平铺"句：谓使洞庭湖水不受阻碍地平稳流动。湘水，指洞庭湖水。

[点评]

开端起得奇，大呼铲平君山，真是异想天开！诗人在上一首诗中说："淡扫明湖开玉镜，丹青画出是君山"，把君山写得很美，而此诗为何要铲掉君山？次句作答，说是为了让浩浩荡荡的湘水毫无阻拦地平稳奔流，实际上是诗人在宣泄心中的愤懑。诗人胸怀救社稷、济苍生的抱负，可是"遭逢二明主，前后两迁逐"（《流夜郎半道承恩放还兼欣克复之美书怀示息秀才》），遇赦归来，诗人希望朝廷给他洗雪而再用，可是这一幻想又告破灭。于是数十年的积愤涌上心头，眼见突兀横阻湖中流水的君山，就像自己人生道路上的坎坷障碍，他要铲除世间的不平，让有志之士有条平坦道路可走。这与《江夏赠韦南陵冰》诗中"槌碎黄鹤楼""倒却鹦鹉洲"的泄愤相同。后两句是诗人借酒浇愁后的浪漫主义奇想，诗人醉眼望见的洞庭湖水，好像都变成了无穷的巴陵美酒，就可使整个洞庭秋天"醉杀"了。诗人早年曾在《襄阳歌》中写下类似的诗句："遥看汉水鸭头绿，恰似葡萄初酦醅。此江若变作春酒，垒曲便筑糟丘台。"当时幻想汉水变成酒，如今又幻想洞庭水变成酒，但早年诗抒发的是初入长安功业无成而产生的及时行乐思想，此诗抒发的却是一生潦倒的悲愤之情，希望在醉酒中忘却痛苦，排泄愁闷。

李白与杜甫各有登岳阳楼诗，古人大多认为李不如杜。杜甫《登岳阳楼》中的名句"吴楚东南坼，乾坤日夜浮"一向被推为绝唱。明人朱谏为李白此诗鸣不平，认为杜诗第三联"亲朋无一字，老病有孤舟"偏弱，比不上李白"云间连下榻，天上接行杯"的气场（朱谏《李诗选注》卷十二）。实际上李杜二诗各有千秋，代表了各自不同的风格，正如严羽《沧浪诗话·诗评》所说："子美不能为太白之飘逸，太白不能为子美之沉郁。"二公不当分优劣，两首登岳阳楼诗也不宜轩轾。

与夏十二登岳阳楼[1]

楼观岳阳尽[2]，川迥洞庭开[3]。
雁引愁心去[4]，山衔好月来[5]。
云间连下榻[6]，天上接行杯。
醉后凉风起，吹人舞袖回。

[注释]

[1] 此诗当是乾元二年（759）秋由江夏南游洞庭时登岳阳楼而作。夏十二：排行十二，名不详。岳阳楼：今湖南岳阳西门城楼，下瞰洞庭湖。开元四年（716），中书令（宰相）张说为岳州刺史时，常与才士登楼赋诗，自此名著。   [2] "楼观"句：谓登楼俯瞰，天岳山之阳的一切景物尽收眼底。岳阳，谓天岳山之阳，楼以山立名。   [3] 迥：远。洞庭开：指洞庭湖水宽阔无边。   [4] "雁引"句：一作"雁别秋江去"。   [5] "山衔"句：指月亮从山后升起，如被山衔出。   [6] "云间"二句：谓在岳阳楼下榻、行杯如同在云间天上，极言楼高。下榻，为宾客设榻留住。《后汉书·徐稚传》载：陈蕃为豫章太守，"在郡不接宾客，唯稚来特设一榻，去则悬之"。王勃《秋日登洪府滕王阁饯别序》："徐稚下陈蕃之榻。""下"字本此。行杯，传杯而饮。

[点评]

首联写登楼遥望天岳山南面之景，"尽""迥""开"三字极写所见景色之广阔和遥远，表明诗人站得高，所

以望得远，也衬托出岳阳楼之高。颔联运用拟人化手法，说飞雁将诗人的愁心引起，君山将一轮明月衔了出来。想象丰富，构思新颖，特别是"引""衔"二字，非常生动形象，极具感情色彩，反映出诗人愉悦的心情。颈联写下榻在云间，饮酒在天上，用夸张手法再次形容岳阳楼之高。尾联写凉风将诗人的衣袖吹得飘转旋舞，实际上还是衬托楼高。全诗没有正面写楼高，但每句从俯视、遥望、纵观、感觉等不同角度形容楼之高。风格飘逸潇洒，引人无穷退想。

鹦鹉洲[1]

鹦鹉来过吴江水[2]，江上洲传鹦鹉名。
鹦鹉西飞陇山去[3]，芳洲之树何青青[4]！
烟开兰叶香风暖[5]，岸夹桃花锦浪生。
迁客此时徒极目[6]，长洲孤月向谁明？

[注释]

[1]按：诗称"迁客"，又有"烟开兰叶香风暖，岸夹桃花锦浪生"句，时当春天，疑是上元元年（760）自零陵归至江夏时作。鹦鹉洲：在今湖北武汉西南长江中。见前《江夏赠韦南陵冰》诗注。　[2]吴江水：此借指江夏（今湖北武汉）一带的长江水。　[3]"鹦鹉西飞"句：谓鹦鹉已西飞回陇山而去。陇山，在

或称此诗为七言古风，实际上是以古体入律，与《登金陵凤凰台》结构类似。方东树《昭昧詹言》卷十六说："崔颢《黄鹤楼》，千古擅名之作，……太白《鹦鹉洲》格律工力悉敌，风格逼肖，未尝有意学之而自似。"

今陕西陇县西北，延伸于陕西、甘肃两省边界。相传鹦鹉出自陇
西。《文选》卷十三祢衡《鹦鹉赋》："惟西域之灵鸟兮。"李善注：
"西域谓陇坻（即陇山）出此鸟也。"卢照邻《五悲·悲穷通》："凤
凰楼上陇山云，鹦鹉洲前吴江水。"　[4]芳洲：长满香草的沙洲。
崔颢《黄鹤楼》诗："晴川历历汉阳树，芳草萋萋鹦鹉洲。"　[5]"烟
开"二句：谓暖风吹兰叶，冲开烟雾，送来香气；夹岸的桃花飘
落于江水中，美似锦浪。　[6]迁客：被贬谪之人，诗人自称。极
目：尽目力所及遥望。

［点评］

首联点题，叙得名之由来。颔联以鹦鹉西飞暗寓祢
衡被杀，其所写《鹦鹉赋》亦徒留空名，与空留洲名一
样。以"洲树青青"写草木有情，反衬人世无情，寄托
诗人对祢衡有才无命的惋惜。首三句连用三次"鹦鹉"，
与崔颢《黄鹤楼》诗和李白《登金陵凤凰台》诗运思方
式相同，可见当时诗人习用这一笔法。颈联写景，通过
"烟开""兰叶""桃花""锦浪"（视觉形象）、"香风"
（嗅觉形象）、"暖"（触觉形象）的描绘，写出春光明媚、
百花争艳之美，金圣叹评曰："看他'风'字、'浪'字，
言我欲夺舟扬帆，呼风破浪，直上长安，刻不可待，而
无如浮云蔽空，明月不照，则终无可奈之何也。"（《贯
华堂选批唐才子诗》）则此联当是以美景衬哀情，使尾
联倍增哀怨。一个"徒"字，写出诗人的沉痛心情。自
己蒙冤入狱，流放夜郎，而古代才士祢衡冤死，一轮孤
月空照鹦鹉洲，诗人向明月发问，将吊古伤今、异代同
悲的愤慨推到极点。

庐山谣寄卢侍御虚舟 [1]

我本楚狂人 [2]，凤歌笑孔丘。手持绿玉杖 [3]，朝别黄鹤楼 [4]。五岳寻仙不辞远 [5]，一生好入名山游。

庐山秀出南斗傍 [6]，屏风九叠云锦张 [7]，影落明湖青黛光 [8]。金阙前开二峰长 [9]，银河倒挂三石梁 [10]。香炉瀑布遥相望 [11]，回崖沓嶂凌苍苍 [12]。翠影红霞映朝日 [13]，鸟飞不到吴天长 [14]。登高壮观天地间，大江茫茫去不还。黄云万里动风色，白波九道流雪山 [15]。

好为庐山谣，兴因庐山发。闲窥石镜清我心 [16]，谢公行处苍苔没 [17]。早服还丹无世情 [18]，琴心三叠道初成 [19]。遥见仙人彩云里，手把芙蓉朝玉京 [20]。先期汗漫九垓上 [21]，愿接卢敖游太清。

[注释]

[1] 此诗作于上元元年（760）。诗人流放遇赦后，在江夏、洞庭游览逗留将近一年，然后从江夏泛舟赴浔阳（今江西九江）再游庐山，写下此诗。庐山：在今江西九江南。见前《望庐山瀑

卢虚舟是诗人好友，曾写有《通塘曲》，夸奖庐山之美。李白有《和卢侍御通塘曲》："君夸庐山好，通塘胜耶溪。通塘在何处？远在寻阳西……"所以诗人又以此首歌唱庐山的诗寄给他。有学者对此诗评价极高："历代写庐山之诗何啻千首，但从来没有一首写得像李白本诗这样气势壮伟，即使李白以前所作的'飞流直下三千尺，疑是银河落九天'（《望庐山瀑布》），也似乎不及本诗之浑厚。"（赵昌平《李白诗选评》）

"一生好入名山游"，既点明诗人来庐山的原因，也是对自己一生爱好和行踪的形象概括。

布二首》诗注。谣：不用乐器伴奏的歌唱，按：此与歌行体诗的"歌""吟"相同。卢侍御虚舟：即殿中侍御史卢虚舟。《全唐文》卷三一七李华《三贤论》："范阳卢虚舟幼直，质方而清。"又同书卷三六七贾至有《授卢虚舟殿中侍御史制》。殿中侍御史属御史台殿院，掌管殿廷仪卫及京城纠察。赵璘《因话录》卷五："御史台三院，一曰台院，其僚曰侍御史，众呼为端公。二曰殿院，其僚曰殿中侍御史，众呼为侍御。三曰察院，其僚曰监察御史，众亦呼为侍御。"　[2]"我本"二句：据《论语·微子》《庄子·人间世》及皇甫谧《高士传》卷上记载，陆通，字接舆，春秋时楚国人，时人谓之楚狂。孔子至楚，接舆唱着歌过孔子之门，曰："凤兮凤兮，何德之衰！往者不可谏，来者犹可追。已而已而，今之从政者殆而。"诗人在此以楚狂接舆自况。笑，一作"哭"。　[3]绿玉杖：绿玉镶饰的手杖。　[4]黄鹤楼：见前《黄鹤楼送孟浩然之广陵》诗注。　[5]五岳：原指东岳泰山、西岳华山、南岳衡山、北岳恒山和中岳嵩山，此处泛指群山。　[6]秀出：秀丽突出。南斗傍：庐山在春秋时属吴国，为斗宿（xiù）的分野，故称"南斗傍"。南斗，星官名，指二十八宿中的斗宿。古代星占术认为地上州郡与天上区域相对应，称为分野。在该天区发生的天象预示着对应地方的吉凶。　[7]屏风九叠：庐山自五老峰以下，山峰九叠如屏风，故名。又称"九叠屏"。云锦张：如张开的锦绣云霞。极言其美。　[8]"影落"句：谓夕阳使山影射入清澈的鄱阳湖，闪耀着青黑色的光彩。湖，指今鄱阳湖，古称彭蠡、彭泽、彭湖。在今江西北部，庐山东南侧。　[9]金阙：庐山有金阙岩，又名石门。《太平御览》卷四十一引晋慧远《庐山记》云："西南有石门山，其形似双阙，壁立千余仞，而瀑布流焉。"《舆地纪胜》卷三十江南西路江州："金阙岩，……其岩正对天子障。"　[10]银河：形容瀑布。挂：

一作"泻"。三石梁：屏风叠左有三叠泉，水势三折而下，如银
河倒泻于石梁。　[11]"香炉"句：谓香炉峰与三叠泉瀑布遥遥
相对。　[12]回崖：曲折的悬崖。沓嶂：重叠的山峰。凌苍苍：
凌越青天。凌，一作"岐"，又作"何"。　[13]映朝日：一作"照
千里"。　[14]吴天：庐山在三国时属吴，故称。　[15]九道：
长江在今江西九江一带分为很多支流。《尚书·禹贡》："九江孔
殷。"孔传："江于此州界分为九道。"雪山：形容江中波涛翻滚
如雪山叠流。　[16]石镜：《太平寰宇记》卷十一："石镜，在东
山悬崖之上，其状团圆，近之则照见形影。"《文选》卷二十六
谢灵运《入彭蠡湖口》诗："攀崖照石镜，牵叶入松门。"李善注
引张僧鉴《浔阳记》："石镜山东有一圆石，悬崖明净，照见人
形。"[17]"谢公"句：谓当年谢灵运游历之处，如今已被苍苔
淹没。一作"绿罗开处悬明月"。谢公，指谢灵运。谢灵运曾游
庐山，有《登庐山绝顶望诸峤》诗。　[18]还丹：相传道教炼
丹，使丹砂烧成水银，积久又还成丹砂，因称"还丹"。见《抱
朴子·金丹》。道教认为服用还丹可以成仙，长生不老。世情：
世俗之情。　[19]"琴心"句：意谓修炼内丹，做到心和神悦是
修道初成之境界。琴心三叠，道教修炼术语，气功修炼法。《黄
庭内景经》："琴心三叠舞胎仙。"梁丘子注："琴，和也。叠，积
也。存三丹田，使和积如一，则胎仙可致也。胎仙，胎息之仙
也。犹胎在腹中，有气而无息。三叠，指上中下三丹田（即两
眉间、心窝部、脐下）。"[20]玉京：道教称元始天尊所居之处。
葛洪《枕中书》："元始天王在天中心之上，名曰玉京山。山中宫
殿，并金玉饰之。"[21]"先期"二句：《淮南子·道应训》记
载：卢敖游于北海，见一形貌古怪士人。卢敖邀其同游北阴之地，
士人笑曰："……吾与汗漫期于九垓之外，吾不可以久驻。"随即
竦身跳入云中。先期，预先约定。汗漫，漫无边际，不可知之。

九垓，九天之外。卢敖，据高诱注："卢敖，燕人。秦始皇召以为博士，使求神仙，亡而不反也。"此处借指卢虚舟。太清，道教所尊天神道德天尊（亦称太上老君）所居之地。在玉清、上清之上，为最高仙境（亦称"大赤天"）。

[点评]

　　第一段六句是自我写照，可称序曲。首二句用典故，以楚狂接舆自比，以讽喻孔子奔波从政来反衬自己看透朝廷政治，只想隐居避世。接着描述自己带有云游色彩的行旅，点明来历。第二段正面描绘庐山之景，即题中的"庐山谣"。首三句写从鄱阳湖中遥望庐山之景，对庐山作总的概括。接着便选择庐山最令人赞叹的瀑布进行细致描述，将不同形状的瀑布写得非常优美神奇。然后又用彩笔总绘全景：朝阳初升，满天红霞和翠绿山影互相照映，色彩鲜明。蓝天中翱翔的飞鸟却难到这高峻的山峰，对比强烈。又写登高远眺所见景色，笔酣墨饱地写足长江雄伟气势和祖国壮美河山，抒发了诗人的豪情。第三段抒写由江山美景"兴"起的游仙之情。先用两个五言短句承上启下。接着说悠闲地窥照石镜，顿觉神清气爽，当年谢灵运行走之处，如今已被苍苔淹没。诗人由此感到人生短暂，世情烦嚣，于是想摆脱世俗成仙，诗人仿佛远远望见仙人站在彩云里，手拿着芙蓉花正飞往玉京朝拜元始天尊。末二句反用典故，诗人以古怪士人自比，以卢敖喻卢虚舟，谓自己事先已与大神仙在九天之外约定，愿意迎接卢虚舟共游最高神境。首段自述和末段游仙，虽写法不同，但都表现出对官场的鄙视和

对自由的向往。全诗结构完整，首尾呼应；感情豪迈，气势充沛；想象丰富，色彩鲜明。是李白晚年七言歌行代表作之一。

闻李太尉大举秦兵百万出征东南懦夫请缨申一割之用半道病还留别金陵崔侍御十九韵[1]

秦出天下兵[2]，蹴踏燕赵倾[3]。黄河饮马竭，赤羽连天明[4]。太尉杖旄钺[5]，云旗绕彭城[6]。三军受号令[7]，千里肃雷霆。函谷绝飞鸟[8]，武关拥连营。意在斩巨鳌[9]，何论脍长鲸！

恨无左车略[10]，多愧鲁连生[11]。拂剑照严霜[12]，雕戈鬘胡缨。愿雪会稽耻[13]，将期报恩荣。半道谢病还，无因东南征[14]。亚夫未见顾[15]，剧孟阻先行。天夺壮士心，长吁别吴京[16]。

金陵遇太守，倒屣欣逢迎[17]。群公咸祖饯[18]，四座罗朝英。初发临沧观[19]，醉栖征虏亭[20]。旧国见秋月，长江流寒声。帝车信回转[21]，河汉纵复横[22]。孤凤向西海[23]，飞鸿辞北溟。因之出寥廓，挥手谢公卿。

赵翼《瓯北诗话》卷一说："青莲虽有志出世，而功名之念至老不衰。……一闻光弼出师，又欲赴其军自效，何其壮心不已耶！"可见李白忠贞不渝的报国之志及持之以恒的功业理想。

第一段，围绕诗题中的"李太尉大举秦兵百万出征东南"展开叙述。

第二段，围绕诗题中的"懦夫请缨，冀申一割之用，半道病还"展开叙述。

第三段，围绕诗题中的"留别金陵崔侍御（郎）"展开叙述。

[注释]

[1] 此诗当是上元二年（761）秋李白本欲从军、半道病还离别金陵时作。李太尉：指李光弼。《旧唐书·肃宗纪》：上元二年五月，李光弼来朝，进位太尉兼侍中，充河南副元帅，都统河南、淮南、山南东道五道行营节度，出镇临淮。秦兵：指李光弼从长安带来的唐军。东南：指临淮，即泗州，州治在今安徽泗县，位置在长安东南。懦夫：诗人谦称。请缨：《汉书·终军传》：“乃遣军使南越，说其王，欲令入朝，比内诸侯。军自请：‘愿受长缨，必羁南越王而致之阙下。’”此指从军。一割之用：用《后汉书·班超传》“况臣奉大汉之威，而无铅刀一割之用乎”语，意谓铅刀虽钝，仍望一试。此喻自己虽衰老，却还想为国出力。崔侍御：名不详。诗中有“金陵遇太守”语，太守当即此人。然侍御为七、八品官（殿中侍御史为从七品上，监察御史为正八品上），太守为四品官，已为太守，不当再称侍御。唐代中期以后，以侍郎出为太守（刺史）者甚多，疑此“崔侍御”或为“崔侍郎”之误。　[2] 秦：指长安，谓唐朝廷。　[3] 蹴踏：踩踏。燕赵：此指安史叛军所据之地。　[4] 赤羽：赤色羽毛，为军旗饰品。此泛指旌旗。《孔子家语·致思》：“由愿得赤羽若日，白羽若月。”　[5] 旄钺：旄节和斧钺。由皇帝授予军队统帅，表示给予指挥生杀之权。《三国志·蜀书·刘禅传》：“五年春，丞相亮出屯汉中。”裴松之注引《诸葛亮集》载刘禅三月诏：“今授之以旄钺之重，付之以专命之权。”　[6]“云骑”句：形容兵马如云。《文选》卷三十谢灵运《拟魏太子邺中集诗八首》其二《王粲》：“云骑乱汉南。”吕向注：“云骑，言多如云也。”一作“云旗”。彭城，即徐州，天宝元年（742）改彭城郡，乾元元年（758）复为徐州。州治在今江苏徐州。《旧唐书·李光弼传》载：“史朝义乘邙山之胜，寇申、光等十三州，自领精骑围李岑于宋州。将士皆惧，

请南保扬州，光弼径赴徐州以镇之，遣田神功击败之。"　[7]"三军"二句：形容李光弼威慑士兵。《旧唐书·李光弼传》："御军严肃，天下服其威名。每申号令，诸将不敢仰视。"　[8]"函谷"二句：谓军事防守严密，飞鸟也不敢飞越函谷关；而武关地区则拥有连绵不断的军营。函谷，函谷关。古关在今河南灵宝东北。战国时秦置。因关在谷中，深险如函而得名。其东自崤山，西至潼津，通名函谷，号称天险。汉元鼎三年（前114），徙关至今河南新安东，离古关三百里，称新函谷关。为古时由东方入秦的重要关口。武关，在今陕西丹凤南，为秦南关，战国时置。秦昭王曾诱楚怀王会于此，执以入秦。公元前207年刘邦由此关入秦。　[9]"意在"二句：谓目的是要斩杀叛军首领，至于一般的叛将更不在话下。鳌，传说中的大海龟，此喻叛军首领。脍长鲸，一作"鲵与鲸"。脍，细切的鱼或肉。　[10]左车：指李左车，秦末汉初人。据《史记·淮阴侯列传》记载：其人富于韬略，曾为陈余出谋划策，陈余不听。后陈余被杀，李左车被韩信俘获，韩信解其缚，师事之。略：韬略，计谋。　[11]鲁连生：即鲁仲连，战国时齐国人，善为人排难解纷。秦军围困赵都邯郸，赵向魏求救，魏不敢出兵，却派将军辛垣衍去说服赵尊秦为帝，诱秦罢兵。鲁仲连得知此事，立即去见辛垣衍，指出尊秦的祸患。辛听后心悦诚服，不敢再提此事。秦将闻之，为之退兵五十里。赵国平原君赵胜封鲁仲连官爵，被他谢绝（见《史记·鲁仲连邹阳列传》）。　[12]"拂剑"二句：谓拿着剑戟，戴着军帽，在严霜照耀下从军。雕戈，镂刻花纹的戟。鬓胡缨，鬓带名。《庄子·说剑》："垂冠，曼胡之缨。"注引司马彪曰："曼胡之缨，谓粗缨无文理也。"鬓，通"缦"。　[13]会稽耻：《史记·越王勾践世家》载：春秋时越被吴所破，吴王围越王勾践于会稽山。越王献美女、宝器求和。吴兵退后，勾践卧

薪尝胆，常警告自己："女（汝）忘会稽之耻邪？"此以"会稽耻"喻唐王朝被安史叛军所摧残的耻辱。 [14]无因：一作"无由"。 [15]"亚夫"二句：见前《梁甫吟》注。亚夫，周亚夫，西汉名将。剧孟，西汉著名侠客。 [16]长吁：长叹。吴京：指金陵，今江苏南京。 [17]倒屣：鞋子倒穿。形容迎接贤客的急切情状。《三国志·魏书·王粲传》："（蔡邕）闻粲在门，倒屣迎之。"欣：一作"相"。 [18]祖饯：古代出行时祭祀路神曰"祖"，后因称设宴送行为祖饯。 [19]临沧观：即金陵新亭，三国吴筑，东晋时周颚与王导等会宴处。南朝宋时改名临沧观。故址在今江苏南京西南，地近江滨，依山为垒，为军事和交通要塞。 [20]征虏亭：因东晋时征虏将军谢石所建而得名，故址在今江苏南京。 [21]帝车：星名，即北斗星。《史记·天官书》："斗为帝车，运于中央，临制四方。" [22]河汉：银河。纵复横：一作"复纵横"。 [23]"孤凤"以下四句：是说自己与各位官员挥手告别后，将如孤独的飞鸿一般，在寥廓的空中四处漂泊。

[点评]

前十二句写题中"李太尉大举秦兵百万出征东南"。首四句写当时李光弼为天下兵马副元帅，统帅八道节度使的百万大军出征，燕赵必倾。饮马黄河，河水立竭，旗帜、枪杆上的红色羽毛与天空云霞连成一片，耀眼明亮。用夸张手法极言唐军之多，声势之壮。接着四句描绘李光弼在千军万马呼拥下奔赴彭城的景象。声威赫赫，军纪严明。再四句描写李光弼的周密部署，函谷关到武关，连营千里，飞鸟也难以出入。但其战略目标不仅是

保卫长安，而且要斩获叛军首领，彻底消灭敌人。表现出诗人对唐军的祝愿和对胜利的信心。中十二句写题中的"懦夫请缨，冀申一割之用，半道病还"。诗人自量没有当年李左车的奇谋大略，也没有鲁仲连排难解纷的本领。"愧"是自谦，"恨"乃雄心。诗人时已六十一岁，仍壮心不已，请缨参军，拂剑执戈，要为洗雪唐军失两京之耻报仇。诗人不计较个人恩怨，一心想着民族之耻，尽匹夫之责。但长期的流放摧残了诗人的身体，终于在半路上病倒而还，诗人以周亚夫比拟李太尉，以剧孟自比，当年剧孟得到周亚夫的赞许，如今自己却连李太尉的面都见不到，其内心的痛苦可想而知，诗人只得长叹"天夺壮士心，长吁别吴京"。诗人失去了最后一次参与平叛的机会，在离开金陵时发出了愤恨交加的哀鸣，令人痛惜泪下。末十四句写题中的"留别金陵崔侍御（郎）"。先写金陵太守与朋友们为诗人饯别。这太守当即题中的"崔侍御（郎）"。金陵是诗人经常来往之地，那里有许多知交良友。此次太守倒屣相迎，群友满座祖饯，诗人最后一次在金陵度过了难忘的日子。"初发临沧观"以下，写离别的地点、时间和景色。临沧观、征虏亭，是离别地点。旧国秋月，江流寒声，北斗回转，河汉纵横，一派凄凉秋景，诗人形象地比喻自己像孤凤或飞鸿向西飞去，还不断地向友人们挥手告别，也似乎是在向世人告别。全诗风格沉郁悲凉，与以前的飘逸豪放风格完全不同。这是诗人历尽人间沧桑之后诗风产生的变化。

献从叔当涂宰阳冰[1]

李阳冰是李白晚年的重要交游，据李阳冰《草堂集序》记载，李白投靠李阳冰不久即病危，"草稿万卷，手集未修。枕上授简，俾余为序"，临终授稿，足见信赖，阳冰堪称李白的托命之人。

诗首六句以汉代四位辅佐君主中兴的名臣萧何、曹参、耿弇、贾复引起献诗对象李阳冰，显然有将阳冰比附古人之意。但阳冰一生未有与前述四人相称的业绩和资本，是以曾国藩认为诗句的比附"不甚精切"（《求阙斋读书录》卷七）。

金镜霾六国[2]，亡新乱天经[3]。焉知高、光起[4]，自有羽翼生？萧、曹安岅岘[5]，耿、贾摧攙抢[6]。吾家有季父[7]，杰出圣代英。虽无三台位[8]，不借四豪名[9]。激昂风云气[10]，终协龙虎精。弱冠燕赵来，贤彦多逢迎[11]。鲁连擅谈笑[12]，季布折公卿[13]。

遥知礼数绝[14]，常恐不合并[15]。惕想结宵梦[16]，素心久已冥[17]。顾惭青云器[18]，谬奉玉樽倾[19]。山阳五百年[20]，绿竹忽再荣。高歌振林木[21]，大笑喧雷霆。落笔洒篆文，崩云使人惊[22]。吐辞又炳焕[23]，五色罗华星。秀句满江国，高才搩天庭[24]。

宰邑艰难时[25]，浮云空古城。居人若薙草[26]，扫地无纤茎。惠泽及飞走[27]，农夫尽归耕。广汉水万里[28]，长流玉琴声。雅颂播吴越[29]，还如太阶平[30]。

小子别金陵，来时白下亭[31]。群凤怜客鸟[32]，差池相哀鸣[33]。各拔五色毛[34]，意重太

山轻。赠微所费广^[35]，斗水浇长鲸。弹剑歌苦寒^[36]，严风起前楹。月衔天门晓^[37]，霜落牛渚清^[38]。长叹即归路，临川空屏营^[39]。

[注释]

[1] 当涂宰阳冰：当涂县令李阳冰。当涂，县名，唐时属宣州，今属安徽马鞍山。李阳冰，字少温，官至将作少监。为唐代著名书法家，尤工小篆。"时颜真卿以书名世，真卿书碑，必得阳冰题其额，欲以擅连璧之美，盖其篆法妙天下如此。……有唐三百年，以篆称者，唯阳冰独步。"（《宣和书谱》卷二）宋本题下有"当涂"二字，应为宋人编辑时所加，以为作诗之地。此诗当是肃宗上元二年（761）秋投军病还，从金陵至当涂时作。　[2] 金镜：《文选》卷五十五刘孝标《广绝交论》："盖圣人握金镜。"李善注引郑玄曰："金镜，喻明道也。"此处指秦。霾：通"埋"，颠覆，埋葬。六国：指战国时关东六国，即齐、楚、韩、赵、魏、燕。　[3] 新：宋本原作"秦"，据他本改。新指王莽，《汉书·王莽传上》："御王冠，即真天子位，定有天下之号曰新。"乱天经：《庄子·在宥》："乱天之经，逆物之情，玄天弗成。"成玄英疏："乱天然常道，逆物真性，即谲诈方起，自然之化不成也。"　[4] 高、光：指西汉高祖刘邦、东汉光武帝刘秀。　[5] 萧：指萧何，辅佐汉高祖刘邦平定天下。曹：指曹参，继萧何为丞相，举事全依萧何所定规约，史称"萧规曹随"。见《史记》中的《萧相国世家》及《曹相国世家》。岷屼（niè wù）：不安貌。　[6] 耿、贾：指耿弇（yǎn）、贾复，二人辅佐光武帝刘秀平定天下。事迹见《后汉书》中的《耿弇传》及《贾复传》。攙（chān）抢：一作"欃（chán）枪"，意同，彗星的别称。古代以彗星为妖星，比喻邪恶势力。《文

选》卷三张衡《东京赋》:"欃枪旬始,群凶靡余。"李善注:"欃枪,星名也。谓王莽在位时如妖气之在天。" [7] 季父:叔父。此指李阳冰。 [8] 三台:星名,后多用以喻三公。《晋书·天文志上》:"在人曰三公,在天曰三台,主开德宣符也。"此处喻高官。 [9] 四豪:指战国四公子信陵君、平原君、孟尝君、春申君。《汉书·游侠传》:"皆以取重诸侯,显名天下。搤腕而游谈者,以四豪为称首。" [10] "激昂"二句:谓李阳冰有激昂豪迈之气,终当为协助君王的辅弼大臣。龙虎,比喻豪杰之士。 [11] 贤彦:德才俱佳者。 [12] 鲁连:鲁仲连。见前《闻李太尉大举秦兵百万出征东南懦夫请缨冀申一割之用半道病还留别金陵崔侍御十九韵》诗注。擅:一作"善"。 [13] "季布"句:《史记·季布栾布列传》:"单于尝为书嫚吕后,不逊,吕后大怒,召诸将议之。上将军樊哙曰:'臣愿得十万众,横行匈奴中。'诸将皆阿吕后意,曰:'然。'季布曰:'樊哙可斩也!夫高帝将兵四十余万众,困于平城,今哙奈何以十万众横行匈奴中,面欺!且秦以事于胡,陈胜等起。于今创痍未瘳,哙又面谀,欲摇动天下。'是时殿上皆恐,太后罢朝,遂不复议击匈奴事。" [14] 礼数绝:《文选》卷二十三任昉《出郡传舍哭范仆射》诗:"平生礼数绝。"李周翰注:"礼数绝,谓交道相得,虽品命有异,不为礼数。" [15] 不合并:合不来,不能合在一起。 [16] 惕想:忧虑思念。 [17] 素心:本心。冥:暗合,默契。 [18] 青云器:喻高材。《文选》卷二十一颜延年《五君咏·阮始平(咸)》:"仲容青云器。"李善注:"青云,言高远也。" [19] 谬奉:错受,谦词。玉樽:指美酒。 [20] "山阳"二句:《三国志·魏书·嵇康传》裴松之注引《魏氏春秋》:"(嵇)康寓居河内之山阳县,……与陈留阮籍、河内山涛、河南向秀、籍兄子咸、琅邪王戎、沛人刘伶相与友善,游于竹林,号为七贤。"王琦按:"阮籍叔侄与嵇康为

竹林之游，不知是何年，而康之死，在魏景元二年（261）以后，顺数而下，至唐肃宗上元二年（761），共得五百年。竹林之游，相去亦不过在此时。"五百年当是约指。　　[21]"高歌"句：《列子·汤问》："抚节悲歌，声振林木，响遏行云。"　　[22] 崩云：形容书写飞洒之势。鲍照《飞白书势铭》："轻如游雾，重似崩云。"　　[23]"吐辞"二句：赞扬李阳冰词章之美。炳焕，光明，显著。五色，五色彩云，形容文采鲜明华美。　　[24] 掞（shàn）天庭：《文选》卷四左思《蜀都赋》："摛藻掞天庭。"吕向注："掞，犹盖也。"掞，盖，压。　　[25]"宰邑"二句：谓李阳冰治理当涂县正当天下大乱之时，邑人流散而古城空荡，唯有浮云一片。宰邑，治理一县。　　[26]"居人"二句：形容当涂居民稀少，户口萧条，空无所有。《文选》卷八扬雄《羽猎赋》："军惊师骇，刮野扫地。"李善注："言杀获皆尽，野地似乎扫括也。"薙（tì），除草。　　[27]"惠泽"句：句谓李阳冰施仁政，善治理。《后汉书·法雄传》："古者至化之世，猛兽不扰，皆由恩信宽泽，仁及飞走。"惠泽，恩泽。飞走，飞禽走兽。　　[28]"广汉"二句：王琦注："《诗·国风》：'汉之广矣，不可泳思。'称汉水曰广汉，本此，非陇西之广汉郡也。当涂之江，与汉水殊远，然汉水之下流，亦由当涂而过。诗意取子贱弹琴而单父治之意，谓玉琴之声，与长流万里汉水之声相应，盖亦倒装句法也。"琴声，形容阳冰善于理政。《吕氏春秋·察贤》："宓子贱治单父，弹鸣琴，身不下堂，而单父治。"　　[29] 雅颂：《雅》《颂》本为《诗》内容和乐曲分类的名称，后世也用来称盛世之乐。吴越：江南一带。　　[30] 太阶：又作"泰阶"，古星名，即三台。古人以为太阶平即天下太平。　　[31] 白下亭：《景定建康志》卷二十二："白下亭，驿亭也。旧在城东门外。"白下亭有新、旧两处，一在今江苏南京金川门外，一在城西南。　　[32] 群凤：喻金陵送行的士

大夫。客鸟：诗人自比。　[33]差池：《诗·邶风·燕燕》："燕燕于飞，差池其羽。"郑玄笺："差池其羽，谓张舒其尾翼。"马瑞辰通释："差池，义与参差同，皆不齐貌。"　[34]"各拔"二句：喻众友人馈赠礼虽轻而情意重于泰山。　[35]"赠微"二句：谓金陵众友人送行时所赠甚少而自己花费甚大，犹如斗水浇长鲸，不足以活命。　[36]"弹剑"句：用冯谖客孟尝君典故，见前《玉真公主别馆苦雨赠卫尉张卿二首》其一诗注。此为向李阳冰求援意。　[37]月衔天门：形容月亮在天门两山之间。天门，山名，在当涂县。见前《望天门山》诗注。　[38]牛渚：山名，见前《夜泊牛渚怀古》诗注。　[39]屏（bīng）营：惶恐不安的样子。《国语·吴语》："屏营仿偟于山林之中。"

[点评]

此诗首段以暴秦、亡新的"乱天经"即违反天道，汉高祖刘邦、光武帝刘秀的天生贤佐起兴，引出从叔李阳冰乃当代英杰，过渡到颂扬阳冰的气概和才干。次段叙自己遥知从叔交友不计较贵贱，然犹恐不相合，自惭非青云器，错蒙厚爱，可比当年嵇康与竹林七贤之游，相得甚欢。并赞美叔父书法、辞章之妙。三段叙叔父为当涂县令正当国难之时，人民流散，市井萧条，而叔父能施恩泽使农夫回归耕作，像孔子的学生宓子贱那样具有鸣琴而治、天下太平的理政才能。末段自叙离别金陵时得到友人哀怜馈赠，但所得不多，不敷使用。到当涂时又已苦寒，只能像战国时冯谖借弹剑表达诉求那样以献诗的方式求助于主人。综观全篇，叙议结合，繁简适宜，因有求于对方，故以颂扬李阳冰为主体，只在诗末

"卒章显其志"，用简短几句话点明自己当下入不敷出、亟需救济的窘况，语虽不多，读来却使人鼻酸，从中可见李白生命最后时光的艰困情形。

临路歌[1]

大鹏飞兮振八裔[2]，中天摧兮力不济[3]。
余风激兮万世[4]，游扶桑兮挂石袂[5]。
后人得之传此[6]，仲尼亡兮谁为出涕[7]？

此诗可看作诗人自撰的墓志铭。在总结一生时，流露出对人生无比眷念以及才未尽用的深沉惋惜。全诗兼寓自悼、自伤、自信之情。融化多个典故，形象鲜明，想象丰富，含不尽之意于言外。

[注释]

[1] 此诗当是宝应元年（762）李白临终时所作。李华《故翰林学士李君墓志铭并序》云："（李白）年六十有二不偶，赋《临终歌》而卒。"即指此诗。王琦注："按李华《（李白）墓志》谓太白赋《临终歌》而卒，恐此诗即是。'路'字盖'终'字之讹也。"是。　[2] 大鹏：传说中的大鸟，见《庄子·逍遥游》。李白青年时代曾作《大鹏遇稀有鸟赋》，中年时代《上李邕》诗有"大鹏一日同风起"之句，与此诗同以大鹏自喻。八裔：八方。　[3] 中天：半空中。摧：挫折，失败。济：成功。　[4] "余风"句：谓遗风足可激荡万世。　[5] "游扶桑"句：此句以袖被扶桑挂住暗喻才能过大而不被任用。《楚辞·哀时命》："衣摄叶以储与兮，左袪挂于扶桑。"王逸注："袪，袖也。言己衣服长大，摄叶、储与，不得舒展，德能弘广，不得施用，东行则左袖挂于扶桑，无所不覆也。"扶桑，神话中的树名。《山海经·海

外东经》："汤谷上有扶桑，十日所浴。"郭璞注："扶桑，木也。"《楚辞·离骚》："总余辔乎扶桑。"王逸注："扶桑，日所拂木也。《淮南子》曰：日出汤谷，浴乎咸池，拂于扶桑，是谓晨明。"石袂，一作"左袂"，是。袂，衣袖。　[6]"后人"句：谓后人得知大鹏半空摧折的消息，并以此相传。　[7]"仲尼"句：谓当年鲁国猎获象征祥瑞的异兽麒麟，孔子认为麒麟出非其时，见之出涕，如今孔子已死，谁能为大鹏中天摧折而流泪？比喻自己不遇于时，无人为此惋惜。仲尼，孔子名丘，字仲尼。亡兮，一作"亡乎"。

[点评]

　　首二句谓大鹏展翅高飞，振动四面八方；飞到半空不幸翅膀摧折，再也无力翱翔。李白一生以大鹏自喻，在他临终的时候仍然如此。这是比兴手法。所以"振八裔"可能隐含着当年奉诏入京、供奉翰林等光荣情事在内，"中天摧兮"则指被谗离京以及被流放等事。结合诗人的实际遭遇去理解，此二句就显得既有形象和气魄，又不空泛。似有像项羽《垓下歌》"力拔山兮气盖世，时不利兮骓不逝"那种苍凉而激昂感慨的意味。第三句谓大鹏虽然中天摧折，但其遗风仍可激荡千秋万世，实际上指自己的抱负功业虽已幻灭，但自信其品格精神和诗文作品会流传万世。第四句中的"扶桑"，是神话中的大树，生在太阳升起的地方，古代常把太阳比作君主，所以"游扶桑"是指到皇帝身边。诗人与大鹏合二而一，亦人亦鸟，给人迷离惝忧之感。第五句谓后人得知大鹏半空摧折的消息会以此相传。末句则用孔子泣麟典故，

意谓如今孔子已死，有谁会像孔子当年痛哭麒麟被擒那样为大鹏的摧折泣涕呢？末二句既深信后人会对此无限惋惜，又感叹当今没有知音，正如杜甫《梦李白》诗所说："千秋万岁名，寂寞身后事。"历史事实也证明了这一点。

不编年诗

《大雅》久不作[1]（《古风》其一）

《大雅》久不作[2]，吾衰竟谁陈[3]？王风委蔓草[4]，战国多荆榛[5]。龙虎相啖食[6]，兵戈逮狂秦[7]。正声何微茫[8]，哀怨起骚人。扬马激颓波[9]，开流荡无垠[10]。废兴虽万变，宪章亦已沦[11]。自从建安来[12]，绮丽不足珍。圣代复元古[13]，垂衣贵清真[14]。群才属休明[15]，乘运共跃鳞[16]。文质相炳焕[17]，众星罗秋旻。我志在删述，垂辉映千春[18]。希圣如有立[19]，绝笔于获麟[20]。

诗中对《诗经》以来到唐朝的历代诗赋作了概括性的总结和评价，并抒写了自己的文学主张和抱负，实为中国文学史上最早的一首论诗诗。

胡震亨《李诗通》评论此诗说："统论前古诗源，志在删诗垂后，以此发端，自负不浅。"

[注释]

[1]此诗作年不详。古风：古体诗。李白有《古风五十九首》，非一时一地之作，当是编辑时因性质都是咏怀而被汇集在一起，仿《古诗十九首》、阮籍《咏怀》诗、陈子昂《感遇》诗的成

例。　[2]《大雅》：《诗经》的一部分，共三十一篇，多为西周时代的作品。旧说雅是正的意思，指与"夷俗邪音"不同的正声。又谓雅指王政所由废兴，而王政有大小，故有《大雅》《小雅》。《大雅》反映王朝的重大措施或事件。　[3]"吾衰"句：谓孔子衰老，还有谁能编集《大雅》这样的诗歌向天子陈述？《论语·述而》：子曰："甚矣吾衰也！"陈，陈述。传说古代天子命太师搜集诗歌，献给天子，以观民风（见《礼记·王制》）。　[4]"王风"句：王风，《诗经》十五国风之一。《毛诗序》云："关雎麟趾之化，王者之风。"此处的"王风"乃概指以《诗经》为代表的正声。诗人认为春秋之后王者之风被丢弃于草丛之中，形容"王风"衰颓。　[5]战国：春秋末，诸侯兼并剧烈，最后形成秦、楚、齐、燕、韩、赵、魏七国争雄局面，史称战国时代。荆榛：丛杂的树木，形容战国时天下大乱，诗坛荒芜。　[6]龙虎：指战国七雄。班固《答宾戏》："于是七雄虓阚（xiāo hǎn），分裂诸夏，龙战虎争。"相啖食：相互吞并。　[7]"兵戈"句：谓直到狂暴的秦始皇消灭六国，统一天下，战争才得以停息。兵戈，战争。逮，及，到。　[8]"正声"二句：谓自从以《大雅》为代表的平和雅正之音衰微后，代之而起的是以《离骚》为代表的以哀怨著称的楚辞。正声，平和雅正的诗歌。骚人，指屈原、宋玉等楚国诗人。屈原创作的《离骚》是《楚辞》的代表，后因称楚辞体为骚体诗，称诗人为骚人。　[9]"扬马"句：谓司马相如、扬雄的赋激扬颓波，诗道颓坏。《汉书·艺文志》："汉兴，枚乘、司马相如，下及扬子云，竞为侈丽闳衍之词，没其风谕之义。"扬马，指西汉著名辞赋家扬雄、司马相如。　[10]"开流"句：开拓了没有涯际的洪流。无垠，漫无涯际。　[11]宪章：指诗歌的法度。　[12]"自从"二句：建安为东汉献帝年号（196—219）。其时以曹氏父子和建安七子为代表的诗歌，内容充实，格调刚健，诗风为之一变，被后世称

为建安风骨。但建安诗歌在格调刚健的同时，也重视辞藻，后来六朝诗歌则单纯追求靡丽的辞藻、讲究音律对偶，内容却很空虚，李白认为不足贵。自从，一作"蹉跎"。　[13]"圣代"句：谓唐朝诗坛一改六朝淫靡之风，恢复了远古的淳厚质朴。圣代，指诗人所处的唐代。元古，远古。　[14]垂衣：穿着长大的衣服，形容无为而治。《周易·系辞下》："黄帝、尧、舜垂衣裳而天下治。"此用以歌颂唐代政治清明。清真：朴素纯真，和上文"绮丽"相对。　[15]属：适值，恰逢。休明：指政治清明。　[16]"乘运"句：乘运共起，如鱼得水，腾跃于文坛。运，气数，运会。　[17]"文质"二句：谓许多诗人的创作内容和形式相互辉映，犹如群星罗列于秋空。文，指辞藻。质，指内容。旻（mín），秋天。秋夜天气爽朗，星光特别明亮。　[18]垂：宋本作"重"，据萧本、郭本、咸本、王本改。　[19]希圣：仰慕追踪孔子。有立：有所成就。　[20]"绝笔"句：《史记·孔子世家》记载：鲁哀公十四年（前481），鲁国人打猎时获麟，孔子认为麒麟被人捕获，象征着自己将要死亡，哀叹说："吾道穷矣。"遂搁笔不复述。由其修订的《春秋》即终于是年。

[点评]

开头二句为全诗大旨，以下分两段申述二句之意。诗人慨叹《大雅》正声久衰不兴，接着用孔子的话实为自喻。孟棨（一作启）《本事诗·高逸》记载："（李）白才逸气高，与陈拾遗齐名，先后合德。其论诗云：'梁陈以来，艳薄斯极。沈休文又尚以声律。将复古道，非我而谁与！'"由此可知诗人显然是以恢复《大雅》正声为己任的。此为一层意思。可是自己年力将衰，又有谁能陈其诗于朝廷之上？这是又一层意思。

从"王风委蔓草"至"绮丽不足珍"，申述第一句"《大雅》久不作"之意。概叙《诗经》以后诗赋发展情况。用"正声何微茫"一句作为"战国"至"狂秦"整个诗坛的总结。然后补出一句"哀怨起骚人"，儒家历来认为《诗经》的正声是"哀而不伤，怨而不怒"，此称以屈原为代表的骚体诗为哀怨，隐然表示战国微茫的诗坛尚有一些正声。西汉大赋作家司马相如和扬雄的作品铺张扬厉，堆砌辞藻，李白认为这是激起的一股衰颓波澜，开拓流荡无边无际。也就是《文心雕龙·诠赋》所说的"遂使繁华损枝，膏腴害骨，无贵风轨，莫益劝戒。"以下不再逐代罗列，而是概括性地总说：虽然朝代更替，出现种种变化，但正声的诗歌法度却总是沦落不振。自从建安以来，诗坛上盛行绮丽之风，李白认为是不足以珍视的。亦即《本事诗》所说"梁陈以来，艳薄斯极，沈休文又尚以声律"，都包括在"绮丽不足珍"五字中。《文心雕龙·明诗》所谓"晋世群才，稍入轻绮，采缛于正始，力柔于建安"，亦即此意。以上十二句，是对《诗经》以后直到唐以前这段历史长河中的诗歌的总结和评价，写足了"《大雅》久不作"之意。

从"圣代复元古"到末尾，申述第二句"吾衰竟谁陈"之意，歌颂盛唐诗风并抒发自己的抱负。称唐朝为圣代，是诗人对所处时代的歌颂。诗人认为唐代恢复了太古时代的淳朴风气，垂衣裳而天下治，崇尚纯真自然的文风。"清真"二字，与上文"绮丽"相对，反映了诗人的诗歌理论主张。接着四句，诗人认为许多人才恰逢政治清明的时代，乘运而起，如鱼得水，在诗坛上跃腾，驰骋才华。"文质

半取，风骚两挟"（殷璠《河岳英灵集·集论》），互相闪耀着光辉，就像繁星罗列于秋空。秋夜天气爽朗，星光特别明亮。这六句是李白对盛唐诗坛的热情赞美。有人认为此六句是李白说反话，因为唐代是近体律绝诗新兴的时代，并未"复元古"；唐太宗、高宗、中宗、睿宗之间，历经武后、韦后之变，并未垂衣而治；还认为唐诗文胜于质，并非"文质相炳焕"，等等。其实这些说法是不对的。李白在《明堂赋》《大猎赋》以及不少诗篇中曾热烈颂扬自己所处的时代，对同时代的诗人都很倾慕，从未有过贬辞。

末四句抒发自己的志向，就是要追踪孔子，对盛唐诗歌进行整理和编订，使它的光辉垂映千秋万代。他仰慕孔子作《春秋》，期待自己亦能在创作上完成清真自然的一代诗风。如果达到这个目标，他将像孔子那样"绝笔于获麟"，搁笔不再著述。在李白看来，孔子并非仅为春秋时代的伟人，而是"垂辉映千春"的伟人。自己也不仅仅是要作唐代的伟人，而是要像孔子一样作千古伟人。诗中"有立"二字与开头"不作"遥相对照，写足了"将复古道，非我而谁"之意。

全诗结构严密，层次井然。历评前代诗坛并不平铺直叙，而是详略有间，文势多变。李白诗多豪放飘逸，而此诗却平和淡雅而浑厚。全诗一韵到底，音节平缓，表明李白诗歌风格是多样的。朱熹说"李太白诗不专是豪放，亦有雍容和缓底，如首篇'大雅久不作'，多少和缓！"（《朱子语类》卷一四〇）《唐宋诗醇》卷一称此诗"括风雅之源流，明著作之意旨，一起一结，有山立波回之势"。甚是。

秦皇扫六合 [1]（《古风》其三）

秦皇扫六合，虎视何雄哉 [2]！挥剑决浮云 [3]，诸侯尽西来。明断自天启 [4]，大略驾群才 [5]。收兵铸金人 [6]，函谷正东开 [7]。铭功会稽岭 [8]，骋望琅邪台 [9]。

刑徒七十万 [10]，起土骊山隈。尚采不死药 [11]，茫然使心哀 [12]。连弩射海鱼 [13]，长鲸正崔嵬。额鼻象五岳，扬波喷云雷。鬐鬣蔽青天，何由睹蓬莱？徐市载秦女，楼船几时回？但见三泉下 [14]，金棺葬寒灰 [15]。

[注释]

[1]此诗作年不详。秦皇：指秦始皇。皇，一作"王"。扫六合：即统一中国。六合，天地四方。贾谊《过秦论》："及至秦王，续六世之余烈，振长策而御宇内，吞二周而亡诸侯，履至尊而制六合。" [2]虎视：《后汉书·班固传》引《西都赋》："周以龙兴，秦以虎视。"李贤注："龙兴虎视，喻强盛也。" [3]"挥剑"二句：《庄子·说剑》："此剑直之无前，举之无上，案之无下，运之无旁。上决浮云，下绝地纪。此剑一用，匡诸侯，天下服矣。此天子之剑也。"决，断。西来，六国诸侯皆在关东，而秦在关西。秦始皇横扫天下，六国诸侯皆西向臣服。 [4]"明断"句：一作"雄图发英断"。明断，英明决断。天启，上天的启发。《左传》僖公

此诗为咏史诗，但有现实针对性。唐玄宗在历史上开创了开元盛世，但他在开元末以后也好神仙求长生之术。《资治通鉴》唐玄宗天宝九载记载："太白山人王玄翼上言见玄元皇帝，言宝仙洞有妙宝真符。命刑部尚书张均等往求，得之。时上尊道教，慕长生，故所在争言符瑞，群臣表贺无虚月。"本诗显然有托古讽今之意。

三十三年："天之所启，人弗及也。" [5]略：才略。驾：驾驭，控制，驱使。 [6]"收兵"句：《史记·秦始皇本纪》："二十六年，……收天下兵，聚之咸阳，销以为钟鐻，金人十二，重各千石，置廷宫中。"收兵，聚集兵器。铸，熔铸。 [7]"函谷"句：谓秦始皇消灭六国，天下一统，函谷关不再需要禁闭，可向东打开。函谷，关名。古关在今河南灵宝东北，战国时秦置，乃秦国的东关。因关在谷中，深险如函，故名。东自崤山，西至潼津，号称天险。 [8]"铭功"句：《史记·秦始皇本纪》："三十七年，……上会稽，祭大禹，望于南海，而立石刻颂秦德。"铭，刻，记载。会稽，山名，在今浙江绍兴南。相传夏禹至苗山，大会诸侯，计功封爵，始名会稽。 [9]"骋望"句：《史记·秦始皇本纪》："二十八年，……南登琅邪，大乐之，留三月。乃徙黔首三万户琅邪台下，复（免除徭役）十二岁。作琅邪台，立石刻，颂秦德，明得意。"琅邪台，在今山东诸城东南琅邪山上。 [10]"刑徒"二句：谓秦始皇役使囚犯七十万人在骊山下修筑陵墓。《史记·秦始皇本纪》："隐宫（宫刑）徒刑者七十余万人，乃分作阿房宫，或作丽（骊）山。"骊山，在今陕西临潼东南。隈，弯曲处。 [11]不死药：《史记·秦始皇本纪》："三十二年，……因使韩终、侯公、石生求仙人不死之药。" [12]使心哀：一作"使人哀"。 [13]"连弩"以下八句：《史记·秦始皇本纪》："二十八年，……齐人徐市（fú）等上书，言海中有三神山，名曰蓬莱、方丈、瀛洲，仙人居之。请得斋戒，与童男女求之。于是遣徐市发童男女数千人，入海求仙人。……三十七年，……方士徐市等入海求神药，数岁不得，费多，恐谴，乃诈曰：'蓬莱药可得，然常为大鲛鱼所苦，故不得至，愿请善射与俱，见则以连弩射之。'始皇梦与海神战，如人状。问占梦，博士曰：'水神不可见，以大鱼蛟龙为候。今上祷祠备谨，而有此恶神，当除去，而善神可致。'乃令入海者赍捕巨鱼

具，而自以连弩候大鱼出射之。自琅邪北至荣成山，弗见。至之
罘，见巨鱼，射杀一鱼。遂并海西。"连弩，装有机栝、可以连
续发射的弓。长鲸，巨鱼。崔嵬，高大貌。五岳，本指泰山、华山、
衡山、恒山、嵩山，此泛指大山。鬐鬣（qí liè），鱼脊和鱼颔旁
之鳍须。此用晋代木华《海赋》："鱼则横海之鲸，……巨鳞插云，
鬐鬣刺天，颅骨成岳，流膏为渊。" [14] 三泉：三重之泉，形容
地下很深。 [15] 金棺：铜铸的棺材。寒灰：指化为灰土的尸骨。

[点评]

全诗可分前后两段，前段颂扬秦始皇的功业，后段
讽刺其求长生的荒唐。首四句渲染平定六国的赫赫声威，
用"扫六合""决浮云"来形容，在秦皇"虎视"下，诸
侯"尽西来"，把秦皇写得雄姿英发，咄咄逼人，赞扬之
意溢于言表。"明断"以下六句写秦皇统治术。他有天
启之英明决断，有驾驭群臣的雄才大略，他采取了巩固
统治的两大措施：一是将天下兵器全部收集起来熔铸为
十二金人，消除反抗力量，于是秦与关东交通的咽喉函
谷关就可敞开。二是在会稽山和琅邪台南北相距数千里
的地方刻石歌颂秦德，作舆论宣传。"骋望"二字生动地
写出秦皇志得意满的神态，这里"铭功"和"骋望"是
互文见义。秦皇统一措施很多，且并非发生于同年，诗
人择其要者，集中概括，写得非常简劲豪迈。后段十四
句由褒入贬，根据史实写造坟和求长生二事。此二事本
身非常矛盾：既造坟则证明无法长生，信长生则无须造
坟，这反映出秦皇既有雄才而又怯懦的心理。造坟只用
二句十个字，讽刺秦皇奢靡。"采不死药"则用十句详写，

据裴斐先生统计，鲁仲连是李白诗文中出现次数最多的战国人物，也是他最倾慕的人物，共见于十九首诗文。"鲁连既有为人排患释难的济世之才，又有辞爵谢金和远蹈东海的遁世之志。既是游说之士又是高士，两种品格荟萃一身，这便是李白终生为之倾倒的根本原因。"(《李白与历史人物》)

裴斐先生还精辟地分析了李白与鲁仲连的不同之处："李白虽无意遁世，但激赏其轻世肆志而不诎于人，许曰'倜傥'自云'澹荡'，引为异代同调，便都是针对这种傲世独立的人格而言。他志在济世又要轻世肆志，一生都处于这种两难处境，因而迥别于鲁连，此亦不可不知。"(《李白与历史人物》)

诗人用大量史事入诗，既叙徐市率童男女数千坐楼船入海求仙药，又叙秦皇亲自在之罘用连弩射鱼。但结果是"茫然使心哀"，不但未求得仙药，秦皇不久就死了。末二句反跌，点明不可一世的秦始皇也与普通人一样逃脱不了化为"寒灰"的结局。

齐有倜傥生(《古风》其九)

齐有倜傥生[1]，鲁连特高妙[2]。
明月出海底[3]，一朝开光曜。
却秦振英声[4]，后世仰末照。
意轻千金赠，顾向平原笑。
吾亦澹荡人[5]，拂衣可同调[6]。

[注释]

[1]倜傥生：潇洒超拔之人。生，古时对士人的通称。 [2]鲁连：即鲁仲连，战国时齐人，喜为人排难解纷。见前《闻李太尉大举秦兵百万出征东南懦夫请缨冀申一割之用半道病还留别金陵崔侍御十九韵》诗注。 [3]明月：夜光珠名，因珠光晶莹似明月，故名。古时常以明月珠比喻杰出人物。如李白《哭晁卿衡》："明月不归沉碧海。" [4]"却秦"二句：谓鲁仲连退秦军而不肯受赏的行动为人所仰慕。末照，余辉。 [5]澹荡：淡泊名利而不受世俗约束。 [6]拂衣：借指归隐。与《玉真公主别馆

苦雨赠卫尉张卿》"功成拂衣去，摇曳沧洲旁"及《游溧阳北湖亭望瓦屋山怀古赠同旅》"与君拂衣去，万里同翱翔"意同。同调：指志趣相投。谢灵运《七里濑》诗："谁谓古今殊，异代可同调。"

［点评］

本篇赞扬鲁仲连为赵国排难解纷、却强秦之围、功成不受赏赐的高风亮节，表示自己与鲁仲连志趣相投，引为同调，寄寓诗人的志向及抱负，表达了诗人做一番事业后功成身退的人生理想。诗先以赞语开篇，首四句以强烈的主观感情歌颂鲁仲连才华过人、洒脱不俗，"特"字既表明鲁仲连与一般才士不同，显得卓尔不凡、特别出色，也流露出李白对他的情有独钟。中间四句扼要叙述鲁仲连的却秦功绩与拒受千金的高尚品节，用笔虽简，但概括力极强。最后以"吾亦澹荡人"一句从古人说到自身，自然巧妙地过渡到自我述志。全篇夹叙夹议，叙论结合，情感浓郁，具有鲜明的倾向性，彰显出李白对鲁仲连不慕富贵、功成身退人生模式的认同与赞赏。借咏古人以抒发自己的情怀，源于左思的《咏史》，李白此诗显然受这一传统的影响。

丑女来效嚬（《古风》其三十五）

丑女来效嚬[1]，还家惊四邻。

这篇又是李白著名的论诗诗之一。作年不详。诗中主张恢复《诗经》中《大雅》和《颂》的诗风，与《古风》其一"《大雅》久不作"篇的思想相同。可参读。

寿陵失本步^[2]，笑杀邯郸人。

一曲斐然子^[3]，雕虫丧天真。

棘刺造沐猴^[4]，三年费精神。

功成无所用，楚楚且华身。

《大雅》思《文王》^[5]，《颂》声久崩沦。

安得郢中质^[6]，一挥成斧斤？

[注释]

[1]"丑女"二句：《庄子·天运》："故西施病心而矉其里，其里之丑人见而美之，归亦捧心而矉其里。其里之富人见之，坚闭门而不出；贫人见之，挈妻子而去之走。"效，模仿。矉，与"矉"同"颦"，蹙额皱眉。　[2]"寿陵"二句：与前二句用意同，谓写作诗文，无独特见解而只是模仿他人，又未得精髓，只能弄巧成拙，徒留笑柄而已。《庄子·秋水》："且子独不闻夫寿陵余子之学行于邯郸与？未得国能，又失其故行矣。直匍匐而归耳。"成玄英疏："寿陵，燕之邑；邯郸，赵之都。弱龄未壮，谓之'余子'。赵都之地，其俗能行，故燕国少年远来学步。既乖本性，未得赵国之能；舍己效人，更失寿陵之故；是以用手据地，匍匐而还也。"　[3]"一曲"二句：谓当时风行之曲虽然文采华丽，但属雕虫小技，丧失了作品天然真率的本色。一曲，一端。《庄子·天下》："犹百家众技也，皆有所长，时有所用。虽然，不该不遍，一曲之士也。"斐然，文采貌。雕虫，喻小技。扬雄《法言》卷二："或问：'吾子少而好赋？'曰'然。童子雕虫篆刻。'俄而曰：'壮夫不为也。'"　[4]"棘刺"以下四句：谓写作诗文，雕琢文采犹如在棘刺上雕刻猕猴，徒然花费精神，却不切实用。又像穿着

华丽，只能自炫其身，却无益于社会。棘刺，酸枣树的刺。沐猴，
猕猴。《韩非子·外储说》记载：有个卫国人欺骗燕王说他能在棘
刺的尖端雕刻母猴。楚楚，鲜明貌。《诗·曹风·蜉蝣》："衣裳楚
楚。"华身，一作"荣身"。　[5]"大雅"二句：《大雅》《颂》是
《诗经》的两个组成部分，《大雅》首篇即《文王》，《大雅》之诗，
多咏文王之德。诗人推崇《雅》《颂》，由此想到西周文王时的诗
风，从而感叹当代诗风的衰落。　[6]"安得"二句：谓自己有改
变当时文风、恢复古道的才能，可是没有像理解石匠那样的郢人，
致使自己无法施展抱负。《庄子·徐无鬼》："庄子送葬，过惠子之
墓，顾谓从者曰：'郢人垩（白色土）慢（涂）其鼻端若蝇翼，使
匠石斫（削）之。匠石运斤（斧）成风，听而斫之，尽垩而鼻不
伤。郢人立不失容。宋元君闻之，召匠石曰：'尝试为寡人为之。'
匠石曰：'臣则尝能斫之。虽然，臣之质（指郢人）死久矣。自夫
子之死也，吾无以为质矣，吾无与言之矣。'"一挥成斧斤，一作
"承风一运斤"。

[点评]

此诗前十句引用"丑女效颦""邯郸学步""棘刺造
猴"等寓言故事，讽刺和嘲笑当时诗坛上流行的模仿、
雕琢、华而不实的风气。比喻生动形象，讽刺辛辣深刻。
后四句正面抒写自己的诗歌理想，主张恢复《诗经》中
《大雅》和《颂》那样高雅和朴实的诗风，同时又用《庄
子·徐无鬼》中匠石"运斤成风"的寓言，表示自己只
要有机会，一定能施展绝技，非常巧妙地创作出天真自
然的诗篇来。

美人出南国（《古风》其四十九）

美人出南国[1]，灼灼芙蓉姿。

皓齿终不发[2]，芳心空自持[3]。

由来紫宫女[4]，共妒青蛾眉。

归去潇湘沚[5]，沉吟何足悲！

朱谏《李诗选注》卷一概括本诗主旨说："此白自述其材艺之美与不遇之故。"本诗沿用自屈原、曹植以来众多诗人惯用的香草美人的比兴手法，以抒发不遇之感，其不遇之故亦与屈原《离骚》相同："众女嫉余之蛾眉兮，谣诼谓余以善淫。"

[注释]

[1]"美人"二句：化用曹植《杂诗七首》之四："南国有佳人，容华若桃李"之意。南国，南方。灼灼，鲜明貌。《诗·周南·桃夭》："桃之夭夭，灼灼其华。"芙蓉，即荷花。   [2]皓齿：犹玉齿，洁白的牙齿。不发：不启齿，不笑。   [3]自持：自矜，控制自己。   [4]"由来"二句：用屈原《离骚》"众女嫉予之蛾眉兮，谣诼谓余以善淫"之意。紫宫女，喻指皇帝周围的小人。紫宫，指天子所居之处。《文选》卷二十一左思《咏史八首》之五："列宅紫宫里。"李周翰注："紫宫，天子所居处。"青蛾眉，指美人，李白自喻。   [6]潇湘沚：曹植《杂诗七首》之四："夕宿潇湘沚。"此用其意。潇湘，今湖南境内的二水名，此处泛指南方之水。沚，水中小洲。

[点评]

这首诗几乎全篇袭用曹植《杂诗七首》之四："南国有佳人，容华若桃李。朝游江北岸，夕宿潇湘沚。时俗薄朱颜，谁为发皓齿？俯仰岁将暮，荣耀难久持。"这在

李白诗中是极为罕见的，表明李白对曹植的高度尊敬。诗中以南国潇湘的美人自喻，前四句写容貌的美丽和内心的贞洁自持，比喻绝世才华和坚定的理想抱负。接着二句写宫中女子共同嫉妒美人，比喻自己遭受众多小人的谗害。末二句写只能归去。可知此诗乃天宝三载（744）春被谗去朝以后所作，但难以确定具体作于哪一年。

恻恻泣路歧（《古风》其五十九）

恻恻泣路歧[1]，哀哀悲素丝。路歧有南北，素丝易变移。万事固如此[2]，人生无定期。田窦相倾夺，宾客互盈亏。《谷风》刺轻薄[3]，交道方崄巇[4]。斗酒强然诺[5]，寸心终自疑。张陈竟火灭[6]，萧朱亦星离。众鸟集荣柯[7]，穷鱼守空池。嗟嗟失欢客[8]，勤问何所规[9]？

[注释]

[1]"恻恻"以下四句：意谓见到歧路而痛苦，看到白丝而悲泣，因为歧路有南北，白丝容易染成不同颜色。二者皆意味着不确定、靠不住，因此古人面对歧路和白丝时有悲泣之举。《淮南子·说林训》："杨子（朱）见逵路而哭之，为其可以南、可以北。墨子（翟）见练丝而泣之，为其可以黄、可以黑。"恻恻，与下文"哀哀"均为哀伤貌。易，宋本原作"无"。注云："一作有。"

曾国藩《求阙斋读书录》卷七说："此首即翟公署门之意，老杜《贫交行》同此慨。"翟公署门与杜甫《贫交行》诗都是历史上感叹人心叵测、世态炎凉的著名案例与文本。《史记·汲郑列传》文末太史公曰："下邽翟公有言，始翟公为廷尉，宾客阗门。及废，门外可设雀罗。翟公复为廷尉，宾客欲往，翟公乃大署其门曰：'一死一生，乃知交情。一贫一富，乃知交态。一贵一贱，交情乃见。'"杜甫《贫交行》："翻手作云覆手雨，纷纷轻薄何须数。君不见管鲍贫时交，此道今人弃如土。"李白本诗主旨确与二者相同。

而萧本、郭本、咸本、缪本、王本皆作"易",是。无变移,应正作"易变移"。　[2]"万事"以下四句:宋本无此四句,据他本增。田窦,指西汉两个大臣田蚡、窦婴。《史记·魏其武安侯列传》:"魏其侯窦婴者,孝文后从兄子也。……七国兵已尽破,封婴为魏其侯。诸游士宾客争归魏其侯。……武安侯田蚡者,孝景后同母弟也。……武安侯新欲用事为相,卑下宾客,进名士家居者贵之,欲以倾魏其诸将相。……天下吏士趋势利者,皆去魏其归武安。"此讽刺天下人趋炎附势。　[3]"《谷风》"句:萧本、郭本、王本、《全唐诗》作"世途多翻覆"。《谷风》,《诗·小雅》篇名。毛诗《序》曰:"《谷风》,刺幽王也,天下俗薄,朋友道绝焉。"　[4]崄巇(xiǎn xī):同"险巇",艰险崎岖貌。《文选》卷五十五刘峻《广绝交论》:"世路险巇,一至于此。"李善注引王逸曰:"崄巇,犹颠危也。"　[5]然诺:许诺。　[6]"张陈"二句:《后汉书·王丹传》:"张、陈凶其终,萧、朱隙其末。"李贤注:"张耳、陈余初为刎颈交,后构隙。耳后为汉将兵,杀陈余于泜水之上。萧育字次君,朱博字子元,二人为友,著闻当代,后有隙不终。故时以交为难。"按:张耳、陈余事见《史记·张耳陈余列传》,萧育、朱博事见《汉书·萧育传》。火灭,与下文"星离"均指有隙不终。　[7]"众鸟"二句:谓世人都喜欢聚集于荣耀之地,只有穷困者方孤守陋巷。众鸟,比喻趋炎附势之人。荣柯,茂树,比喻权贵之门。穷鱼,比喻贫贱之士。空池,比喻穷困之地。一作"枯池"。　[8]嗟嗟:悲叹声。失欢客:失去欢乐的人,指同为沦落而勤问李白的朋友。　[9]规:营求。一作"悲",又作"窥"。

[点评]

　　此诗列举历史上的许多事例,说明人生多变,交道险恶,当是诗人有感而作。李白一生喜欢交友,结果却

屡屡碰壁。尤其是在晚年因参加永王幕府而被捕入狱，出狱后又被流放夜郎，在此期间，以往的许多好友避之唯恐不及，袖手旁观，有的甚至还落井下石。只有个别好友为之营救或慰问。故此诗当是肃宗至德、乾元年间根据自己的亲身体验所作。

战城南 [1]

去年战，桑干源 [2]；今年战，葱河道 [3]。洗兵条支海上波 [4]，放马天山雪中草 [5]。万里长征战，三军尽衰老。

匈奴以杀戮为耕作 [6]，古来唯见白骨黄沙田。秦家筑城备胡处 [7]，汉家还有烽火燃 [8]。

烽火燃不息，征战无已时 [9]。野战格斗死，败马号鸣向天悲。乌鸢啄人肠 [10]，衔飞上挂枯树枝 [11]。士卒涂草莽 [12]，将军空尔为 [13]。

乃知兵者是凶器 [14]，圣人不得已而用之。

[注释]

　[1]用乐府旧题写传统题材往往不限于某一特定战役，此诗中虽有具体地名，然不可确指。战城南：乐府旧题。《乐府诗集》

此诗句式灵活多变，三、五、七、八、九言交错运用，显示出散文化倾向，为议论开了方便之门。但全诗散漫中有整饬，且多排偶句，增添了抒情性。

卷十六收此诗，列于《鼓吹曲辞》。古辞云："战城南，死郭北，野死不葬乌可食。为我谓乌：'且为客豪，野死谅不葬，腐肉安能去子逃？'水深激激，蒲苇冥冥。枭骑战斗死，驽马徘徊鸣。（梁）筑室，何以南（梁）何以北，禾黍（而）[不]获君何食？愿为忠臣安可得？思子良臣，良臣诚可思，朝行出攻，暮不得归。"乃哀悼战死将士之作。梁吴均、陈张正见、唐卢照邻有《战城南》，都是五言八句，皆为描写北方残酷战争之作。唯李白此篇为杂言体，与古辞同，内容亦与古辞接近，盖讽刺天宝年间朝廷在西北穷兵黩武而作。　[2]桑干：河名，即今永定河上游。源出山西北部管涔山，东北流至河北入官厅水库，以下称永定河。相传每年桑椹成熟时河水干涸，故名。唐时与奚、契丹部落常于此发生战事。　[3]葱河：即葱岭河，《汉书·西域传》："其河有两原：一出葱岭山，一出于阗。于阗在南山下，其河北流，与葱岭河合，东注蒲昌海。"葱岭是对帕米尔高原和喀喇昆仑山脉的总称。古代中国与西方的交通常经由葱岭山道。唐代安西都护府在此设葱岭守捉。旧说因山上生葱或山崖葱翠而得名。今葱岭河有南北两河，南名叶尔羌河，北名喀什噶尔河，发源于帕米尔高原，为塔里木河支流之一。唐时常与吐蕃于此发生战事。　[4]洗兵：洗净兵器备用，谓出兵。条支：汉西域国名，在今伊拉克底格里斯河、幼发拉底河之间，濒临波斯湾。唐代在西域诃达罗支鹤悉那城（今阿富汗的兹尼加）设置条支都督府。此泛指遥远的西域。　[5]天山：即今新疆境内之天山。《元和郡县志》卷四十陇右道伊州伊吾县："天山，一名白山，一名折罗漫山，在州北一百二十里。春夏有雪。出好木及金铁。匈奴谓之天山，过之皆下马拜。"　[6]"匈奴"二句：谓胡人以杀人为业，不事耕作，所以田野只见黄沙白骨而不见庄稼。王褒《四子讲德论》："夫匈奴者，百蛮之最强者也。……其耒耜则弓矢鞍马，播种则扞弦掌拊，

收秋则奔狐驰兔，获刈则颠倒殪仆。"诗句本此，而锤炼更见精彩。匈奴，秦汉时期北方的少数民族。　[7]秦家：秦朝。城：指长城。《史记·蒙恬列传》载：秦始皇统一六国后，使大将蒙恬北筑长城以防御匈奴。　[8]烽火：古时在边境上每隔若干里，高筑一土台，上置薪、牛马粪，遇警白天点烟，晚上点火。　[9]征战：一作"长征"。　[10]鸢（yuān）：猛禽名，鹰类，主食动物和腐尸。　[11]上挂枯树枝：一作"上枯枝"。　[12]涂草莽：指战死后血涂草莽。　[13]空尔为：徒然这样（万里长征战）。　[14]"乃知"二句：《六韬·兵略》："圣人号兵为凶器，不得已而用之。"此即用其意。圣人，一作"圣君"。

[点评]

　　首段八句写朝廷连年征战。前四句用两组复沓重叠的对称句式，不仅音韵铿锵，且给人以东征西讨、频繁战争的鲜明形象。"洗兵"二句更写战线绵延之长和战地之广，战争规模可以想见。"万里长征战"是对前面描写的概括，"三军尽衰老"是结果，遥远边地的长期战争，使三军将士耗尽了青壮年华。第二段从敌人角度纵向写历代边地战争的原因。诗人将王褒的一段话熔铸为两句诗，意味深长。秦代筑长城防御匈奴，到汉代仍有匈奴不断入侵的烽火报警。在唐代前期，北方的奚、契丹、突厥，以及西部的吐蕃也不断侵扰，因此边地战争不可避免。这类战争的责任并不在朝廷，但战争给人民带来了牺牲和灾难，所以诗人不希望发生战争。第三段写战争的残酷。"烽火"二句承上启下。"野战"四句是从古辞"野死不葬乌可食""枭骑战斗死，驽马徘徊鸣"化出，

交织成色彩强烈的画面：人死了，败马向天悲鸣哀悼其主，气氛悲凉；乌鸢啄人肠衔挂枯枝，景象残酷。诗人得出结论：士卒无辜死亡，弃尸荒野，而将军也白白地跋涉遥远之地，一无所得。末段用古兵书的名言作结，警告统治者不要轻启战争，有画龙点睛之妙。

行路难三首（其三）

王琦注："此首一作《古兴》。"《古兴》这一诗题意味李白此诗的写作时间及主旨意涵与作于开元年间的《行路难》其一、其二并不相同。但功成身退是李白一生中经常提到的话语，所以本诗难以确指作于何时。

有耳莫洗颍川水[1]，有口莫食首阳蕨[2]。含光混世贵无名[3]，何用孤高比云月。吾观自古贤达人，功成不退皆殒身。子胥既弃吴江上[4]，屈原终投湘水滨[5]。陆机雄才岂自保[6]？李斯税驾苦不早[7]。华亭鹤唳讵可闻[8]，上蔡苍鹰何足道[9]。君不见吴中张翰称达生[10]，秋风忽忆江东行。且乐生前一杯酒，何须身后千载名！

[注释]

[1]"有耳"句：反用许由洗耳事，见"大车扬飞尘"（《古风》其二十四）注。　[2]"有口"句：反用伯夷、叔齐事。《史记·伯夷列传》："武王已平殷乱，天下宗周，而伯夷、叔齐耻之，义不食周粟，隐于首阳山，采薇而食之。"司马贞《索隐》："薇，蕨也。"

首阳，山名。一说在河南偃师西北十五里，一说在山西永济南，一说在甘肃陇西西南一百里。蕨，多年生草本植物，嫩叶可食，俗称“蕨菜”。根含淀粉，可食用或药用。　　[3]“含光”句：含光混世，犹和光同尘，藏光而不露锋芒，与世俗混合而不标新立异。贵无名，以无名为贵。　　[4]“子胥”句：子胥即伍子胥，春秋时吴国大臣。《吴越春秋》卷五《夫差内传》：“吴王闻子胥之怨恨也，乃使人赐属镂之剑，子胥……遂伏剑而死。吴王乃取子胥尸，盛以鸱夷（皮制口袋）之器，投之于江中。”　　[5]“屈原”句：屈原（前约340—前278），战国时楚国大夫，主张联齐抗秦，遭靳尚等人诬陷，被放逐，作《离骚》。顷襄王时再遭谗毁，谪于江南，后投汨罗江而死。湘水滨，指汨罗江，因其在湖南境内，接近湘江，为洞庭湖支流，故称。　　[6]“陆机”句：陆机（261—303），字士衡，西晋文学家。吴郡吴县华亭（今上海松江）人。太康末，与弟云同至洛阳，文才倾动一时。成都王司马颖讨长沙王司马乂，任机为后将军、河北大都督，兵败被谗，为颖所杀。雄才，一作“英才”，又作“多才”。　　[7]“李斯”句：《史记·李斯列传》记载，有一次李斯自己说，“当今人臣之位，无居臣上者，可谓富贵极矣。物极则衰，吾未知所税驾也”。司马贞《索隐》：“税驾，犹解驾，言休息也。李斯言己今日富贵已极，然未知向后吉凶止泊在何处也。”李斯（？—前208），秦代政治家，上蔡（今河南上蔡西南）人。秦统一六国后，任丞相。秦始皇死后，追随赵高，合谋伪造遗诏，迫令秦始皇长子扶苏自杀，立少子胡亥为二世皇帝。后为赵高所忌，被杀。税驾，停车，此指休息。　　[8]“华亭”句：《晋书·陆机传》载陆机临刑时，曾叹曰：“华亭鹤唳，岂可复闻乎？”华亭，今上海松江。唳，鸣。讵（jù），岂。　　[9]“上蔡”句：《史记·李斯列传》：“二世二年七月，具斯五刑，论腰斩咸阳市。斯

出狱，与其中子俱执，顾谓其中子曰：'吾欲与若复牵黄犬俱出上蔡东门逐狡兔，岂可得乎！'遂父子相哭而夷三族。"今本《史记》无"苍鹰"字。王琦注引《太平御览》引《史记》"出上蔡东门"上有"臂苍鹰"三字。李白诗赋屡用此事。其《拟恨赋》："及夫李斯受戮，神气黯然。左右垂泣，精魂动天。执爱子以长别，叹黄犬之无缘。"与此同意。　[10]"君不见"以下四句：张翰，字季鹰，西晋吴人。《晋书·张翰传》："齐王冏辟为大司马东曹掾，冏时执权。……翰因见秋风起，乃思吴中菰菜、莼羹、鲈鱼脍，曰：'人生贵得适志，何能羁宦数千里以要名爵乎？'遂命驾而归。……或谓之曰：'卿乃可纵适一时，独不为身后名邪？'答曰：'使我有身后名，不如即时一杯酒。'时人贵其旷达。"不久齐王冏在政治斗争中失败，张翰因早已离开，故未受株连。称达生，一作"真达生"。

[点评]

诗的首四句否定被历代人崇敬的许由洗耳和伯夷不食周粟饿死首阳山的行为，认为人生在世只需含光混世，不要留名，不必孤傲求高洁而做出古怪行为去与云月比高。接着提出一个结论：自古以来贤能的人，功成不退都不得善终。然后列举伍子胥、屈原、陆机、李斯四人的遭遇来证明。最后四句认为只有像张翰那样在当时混乱政治中借秋风思乡为名辞官回家，才是真正的旷达之人，避免了杀身之祸。值得注意的是，与《行路难》其一、其二交织着失望与希望情绪不同，本诗流露出和光同尘、功成身退的全身远祸思想，是诗人深受老庄哲学影响的体现。

长相思 [1]

长相思，在长安。络纬秋啼金井栏 [2]，微霜凄凄簟色寒 [3]。孤灯不明思欲绝 [4]，卷帷望月空长叹。美人如花隔云端 [5]。上有青冥之高天 [6]，下有渌水之波澜 [7]。天长路远魂飞苦，梦魂不到关山难 [8]。长相思，摧心肝 [9]。

陈沆《诗比兴笺》卷三说："此篇托兴至显。"李白此诗表面写美人难见，实际上寄寓理想难以实现的苦闷。

[注释]

[1] 长相思：乐府旧题。《乐府诗集》卷六十九收此诗，列入《杂曲歌辞》。"长相思"本为汉人诗中语。《古诗十九首》："客从远方来，遗我一书札。上言长相思，下言久离别。"六朝始以命篇，宋吴迈远，梁萧统、张率，陈后主、徐陵、萧淳、陆琼、王瑳、江总等均有此题诗，皆写男女相思的缠绵之情。　[2] 络纬：虫名，即莎鸡，俗称纺织娘。金井栏：精美的井上栏杆。栏，一作"阑"。　[3] 微霜：一作"凝霜"。簟：竹席。　[4] 不明：一作"不寐"，又作"不眠"。　[5] "美人"句：按：此句用比兴手法，谓所思之人高在云际。古诗《兰若生春阳》："美人在云端。"美人如花，一作"佳期迢迢"。　[6] 青冥：青色天空。高天：一作"长天"。　[7] 渌水：清澈的水。　[8] "梦魂"句：谓所思之人相隔遥远，关山重重，梦魂难到。　[9] 摧：伤。

[点评]

诗的开头就点明相思对象的地点在长安，这就引导

读者联想到与政治理想的关系。"络纬"二句写相思者住处的环境：深秋夜晚井栏边虫声唧唧，如霜月色照在竹席上发出寒光，二句造成了凄清悲凉的氛围。接着写人物的思想活动：在摇曳欲灭的孤灯前坐着一位思恋很久的人，痛苦欲绝，走到窗前，卷起窗帷，望着明月，更引起无限相思，徒然使人长长地叹息。现实中思念美人不可见，于是就到梦魂中求索。可是这位美人在梦中也很难见到：上有高高的青天，下有曲折艰险的渌水波澜，天长路远，关山重阻，梦魂中也难以见到！这使相思者何等绝望和痛苦！所以末二句以极度伤心以致心肝欲碎的悲叹作结。此诗深刻地写出痛苦绝望的相思之情，表面看是一首情诗，但考虑到自屈原《离骚》以来，诗人们常用比兴手法，将自己的政治理想比作美女，或把君王比作美人，此诗显然继承了这一传统。以"长安"作为美人所在地，此美人显然是指君王。以"青冥高天""渌水波澜""天长路远""关山阻挡"比喻君王难见，以"长相思"表示对理想的执着追求，以"摧心肝"形容追求理想失败的痛苦。正因此诗是诗人用血泪写成，故千余年来一直震撼人心。读此诗后，人们必然联想到诗人的遭遇，绝不可能看作是首单纯的情诗。

本诗反古辞之意，"言人安能如日月不息，不当违天矫诬，贵放心自然，与溟涬同科也"（胡震亨《李诗通》）。诗中继承屈原《天问》的浪漫主义表现手法，探索宇宙的奥秘。但屈原只是"问"，李白的可贵之处是指出问题而又回答了问题，表达了自己朴素唯物主义的观点。

日出入行 [1]

日出东方隈 [2]，似从地底来。历天又入海 [3]，

六龙所舍安在哉[4]？其始与终古不息[5]，人非元气[6]，安得与之久徘徊？

草不谢荣于春风[7]，木不怨落于秋天。谁挥鞭策驱四运[8]，万物兴歇皆自然[9]。

羲和[10]！羲和！汝奚汩没于荒淫之波[11]？鲁阳何德[12]，驻景挥戈？逆道违天[13]，矫诬实多。吾将囊括大块[14]，浩然与溟涬同科。

[注释]

[1] 日出入行：乐府旧题。《文苑英华》作《日出行》。《乐府诗集》卷二十八收此诗，列于《相和歌辞》。又卷一《郊庙歌辞》有《日出入》，古辞云：“日出入安穷？时世不与人同。故春非我春，夏非我夏，秋非我秋，冬非我冬。泊如四海之池，遍观是邪谓何？吾知所乐，独乐六龙，六龙之调，使我心若。訾黄其何不徕下！”意谓日出入无穷而人命极短，想象日之运行另有一种时空，与地球上的人间不同，所以希望乘龙升天。此诗则反用其意，认为四时变化乃自然规律，并不由神仙主宰；人们只能顺其自然，而不可能像日月那样永恒存在。　[2] 隈（wēi）：角落。　[3]“历天”句：一作“历天又复入西海”。　[4] 六龙：见前《蜀道难》注。舍：住宿之地。　[5]“其始”句：一作“其行终古不休息”。终古，久恒。《庄子·大宗师》：“日月得之，终古不息。”陆德明注引崔云：“终古，久也。”　[6] 元气：古代哲学名词，多指天地未分前混一之气。古人认为元气无形，匈匈蒙蒙，混混沌沌，天地和万物均由其所生。　[7]“草不”二句：《庄子·大宗师》郭象注：

"暖焉若阳春之自和，故蒙泽者不谢；凄乎若秋霜之自降，故凋落者不怨。"诗即本此，谓四季气候变化，草木自荣自落，既不感谢，也不怨恨。　[8]四运：即春夏秋冬四时。《文选》卷二十二殷仲文《南州桓公九井作》："四运虽鳞次。"吕向注："四运，四时也。"　[9]"万物"句：谓一切事物的兴亡都是自然规律决定的。　[10]羲和：古代神话中驾驭太阳的神。《广雅·释天》："日御谓之羲和。"　[11]"汝奚"句：谓日何以沉埋于浩瀚的波涛之中。奚，何。汩没，沉沦，埋没。荒淫，浩瀚广阔。　[12]"鲁阳"二句：《淮南子·览冥训》："鲁阳公与韩构难，战酣，日暮，援戈而挥之，日为之反三舍。"鲁阳，神话中的大力士。驻景，留住太阳。　[13]"逆道"二句：谓以前关于太阳的传说违背自然规律，多为欺诈之论。　[14]"吾将"二句：谓诗人要与天地和整个自然合一。囊括，包罗。大块，大自然。溟涬（xìng），混沌貌，此代指元气。同科，同等。

[点评]

首段六句，提出两个问题：古代神话认为，太阳每天东升西落，是羲和赶着六条龙载着太阳在天空中从东到西巡行。诗人第一个问题是：那么六龙住宿在哪里？第二个问题是，太阳在空中运行终古不息，人不是元气，怎么能和太阳一起升落？"安在哉""安得久徘徊"，否定了神话的真实性。因反诘提问，语气更有力，更能发人深省。实际上诗人在反诘中表达了自己的观点，太阳的运行是正常的规律，不是"神"在指挥。第二段四句，草木荣落、四季变化并不是有人或神在鞭策驱使，万物兴衰都是自然规律，所以草荣不感谢春天，木落不怨恨

秋天。用坚决肯定的语气作正面回答，这也是全诗的核心。第三段八句有三层意思：先是对羲和御日和鲁阳挥退太阳的神话用反诘语气予以嘲讽；接着便指出过去关于太阳的神话传说都是违背自然规律，多为虚妄欺人之谈；最后指出自己将包罗大自然与天地元气自然合一。全诗说理、述事、抒情相结合，诗中对神话传说的辩驳、否定和嘲讽，都用生动的形象来描述，避免抽象说教，而将自己"顺从"自然的观点寓于其中。

侠客行^[1]

赵客缦胡缨^[2]，吴钩霜雪明^[3]。银鞍照白马，飒沓如流星^[4]。十步杀一人^[5]，千里不留行。事了拂衣去，深藏身与名。闲过信陵饮^[6]，脱剑膝前横^[7]。将炙啖朱亥^[8]，持觞劝侯嬴。三杯吐然诺，五岳倒为轻。眼花耳热后，意气素霓生。救赵挥金槌，邯郸先震惊。千秋二壮士，烜赫大梁城。纵死侠骨香^[9]，不惭世上英。谁能书阁下^[10]，白首《太玄经》？

李白青年时代曾"托身白刃里，杀人红尘中"（《赠从兄襄阳少府皓》），"少任侠，手刃数人"（魏颢《李翰林集序》）。任侠是李白的重要性格，诗人一生的理想就是想干一番惊天动地的事业，然后功成身退。所以此诗礼赞侠客精神，也是诗人的自我写照。

［注释］

[1] 侠客行：乐府旧题。《乐府诗集》卷六十七收此诗，列于

《杂曲歌辞》。此诗表现了对行侠生活的向往。　[2]赵客：战国时燕赵一带多出侠客，后人因称侠客为燕赵之士。缦胡缨：即缦胡之缨，一种武士佩带的粗而无文理的冠带。《庄子·说剑》："吾王所见剑士，皆蓬头、突鬓、垂冠、曼胡之缨。"司马彪注云："谓粗缨无文理也。"《文选》卷六左思《魏都赋》："三属之甲，缦胡之缨。"张铣注："缦胡，武士缨名。"　[3]吴钩：古代吴地所产的一种弯形刀。　[4]飒沓：群飞貌，此形容马行迅疾。　[5]"十步"二句：《庄子·说剑》："臣之剑十步一人，千里不留行。"意谓行十步杀一人，行千里杀人不停。　[6]信陵：即信陵君，名无忌，战国时魏安釐王异母弟。曾封信陵君，招致贤士，有食客三千。见前《梁园吟》诗注。　[7]膝前横：一作"膝边横"，又作"膝上横"。　[8]"将炙"以下十句：用战国时信陵君救赵事。朱亥、侯嬴，乃魏国两侠士。据《史记·魏公子列传》载；魏安釐王二十年（前257），秦昭王出兵围攻赵国都城邯郸（今河北邯郸），赵求救于魏。魏王受秦王威胁，命大将晋鄙领兵驻邺城，按兵不动，名为救赵，实持两端以观望。信陵君姊乃赵国平原君夫人，信陵君数次劝魏王救赵，魏王不听。后来魏都大梁（今河南开封）夷门监侯嬴为其策划，由魏王爱妾如姬窃得兵符，又荐屠者朱亥随信陵君同去。晋鄙对兵符怀疑而拒交兵权，朱亥乃用铁锤击杀晋鄙。信陵君得以率军进攻秦军，终于解救了邯郸。眼花耳热，形容酒酣时情状。张华《轻薄篇》："三雅来何迟，耳热眼中花。"素霓，即白虹。此形容意气慷慨激昂，如长虹贯日。张华《壮士篇》："慷慨成素霓，啸咤起清风。"二壮士，指侯嬴、朱亥。烜（xuān）赫，形容声名盛大。大梁城，魏国都城，即今河南开封。　[9]"纵死"句：本张华《游侠曲》："生从命子游，死闻侠骨香。"　[10]"谁能"二句：用汉扬雄模仿《周易》作《太玄》事。此谓谁愿如扬雄般闲于阁中，长期从事写书？

[点评]

前八句描绘赵地侠客的形象和行为。乱发突鬓，身佩弯刀，白马银鞍，扬鞭疾骋，这是一幅粗犷英武的侠客肖像画。"十步杀一人，千里不留行"用《庄子》典故，夸剑之锋利，诗未言杀何等人，不过所谓侠客，总是杀不义之人，为人报仇之类。"事了拂衣去，深藏身与名"是侠客解人之难不求回报的节操。在渲染侠客精神后，"闲过"两句是承上启下的过渡。接着十句写战国时信陵君救赵用两位侠客的故事。写信陵君款待侯嬴和朱亥，两位侠客为信陵君的大义所感动，意气慷慨激昂如白虹贯日，许下比五岳还重的诺言。赞扬朱亥挥锤击杀晋鄙而震惊赵国，虽然侯嬴和朱亥都死了，但在魏都留下盛名，侠骨传香，不愧为当世英雄。末二句以"谁能"像扬雄那样"白首《太玄经》"反衬侠客精神的崇高和伟大。

古朗月行 [1]

小时不识月，呼作白玉盘。
又疑瑶台镜 [2]，飞在青云端。
仙人垂两足 [3]，桂树何团团！
白兔捣药成 [4]，问言与谁餐 [5]？
蟾蜍蚀圆影 [6]，大明夜已残 [7]。

前人和今人多谓此诗非一般的泛泛咏月之作，而是寄寓着对政治局势的担忧。今人或谓此诗前半比喻开元之治，在诗人心目中如朗月在儿童心目中的样子；后半比喻天宝后期朝政，蟾蜍指安禄山、杨国忠辈，昏蔽其君，紊乱朝纲。诸说可供参考。

羿昔落九乌^[8]，天人清且安。

阴精此沦惑^[9]，去去不足观^[10]。

忧来其如何？凄怆摧心肝^[11]。

[注释]

[1] 此诗作年不详。诗人一生爱月，写下许多咏月佳作，此为其中之一。朗月行：乐府旧题。《乐府诗集》卷六十五收此诗，列于《杂曲歌辞》。今存南朝宋鲍照此题诗，写佳人对月弦歌。此诗题前加"古"字，主旨与鲍诗迥异，仅为用古题而已。　[2] 瑶台：神仙所居之地。见前《清平调词三首》其一注。　[3]"仙人"二句：古代传说月亮中有仙人和桂树，月初升时只见仙人两足，变圆以后才见仙人和桂树全形。见《太平御览》卷四引虞喜《安天论》。何，宋本作"作"，据他本改。团团，圆貌。宋本作"团圆"，据他本改。　[4] 白兔捣药：传说月亮中有白兔捣药。晋傅玄《拟天问》："月中何有？白兔捣药。"[5] 与谁：一作"谁与"。　[6]"蟾蜍"句：传说月中蟾蜍食月造成月蚀。《淮南子·精神训》："月中有蟾蜍。"高诱注："蟾蜍，虾蟆也。"又同书《说林训》："月照天下，蚀于詹诸。"高诱注："詹诸，月中虾蟆，食月，故曰'食于詹诸'。"[7] 大明：月亮。《文选》卷十二木华《海赋》："大明镱辔于金枢之穴。"李善注："言月将夕也。大明，月也。"[8]"羿昔"句：《楚辞·天问》："羿焉彃日，乌焉解羽？"王逸注："《淮南》言尧时十日并出，草木焦枯，尧命羿仰射十日，中其九日，日中九乌皆死，堕其羽翼，故留其一日也。"[9] 阴精：指月亮。张衡《灵宪》："月者，阴精之宗，积而成兽，象兔蛤焉。"沦惑：沉沦迷惑。　[10] 去去：催人速去之词。[11] 凄怆：伤感，悲痛。一作"恻怆"。

[点评]

　　首四句写孩提时代对月亮的记忆，充满天真烂漫之情和丰富的想象。以"白玉盘""瑶台镜"形容圆月的形状、皎洁明亮的颜色和光感，非常贴切传神。"呼""疑"二字逼肖地表达出儿童初见月亮时的新奇感和美好感，令人神往。接着四句借神话传说暗写初月的月牙儿到满月的圆月过程，以及对神话传说的诘疑：白兔捣成之药，给谁服用？神奇的月亮有多少令人难解的疑问！诗人在上半首抒发了儿童时代对月亮的喜爱之情。在下半首转入另一层意思：清辉难久，圆月变残，传说月亮被蟾蜍啃而变缺，造成月食，天地为之昏暗。诗人突然想到上古时代射落九日的英雄，使天上人间得到清明和安宁，可现实生活中却难以找到这样的英雄。面对月亮沦没而迷惑不清，已经不值得观看，还是快些走吧！然而月亮在诗人心中的印象毕竟是美好的，所以末二句忧上心来，为月亮的"沦惑"而感到伤心痛苦。

妾薄命 [1]

汉帝重阿娇 [2]，贮之黄金屋。

咳唾落九天 [3]，随风生珠玉。

宠极爱还歇 [4]，妒深情却疏。

长门一步地 [5]，不肯暂回车。

　　关于这首诗的主旨大致有两种看法，一种认为它是妇女题材的诗，通过陈皇后由得意到失意的经历，揭示了古代女性无法掌控自己命运的悲剧。另一种观点则认为李白是用比兴手法，借宫怨抒发其在朝失意之情。待诏翰林，不过以其艳词丽句博君王欢心而已，亦即"以色事他人"。

雨落不上天 [6]，水覆重难收。

君情与妾意 [7]，各自东西流 [8]。

昔日芙蓉花 [9]，今成断根草 [10]。

以色事他人，能得几时好？

[注释]

[1]妾薄命：乐府旧题。《乐府诗集》卷六十二收此诗，列于《杂曲歌辞》，并引《乐府解题》曰："《妾薄命》，曹植云：'日月既逝西藏。'盖恨燕私之欢不久。梁简文帝云：'名都多丽质。'伤良人不返，王嫱远聘，卢姬嫁迟也。"此篇则咏汉武帝废陈皇后之事，反映妇女被遗弃的痛苦。　[2]"汉帝"二句：《汉武故事》谓武帝数岁，长公主抱置膝上，问是否愿得阿娇为妇，武帝曰："若得阿娇作妇，当作金屋贮之。"成语"金屋藏娇"即由此而来。汉帝，即汉武帝。阿娇，汉武帝陈皇后的小名。重，一作"宠"。　[3]"咳唾"二句：形容阿娇得宠时之高贵，咳唾飞沫似从九天落下，随风化为珠玉。《庄子·秋水》："子不见夫唾者乎？喷则大者如珠，小者如雾，杂而下者不可胜数也。"句意本此。　[4]"宠极"二句：据《汉武故事》记载：武帝即位，立阿娇为后，长公主求欲无厌，皇后宠爱衰退。阿娇想再获宠，命女巫作术。事为武帝发觉，终于被废，退居长门宫。　[5]"长门"二句：谓长门宫虽只有一步之遥，但武帝却不肯回车去看阿娇。长门，即长门宫。　[6]"雨落"二句：谓汉武帝废陈皇后已成事实，不可能再有所改变，就像落下的雨不能再上天，倾覆的水不能再收回一样。宋长白《柳亭诗话》云："太白诗'雨落不上天，水覆难再收'，出《后汉书·光武纪》'反水不收'，又《何进传》'覆水不收'。"重难收，又作"难再收""最难收""难重收"。　[7]君：

指汉武帝。情：一作"恩"。妾：指陈皇后阿娇。　　[8]东西流：古乐府《白头吟》："沟水东西流。"以水东西分流喻夫妻分离。　　[9]芙蓉花：即荷花。　　[10]断根草：喻失宠。一作"素秋草"。《邵氏闻见后录》引作"断肠草"。王琦认为揆之取义，"断肠"不若"断根"之当。

[点评]

首四句写陈阿娇的受宠，"金屋藏娇"是个著名的故事，诗人还用极夸张的手法，形象地描绘出陈皇后受宠后的威风和气势：飞沫从九天落下，随风化为珠玉。此乃欲抑先扬，为后来的冷落作反衬。接着四句笔锋一转，写陈皇后的失宠，点出失宠的原因是"妒深"，结果是被打入冷宫。长门宫虽然离皇帝的宫殿仅有一步之遥，可是汉武帝的宫车从此再也不肯回。这四句与前四句恰成鲜明对照。后半首则用各种比喻展开议论。先用"雨落不上天，水覆重难收"比喻皇帝不可能再回心转意。然后用比兴手法点出原因："昔日芙蓉花，今成断根草"，年老色衰。最后的结论是："以色事他人，能得几时好？"全诗通过陈皇后从受宠到失宠的描写，揭示出古代女子以色事人，色衰必然被弃的悲剧命运。语言自然流畅，比喻贴切鲜明，议论警策深刻。

与谢朓原作相比，李白此诗意境显然更为含蓄生动，耐人寻味。谢朓《玉阶怨》前三句"夕殿下珠帘，流萤飞复息。长夜缝罗衣"蓄势，末句点出"思君此何极"，诗旨显露。而李白同题之作"其写怨意，不在表面，而在空际。第二句云露侵袜湿，则空庭之久立可知。第三句云却下晶帘，则羊车之绝望可知。第四句云隔帘望月，则虚帷之孤影可知。不言怨，而怨自深矣"（俞陛云《诗境浅说续编》）。

玉阶怨 [1]

玉阶生白露，夜久侵罗袜 [2]。

却下水精帘[3]，胧眬望秋月[4]。

[注释]

[1]玉阶怨：乐府旧题。《乐府诗集》卷四十三收此诗，列入《相和歌辞·楚调曲》。汉班婕妤失宠后退居长信宫，作《自悼赋》，有"华殿尘兮玉阶苔"之句，南朝齐谢朓取之作《玉阶怨》诗云："夕殿下珠帘，流萤飞复息。长夜缝罗衣，思君此何极。"此诗即为拟谢之作。　[2]罗袜：曹植《洛神赋》："凌波微步，罗袜生尘。"　[3]却：还。水精帘：用水晶编织成的帘子。一作"水晶帘"。　[4]胧眬：月光明亮澄澈貌。一作"玲珑"。王琦注："《韵会》：玲珑，明貌。毛氏《增韵》云：胧眬，月光也。然用'胧眬'，不如'玲珑'为胜。"

[点评]

此诗题称"玉阶怨"，但诗中不见"怨"字。首二句写无言独立白玉砌成的台阶上，此时夜已深，露正浓，以致冰凉的露水浸湿了罗袜。"夜久"可见站立之久，露冷衬托心境之凉。二句虽未直接写人，但字里行间可见人的影子，而且可以体会其若有所待、若有所思、若有所诉、若有所怨之状。后二句写因凉而入室，为怕秋月扰愁眠，便轻轻下帘。但寂寞幽怨的人何能入眠？于是徘徊不定，终乃隔帘望月。全诗"未尝一字及怨情，而此人通宵无眠之状，写来凄冷逼人，非怨而何！"（刘永济《唐人绝句精华》）

春思

燕草如碧丝 [1]，秦桑低绿枝。

当君怀归日，是妾断肠时。

春风不相识 [2]，何事入罗帏？

《乐府诗集》未收此诗，亦无此题。当是李白自制的乐府新题，仿《秋思》之意。"春"字在中国古典诗歌中既可指春天，也可比喻男女间的爱情，李白此诗就具有这两层意思。

[注释]

[1]"燕草"二句：燕地（今河北一带）寒冷，绿草像青丝一般纤细；秦地（今陕西一带）温暖，柔桑已经低垂绿枝。　[2]"春风"二句：谓所怀之人不至，则似与春风不相识。然不相识之春风又何以吹入罗帐？言外自有无限哀怨。

[点评]

首二句写燕、秦两地春天的景色，但首句是虚景，是秦地少妇看到桑叶繁茂、绿枝低垂的实景，才悬想远在燕地的丈夫一定会看到那里的春草也开始长出碧丝了。燕、秦两地相隔遥远，把想象中的远景和眼前实有的近景合在一幅画面上，细致地表达出少妇相思的心理。"丝"谐"思"，"枝"谐"知"，与后面的"思归"和"断肠"相关，加强了诗的含蓄美和音乐美。三、四两句承接，丈夫看到春草，必然思归，这里暗用《楚辞·招隐士》"王孙游兮不归，春草生兮萋萋"诗意。丈夫"怀归"，应使少妇高兴，但诗中却说"是妾断肠时"，是何缘故？萧士赟《分类补注李太白诗》说："燕

北地寒，草生迟，当秦地柔桑低绿之时，燕草方生，如
丝之碧也。秦桑低枝者，兴思妇之断肠也。言其夫方萌
怀归之志，犹燕草之方生。妾则思君之久，先已断肠矣，
犹秦桑之已低枝也。"原来丈夫怀归日，已是思妇经历
了长久相思煎熬的断肠时。末二句笔锋一转，掀起波
澜。在南朝乐府民歌中，春风乃多情之物，如《子夜四
时歌·春歌》："春风复多情，吹我罗裳开。"《读曲歌》：
"春风不知著，好来动罗裙。"此诗则反其意而用之，少
妇斥责春风"不相识"而来干扰，正表现出思妇对丈夫
远别久而情愈深的高尚情操。正如萧士赟所说："末句
喻此心贞节，非外物所能动。"这使思妇的精神境界得
到进一步的升华。全诗通过画面的巧妙组合，心理活动
的细致描写，使思妇形象生动感人。

横江词六首[1]（选二）

其一

人言横江好[2]，侬道横江恶[3]。

一风三日吹倒山[4]，白浪高于瓦官阁[5]。

[注释]

[1]横江词：横江，指今安徽和县横江浦与对岸采石矶相对的
一段长江，形势险要。　[2]言：一作"道"。　[3]侬：吴方言自

《横江词》为
李白新题乐府，《乐
府诗集》收此组诗
入《新乐府辞》，然
与后来杜甫、白居
易等人"即事名篇，
无复依傍"的新乐
府诗完全不同，此
诗即地名题，表现
功能仍沿袭旧题乐
府诗。

称。恶：坏。　[4]"一风"句：谓大风连吹三天，几乎要把山吹倒。一作"猛风吹倒天门山"。　[5]"白浪"句：形容浪涛之高。瓦官阁，亦作"瓦棺阁"，故址在今江苏南京。王琦注引《幽怪录》："上元县（今江苏南京）有瓦棺寺，寺上有阁，倚山瞰江，万里在目，亦江湖之极境，游人弭棹，莫不登眺。"瓦官寺之名，本于寺在原制瓦工场。《焦氏笔乘》续集卷七云："晋哀帝兴宁二年（364），诏移陶官于淮水（秦淮河）北，遂以南岸窑地施僧慧力造寺，因以瓦官名之。"又传说民间以掘地有瓦棺，因称瓦棺寺。寺有瓦官阁，高二十五丈。南唐时改名升元寺，阁称升元阁。

[点评]

　　此组诗共六首，作年和诗中寓意众说纷纭，故暂不编年。此为第一首。首二句显然受南朝乐府民歌《吴声歌》的影响，以方言入诗，"人言（道）""侬道"，纯用口语，具有浓烈的地方色彩和生活气息。长江平时风平浪静，两岸景色优美，所以"人言（道）横江好"。可是目前风急浪高，险恶难渡，所以"侬道横江恶"。第三句形容狂风之猛，连吹三天，似要把山吹倒，此乃诗人之感觉。此句一作"猛风吹倒天门山"，则"山"指天门山。末句形容暴风掀起的巨浪，比二百多尺的金陵瓦官阁还要高，这是诗人的视觉。后二句用夸张手法，把长江风浪写得非常传神，形象生动。狂风吹得人站不稳，就会感到山在摇动；在视觉上，看近处的巨浪比远处的瓦官阁高，也合于透视的规律。全诗想象丰富，境界壮阔雄伟。

其五

横江馆前津吏迎^[1]，向余东指海云生^[2]。

"郎今欲渡缘何事^[3]？如此风波不可行！"

梁简文帝《乌栖曲》："采莲渡头碍黄河，郎今欲渡畏风波。"李白以其下句衍化为二句，句式更灵动，风致转胜，逼真地传达出津吏的果断及关切口吻。

[注释]

[1] 横江馆：在横江浦对岸今安徽马鞍山采石矶上，又称采石驿。遗址在今采石公园内。津吏：掌管渡口事务的官吏。《唐六典》卷二十三："《晋令》：诸津渡二十四所，各置监津吏一人。" [2] 海云生：海上云起，是暴风雨将起之兆，预示江上风浪将更加险恶。 [3] "郎今"二句：此为津吏之语。郎，古时对一般男子的尊称，犹言"官人"。缘，连词，因为，为了。

[点评]

此诗不仅写眼前事，用口头语，而且用人物手势、对话入诗，真可谓绘声绘色。首句写诗人在采石驿横江馆遇到津吏的迎接，"迎"字表现出两人之间社会地位的不同。第二句写津吏用手指向东方天空，向诗人说明海云已起，暴风雨即将来临。这中间显然省略了诗人向津吏说明欲过江的过程。三、四两句是津吏说的话，"郎今欲渡"四字，补足了津吏"东指"前李白说的"欲渡"的话，"缘何事"三字，包含着诗人当时急切要过江的神情。津吏问话尚未等诗人回答，当即断定："如此风波不可行！"反映出说话之间，风浪已起，津吏凭自己观察天象和江浪规律的经验，下了这结论，也显示出津吏关心渡客生命安全的善良之心。全诗一气呵成，语言爽朗，风格明快。

送友人

青山横北郭^[1]，白水绕东城^[2]。

此地一为别^[3]，孤蓬万里征^[4]。

浮云游子意^[5]，落日故人情。

挥手自兹去，萧萧班马鸣^[6]。

本诗为李白著名的离别之作，前四句叙述离别之地，后四句抒发离别之情。"首联整齐，承则流走而下，颈联健劲，有萧散之致。"（《唐宋诗醇》卷七）

[注释]

[1]北郭：北城外。古时城有两重，内城曰城，外城曰郭。　[2]白水：一说李白有《游南阳白水登石激作》诗，此"白水"即指南阳白水（在今河南南阳东），为汉水支流，俗名白河。　[3]为别：犹作别。　[4]孤蓬：比喻独自漂泊如蓬草随风飘转。　[5]"浮云"二句：王琦注："浮云一往而无定迹，故以比游子之意；落日衔山而不遽去，故以比故人之情。"　[6]萧萧：马嘶鸣声。《诗·小雅·车攻》："萧萧马鸣。"班马：离别之马。《左传》襄公十八年："有班马之声。"杜预注："班，别也。"

[点评]

首联以工整的对偶句点明告别之地，以写景开端，上句写远山，下句写近水，"青""白"相对，色彩明丽；"横"字勾勒青山静态，"绕"字描绘白水动态，寥廓秀美，自然生动。一般律诗首联不对仗，此诗却"起手亦开一径"（吴昌祺《删订唐诗解》卷十六）。颔联

点明题旨，此地一别，自己将孤独地像蓬草一样飘转到万里之外。二句一意，是"流水对"，对仗并不工整，很像散句，笔法流走，不同凡响。颈联即景抒情，又是工稳对仗，诗人巧妙地以"浮云"比喻游子的漂泊不定，以"落日"不忍遽离大地比喻依依不舍的友情，情景交融，浑然一体。尾联写告别，"挥手"是别离时的动作。诗人不直说内心活动，而写两匹马临别时的萧萧长鸣，似有无限深情。马犹如此，人何以堪！真是"黯然销魂之思，见于言外"（唐汝询《唐诗解》卷三十三）。

把酒问月 [1]

全诗从停杯问月写起，到月光照金樽结束，在时间、空间上纵横驰骋，反复将月与人对比，穿插神话和月色描绘，融提问、叙述、描绘、议论、抒情于一体，有曲折错综、抑扬顿挫之美，形象鲜明，语言流畅，哲理与诗情交融，有自然浑成之妙。

青天有月来几时？我今停杯一问之。

人攀明月不可得，月行却与人相随。

皎如飞镜临丹阙 [2]，绿烟灭尽清辉发 [3]。

但见宵从海上来，宁知晓向云间没 [4]？

白兔捣药秋复春 [5]，姮娥孤栖与谁邻 [6]？

今人不见古时月，今月曾经照古人。

古人今人若流水，共看明月皆如此。

唯愿当歌对酒时 [7]，月光长照金樽里。

[注释]

[1] 此诗作年不详。题下原注："故人贾淳令予问之。"贾淳，事迹不详。按：屈原《天问》："日月安属？列星安陈？出自汤谷，次于蒙汜；自明及晦，所行几里？夜光何德，死则又育？厥利维何，而顾菟在腹？"始对日月发问，似对李白此诗有所启发。又张若虚《春江花月夜》："江畔何人初见月？江月何年初照人？"为本诗之先导。　[2] 丹阙：红色宫门。　[3] 绿烟：指月光未明前的烟雾。灭尽：消除。一作"灭后"。清辉：形容月光皎洁清朗。　[4] "宁知"句：谓哪知早晨在云间消失。　[5] 白兔捣药：傅玄《拟天问》："月中何有？白兔捣药。"　[6] 姮（héng）娥：神话人物，传说是后羿之妻。《淮南子·览冥训》："羿请不死之药于西王母，姮娥窃以奔月。"一作"嫦娥"，汉代因避文帝刘恒讳而改。与谁邻：一作"谁与邻"。　[7] "唯愿"二句：用曹操《短歌行》"对酒当歌，人生几何"之意。

[点评]

题下原注显得滑稽：友人自己不问而叫别人问月，饶有趣味。首二句用倒装句法，先出问语，有劈空而来的气势，然后补出发问的人及其把酒停杯的情态。对古人来说，明月一直是个神秘的谜。从先秦时代的屈原到初唐诗人张若虚，再到李白，都企图探索这宇宙的奥秘，不过李白是"把酒问月"，与屈原、张若虚不同，带有几分醉态而显得更迷惘，更具飘逸风采和浪漫情调。接着二句写月与人的关系。诗人一生最爱明月，每当兴致高涨，就"欲上青天揽明月"，但月是攀不到的，给诗人留下"不可得"的遗憾，这是月亮无情的表现；但当诗

人想离开时，月却与诗人相随不舍，这又分明是有情的表现。既无情又有情，充分写出月与人既神秘又亲近的关系。然后诗人笔锋转向对月色的描绘，用飞镜照丹阙形容月的皎洁，云雾散尽更显得美妙动人。于是诗人发出三个奇问：只见月亮晚间从海上升起，哪知早晨她在云间消失，究竟到何处去了？月中白兔从秋到春在捣药，那是为什么？嫦娥仙子孤寂独栖，有谁与她相邻？这些问题谁都无法回答，诗人也不要求回答。接着诗人又转向探索人生短暂、月亮永恒的哲学命题："古时月"和"今月"是一个月亮，曾照亮"古人"也照亮"今人"；而"古人"和"今人"的数代更替导致"今人"见不到"古时月"，"古人"也不可能看到"今月"。两句分说，错综回环，互文见义。古人今人像流水一样逝去，而他们所见之明月却永远如此。四句化用张若虚《春江花月夜》中诗句，写得深入浅出，既意味深长，又充满诗情。最后两句又回到题意，用曹操《短歌行》名句引出及时行乐思想。"月光长照金樽里"，是对月光的珍惜，既然人生短暂，就要使酒杯常有月光，"短"中求"长"，这是一层意思；只有饮酒当歌，享受月光长照金樽的快乐，才不辜负月光，这又是一层意思。

宿五松山下荀媪家 [1]

我宿五松下，寂寥无所欢 [2]。

田家秋作苦^[3]，邻女夜舂寒^[4]。
跪进雕胡饭^[5]，月光明素盘^[6]。
令人惭漂母^[7]，三谢不能餐^[8]。

[注释]

[1] 此诗作年不详。五松山：在今安徽铜陵。媪（ǎo），老年妇女。　[2] 寂寥：冷清寂静。　[3] "田家"句：用杨恽《报孙会宗书》成句"田家作苦"。秋作，秋天的劳动。　[4] 夜舂：晚上用石臼舂米。　[5] "跪进"句：此谓荀媪跪下身子将饭呈送给跪坐的诗人。跪，古人席地而坐，屈膝坐在脚跟上，上身挺直，叫跪坐。雕胡，菰米。生水中，叶似蒲苇，果实可做饭。宋本作"凋葫"，此据《全唐诗》改。宋玉《讽赋》："为臣炊雕胡之饭，烹露葵之羹。"　[6] 明素盘：照亮洁白的菜盘。明，照亮，作动词用。　[7] 漂母：《史记·淮阴侯列传》："淮阴侯韩信者，淮阴人也，……信钓于城下，诸母漂，有一母见信饥，饭信，竟漂数十日。信喜，谓漂母曰：'吾必有以重报母。'母怒曰：'大丈夫不能自食，吾哀王孙而进食，岂望报乎！'……（汉王刘邦）以（韩信）为大将。……乃遣张良往立信为齐王。……汉五年正月，徙齐王信为楚王，都下邳。信至国，召所从食漂母，赐千金。"此处以"漂母"喻荀媪。　[8] 三谢：再三推辞致谢。

李白一生恃才傲物，平交王侯，视同列如草芥，不愿摧眉折腰事权贵，但对普通百姓却情深意切，常怀感恩之心，和汪伦及荀媪的交往即为显例。诗末二句反映出诗人对荀媪态度的诚挚谦恭。

[点评]

首二句写自己在偏僻山村里的寂寞情怀，没有可以引为欢乐之事。三、四句写农民的艰辛和困苦，"秋作苦"的"苦"，不仅指劳动的辛苦，也指心中的悲苦。秋收对

农民来说本应是欢乐的，但在繁重赋税压迫下却非常凄惨。邻家妇女的舂米着一"寒"字，不仅是形容舂米声音的悲凉，也是推想舂女身上的寒冷。五、六句写主人荀媪特地做美餐雕胡饭，热情款待诗人，在月光照射下，她手中拿的饭盘洁白耀眼。最后两句写诗人的感激之情：在这艰苦的山村里，主人如此盛情，使诗人感到惭愧，只能再三表示内心的谢意。全诗风格朴质自然，与诗人多数诗篇的豪放飘逸不同。

山中与幽人对酌[1]

两人对酌山花开，一杯一杯复一杯。

我醉欲眠卿且去[2]，明朝有意抱琴来。

李白与幽人志趣相投，两人对酌，酒逢知己千杯少，故相约再会。"若俗人则终筵且不堪，何可明日再来？"（《唐诗归》卷十六谭元春评）

[注释]

[1] 此诗作年不详。幽人：幽居之人，指隐士。　[2] "我醉"句：《宋书·陶潜传》："贵贱造之者，有酒辄设。潜若先醉，便语客：'我醉欲眠，卿可去。'其真率如此。"此处用其意。卿，对友人的爱称。

[点评]

首句点明饮酒的时间是春天花开季节，地点是在山中，方式是两人对酌，对饮者是隐士。既非独酌，也不

是盛宴，而是与友人细饮慢酌。第二句连用三个"一杯"，是对酌的细节描绘。由于感情融洽，一杯又一杯地喝着也不觉得多。三、四两句写诗人之直率，醉态可掬。诗人巧用陶渊明的话语入诗，不但毫无痕迹，而且自然生动地描绘出两人"忘形到尔汝"的亲密关系。末句意味深长，李白喜欢听琴，有《听蜀僧浚弹琴》《月夜听卢子顺弹琴》等诗，他要幽人"明朝有意抱琴来"，说明这位幽人也是善于弹琴的高雅之士。明日边弹琴边饮酒，将会更加畅快。前二句叙饮酒，第三句一转写醉，第四句又转写后约，直叙中有曲折波澜。语言明白如话，却能化用典实；感情表达酣畅淋漓，且韵味深长。一般绝句中避忌重复，本诗却连用三个"一杯"而反觉生动，此乃诗人之擅场。

俞陛云《诗境浅说》对此诗意脉有过精彩摘的梳理分析，他认为开头两句"已有'入门下马气如虹'之概"，三四句"如河出龙门，一泻千里，以松涛喻琴声之清越，以'万壑松'喻琴声之宏远，句法动荡有势。五句言琴之高妙，闻者如流水洗心，乃赋听琴之正面。六句以霜钟喻琴，同此清迥，不以俗物为譬，乃赋听琴之尾声。收句听琴心醉，不觉山暮云深，如闻韶忘肉味矣。"

听蜀僧浚弹琴 [1]

蜀僧抱绿绮 [2]，西下峨眉峰 [3]。
为我一挥手 [4]，如听万壑松 [5]。
客心洗流水 [6]，余响入霜钟 [7]。
不觉碧山暮，秋云暗几重。

[注释]

[1] 此诗作年不详。或谓天宝十二载（753）在宣城作。蜀僧

浚：李白另有《赠宣州灵源寺仲浚公》诗，"蜀僧浚""仲浚公"，疑为同一人。　[2]绿绮：琴名。傅玄《琴赋序》："齐桓公有鸣琴曰号钟，楚庄有鸣琴曰绕梁，中世司马相如有琴曰绿绮，蔡邕有琴曰焦尾，皆名器也。"　[3]峨眉峰：山名。见前《峨眉山月歌》注。　[4]挥手：指弹琴。嵇康《琴赋》："伯牙挥手，钟期听声。"　[5]万壑松：形容琴声如山谷中的松涛声。按：琴曲有《风入松》。　[6]"客心"句：谓琴声优美如流水，一洗诗人的客中情怀。客，诗人自谓。流水，《列子·汤问》："伯牙善鼓琴，钟子期善听。伯牙鼓琴，志在登高山。钟子期曰：'善哉！峨峨兮若泰山。'志在流水。钟子期曰：'善哉！洋洋兮若江河。'伯牙所念，钟子期必得之。"　[7]余响：琴声余音。王本作"遗响"。霜钟：《山海经·中山经》："丰山……有九钟焉，是知霜鸣。"郭璞注："霜降则钟鸣，故言知也。物有自然感应而不可为也。"此"入霜钟"谓琴音与钟声混和。

[点评]

首联点明弹琴人的身份和琴的名贵，弹琴人是从诗人故乡峨眉山下来的蜀僧，琴是当年司马相如用的蜀中名琴绿绮。"下"字有飘然之神，"蜀""绿绮""峨眉"寓有乡情的亲切感。颔联写弹琴。"为我"二字表明弹者与听者的友情。"挥手"描摹弹琴的动作。用大自然的万壑松涛之声比喻琴音的清越宏远，生动传神。颈联写听琴的感受，化用典故以抒友情。上句表面是说琴心洗涤胸怀的愉悦，实乃用钟子期善于听音的典故，暗点两人通过琴声传达知己情谊；下句用《山海经》典实，写余音袅袅，与寺庙钟声融响，亦暗喻知音之意。尾联用"不

觉"二字，描写诗人听琴入神情状，诗人沉浸于琴声，竟不知青山已罩暮色，秋云灰暗重叠，既写听者的入神，又衬托弹者琴艺高超，感人至深，揭示出两人情投意合。

劳劳亭[1]

天下伤心处，劳劳送客亭。
春风知别苦，不遣柳条青。

[注释]

[1]劳劳亭：遗址在今江苏南京西南，古新亭南。三国时吴国筑，为古送别之所。劳劳，忧伤貌。

[点评]

首二句破题点旨，高度概括，将天下人间离别伤心情怀全都聚集到劳劳亭。劳劳亭是送客亭，故也是伤心亭。不说天下伤心事是离别，却说天下伤心处是劳劳亭，越过离别事写送别地，直中见曲，立意高妙，运思超脱。屈原《九歌·少司命》"悲莫悲兮生别离"，江淹《别赋》"黯然销魂者，惟别而已矣"，都是对离别之苦的概括，而李白此二句则更具体而有特色。后二句则转换视角，别出心裁，更深一层地烘托离别时的"伤心"。王之涣《送别》诗："杨柳东风树，青青夹御河。近来攀折苦，

送别时节柳条未绿，诗人突发奇想，谓春风因不忍心看到人间离别之苦，故不使柳条发青，构思新颖别致。"若直写别离之苦，亦嫌平直。借'春风'以写之，转觉苦语入骨。其妙在'知'字、'不遣'字，奇警无伦。"（李锳《诗法易简录》）

应为别离多。"说明古代有折柳送别的习俗，盖"柳"谐音"留"，可表依依不舍之情。诗人则反用其意，移情于景，托物言情，迂回曲折，奇想妙绝，蕴藉深婉。

宣城见杜鹃花^[1]

蜀国曾闻子规鸟^[2]，宣城还见杜鹃花。
一叫一回肠一断，三春三月忆三巴^[3]。

此诗是绝句，却整篇对仗。尤其是后二句，"一"与"三"，三次重复，按理在近体诗中是禁忌的，但诗人却写得神韵天然，反使人觉得回味无穷。

[注释]

[1] 此诗作年不详。《全唐诗》卷一八四于本篇题下注："一作杜牧诗，题云《子规》。"考杜牧为京兆万年人，生平未曾到过蜀地，与"蜀国曾闻"语不合。故此诗决非杜牧所作。王琦注："或以此诗为杜牧所作《子规》诗，非也。"宣城：今属安徽。杜鹃花：又名映山红，每年三月杜鹃鸟啼时盛开，颜色鲜红，故名。 [2]子规：杜鹃鸟的别称，一名子巂。传说是古蜀王杜宇之魂所化。暮春时常昼夜啼鸣，其声哀切，似曰"不如归去"，触动游子的归思。 [3]三巴：东汉末，益州牧刘璋置巴郡、巴东、巴西三郡，合称三巴。在今四川东部和重庆地区。

[点评]

前二句对仗工整，通过"蜀国"对"宣城"、"闻"对"见"、"子规鸟"对"杜鹃花"，时空交错，视听并置，引出花鸟形象。诗人青少年时代在蜀中生活二十

年，读书学剑，寻仙访道，常闻子规啼鸣，常见杜鹃花开，他把蜀中看作自己的故乡。可是自从二十四岁"辞亲远游"以来，一生再也未回故乡，故乡花鸟不知多少次在诗人梦中萦绕。如今白发疏落，客居宣城，却又听到了子规鸟的啼鸣，见到了鲜红的杜鹃花开放，怎能不触发诗人的乡思呢？"曾闻""还见"相照，包含着无限愁思，熔铸了诗人的一片伤心之情。后二句一句三顿，表现出诗人深切的故乡之念。子规鸟又名"断肠鸟"，它的啼声极为凄哀，每啼一声使人肠断一次。春天三月是怀人怀乡的季节，听到子规啼叫"不如归去"，眼前又见故乡常见的杜鹃花开，诗人满怀愁绪的乡思更是难忍了。

长门怨二首 [1]

其一

天回北斗挂西楼 [2]，金屋无人萤火流 [3]。
月光欲到长门殿，别作深宫一段愁。

[注释]

[1] 长门怨：乐府旧题。《乐府诗集》卷四十二收此二诗，列于《相和歌辞·楚调曲》，并引《乐府解题》曰：《长门怨》者，为陈皇后作也。后退居长门宫，愁闷悲思，闻司马相如工文章，

盛唐诗坛李白与王昌龄的七言绝句齐名并称，胡应麟曾将李白这首诗与王昌龄的《西宫春怨》"西宫夜静百花香，欲卷珠帘春恨长。斜抱云和深见月，朦胧树色隐昭阳"加以比较，认为"李则意尽语中，王则意在言外。然二诗各有至处，不可执泥一端。大概李写景入神，王言情造极"（《诗薮·内编》卷六）。此说较为客观理性，符合李、王二人七绝创作的实情。

奉黄金百斤，令为解愁之辞。相如为作《长门赋》，帝见而伤之，复得亲幸。后人因其赋而为《长门怨》也。"　[2]"天回"句：谓北斗在天空回转，由东向西，夜已深。宋之问《奉和幸韦嗣立山庄侍宴应制》："地隐东岩室，天回北斗车。"北斗，星名，在北天排列成斗（古代酒器）形的七颗亮星。　[3]金屋：见前《妾薄命》诗注。

[点评]

　　首二句点明时间是深夜，地点是汉武帝陈皇后的"金屋"。北斗西斜，是远景；空屋流萤，是近景。"无人""萤火流"，表明"金屋"已是荒凉宫殿，这深宫月夜图烘托出一片萧条凄凉的气氛。后二句构思非常巧妙，"长门殿"是陈皇后被废后居住的冷宫，本来意思是说：只有月光照到冷宫中的人，使人更添愁情，但诗人却偏不让人物出场，而用"欲到"二字强调月光的多情，似乎是有意照到长门宫来，"月本无心，哀怨之极，觉其有心耳"（唐汝询《唐诗解》卷二十五）。又用"别作""一段"四字，强调怨愁之多，令人咏味不尽。

<h2 style="text-align:center">其二</h2>

桂殿长愁不记春^[1]，黄金四屋起秋尘^[2]。
夜悬明镜青天上^[3]，独照长门宫里人。

[注释]

[1]"桂殿"句：谓殿中人因长期忧愁，忘了春天的到来。

本来月光是普照天下，用一"独"字，似乎月光专照冷宫中人。所以，唐汝询《唐诗解》卷二十五说："'独'字甚佳，见月之有意相苦。"

桂殿，殿之美称。此指住在殿中的人。　[2]"黄金"句：谓转眼间又秋风满殿尘埃飞扬。黄金四屋，即金屋四周。　[3]"夜悬"二句：用司马相如《长门赋》"悬明月以自照兮，徂清夜于洞房"意。此谓只有秋夜明月高悬，特意照到长门宫来。明镜，指月亮。

[点评]

前首最后出现一个"愁"字，此首开头即接着写殿中人的"长愁"，首二句"不记春""起秋尘"，正是极力形容"长愁"不尽，不觉春去而秋来。"黄金四屋起秋尘"，是前首"金屋无人"的深化。后二句又与前首三、四句呼应，前首是"月光欲到"，此首则已"明镜高悬"，月光照到长门，并让冷宫中的人物出场。全诗不言怨，而怨在言外。俞陛云《诗境浅说续编》说："首句桂殿秋与春对举者，言含愁独处，但见秋之萧瑟，不知有春之怡畅也。次句言四面黄金涂壁，华贵极矣，而流尘污满，则华贵于我何预？只益悲耳。后二句言月镜秋悬，照彻几家欢乐，一至寂寂长门，便成'独照'，不言怨而怨可知矣。"所言良是。

怨情

美人卷珠帘，深坐颦蛾眉[1]。
但见泪痕湿，不知心恨谁？

这首小诗宛如一个电影特写镜头，定格于一位深坐皱眉流泪的美女画面。诗末妙在不点明恨谁，其意如同今语云"女儿家的心思猜不透"。

[注释]

[1] 颦蛾眉：皱眉。古代诗文中常以"蛾眉"形容女子长而美的眉毛。

[点评]

首句以"卷珠帘"的动作展示美人空守闺中而有所待的思春心态，同时烘托出寂寞幽深的环境。次句"深"字写坐待时间之久，"颦蛾眉"三字，形象地描绘美人怨苦的神态。第三句用"泪痕湿"三字表达出美人最怨苦的心情。前三句通过卷珠帘的动作，深坐皱眉的神态，泪痕湿的外在表现，层层深入地展示美人怨恨心态的历程，可谓已经写尽。末句陡转一问："不知心恨谁？"造成美人独守空闺怨苦的原因，美人自己似乎也搞不清楚，所以该怨恨谁，就"不知"了。这一问，使诗情有弦外之音，耐人寻味。

古人或从比兴视角解读这首诗，如萧士赟《分类补注李太白诗》卷二十四称"此比兴之诗也"。唐汝询《唐诗解》卷三谓："此刺奸邪用事，贤路塞也。……盖以荷之芳洁，比己之忠贞，珠之荡漾，比己之流落。欲持此贞心以献于君，乃为谗人所间而不得入，能无惆怅耶？"比兴说可供参考。

折荷有赠[1]

涉江玩秋水[2]，爱此红蕖鲜[3]。

攀荷弄其珠[4]，荡漾不成圆。

佳人彩云里[5]，欲赠隔远天。

相思无因见，怅望凉风前。

[注释]

[1] 此诗题一作《拟古》，与李白组诗《拟古》第十一首只存在少数文字差异，当为一诗之两传者。 [2] 涉：蹚水过河。 [3] 红蕖：红色荷花。 [4] "攀荷"二句：谓以手攀动荷叶，叶上水珠滚动而不成圆形。 [5] 佳人：指所思念之人。彩云里：与下文"隔远天"均极言其远。

[点评]

首二句叙述秋天玩水赏荷情景，次二句描绘攀弄荷叶，叶上圆圆的水珠滚动便不成圆形，状物极为生动传神。后四句抒情。古代一向有采折芳草以赠人表示爱慕的传统，如《古诗十九首》其六即云："涉江采芙蓉，兰泽多芳草。采之欲遗谁？所思在远道。"本诗五、六二句是说所思念之人远隔天涯，无法折荷相赠。末二句写只能在凉风中相思怅望的神态，忧伤之深宛然如见。

哭宣城善酿纪叟 [1]

纪叟黄泉里 [2]，还应酿老春 [3]。
夜台无晓日 [4]，沽酒与何人？

[注释]

[1] 此诗一作"《题戴老酒店》，云：戴老黄泉下，还应酿大春。夜台无李白，沽酒与何人？"善酿：善于酿酒。纪叟：姓纪的老翁，

明代杨慎认为"夜台无晓日"的艺术表现力远不如"夜台无李白"，他说："《哭宣城善酿纪叟》，予家古本作'夜台无李白'，此句绝妙。不但齐一死生，又且雄视幽明矣。昧者改为'夜台无晓日'，夜台自无晓日，又与下句'何人'字不相干，甚矣士俗不可医也。"（《杨升庵外集》）的确，"夜台无晓日"语气平淡，略显辞费，而"夜台无李白"更能彰显李白豪迈俊逸之气与狂放不羁的精神。

名不详。　[2]黄泉：地下。《左传》隐公元年："不及黄泉，无相见也。"　[3]老春：纪叟所酿酒名。唐代酒名多带春字。李肇《国史补》卷下："酒则有郢州之富水，乌程之若下，荥阳之土窟春，富平之石冻春，剑南之烧春。"　[4]夜台：墓穴。墓闭后不见光明，故称。《文选》卷二十八陆机《挽歌》："送子长夜台。"李周翰注："坟墓一闭，无复见明，故云长夜台。"

[点评]

宣城有一位善于酿酒的纪姓老翁，长年累月酿出美酒给酒仙李白狂饮。如今突然去世了，诗人深感悲痛，思念不已。于是他想象纪翁在黄泉下，应该也在施展他的绝活酿造老春名酒吧！前二句的想象似乎荒诞可笑，但却表现出诗人对这位老人的深切感情。后二句一本作"夜台无李白，沽酒与何人"，意思更加亲切。这是更进一层地提出问题：墓穴中永远是黑暗而没有阳光的，我李白现在还活着，墓穴中没有李白，你酿的酒卖给谁呢？似乎纪翁酿酒是专门卖给李白的，而且他酿的酒只有李白欣赏。这个问题当然不合乎情理，但却更真挚动人地表现出诗人对纪叟的怀念之深，把生离死别的悲痛刻画得入木三分。

编年文

代寿山答孟少府移文书 [1]

淮南小寿山谨使东峰金衣双鹤衔飞云锦书于维扬孟公足下曰 [2]：仆包大块之气 [3]，生洪荒之间 [4]，连翼、轸之分野 [5]，控荆、衡之远势 [6]。盘薄万古 [7]，邈然星河。凭天霓以结峰 [8]，倚斗极而横嶂。颇能攒吸霞雨，隐居灵仙。产隋侯之明珠 [9]，蓄卞氏之光宝。罄宇宙之美，殚造化之奇。方与昆仑抗行 [10]，阆风接境。何人间巫、庐、台、霍之足陈耶 [11]？

第一段用拟人化的手法，以寿山的名义写回信给姓孟的县尉。信中夸耀寿山的地理形势和山中所蕴藏的珍奇宝贝，说明寿山是能使神仙隐居的好地方，为下文叙述李白隐居此山张本。

[注释]

[1] 此书为李白收到孟少府的移文后，用寿山的名义作答的信。寿山：在今湖北安陆境内。《方舆胜览》卷三十一德安府山川："寿山，在安陆县西北六十里，昔山民有寿百岁者。"因此称之为

寿山。又因其位于府城西北，故称北寿山。孟少府：孟姓县尉，事迹不详。少府，对县尉的尊称。移文：古代文体的一种，常带有责备对方之意。　[2]淮南：唐时安州安陆郡隶属于淮南道，故称。金衣双鹤：一对黄鹤。后人谓此指北寿山的支脉大小鹤山。《安陆县志》称：大鹤山在县东北四十五里，高四十余仞，如鹤展翅；其南有小鹤山，高不十仞。维扬：指今江苏扬州。《尚书·禹贡》："淮海惟扬州。"后人因称扬州为维扬。按：宋本"扬"字作"阳"，据咸本、王本、《全唐文》改。足下：称对方的敬辞。　[3]大块：此指大自然。《淮南子·俶真训》："夫大块载我以形。"高诱注："大块，天地之间也。"李白集中多处言及"大块"，《日出入行》："吾将囊括大块，浩然与溟涬同科。"《春夜宴桃李园序》："阳春召我以烟景，大块假我以文章。"　[4]洪荒：指混沌蒙昧状态的太古之世。　[5]"连翼、轸"句：古代天文学家把黄道的恒星分成二十八个星座，称为二十八宿，翼与轸为二十八宿中的二宿。古代又把天上的二十八宿与地上的州、国联系起来，称为分野。翼、轸两宿的分野为荆楚地区。此称翼轸分野，即指安陆古属楚国。王勃《滕王阁序》称南昌为"星分翼轸"，即因南昌古属楚地。　[6]控荆、衡：荆州、衡州古亦属楚国，故曰"控荆衡"。　[7]盘薄：据持牢固貌。　[8]"凭天"二句：谓峰之高可达虹霓，山之连绵倚傍着北斗。斗极，《尔雅·释地》："北戴斗极为空桐。"邢昺疏："斗，北斗也。极者，中宫天极星。……以其居天之中，故谓之极。极，中也。北斗拱极，故云斗极。"　[9]"产隋侯"二句：谓北寿山所产皆珍宝。隋侯之明珠，《淮南子·览冥训》："隋侯之珠，和氏之璧。"高诱注："隋侯见大蛇伤断，以药傅之，后蛇于江中衔大珠以报之，因曰隋侯之珠，盖明珠也。"卞氏之光宝，事见《韩非子·和氏》。楚人卞和在山中得玉璞，先后献给厉王、武王，都以为是石，刖去卞和双足。文王即位，

卞和抱玉璞哭于楚山下，文王使玉工治理璞而得宝，命为和氏之璧。　[10]"方与"二句：谓寿山正可与昆仑抗衡，与阆风相邻。《水经注·河水》："昆仑之山三级：下曰樊桐，一名板桐。二曰玄圃，一名阆风。上曰层城，一名天庭，是为太帝之居。"　[11]"何人"句：谓人间之巫山、庐山、天台山、霍山等怎么可与并论？巫，巫山，在今四川、湖北接壤处。庐，庐山，在今江西九江南。台，天台山，在今浙江天台县东北。霍，霍山，在今安徽西部，主峰在霍山县南。

一昨于山人李白处奉见吾子移文[1]，责仆以多奇，叱仆以特秀[2]，而盛谈三山五岳之美[3]，谓仆小山，无名无德而称焉[4]。观乎斯言，何太谬之甚也！吾子岂不闻乎：无名为天地之始[5]，有名为万物之母。假令登封禋祀[6]，曷足以大道讥耶？然能损人费物，庖杀致祭[7]，暴殄草木[8]，镌刻金石[9]，使载图典[10]，亦未足为贵乎[11]？且达人庄生[12]，常有余论[13]，以为尺鷃不羡于鹏鸟[14]，秋毫可并于太山[15]，由斯而谈，何小大之殊也[16]？

第二段以老子关于有名和无名的关系、庄周关于小和大的关系的论述，来说明寿山虽然小而无名，却可以与三山五岳并美。以此来回击孟少府移文中的指责。

[注释]
[1]一：郭本、王本、《全唐文》无"一"字。奉：郭本、王本、《全唐文》无"奉"字。　[2]叱：大声呵斥。郭本、咸本、王本作"鄙"。　[3]三山五岳：谓海中的蓬莱、方丈、瀛洲三座神山

和泰山、衡山、华山、恒山、嵩山五座名山。　[4]称焉：在此自称。焉，兼词，“于此”二字的合义。　[5]“无名”二句：用《老子》成语。《老子》第一章：“无名天地之始，有名万物之母。”河上公注：“无名者，谓道无形，故不可名也。始者，道之本也，吐气布化，出于虚无，为天地本始也。有名谓天地。天地有形位、有阴阳、有刚柔，是其有名也。万物母者，天地含气生万物，长大成熟，如母之养子也。”　[6]“假令”二句：谓寿山虽小，如果有帝王登封祭祀，可与三山五岳一样为用，何足以大道来讥笑我呢！登封禋祀，指登泰山封禅升烟祭祀。战国时齐鲁有些儒士认为五岳中泰山最高，帝王功成治定应到泰山封禅。筑坛祭天曰“封”，在山南梁父山上祭地曰“禅”。秦始皇、汉武帝、唐玄宗都曾登泰山封禅，向上天报告自己的功业。禋祀，升烟以祭，古代祭天的典礼。曷足，何足。　[7]庖杀：厨师宰杀牲口。　[8]暴殄：残暴地灭绝。　[9]镌刻金石：在铜器或石头上雕凿文字。　[10]图典：图书典籍。　[11]“未足”句：不足为尊贵吧？　[12]“且达人”句：通达之人庄子。庄生，即战国时道家思想家庄周。　[13]余论：遗谈美论，对别人言论的敬辞。《文选》卷七司马相如《子虚赋》：“问楚地之有无者，愿闻大国之风烈，先生之余论也。”李善注引张晏曰：“愿闻先贤之遗谈美论也。”　[14]尺鷃：小鸟。鹏鸟：传说中极大的鸟。《庄子·逍遥游》：“北冥有鱼，其名为鲲。鲲之大，不知其几千里也。化而为鸟，其名为鹏。鹏之背，不知其几千里也。怒而飞，其翼若垂天之云。是鸟也，海运则将徙于南冥。南冥者，天池也。齐谐者，志怪者也。谐之言曰：‘鹏之徙于南冥也，水击三千里，抟扶摇而上者九万里，去以六月息者也。’”又曰：“斥（尺）鷃笑之曰：‘彼且奚适也？我腾跃而上，不过数仞而下，翱翔蓬蒿之间，此亦飞之至也。而彼且奚适也？’”　[15]“秋毫”句：《庄子·齐物论》：“天下莫大于秋毫之末，而太山为小。”秋

毫本指鸟兽在秋天新长出的细毛，极小而难见。太山则是高大的山。庄周故意说秋毫为最大，而太山为小。此借庄子语说明尺鹌之小不羡慕大鹏之大，秋毫之小亦可与太山并列。 [16]"何小大"句：有什么小与大的不同呢？

　　又怪于诸山藏国宝、隐国贤，使吾君榜道烧山[1]，披访不获，非通谈也。夫皇王登极，瑞物昭至[2]，蒲萄翡翠以纳贡[3]，河图洛书以应符[4]。设天网而掩贤[5]，穷月窥以率职[6]。天不秘宝[7]，地不藏珍，风威百蛮[8]，春养万物。王道无外[9]，何英贤珍玉而能伏匿于岩穴耶？所谓榜道烧山，此则王者之德未广矣。昔太公大贤[10]，傅说明德[11]，栖渭川之水[12]，藏虞、虢之岩[13]，卒能形诸兆朕[14]，感乎梦想。此则天道暗合，岂劳乎搜访哉！果投竿诣麾[15]，舍筑作相[16]，佐周文，赞武丁[17]。总而论之，山亦何罪？乃知岩穴为养贤之域，林泉非秘宝之区。则仆之诸山，亦何负于国家矣？

第三段以圣明天子在位，四方都来进贡，英贤都来奉职，并以姜太公辅佐周文王、傅说辅佐商武丁为例，说明天地不会隐匿珍宝。如果要榜道烧山，求贤不获，那是因为"王者之德未广"，岩穴和山林是无罪的。以此来回击孟少府对寿山藏宝隐贤的指责。

[注释]

[1]榜道烧山：梁邵陵王萧纶《贞白先生陶君碑》："榜道求贤，焚林招士。"榜道，张贴告示于路旁。烧山，用阮瑀事。据

《三国志·魏书·阮瑀传》裴松之注引《文士传》曰："太祖雅闻瑀名，辟之，不应。连见逼促，乃逃入山中。太祖使人焚山，得瑀，送至。" [2] 瑞物：预兆吉祥之物。 [3]"蒲萄"句：王琦注："蒲萄西域所产。翡翠南越所产，略举二物，以见远方纳贡之意。" [4]"河图"句：《周易·系辞上》："河出图，洛出书，圣人则之。"此谓河图洛书乃应吉祥的符瑞。 [5]"设天"句：撒开天网，搜罗贤者。《文选》卷四十二曹植《与杨德祖书》："吾王于是设天网以该之，顿八纮掩之。" [6]"穷月"句：穷尽四方极远之人都奉行职事。《文选》卷二十七颜延年《宋郊祀歌》："月竁(cuì)来宾。"吕延济注："竁，窟也。月窟，西极。"率职，奉行职责。颜延年《赭白马赋序》："五方率职，四隩入贡。" [7]"天不"二句：互文见义，意谓天地并不密藏珍宝。 [8]百蛮：夷狄的总称。指与华夏对称的诸少数民族。班固《东都赋》："内抚诸夏，外绥百蛮。" [9]王道无外：《公羊传》隐公元年："王者无外。"何休注："明王者以天下为家。" [10]太公：指姜太公，垂钓于渭滨，周文王梦见太公，后出猎而遇，拜为师，详见《梁甫吟》诗注。 [11]傅说(yuè)：人名。原为虞、虢之界傅岩筑墙的奴隶，商王武丁梦得圣人，以其形象求之，因得傅说，任为大臣，治理国政。 [12]"栖渭"句：指姜太公未遇文王前，垂钓于渭滨事。 [13]"藏虞、虢"句：指傅说未遇武丁前，在虞、虢之界傅岩筑墙事。 [14]兆朕：事件发生前的征候或迹象。即指周文王梦见太公、商王武丁梦得圣人二事。 [15]投竿诣麾：指姜太公弃钓竿为周文王师。诣，前往。麾，指挥军队。 [16]舍筑作相：指傅说舍筑而佐武丁为相。 [17]赞：助。

近者逸人李白自峨眉而来[1]，尔其天为容[2]，道为貌，不屈己，不干人，巢、由以来[3]，一人

而已。乃虬蟠龟息^[4]，遁乎此山。仆尝弄之以绿绮^[5]，卧之以碧云，嗽之以琼液，饵之以金砂。既而童颜益春，真气愈茂。将欲倚剑天外^[6]，挂弓扶桑。浮四海，横八荒，出宇宙之寥廓，登云天之渺茫。俄而李公仰天长吁，谓其友人曰：吾未可去也。吾与尔达则兼济天下，穷则独善一身。安能餐君紫霞^[7]，荫君青松，乘君鸾鹤，驾君虬龙，一朝飞腾，为方丈、蓬莱之人耳，此则未可也^[8]。乃相与卷其丹书^[9]，匣其瑶瑟。申管、晏之谈^[10]，谋帝王之术。奋其智能，愿为辅弼。使寰区大定^[11]，海县清一^[12]。事君之道成，荣亲之义毕，然后与陶朱、留侯^[13]，浮五湖，戏沧洲，不足为难矣。即仆林下之所隐容^[14]，岂不大哉！必能资其聪明，辅以正气，借之以物色，发之以文章，虽烟花中贫^[15]，没齿无恨^[16]。其有山精木魅^[17]，雄虺猛兽^[18]，以驱之四荒，磔裂原野^[19]，使影迹绝灭，不干户庭。亦遣清风扫门，明月侍坐。此乃养贤之心，实亦勤矣。

[注释]

[1] 自峨眉来：指从蜀地来。峨眉，山名，见前《峨眉山月歌》

第四段是本文的核心。有三个层次：首先以寿山的口气，叙李白在寿山隐居的情况。正当李白想云游四海八极之时，突然一转，进入第二个层次，由李白说出自己的志向："达则兼济天下，穷则独善一身。"于是卷起道书，藏好玉瑟，说明告别道教。在此，李白的思想表达得非常清楚，那就是要像当年管、晏那样做辅弼大臣，为帝王出谋划策，等到完成事君之道、荣亲之义，然后功成身退。第三个层次又是寿山口气叙其帮助李白的情景，说明寿山乃养贤之地，其功甚大。回击孟少府所谓"无名无德而称"的责难。

诗注。宋本作"蛾眉",据郭本、咸本、王本改。　[2]"尔其"二句:《庄子·德充符》:"庄子曰:'道与之貌,天与之形,恶得不谓之人。'"尔其,语助词,犹言至于。此句即仙风道骨之意。　[3]巢、由:指巢父、许由,尧时隐士。　[4]虬蟠龟息:道家语。谓蟠曲如虬(无角龙),呼吸调息如龟(不饮食而长生)。左思《吴都赋》:"轮囷虬蟠。"《抱朴子内篇·对俗》:"《史记·龟策传》云:江淮间居人为儿时,以龟枝床,至后老死,家人移床而龟故生,此亦不减五六十岁也。不饮不食,如此之久而不死,其与凡物不同亦远矣。……仙经象龟之息,岂不有以乎!"　[5]"仆尝"以下四句:是说我寿山送绿绮琴使其抚弄,让碧云使其卧息,用琼液使其漱口,用仙药使其服食。绿绮,琴名,详见前《听蜀僧浚弹琴》诗注。此代指琴。琼液,玉浆。饵,使之食。金砂,即丹砂、仙药。　[6]"将欲"二句:阮籍《咏怀诗》三十八:"弯弓挂扶桑,长剑倚天外。"此即用其意。倚剑天外,宋玉《大言赋》:"长剑耿耿倚天外。"扶桑,神话中日出之处的树木。　[7]"安能"以下六句:谓原本托寿山之福的,怎能一朝飞腾即成仙而去。方丈、蓬莱,传说中的海中仙山名。　[8]此则:宋本作"此方",据郭本、王本、《全唐文》改。　[9]"乃相与"二句:于是卷起炼丹的书籍,把琴瑟装进匣中。指离开隐居之地。　[10]管、晏:春秋时齐国名相管仲、晏婴。管仲曾辅佐齐桓公成为春秋第一个霸主,晏婴长期以节俭力行劝谏齐灵公、庄公、景公。　[11]寰区:犹寰宇、宇内、天下。　[12]海县:犹海内。清一:清平统一。　[13]"然后"以下三句:此乃李白的志向,概括地说,即"功成身退"。陶朱,指范蠡,春秋末越国大夫,越为吴败时,曾赴吴为质二年。回越后助越王勾践奋发图强,灭亡吴国。后浮游五湖,赴齐国,号鸱夷子皮。到陶(今山东定陶西北),自称陶朱公,以经商致富。见《史记·越王勾践世家》。留侯,指张良,帮助刘邦建立汉朝,

封留侯。自以为"此布衣之极，于良足矣。愿弃人间事，欲从赤松子游耳"，乃学辟谷，道引轻身。见《史记·留侯世家》。沧洲，滨水之地，古代常用以称隐士的居处。　[14]隐容：隐藏容纳。宋本原作"隐客"，据郭本、王本、《全唐文》改。　[15]烟花中贫：指春景衰落。　[16]没齿：终年，终身。　[17]山精木魅：山林中的精怪鬼魅。鲍照《芜城赋》："木魅山鬼，野鼠城狐。风嗥雨啸，昏见晨趋。"　[18]虺（huǐ）：毒蛇。猛兽：猛虎。唐人讳虎，故改称兽。　[19]磔裂：分裂牲体。

孟子孟子[1]，无见深责耶[2]！明年青春，求我于此岩也。

第五段为最后的结语，告诫孟少府不必深责我寿山，明年春天你来求我，李白这位贤人就会出山做一番事业了。

[注释]

[1]孟子：对孟少府的尊称。　[2]"无见"句：不要深责我吧！无，通"毋"，不要。

[点评]

从文中称"近者逸人李白自峨眉而来"可知，其时李白初到安陆，隐于北寿山。则本文约作于开元十五年（727）。从文中还可知当时淮南某县姓孟的一位县尉写了一篇移文，指责寿山是一座无德无名的小山，让李白那样的人隐居，是藏宝埋贤。于是李白就以寿山的口吻，写了这篇回信。信中首先用道家的观点，论述无名与有名、小与大的关系，说明无名小山与三山五岳并没有区别，反驳了孟少府的基本论点。其次说圣明天子在位，

英贤都来奉职，天地不会隐匿珍宝。如果要榜道烧山，求贤不获，那是因为"王者之德未广"，岩穴和山林是无罪的，以此来回击孟少府对寿山藏宝隐贤的指责。再次叙李白在寿山隐居欲云游四海八极之时，想到了自己的志向："达则兼济天下，穷则独善一身。"要在完成儒家做一番事业后，再实践道家功成身退的理想。说明寿山乃养贤之地，其功甚大，回击孟少府所谓"无名无德而称"的责难。最后告诫孟少府不必深责寿山，因为寿山所养之贤人明年就可能出山。

全文结构完整，层次清晰。从文体性质看，此文或暗拟孔稚珪《北山移文》，乃借题发挥，带有一定的游戏性，但所表达的意思是严肃深刻的。文中展现出李白的理想是"达则兼济天下，穷则独善一身"，表示自己要像当年管、晏那样做辅弼大臣，为帝王出谋划策，等到完成事君之道、荣亲之义，然后功成身退。说明李白的主导思想是儒家的出仕思想，在功成之后再身退，也就是在完成儒家事业后再实践道家理想。这是李白一生为之奋斗的目标。遗憾的是终其一生未能功成，所以也谈不上身退了。

上安州裴长史书 [1]

白闻天不言而四时行 [2]，地不语而百物生。白人焉，非天地也 [3]，安得不言而知乎？敢剖心析肝 [4]，论举身之事 [5]，便当谈笑 [6]，以明

其心，而粗陈其大纲，一快愤懑[7]，惟君侯
察焉[8]！

［注释］

[1] 从本文中自叙生平说"迄于今三十春矣"，学术界多认
为此《书》作于李白三十岁时，即开元十八年（730）。由于
《书》中详细叙述了自己的出身和经历，所以本文是研究李白生
平的重要资料。安州：唐州名，治所在今湖北安陆。裴长史：其
名及事迹均不详。长史，唐代安州设都督府，长史是府中协助
都督管理行政事务的长官。唐高宗以后，各地大都督一般由亲
王、勋贵担任，长史乃其地实际行政长官。　[2]"白闻"二句：
语本《论语·阳货》："天何言哉，四时行焉，百物生焉。"《北
史·长孙绍远传》："夫天不言，而四时行焉；地不言，而万物生
焉。"　[3] 也：郭本、咸本、王本、《唐文粹》、《全唐文》皆无
"也"字。　[4]"敢剖"句：冒昧地剖陈心迹。敢，谦词，有
冒昧、斗胆之意。剖心，郭本、咸本作"刻心"。　[5]"论举"
句：陈述一身之事，生平经历之事。　[6]"便当"二句：权当
言笑，以表明我的心迹。　[7]"一快"句：一泄心中的烦闷为
快。　[8]"惟君侯"句：希望长史明察。

白本家金陵[1]，世为右姓[2]。遭沮渠蒙逊
难[3]，奔流咸秦[4]，因官寓家。少长江汉[5]，五
岁诵六甲[6]，十岁观百家[7]。轩辕以来[8]，颇得
闻矣。常横经籍书[9]，制作不倦，迄于今三十
春矣[10]。

第一段以自然
界可以不说话而四
季运行、百物生长，
而人不说话是无法
使别人知道的，来
说明自己上书的理
由。也就是要向裴
长史谈生平之事来
表明心迹，以泄心
中愤懑为快。

第二段叙述自
己的家世和出身，
以及幼年以来努力
攻读和写作的情况。

[注释]

[1] 金陵：王琦注按："自'本家金陵'至'少长江汉'二十余字，必有缺文讹字，否则'金陵'或是'金城'之谬，亦未可知。"按：金城，汉郡名，治所在今甘肃永靖西北。十六国前凉以金城（今甘肃兰州）为治所。李白自称陇西人，则"金陵"当为"金城"之讹。或谓李暠在西凉亦设建康郡，故亦得别称金陵，此说可信度不高。   [2] 右姓：古代以右为上，汉魏以后称世家大族为右姓。   [3]"遭沮渠"句：按《晋书·李玄盛传》记载，凉武昭王讳暠，字玄盛，陇西成纪人，姓李氏，汉前将军广之十六世孙。世为西州右姓。当吕氏之末，为群雄所奉，遂启霸图，兵无血刃，坐定千里。进号大都督、大将军、凉公、领秦凉二州牧。据河右，迁都酒泉，薨。子歆嗣位，为沮渠蒙逊所灭。诸弟酒泉太守翻、新城太守预、领羽林右监密、左将军眺、右将军亮等西奔敦煌，蒙逊遂入于酒泉。翻及弟敦煌太守恂与诸子等弃敦煌，奔于北山。郡人宋承、张弘以恂在郡有惠政，推为冠军将军、凉州刺史。蒙逊屠其城。歆子重耳，脱身奔于江左，仕于宋。后归魏，为恒农太守。蒙逊徙翻子宝等于姑臧，岁余，北奔伊吾，后归于魏。"遭沮渠蒙逊难"当即指此。沮渠蒙逊，十六国时北凉的建立者。   [4] 咸秦：指秦故地，即长安咸阳一带。   [5] 江汉：指长江与汉水流域。此处疑借指蜀中。   [6] 六甲：用天干地支相配计算时日，其中有甲子、甲戌、甲申、甲午、甲辰、甲寅，称六甲。犹言学数干支也。《汉书·食货志上》："八岁入小学，学六甲五方书计之事。"   [7] 百家：指先秦诸子百家之书。   [8] 轩辕：即黄帝。《史记·五帝本纪》谓黄帝姓公孙，名轩辕。司马贞《索隐》引皇甫谧曰："居轩辕之丘，因以为名，又以为号。"   [9]"常横"句：谓经常横放着书籍，昼夜攻读。   [10]"迄于"句：至今已有三十年。此"三十春"，指从"本家金陵……少长江汉"算起。

故学术界据此谓此《书》作于李白三十岁时。又有学者以为从"五岁诵六甲"算起，则此《书》作于三十五岁时。

以为士生则桑弧蓬矢[1]，射乎四方，故知大丈夫必有四方之志[2]。乃杖剑去国[3]，辞亲远游。南穷苍梧[4]，东涉溟海[5]。见乡人相如大夸云梦之事[6]，云楚有七泽[7]，遂来观焉。而许相公家见招[8]，妻以孙女，便憩迹于此[9]，至移三霜焉[10]。

第三段叙述自己辞亲远游的志向，历叙离开故乡后的经历，来到安陆被故相家招亲，在安州已住了三年。

[注释]

[1]"以为"二句：古代男子出生，用桑木作弓，蓬梗作箭，使射人射天地四方，寓志在四方之意。《礼记·射义》："故男子生，桑弧，蓬矢六，以射天地四方。天地四方者，男子之所有事也。"桑弧蓬矢，桑木制作的弓，蓬梗制作的箭。　[2]四方之志：指辅佐帝王治理天下之志。　[3]杖剑去国：持剑离别故乡。杖，王本作"仗"，通。　[4]穷：历尽。苍梧：古地区名。其地当在今湖南九嶷山以南。又作山名，即九嶷山，相传舜葬于苍梧之野。地在今湖南宁远南。　[5]涉：到达。溟海：大海。　[6]乡人相如：汉代辞赋家司马相如是蜀人，李白亦少长蜀地，故称司马相如为乡人。乡人，同乡人。　[7]楚有七泽：司马相如有《子虚赋》，言及楚有七泽和云梦之事。其词云："臣闻楚有七泽，……臣之所见，盖特其小小者耳，名曰云梦。云梦者，方九百里。……"　[8]许相公：指高宗时宰相许圉师。据《旧唐书·许圉师传》："圉师有

李白营葬友人吴指南的方式非常独特，是采用剔其肉而后埋其骨的葬法，这在民俗学上叫作剔骨葬，或称二次捡骨葬。李白为友人行二次捡骨葬仪，与他早年接受突厥文化和西南蛮族文化的影响有关，加之所葬之人吴指南为蜀地人，因此采用了一种与华夏文化葬仪截然不同的剔骨葬法。详参周勋初先生著《诗仙李白之谜·丧葬习俗——李白剔骨葬友的文化背景之考察》。

第四段主要叙述两件任侠仗义的事：一是在扬州"散金三十余万"，救济穷困士子；一是丐贷营葬友人吴指南，把朋友当作兄弟一样。这是李白出蜀后实施任侠仗义的两件主要事。

器干，博涉艺文，举进士。显庆二年，累迁黄门侍郎、同中书下三品。……龙朔中为左相。……上元中，再迁户部尚书。仪凤四年卒。"见招：被招为婿。　[9]憩迹于此：宋本原作"憩于此"，无"迹"字，据郭本、王本、《唐文粹》、《全唐文》补。憩迹，犹栖息。　[10]三霜：犹三年。按：李白三十岁写此文，上推三年，可知其二十七岁来安陆定居。

曩昔东游维扬[1]，不逾一年，散金三十余万[2]，有落魄公子[3]，悉皆济之。此则是白之轻财好施也[4]。又昔与蜀中友人吴指南同游于楚，指南死于洞庭之上，白襢服恸哭[5]，若丧天伦[6]。炎月伏尸[7]，泣尽而继之以血[8]。行路闻者[9]，悉皆伤心。猛虎前临，坚守不动。遂权殡于湖侧[10]，便之金陵。数年来观，筋骨尚在[11]。白雪泣持刃[12]，躬申洗削。裹骨，徒步，负之而趋。寝兴携持[13]，无辍身手[14]，遂丐贷营葬于鄂城之东[15]。故乡路遥，魂魄无主，礼以迁窆[16]，式昭朋情[17]。此则是白存交重义也。

[注释]

[1]曩昔：以往。维扬：扬州的别称。见前《代寿山答孟少府移文书》注。扬，宋本原作"阳"，郭本、咸本作"杨"，今据王本改。　[2]三十余万：此泛言很多金银，未必实指。　[3]落魄：

穷困失意。　[4]好施：乐于救助他人。　[5]禫（dàn）服：犹丧服。禫，除丧服的祭礼。　[6]天伦：旧指父子、兄弟等天然的亲属关系。此处指兄弟。　[7]炎月：炎热的夏天。　[8]"泣尽"句：用《韩非子·和氏》成句："泣尽而继之以血。"郭本、咸本无"而"字。　[9]行路：犹路人。闻：宋本原作"间"，据王本、《唐文粹》、《全唐文》改。　[10]权殡：暂且埋葬。　[11]筋骨：王本、《唐文粹》作"筋肉"。　[12]雪泣：拭泪。　[13]寝兴：卧和起。《诗·小雅·斯干》："乃寝乃兴。"　[14]辍：停止，离。　[15]丐贷：借债。营葬：料理丧葬。鄂城：指鄂州城，今湖北武昌。　[16]迁窆（biǎn）：迁葬。　[17]式昭朋情：用以显示朋友间的深情。式，以，用。昭，显扬。

又昔与逸人东严子隐于岷山之阳[1]，白巢居数年[2]，不迹城市[3]。养奇禽千计，呼皆就掌取食，了无惊猜[4]。广汉太守闻而异之[5]，诣庐亲睹[6]，因举二人以有道[7]，并不起。此则白养高忘机[8]，不屈之迹也。

第五段主要叙述与友人隐居大匡山，逍遥自在，养鸟取乐，当地长官请他们出山，推荐去考功名，都被拒绝，说明他们淡泊名利，气节高尚。

[注释]

[1]逸人：隐居不仕之人。东严子：杨慎《李太白诗题辞》谓即梓州盐亭人赵蕤。杨天惠《彰明逸事》谓李白隐大匡山，依赵徵君蕤，从学岁余。故杨说可从。岷山：在今四川北部，绵延四川、甘肃两省边境，为长江、黄河分水岭，岷江、嘉陵江发源地。阳：山之南，水之北。此即指大匡山。　[2]巢居：原始社会的人栖宿于树，称巢居。《庄子·盗跖》："且吾闻之，古

者禽兽多而人少，于是民皆巢居以避之。" [3] 不迹：踪迹不到。 [4] 了无惊猜：全不惊惧嫌隙。 [5] 广汉太守：指绵州刺史。广汉，汉郡名，治所在乘乡（今四川金堂东），东汉移治雒县（今四川广汉北）。大匡山在唐绵州境内，在汉为广汉郡所辖，故此以广汉指代绵州。 [6] 诣庐：到茅舍。 [7]"因举"二句：谓绵州刺史推举他们应试有道科，但他们都不去。有道，唐科举取士制科的科名。由地方官推举到京师后，由皇帝命试。 [8] 养高：保养高尚志节。忘机：忘却计较得失，指淡泊名利，与世无争。机，机巧之心。

又前礼部尚书苏公出为益州长史[1]，白于路中投刺[2]，待以布衣之礼[3]。因谓群寮曰[4]："此子天才英丽，下笔不休，虽风力未成[5]，且见专车之骨[6]。若广之以学，可以相如比肩也[7]。"四海明识[8]，具知此谈。前此郡督马公[9]，朝野豪彦；一见尽礼[10]，许为奇才。因谓长史李京之曰[11]："诸人之文，犹山无烟霞，春无草树。李白之文，清雄奔放，名章俊语，络绎间起[12]，光明洞澈[13]，句句动人。"此则故交元丹[14]，亲接斯议。若苏、马二公愚人也[15]，复何足尽陈[16]！傥贤贤也[17]，白有可尚[18]。

第六段例举两位前辈大臣对自己的以礼相待，以及对自己文学才华的赏识和称赞，还有他人作证，说明自己不是平庸之人，而是一个少有的人才。

[注释]

[1] 苏公：指苏颋。据《旧唐书·苏颋传》，苏颋开元八年除礼部尚书，罢政事，俄知益州大都督府长史事。按：唐时益州大都督常由亲王遥领，不赴任，故大都督府长史为州的实际行政长官。益州：唐州名，治所在今四川成都。　[2] 投刺：投名帖请谒。　[3] 布衣之礼：意谓苏颋不以名位之尊，而以平等身份接待李白。布衣，平民，指未仕的读书人。　[4] 群寮：指苏颋的属官。寮，通"僚"，僚属。　[5] 风力：犹风骨，指文章的笔力。　[6] 专车之骨：原指巨人之骨，一节骨头就装满了一车。《国语·鲁语下》："吴伐越，堕（隳）会稽，获骨焉，节专车。"韦昭注："骨一节，其长专车。专，擅也。"此喻文章超出寻常，不同凡响。　[7] 比肩：并肩，地位相等。按：此事亦见《新唐书·李白传》："苏颋为益州长史，见白异之，曰：'是子天才英特，少益以学，可比相如。'"　[8]"四海"二句：天下卓识之士都知道这一评价。　[9] 郡督马公：指安州都督府都督马正会，代宗时名将马璘之祖父。《全唐文》卷六二三熊执易《武陵郡王马公神道碑》："在皇朝，松、安、巂、鄯四府都督，陇右节度，加、鄜、鄘三州刺史，右武、左武二卫大将军，扶风公，食邑千户，赠光禄卿府君讳正会，公之曾祖也。……四镇北庭、泾原、郑颖等节度使，开府仪同三司，尚书左仆射、知省事兼御史大夫，扶风郡王，赠司徒、太尉府君讳璘，公之烈考也。"　[10] 一见尽礼：初次相见就优礼相待。宋本无"尽"字，据郭本、咸本、王本、《唐文粹》、《全唐文》补。　[11] 李京之：此前李白有《上安州李长史书》，李长史即李京之，为裴长史之前任。其他事迹不详。　[12] 络绎：亦作"骆驿""络驿"，往来不绝，前后相接，接连不断。　[13] 洞澈：同"洞彻"，清澈，通达。　[14] 元丹：即元丹丘。李白好友，见前《西岳云台歌送丹丘子》诗注。　[15] 愚人：愚弄人，说谎

捉弄人。　[16]尽：郭本、咸本、王本、《全唐文》皆无"尽"字。　[17]傥贤贤：如果是推敬贤人。傥，通"倘"，倘若。贤贤，上"贤"字为动词，推敬贤人；下"贤"字为名词，贤人。　[18]有可尚：有可以崇尚之处。

第七段首先引用孔子的话说明人才难得，表示自己在文学方面有才华，请裴长史考虑。这一小段为前后两大段之间的过渡。

夫唐虞之际[1]，于斯为盛，有妇人焉，九人而已。是知才难不可多得。白，野人也[2]，颇工于文，惟君侯顾之，无按剑也[3]。

[注释]

[1]"夫唐虞"以下五句：《论语·泰伯》："武王曰：'予有乱臣十人。'孔子曰：'才难，不其然乎？唐虞之际，于斯为盛，有妇人焉，九人而已。'"何晏注："马曰：乱，治也。治官者十人，谓周公旦、召公奭、太公望、毕公、荣公、太颠、闳夭、散宜生、南宫适。其一人谓文母。"又曰："周最盛，多贤才，然尚有一妇人，其余九人而已。大才难得，岂不然乎？"此用其成句。谓号称贤才最盛的周武王时期，其中尚有一位妇人，此外只有九个贤人而已，由此可知大才难得。　[2]野人：在野未仕者，平民。　[3]无按剑也：不要按剑发怒。《史记·平原君列传》："毛遂按剑，历阶而上。"此"按剑"表示呵叱之意。按：咸本无"顾之无按剑也伏惟君侯"十字。

伏惟君侯[1]，贵而且贤，鹰扬虎视[2]，齿若编贝，肤如凝脂，昭昭乎若玉山上行，朗然映人也。而高义重诺，名飞天京[3]，四方诸侯[4]，

闻风暗许^[5]。倚剑慷慨，气干虹蜺。月费千金，日宴群客，出跃骏马^[6]，入罗红颜，所在之处，宾朋成市^[7]。故时人歌曰^[8]："宾朋何喧喧！日夜裴公门。愿得裴公之一言，不须驱马将华轩^[9]。"白不知君侯何以得此声于天壤之间，岂不由重诺好贤，谦以得也^[10]？而晚节改操^[11]，栖情翰林^[12]，天才超然^[13]，度越作者^[14]。屈佐郧国^[15]，时惟清哉。棱威雄雄^[16]，下慑群物。

第八段多角度描写裴长史的形象及为人：从仪表、牙齿、皮肤到风采，从品格、气概、豪奢、骏马、美女到宾客成市，这一切都是他重诺好贤所致。然后又转而颂扬他晚年倾情文学，其天才的作品超越一般作者。最后说他屈居长史之位而治理清明，并能使下属畏服。

[注释]

[1] 伏惟：犹俯思，下对上有所陈述时表敬之辞。　[2]"鹰扬"以下五句：形容裴长史的仪表风采。鹰扬，威武貌。虎视，如虎之雄视。编贝，形容牙齿洁白整齐如编排的贝壳。《汉书·东方朔传》："长九尺三寸，目若悬珠，齿若编贝。"肤如凝脂，皮肤如凝冻的脂肪，喻皮肤柔滑洁白。《诗·卫风·硕人》："手如柔荑，肤如凝脂。"昭昭，光明貌。《楚辞·九歌·云中君》："灵连蜷兮既留，烂昭昭兮未央。"玉山上行，《世说新语·容止》："见裴叔则，如玉山上行，光映照人。"此即用其意。朗然，明亮貌。　[3] 天京：指京都长安。　[4] 四方诸侯：指各地方长官。　[5] 暗许：私下赞许。　[6]"出跃"二句：出外骑骏马，归家美女环列。罗，排列。红颜，指侍女。　[7] 成市：形容宾客众多，喧闹如市。　[8] 时人：宋本原作"时节"，据郭本、咸本、王本、《唐文粹》改。　[9]"不须"句：不须驱马乘美车。将，与。郭本、

王本、《唐文粹》、《全唐文》皆作"埒"。华轩，雕饰华美的车乘。　[10]谦以得也：《唐文粹》《全唐文》作"谦以下士得也"。　[11]晚节：暮年。改操：改变操行。　[12]翰林：文翰之林。《文选》卷九扬雄《长杨赋》："故藉翰林以为主人，子墨为客卿以风。"李善注："翰林，文翰之多若林也。"　[13]天才：王本作"天材"。　[14]度越：超过。　[15]郧国：指安州，春秋时为郧国，后为楚所灭。宋本原作"邘国"，据郭本、王本、《唐文粹》、《全唐文》改。　[16]"棱威"二句：谓裴长史为人所畏服。棱威雄雄，威势盛貌。慑（shè），同"慑"，畏惧。

第九段首先说仰慕裴长史已十年，过去没有机会见面；接着说现在有机会认识，见面交谈已八九次，但尚未能一吐心事；然后提到正题，没有想到众多的人毁谤自己，而自己完全是无辜的。为了表示自己的无辜，说了两层意思：一是请裴长史查清事实，如果属实，自己甘愿接受烹刑。一是如果确有其事，自己早就逃走，岂敢明目张胆地上书？最后用王安期不愿鞭打好学的犯夜人以立威名的典故，来刺激裴长史为自己雪谤。

白窃慕高义[1]，已经十年。云山间之，造谒无路[2]。今也运会[3]，得趋末尘，承颜接辞[4]，八九度矣[5]。常欲一雪心迹[6]，崎岖未便[7]。何图谤言忽生[8]，众口攒毁[9]，将恐投杼下客[10]，震于严威。然自明无辜，何忧悔吝[11]。孔子曰："畏天命[12]，畏大人，畏圣人之言"。过此三者[13]，鬼神不害。若使事得其实，罪当其身，则将浴兰沐芳[14]，自屏于烹鲜之地，惟君侯死生[15]。不然，投山窜海，转死沟壑。岂能明目张胆，托书自陈耶！昔王东海问犯夜者曰[16]："何所从来[17]？"答曰："从师受学，不觉日晚。"王曰："吾岂可鞭挞宁越以立威名[18]！"想君侯

通人 [19]，必不尔也 [20]。

[注释]

[1]窃慕高义：私下羡慕你崇高的节义。　[2]造谒：登门拜谒。　[3]"今也"二句：如今幸得良机，得以跟随趋走。运会，时运际会。末尘，犹后尘，比喻别人之后。拜会的谦词。　[4]承颜：承接颜色，见面的意思。　[5]度：次。　[6]雪：洗清，表白。心迹：心志，心中所想之事。　[7]崎岖：道路高低不平貌。此指曲折不便。汉王符《潜夫论·浮侈》："倾倚险阻，崎岖不便。"　[8]何图：岂料。谤言：诽谤之言。宋本作"谤詈"，据郭本、咸本、王本、《唐文粹》改。　[9]攒：聚集，谓众人交口毁谤。　[10]恐：宋本原作"欲"，据郭本、咸本、王本改。投杼：典出《战国策·秦策二》："昔者曾子处费，费人有与曾子同名族者而杀人，人告曾子母曰：'曾参杀人。'曾子之母曰：'吾子不杀人！'织自若。有顷焉，人又曰：'曾参杀人！'其母尚织自若也。顷之，一人又告之曰：'曾参杀人！'其母惧，投杼逾墙而走。"　[11]何忧悔吝：为何忧虑耻辱和悔恨。悔吝，耻辱和悔恨。吝，宋本原作"恪"，据郭本、咸本、缪本、王本、《唐文粹》、《全唐文》改。　[12]"畏天命"以下三句：《论语·季氏》："孔子曰：'君子有三畏，畏天命，畏大人，畏圣人之言。'"何晏注："顺吉逆凶，天之命也。大人即圣人，与天地合其德。"又云："深远不可易知测，圣人之言也。"　[13]"过此"二句：除此三者，鬼神亦何所惧。　[14]"则将"二句：将用芳草兰汤沐浴，自己甘愿退居受刑之地。屏，退居。烹鲜，用《老子》"治大国若烹小鲜"之典。河上公注："鲜，鱼也。烹小鱼，不去肠，不去鳞，不敢挠，恐其靡也。治国烦则下乱。"后以烹鲜喻治国之道。此"烹鲜之地"犹言鼎镬。　[15]惟君侯死生：只由您处置死生。　[16]"昔

王”句：《世说新语·政事》："王安期作东海郡，吏录一犯夜人来，王问：'何处来？'云：'从师家受书还，不觉日晚。'王曰：'鞭挞宁越以立威名，恐非致理之本。'使吏送令归家。"此即用其事。王东海，指东海郡太守王承，字安期，古人常以所官之名称人。　[17]何所从来：即"来从何所"，从何处来。　[18]宁越：据《世说新语》刘孝标注引《吕氏春秋》："宁越，中牟之鄙人也。……其友曰：'学三十岁则可以达矣。'宁越曰：'请以十岁，人将休吾将不敢休，人将卧吾将不敢卧。'十五岁而周威公师之。"此以王承喻裴长史，以宁越自比。　[19]通人：指学识渊博、贯通古今之人。王充《论衡·超奇》："通书千篇以上，万卷以下，弘畅雅闲，审定文读，而以教授为人师者，通人也。"又曰："故夫能说一经者为儒生，博览古今者为通人。"　[20]不尔：不如此。

　　愿君侯惠以大遇[1]，洞开心颜，终乎前恩[2]，再辱英眄[3]。白必能使精诚动天[4]，长虹贯日，直度易水，不以为寒。若赫然作威[5]，加以大怒，不许门下，逐之长途，白即膝行于前，再拜而去，西入秦海[6]，一观国风[7]，永辞君侯，黄鹄举矣[8]。何王公大人之门，不可以弹长剑乎[9]？

第十段希望裴长史再次像过去那样以礼遇接待自己，自己定会竭诚报答。否则，如果作威而驱逐自己，自己就永远拜别裴长史，西入长安去观光，到王公大人之门去求助。

[注释]

　　[1]大遇：极大的礼遇。　[2]前恩：指前文所言"承颜接辞，八九度矣"。　[3]再辱：再次赐予。辱，谦辞。英眄：犹青睐、爱顾。王本、《全唐文》作"英盼"。　[4]"白必能"以下四句：

必能使精诚动天，谓自己真诚之心能使苍天感动。是说自己必将
竭诚报答裴长史，就像聂政、荆轲那样。精诚，真诚。《庄子·渔
父》："真者，精诚之至也，不精不诚，不能动人。"长虹贯日，谓
长虹穿日而过。古人认为人间有不平凡的行动，就会引起这种天
象变化。《战国策·魏策四》："聂政之刺韩傀也，白虹贯日。"不
以为寒，用荆轲离燕往秦时所歌"风萧萧兮易水寒"之意。　[5]赫
然：盛怒貌。作威：施展威风。　[6]秦海：指今陕西一带。因其
古为秦地，地域广袤，故称秦海。唐都长安，此以秦海为长安之
代称。　[7]国风：此指朝廷的景象。　[8]黄鹄：大鸟名，一名
天鹅。形似鹤，色苍黄，亦有白者，其翔极高，一飞千里。古代
隐逸之士常自比黄鹄。举：高飞。　[9]弹长剑：用冯谖典故。战
国时齐国孟尝君的门客冯谖曾多次弹铗（剑把）而歌，慨叹生活
不如意，参前《行路难三首》其二诗注。此处"弹剑"喻生活困窘，
求助于人。

[点评]

　　文章首先说明自己是西凉武昭王李暠的后代，因为
李暠之子被沮渠蒙逊所灭，其子孙流落各地。自己在江
汉一带成长，从小博览群书，至今已三十年。接着说自
己按古训大丈夫当有四方之志，于是"辞亲远游。南穷
苍梧，东涉溟海"，遍历长江中下游地区。然后因观云梦
而来到安陆，被许相国家招亲而居住在安陆已有三年。
这些家世和经历都说明自己不是一般人。文章从第四段
开始倒叙以往之事，"散金三十余万"和以礼丧葬友人吴
指南两件任侠仗义的事，表明自己的行为和性格。这是
出蜀以后的事。第五段叙述与友人隐居大匡山养鸟取乐，

拒绝当地长官推荐去考功名，说明他们淡泊名利，气节
高尚。这是出蜀以前在蜀中之事。第六段列举苏颋和
马都督两位前辈著名大臣对自己的以礼相待，以及对
自己文学才华的赏识和称赞，证明自己是一个少有的
人才。苏颋的赏识是开元九年在蜀中的事，而马都督
的称赞则是到安陆以后之事。第七段是转折点，先说
明自己在文学方面有才华，请裴长史考虑人才难得。
第八段从各个方面颂扬裴长史重诺好贤而又有文学才
华，屈居长史之位而治理威严清明，为下文的有所请
求作铺垫。第九段在说正题前还说了仰慕十年之类的
客套话，然后提到正题，即在安陆有众多的人在毁谤
自己，而自己完全是无辜的。最后一段表明自己的态
度，希望裴长史再次像过去那样以礼遇接待自己。本
文的主旨实际上就是在最后两段：即安州有众人毁谤
李白，所以写此信希望裴长史能为自己雪谤。但李白
的态度很强硬，说自己是无辜的，如果裴长史不肯接见
并为自己雪谤，自己就要离开安州，到长安去投靠王公
大人了。从后来的种种迹象看，裴长史没有接见李白为
他雪谤，所以不久李白就第一次赴长安。从此信可以看
出，李白在安陆的遭遇确实很糟糕，文中充分暴露出李
白的困窘之状，说了许多恭维的话。真如洪迈《容斋四
笔》卷三《李太白怖州佐》引本文中许多谄媚的话后叹
息说："裴君不知何如人，至誉其贵且贤。……予谓白
以白衣入翰林，其盖世英姿，能使高力士脱靴于殿上，
岂拘拘然怖一州佐者邪？盖时有屈伸，正自不得不尔。
大贤不偶，神龙困于蝼蚁，可胜叹哉！"

春夜宴从弟桃花园序 [1]

夫天地者，万物之逆旅也 [2]；光阴者，百代之过客也 [3]。而浮生若梦 [4]，为欢几何？古人秉烛夜游 [5]，良有以也。

况阳春召我以烟景 [6]，大块假我以文章 [7]。会桃花之芳园 [8]，序天伦之乐事 [9]。群季俊秀 [10]，皆为惠连；吾人咏歌 [11]，独惭康乐。

幽赏未已 [12]，高谈转清。开琼筵以坐花 [13]，飞羽觞而醉月 [14]。不有佳咏 [15]，何伸雅怀 [16]？如诗不成，罚依金谷酒斗数 [17]。

吴楚材、吴调侯《古文观止》卷七评此文说："发端数语，已见潇洒风尘之外，而转落层次，语无泛设。幽怀逸趣，辞短韵长，读之增人许多情思。"

[注释]

[1] 按：李白诗文中称从弟者甚多，或谓此指李幼成、李令问等人。又按：李白《秋夜宿龙门香山寺奉寄王方城十七丈奉国莹上人从弟幼成令问》诗云："朝发汝海东，暮栖龙门中。"则桃花园当在汝州境内。道光《汝州全志》卷一"山川""八景"之一有"春日桃园"，卷九"古迹"亦载"桃园在城东北圣王里"。则此序当作于开元二十二年（734）。　[2] 逆旅：客舍。《左传》僖公二年："今虢为不道，保于逆旅。"孔颖达疏："逆，迎也。旅，客也。迎止宾客之处也。"　[3] 过客：李白《拟古十二首》其九云："生者为过客。"按：光阴本绵延无涯，有一定限度的时间，才有百代的概念，此反用其意，以"光阴"为"过客"，总在形容人

生短暂。　[4]"而浮生"二句：谓人生就像梦幻，极为短暂，而真正能欢会娱志之事，又有多少？浮生，《庄子·刻意》："其生若浮，其死若休。"庄子以为人生在世，漂泊无定，后人即以浮生指人生。为欢，指赏心乐事。　[5]"古人"二句：《古诗十九首》有"昼短苦夜长，何不秉烛游"句，故魏文帝《与吴质书》："古人思秉烛夜游，良有以也。"后以"秉烛夜游"表示及时行乐。秉烛，手持蜡烛。良有以也，真是有原因的。　[6]阳春：温暖的春天。以：与下句中"以"均为状语后置的用法。烟景：云烟缭绕之景。　[7]大块：大地，大自然。《庄子·大宗师》："夫大块载我以形，劳我以生。"假：给予。文章：言大自然缤纷之色彩，非作文之文章。　[8]会：会聚。芳园：园之美称。　[9]序：通"叙"。天伦：父子兄弟等天然的亲属关系。　[10]"群季"二句：李白在此以谢惠连喻群季。群季，古人以伯仲叔季作为兄弟间的排行，此以季为弟之代称。因从弟非止一人，故曰群季。惠连，指谢惠连。《宋书·谢方明传》："子惠连，幼而聪敏，年十岁，能属文，族兄灵运深相知赏。"　[11]"吾人"二句：自谦诗才不如谢灵运。吾人，与"群季"相对，指自己。康乐，指谢灵运。因袭封康乐公，故称谢康乐。《宋书·谢灵运传》："……出为永嘉太守。郡有名山水，灵运素所爱好，出守既不得志，遂肆意游遨，遍历诸县，动逾旬朔，民间听讼，不复关怀。所至辄为诗咏，以致其意焉。"　[12]"幽赏"二句：写宴会情景。谓对幽美景象欣赏不已，由漫无边际的阔论，转入辨名析理的清谈。　[13]琼筵：筵之美称。坐花：围群花而坐。　[14]飞羽觞：形容促饮之速。羽觞，古代饮酒用的耳杯，作雀鸟状，有头、尾、两翼。一说插鸟羽于觞，促人速饮。醉月：醉于月下。　[15]佳咏：美好的诗章。　[16]"何伸"句：谓怎能表达高雅的情怀？　[17]金谷：地名，也称金谷涧。其地在今河南洛阳西北。晋太康时石崇筑园

于此，即世传金谷园。石崇《金谷诗序》："遂各赋诗，以叙中怀，或不能者，罚酒三斗。"此即用其意。斗：《唐文粹》《文苑英华》《全唐文》无"斗"字。

[点评]

首段谓光阴迅速，人生短暂，故必须及时行乐。为下文的欢乐起兴。第二段叙在良辰美景的桃花园中，与诸弟聚合，吟诗咏歌，畅叙天伦之乐，赞美诸弟皆如谢惠连般聪敏俊秀，谦称自己不如谢灵运，为此感到惭愧。第三段写赏景高谈、饮酒赋诗之情景。全文如行云流水，一气呵成，潇洒流丽，层次分明。文辞虽短，但韵味深长。明代王志坚《四六法海》卷十称："太白文萧散流丽，乃诗之余。然有一种腔调，易起人厌。如阳春、大块等语，殆令人闻之欲吐矣。"此话只说对了一半，既谓李白文如其诗，"乃诗之余"，则其文风与诗风相匹配，自当有一种高昂的气势和豪壮的话语。"易起人厌""闻之欲吐"云云未得其实，有失偏颇。

吴楚材、吴调侯《古文观止》卷七评此文说："本是欲以文章求知于荆州，却先将荆州人品极力抬高，以见国士之出不偶，知己之遇当急。至于自述处，文气骚逸，词调豪雄，到底不作寒酸求乞态。自是青莲本色。""青莲本色"一语破的，揭示李白豪纵伟岸的个性气质，即便是干谒求托于人也不同凡俗。

与韩荆州书 [1]

白闻天下谈士相聚而言曰 [2]："生不用万户侯 [3]，但愿一识韩荆州 [4]。"何令人之景慕 [5]，一至于此耶！岂不以有周公之风 [6]，躬吐握之

事，使海内豪俊，奔走而归之，一登龙门^[7]，则声誉十倍。所以龙盘凤逸之士^[8]，皆欲收名定价于君侯^[9]。愿君侯不以富贵而骄之^[10]，寒贱而忽之^[11]，则三千宾中有毛遂^[12]，使白得颖脱而出^[13]，即其人焉。

第一段首先极力称颂韩朝宗善于奖掖后进的声誉，接着希望他不要因富贵寒贱而区别对待，最后提出自己有与众不同的才华，为下文正式要求韩朝宗荐举作铺垫。

[注释]

[1] 此文当是开元二十二年（734）李白过襄阳拜谒荆州长史韩朝宗时所作。宋本目录和咸本目录及《唐文粹》"荆州"下有"朝宗"二字。韩荆州：即韩朝宗。《新唐书·韩朝宗传》："朝宗初历左拾遗……，累迁荆州长史。开元二十二年，初置十道采访使，朝宗以襄州刺史兼山南东道。"按：唐代荆州置大都督府，时韩朝宗以荆州大都督府长史兼襄州刺史。李白另有《忆襄阳旧游赠马少府巨》诗云："昔为大堤客，曾上山公楼。高冠佩雄剑，长揖韩荆州。"知诗人拜谒韩朝宗在襄阳。　[2] 谈士：说客，游说谈论之士。孔融《与曹操论盛孝章书》："天下谈士，依以扬声。"　[3] 不用万户侯：《全唐文》作"不用封万户侯"。万户侯，食邑万户的诸侯。《史记·李将军列传》："如令子当高帝时，万户侯岂足道哉！"按：汉代制度，诸侯食邑大者万户，小者五六百户。此取至贵之意。　[4] "但愿"句：按《新唐书·韩朝宗传》："朝宗喜识拔后进，尝荐崔宗之、严武于朝，当时士咸归重之。"可见韩朝宗以奖掖识拔后进知名于时。故后世以"识荆"为初次见名人的敬词。　[5] 景慕：仰慕。《后汉书·刘恺传》："今恺景仰前修。"李贤注："景，犹慕也。"后人多取李贤之释。《北史·杨敷传》："敷少有志操，重然诺，人景慕之。"即其例。　[6] "岂

不"二句：周公指周文王子姬旦。曾辅助武王灭纣，建立周朝，被封于鲁。武王死，成王年幼，周公摄政。《韩诗外传》卷三："周公……曰：'吾文王之子，武王之弟，成王之叔父也，又相天下，吾于天下亦不轻矣。然一沐三握发，一饭三吐哺，犹恐失天下之士。'"吐握，礼贤下士。　[7]登龙门：典出《后汉书·李膺传》："膺独持风裁，以声名自高。士有被其容接者，名为登龙门。"此即用其意。　[8]龙盘凤逸之士：喻指怀才隐居的豪杰。　[9]收名定价：取得声名，确定身价。君侯：古代对诸侯的尊称。《战国策·秦策五》："少庶子甘罗曰：'君侯何不快甚也？'"唐人常以"君侯"尊称地方州郡长官。　[10]骄之：重视他，给以盛誉。　[11]忽之：轻视他，不予好评。　[12]毛遂：战国时赵国平原君赵胜的食客。《史记·平原君虞卿列传》载，毛遂依平原君已三年，自荐于平原君。平原君曰："夫贤士之处世也，譬若锥之处囊中，其末立见。……"毛遂曰："臣乃今日请处囊中耳。使遂蚤（早）得处囊中，乃颖脱而出，非特其末见而已。"颖，锥尖。诗人于此以毛遂自比。　[13]颖脱：锥尖戳出，比喻有才能的人得到机会，就能建功立业，表显自己。

　　白陇西布衣[1]，流落楚汉[2]。十五好剑术[3]，遍干诸侯[4]；三十成文章[5]，历抵卿相[6]。虽长不满七尺，而心雄万夫。王公大臣[7]，许与气义。此畴曩心迹[8]，安敢不尽于君侯哉[9]！君侯制作侔神明[10]，德行动天地，笔参于造化[11]，学究于天人[12]。幸愿开张心颜[13]，不以长揖见拒。必若接之以高宴，纵之以清谈，请日试万言，倚

马可待[14]。今天下以君侯为文章之司命[15]，人物之权衡[16]，一经品题[17]，便作佳士[18]。而君侯何惜阶前盈尺之地[19]，不使白扬眉吐气、激昂青云耶？

第二段前十二句向韩朝宗介绍自己的身份和经历，表明不是平庸之人。接着歌颂韩朝宗的文学和德行，希望他能心胸开阔地礼贤下士。然后又介绍自己文思敏捷，才华出众，希望掌握文章命运和品评人物优劣的韩朝宗能推荐自己，使自己有施展才华的机会。

[注释]

[1]陇西：古郡名，秦置，至隋废。治所在狄道（今甘肃临洮南）。按：李白称陇西人，乃就郡望而言。布衣：古代做官之人穿丝绸衣服，平民百姓只能穿麻布衣服，故称无官职的平民为布衣。《战国策·赵策二》："天下之卿相人臣，乃至布衣之士，莫不高贤大王之行义。"　[2]楚汉：指古楚国汉水一带。当时李白正流浪于安陆、襄阳、江夏等汉水流域，故云。　[3]十五：未必实指，泛言少年时代。　[4]干：干谒，求见，此指交往。诸侯：古代对中央政权所分封的各国国君的统称。诸侯国辖地如后世州郡，故后人常比称州郡长官为诸侯。　[5]三十：未必实指三十岁，泛言三十岁左右。　[6]历抵卿相：当指开元十八九年第一次去长安干谒公卿宰相之事。　[7]大臣：王本、《唐文粹》作"大人"。　[8]畴曩：过去，往时。畴，语气助词。　[9]哉：宋本作"为"，据郭本、咸本、王本、《唐文粹》《全唐文》改。　[10]制作侔神明：著作文章与神明齐等。侔，相等。　[11]造化：天地自然的创造化育。何承天《达性论》："妙思穷幽赜，制作侔造化。"　[12]"学究"句：学问穷究天道人事之间的关系。《梁书·钟嵘传》："文丽日月，学究天人。"　[13]"幸愿"二句：谓希望韩荆州开张心胸，和颜悦色，不要拒绝接见。长揖，拱手高举，自上而下的相见礼。《汉书·高帝纪》："郦生不拜，长揖。"按：古代平民见长官或下级见上级都要行跪拜礼，长揖是平辈相见的礼节，李白是个平

民，见长官长揖不拜是失礼的行为。　[14]倚马:《世说新语·文学》:"桓宣武北征，袁虎时从，被责免官。会须露布文，唤袁倚马前令作，手不辍笔，俄得七纸，殊可观。"后即用"倚马"喻文思敏捷。　[15]文章之司命:掌握文章命运的人，此指文章优劣的评判者。司命，掌握命运者。《孙子兵法·作战》:"知兵之将，民之司命。"　[16]权衡:此处指评量、衡量。权，秤锤。衡，秤杆。　[17]品题:评定人品高下，给以评语。　[18]佳士:美秀之士，优秀人才。　[19]"而君侯"二句:谓您又何必吝啬蔷屋阶前数尺之地，不使我扬眉吐气、激昂奋发而直上青云呢? 青云，喻远大的志向。

　　昔王子师为豫章[1]，未下车即辟荀慈明[2];既下车又辟孔文举。山涛作冀州[3]，甄拔三十余人[4]，或为侍中、尚书[5]，先代所美[6]。而君侯亦荐一严协律[7]，入为秘书郎[8]。中间崔宗之、房习祖、黎昕、许莹之徒[9]，或以才名见知[10]，或以清白见赏[11]。白每观其衔恩抚躬[12]，忠义奋发，白以此感激，知君侯推赤心于诸贤腹中[13]，所以不归他人，而愿委身国士[14]。傥急难有用[15]，敢效微驱。

第三段首先历举前代名人推荐提拔贤士之事，世所称美;接着称赞韩朝宗也善于荐拔人才，使被荐之人感恩戴德;最后表示自己愿意投靠韩朝宗，为他效劳。

[注释]

[1]王子师:东汉名臣王允。《后汉书·王允传》:"王允字子师，……拜豫州刺史，辟荀爽、孔融等为从事。"豫章:王本、《唐

文粹》作"豫州"，是。豫州，州名。汉武帝所置十三刺史部之一。东汉时治所在谯（今安徽亳县）。 [2]"未下车"二句：《晋书·江统传》："昔王子师为豫州，未下车，辟荀慈明；下车，辟孔文举。"下车，上任。辟，征召。荀慈明，名爽，《后汉书》《三国志》有传。孔文举，名融，建安七子之一，曾为北海相，世称孔北海。《后汉书》《三国志》有传。 [3]"山涛"句：山涛为冀州刺史。山涛，字巨源，西晋名士。冀州，州名，晋时治所在房子（今河北高邑西南）。 [4]"甄拔"句：甄别荐拔三十多人。《晋书·山涛传》：山涛"出为冀州刺史，……涛甄拔隐屈，搜访贤才，旌命三十余人，皆显名当时，人怀慕尚，风俗颇革"。甄拔，指甄别人才，荐举识拔。 [5]侍中：官名，初仅伺应杂事，但因接近皇帝，地位日渐贵重。南朝时侍中掌管机要，实际上即为宰相。尚书：官名。汉成帝时设尚书五人，始分曹办事。魏晋以后，尚书事务更繁。隋、唐时代中央机关分三省，尚书省为政务执行机关，分六部，六部首长都称尚书。 [6]先代所美：前代所称赞。 [7]严协律：姓严的协律郎，名不详。协律郎为掌管校正乐律的官员。 [8]秘书郎：秘书省掌管图书收藏及抄写事务的官员。 [9]崔宗之：李白重要交游之一，曾为起居郎、礼部员外郎、礼郎部中、右司郎中等职。房习祖：事迹不详。黎昕：王维有《黎拾遗昕裴秀才迪见过秋夜对雨之作》诗。《元和姓纂》卷三宋城黎氏："唐右拾遗犁（黎）昕。"知黎昕官右拾遗。许莹：事迹不详。 [10]见知：被人知晓。 [11]见赏：被人赏识。 [12]衔恩抚躬：从心底感恩戴德。 [13]"推赤心"句：将自己赤诚的心放进诸贤腹中。比喻以真心相待。《后汉书·光武帝本纪》："萧王推赤心置人腹中，安得不投死乎？" [14]国士：国中仰望的杰出人物，此指韩朝宗。 [15]傥：倘若。

且人非尧、舜[1]，谁能尽善[2]？白谟猷筹划[3]，安敢自矜[4]？至于制作，积成卷轴[5]，则欲尘秽视听[6]，恐雕虫小技[7]，不合大人。若赐观刍荛[8]，请给以纸墨[9]，兼人书之[10]。然后退归闲轩[11]，缮写呈上。庶青萍、结绿[12]，长价于薛、卞之门。幸惟下流[13]，大开奖饰[14]，惟君侯图之。

第四段首先说明自己不是圣人，不可能无过。接着说自己写的诗赋很多，想请韩朝宗过目，又怕不适合，故请赐纸笔和书人，在静室中写新作呈上，希望得到韩朝宗的赏识。

［注释］

[1]尧、舜：古代传说中的两位圣明之君。　[2]尽善：完美无缺。　[3]谟猷筹划：谋划，策划。　[4]安敢自矜：宋本原作"安能尽矜"，据王本、《唐文粹》《全唐文》改。自矜，自以为贤能。　[5]卷轴：装裱的卷子，指书籍。古时文章裱成长卷，有轴可以舒卷。　[6]尘秽视听：玷污耳目，是送人过目的自谦说法。此处尘、秽皆作动词用。　[7]雕虫小技：指诗赋。扬雄《法言·吾子》："或问：'吾子少而好赋？'曰：'然。童子雕虫篆刻。'俄而，曰：'壮夫不为也。'"技，宋本原作"伎"，据郭本、咸本、王本、《全唐文》改。　[8]刍荛（chú ráo）：割草，打柴，后常借指草野之人。此指不登大雅的草野文字。谓如蒙韩赏识，欲观己草野文字。为诗人自谦之词。　[9]以：王本无"以"字。墨：《全唐文》作"笔"。　[10]兼人书之：疑为两人同时书写之意，暗指自己的作品多，才思敏捷。王本、《唐文粹》《全唐文》皆作"兼之书人"。　[11]退归闲轩：意谓回去清扫安静的书室。归，王本、《唐文粹》《全唐文》皆作"扫"，似较是。　[12]"庶青萍"二句：

谓希望青萍宝剑和结绿美玉，能在薛烛和卞和门下增添价值。此喻能被韩朝宗赏识而发挥才志。青萍，古代宝剑名。结绿，美玉。均喻有才能者。薛，指薛烛，古代善相剑者，事载《越绝书》。卞，指卞和，善于发现宝玉者，见《韩非子·和氏》。　[13]"幸惟"句：希望韩朝宗能为卑下者着想。　[14]"大开"句：大开奖誉之门。奖饰，谦词，有赞许过当之意。

[点评]

　　文章开头用劈空而来的气势，极力赞誉韩朝宗奖掖后进的声望，为全篇奠定了豪迈激昂的基调。同时把自己比作毛遂，希望脱颖而出。点明了要求韩朝宗推荐的目的。接着自我介绍出身、经历和才气，虽略有夸张，但写得豪气纵横。同时颂扬韩朝宗的道德文章超群绝伦，是掌握文章司命大权的人，希望他开阔心胸，不要因自己的长揖不恭而拒绝接见，如能设宴纵谈，则可以证明自己是个"日试万言，倚马可待"的人。因此希望韩朝宗推荐自己，使自己在官场和文坛上占有一席之地，得以扬眉吐气，激昂青云。这一段气势盛大，咄咄逼人，把作者潇洒倜傥、才华横溢的形象勾勒出来。然后笔锋一转，历述前代王允、山涛推荐人才的佳话，接着又说韩朝宗也如古人，多次甄拔贤才，自己因亲见所荐之人都感恩戴德，忠义奋发，所以自己也愿意投靠韩朝宗。这一段说得不卑不亢，极有分寸。最后说明自己不是圣人，不可能无过。接着说自己写的诗赋很多，想请韩朝宗过目，又怕不适合，故请赐纸笔和书人，在静室中写新作呈上，希望得到韩朝宗的赏识。这一段表面上说"尘

秽视听""恐雕虫小技，不合大人"，等等，似乎说得很谦虚，其实内心却非常自负，把自己的作品比作"青萍""结绿"那样的宝剑和美玉，只有在"薛、卞之门"才能得到赏识。末句以"唯君侯图之"戛然结束，意味深长，言外有"看你能否识宝"之意。本文自始至终充满着作者的激情，故文中具有巨大的气势和力量，这正是作者的自信心和豪迈个性的生动体现。本文不愧为李白著名的代表作。

大鹏赋并序 [1]

余昔于江陵见天台司马子微 [2]，谓余有仙风道骨 [3]，可与神游八极之表 [4]。因著《大鹏遇稀有鸟赋》以自广 [5]。此赋已传于世 [6]，往往人间见之。悔其少作，未穷宏达之旨 [7]，中年弃之。及读《晋书》[8]，睹阮宣子《大鹏赞》，鄙心陋之 [9]。遂更记忆 [10]，多将旧本不同。今腹存手集 [11]，岂敢传诸作者，庶可示之子弟而已。其辞曰：

祝尧《古赋辨体》卷七评论此赋说："比而赋也。太白盖以鹏自比，而以稀有鸟比司马子微。……此显出于《庄子》寓言，本自宏阔，而太白又以豪气雄文发之。事与辞称，俊迈飘逸，去《骚》颇近。"

赋序说明作此赋的原因，即后悔年轻时所作《大鹏遇稀有鸟赋》"未穷宏达之旨"，又以为阮修所作《大鹏赞》失之粗陋，故作此赋。

[注释]

[1]大鹏：传说中的大鸟。《庄子·逍遥游》："北冥有鱼，其名为鲲，鲲之大不知其几千里也。化而为鸟，其名为鹏。鹏之背

不知其几千里也。怒而飞，其翼若垂天之云。是鸟也，海运则将徙于南冥。南冥者，天池也。齐谐者，志怪者也。谐之言曰：'鹏之徙于南冥也，水击三千里，抟扶摇而上者九万里，去以六月息者也。'"其意即此赋所本。　[2]江陵：即今湖北江陵。司马子微：即司马承祯，字子微，唐代著名道士。初隐天台山（在今浙江天台）。开元中，被召至京师，玄宗诏于王屋山置坛以居。开元二十二年卒，年八十九。　[3]仙风道骨：神仙的风采和有道者的骨相。　[4]八极之表：指人世之外。《淮南子·原道训》："廓四方，坼八极。"高诱注："八极，八方之极也。"　[5]稀有鸟：神话中的鸟名。东方朔《神异经·中荒经》："昆仑之山……上有大鸟，名曰稀有。"此以"稀有鸟"喻司马承祯，而以大鹏鸟自况。自广：此处意为自我表现、自我张扬。　[6]"此赋"句：谓少作已流传人间。　[7]宏达：宏大通达的思想。　[8]"及读"二句：《晋书·阮修传》："修字宣子。……尝作《大鹏赞》曰：'苍苍大鹏，诞自北溟。假精灵鳞，神化以生。如云之翼，如山之形。海运水击，扶摇上征。翕然层举，背负太清。志存天地，不屑唐庭。鷃鸠仰笑，尺鷃所轻。超世高逝，莫知其情。'"　[9]鄙：李白谦称。陋之：以之（指阮修《大鹏赞》）为粗陋。　[10]"遂更"二句：于是将记忆中的文字重新改写，很多处与原作不同。将，与。旧本，指初作《大鹏遇稀有鸟赋》。　[11]"今腹"以下三句：如今将存于腹中之事手写出来，怎敢传之于方家，也许可以给子弟看看罢了。腹存，一作"复存"。诸，之于。作者，犹言方家。庶可，也许可以。

南华老仙[1]，发天机于漆园[2]。吐峥嵘之高论[3]，开浩荡之奇言[4]。征至怪于齐谐[5]，谈北溟之有鱼。吾不知其几千里[6]，其名曰鲲。化成

大鹏，质凝胚浑[7]。脱鬐鬛于海岛[8]，张羽毛于天门[9]。刷渤澥之春流[10]，晞扶桑之朝暾。焯赫于宇宙[11]，凭陵乎昆仑[12]。一鼓一舞[13]，烟朦沙昏。五岳为之震荡[14]，百川为之崩奔。

赋的第一段，谓大鹏形象源出《庄子·逍遥游》由鲲变鹏的寓言，并描绘大鹏出世的巨大声势。

[注释]

[1]南华老仙：指庄子。《旧唐书·玄宗纪》：天宝元年，诏封"庄子号为南华真人"。老仙，一作"仙老"。　[2]天机：天赋的悟性。漆园：古地名。战国时庄周曾为蒙漆园吏。一说在今河南商丘北，一说在今山东菏泽北，一说在今安徽定远东。又或以为漆园非地名，庄周乃在蒙邑中为吏主督漆事。蒙在今商丘北。　[3]峥嵘：瑰奇超拔貌。　[4]浩荡：广阔壮大貌。　[5]征：征引。至怪：一作"志怪"，记载奇异之事。齐谐：《庄子·逍遥游》："齐谐者，志怪者也。"成玄英疏："姓齐名谐，人姓名也。亦言书名也。齐国有此俳谐之书也。"　[6]其：宋本无"其"字，据他本补。　[7]"质凝"句：《文选》卷十二郭璞《江赋》："类胚浑之未凝。"李善注："似胚胎浑混尚未凝结。"此似指鲲化为鹏的蜕化过程。　[8]鬐鬛（qí liè）：本指马颈上的长毛，此指鲲的脊鬐。一作"修鳞"。　[9]天门：天宫之门。　[10]"刷渤澥（xiè）"二句：谓在渤海的春水里洗刷羽翼，又在扶桑树上晒着朝阳。渤澥，即渤海。《初学记》卷六："东海之别有渤澥，故东海共称渤海，又通谓之沧海。"晞，干燥。此用作动词，犹晒。扶桑，神话中树木名。见前《临路歌》诗注。朝暾（tūn），初升的太阳。　[11]焯（chǎn）赫：声势盛大。宋本作"烜爀"，据萧本、郭本、王本改。　[12]凭陵：侵扰。陵，宋本作"凌"，据萧本、

郭本、王本、《全唐文》改。　[13]"一鼓"二句：谓大鹏之翅一旦鼓荡，就能使烟波混茫，沙石昏暗。　[14]"五岳"二句：谓大鹏的鼓扑，使五岳为之震荡，百川为之奔腾。震荡，宋本作"震落"，据萧本、郭本、王本改。崩奔，大水激岸，汹涌澎湃。《文选》卷二十六谢灵运《入彭蠡湖口》诗："坼岸屡崩奔。"吕向注："水激其岸，崩颓而奔波也。"

乃蹶厚地[1]，揭太清[2]，亘层霄[3]，突重溟。激三千以崛起[4]，向九万而迅征。背嶪大山之崔嵬[5]，翼举长云之纵横。左回右旋[6]，倏阴忽明。历汗漫以夭矫[7]，跖阊阖之峥嵘[8]。簸鸿蒙[9]，扇雷霆。斗转而天动[10]，山摇而海倾。怒无所搏[11]，雄无所争。固可想象其势，仿佛其形[12]。

赋的第二段，写大鹏起飞时水激三千，远征九万，历汗漫，至天门，斗转天动、山摇海倾的雄伟景象。

[**注释**]

[1]乃：一本"乃"字前有"尔"字。蹶：踏。　[2]揭：高举。一作"摩"。太清：天空。　[3]"亘层霄"二句：谓大鹏横贯九天，冲击大海。亘，横贯。层霄，重霄。古人认为天有九重，故云层霄。重溟，大海。　[4]"激三千"二句：谓大鹏展翅水击三千里，勃然冲天而起，向九万里高空迅疾奋飞。崛起，突起。向，一作"抟"。　[5]"背嶪（yè）"二句：谓背负高耸崔嵬的大山，翼拍纵横苍穹的浮云。嶪，岌嶪，山高貌。大山，一作"太山"，又作"大虚"。长云，一作"垂云"。　[6]"左回"二句：形容大鹏翱翔于长空，左右盘旋，穿云破雾时忽明忽暗的情景。　[7]汗漫：

漫无边际。见前《庐山谣寄卢侍御虚舟》诗注。夭矫：屈曲飞腾貌。　[8]虹（gòng）：至，达到。一作"塌"，又作"排"。阊阖：天门。峥嵘：高峻貌。　[9]簸：摇动。鸿蒙：指自然界的元气。一说为海上之气。　[10]"斗转"二句：形容大鹏奋飞，其气势使斗转星移，苍天震动，高山倾摇，大海颠簸。　[11]"怒无"二句：谓其奋发无物可与之相搏，其雄力无物可与之争衡。搏，宋本作"抟"，据萧本、郭本、咸本、王本改。　[12]仿佛：依稀想见。

若乃足萦虹霓[1]，目耀日月，连轩沓拖[2]，挥霍翕忽。喷气则六合生云[3]，洒毛则千里飞雪。邈彼北荒[4]，将穷南图。运逸翰以傍击[5]，鼓奔飙而长驱。烛龙衔光以照物[6]，列缺施鞭而启途。块视三山[7]，杯观五湖。其动也神应[8]，其行也道俱。任公见之而罢钓[9]，有穷不敢以弯弧。莫不投竿失镞[10]，仰之长吁。

赋的第三段，极度夸张地描绘大鹏在高空疾飞，喷气生云，洒毛飞雪，视三山为土块，看五湖为杯水，于是善钓的任公罢钓，善射的有穷弃弓。

[注释]

[1]"若乃"二句：谓大鹏双足萦绕虹霓，其目使日月生辉。足萦，一作"足策"。虹霓，旧谓虹双出时色彩鲜盛者为雄，称虹；色彩暗淡者为雌，称霓。目耀，一作"目辉"。　[2]"连轩"二句：形容飞走迅速。《文选》卷十二木华《海赋》："翔雾连轩。"张铣注："连轩，飞貌。"又有"长波涾渨（同'沓拖'）"。李周翰注："涾渨，延长貌。"《文选》卷三十五张协《七命》诗："翕忽挥霍。"

刘良注："并飞走乱急也。"　[3]"喷气"二句：谓大鹏喷气，使天地四方云生雾起；洒毛则使千里之地大雪纷飞。洒毛，一作"落目"。　[4]"邈彼"二句：谓大鹏飞及邈远的北方，又将穷尽南方的边远之地。南图，一作"南隅"。　[5]"运逸翰"二句：谓大鹏用纵逸的羽翼在两旁拍打，鼓荡疾风，凌空远翔。逸翰，一作"逸翮"。翰、翮，并指鸟羽。奔飙，疾风。　[6]"烛龙"二句：谓烛龙口衔烛光，为大鹏照明万物；雷电执鞭，为大鹏启程开道。烛龙，古代神话中的神兽。在西北无日之处，人面龙身，衔烛以照幽暗。见《山海经·大荒北经》《淮南子·地形训》等。列缺，指天际雷电。见前《梦游天姥吟留别》诗注。　[7]"块视"二句：谓大鹏视三神山犹如土块，看五湖犹如酒杯。三山，指传说中的三神山：蓬莱、方丈、瀛洲。观，一作"看"。五湖，有多种说法，在先秦古籍中，都指太湖附近的五个湖泊。　[8]"其动"二句：谓大鹏的举措有神灵相应，其行为与天道相伴。　[9]"任公"二句：谓任公子不敢再垂钓，后羿也不敢再弯弓。任公，任公子为大钩巨缁得大鱼，见《庄子·外物》。罢钓，停止垂钓。有穷，夏朝时国名。相传有穷国君后羿善射。此即以有穷指后羿。　[10]"莫不"二句：谓任公子和有穷见大鹏如此，也只能罢钓抛竿，收弓丢矢，仰天长叹。投竿，指任公。失镞（zú），指有穷。镞，箭。

赋的第四段，写大鹏上摩苍天，下覆大地的雄姿。盘古、羲和也只能直视和傍叹，其胸可掩日而如混茫未分，其回转则为雾散霞开。

尔其雄姿壮观[1]，块轧河汉，上摩苍苍[2]，下覆漫漫[3]。盘古开天而直视[4]，羲和倚日而傍叹。缤纷乎八荒之间[5]，掩映乎四海之半。当胸臆之掩昼[6]，若混茫之未判。忽腾覆以回转[7]，

则霞廓而雾散。

[注释]

[1]"尔其"二句：谓大鹏雄姿矫健，非常壮观，在空中与河汉相映。块轧（yǎng yà），漫无边际貌。一作"映背"。贾谊《鹏鸟赋》："大钧播物兮，块轧无垠。"又扬雄《甘泉赋》："忽块轧而无垠。"颜师古注："块轧，远相映也。"　[2]摩：接。苍苍：指青天。　[3]漫漫：指大地。　[4]"盘古"二句：谓盘古开天来观看大鹏的飞翔，羲和倚在日旁为此壮观之景而感叹。盘古，神话中开天辟地的人。据《太平御览》卷二引徐整《三五历纪》记载：盘古生于天地混沌中。后天地开辟，天日高一丈，地日厚一丈，盘古日长一丈，如此一万八千岁，天就极高，地就极深。所有日、月、星辰、风、云、山、川、田、地、草、木，均为其死后身体各部所变。羲和，古代神话中驾日车之神。　[5]"缤纷"二句：谓大鹏翱翔于极远之地，使人眼花缭乱；大鹏展翅，掩映了半个世界。缤纷，缭乱貌。八荒，八方极远之地。四海，四方。　[6]"当胸"二句：谓当大鹏用胸脯掩遮白昼时，天地就仿佛处于上古未开化时的那种混茫状态。混茫，混沌蒙昧，指上古人类未开化状态。判，分开。　[7]"忽腾"二句：谓大鹏突然腾飞覆转，使得云霞廓清，雾霭离散。廓，廓清，清除。

然后六月一息，至于海湄[1]。欻翳景以横翥[2]，逆高天而下垂。憩乎泱漭之野[3]，入乎汪湟之池。猛势所射[4]，余风所吹，溟涨沸渭，岩峦纷披。天吴为之怵栗[5]，海若为之躨跜。巨鳌

赋的第五段，写大鹏六月一息，入水使水伯恐惧，海神不安，巨鳌却走，长鲸下匿。神怪如此，是大自然造成的。

冠山而却走[6]，长鲸腾海而下驰。缩壳挫鬣[7]，莫之敢窥。吾亦不测其神怪之若此[8]，盖乃造化之所为。

[注释]

[1]海湄：海边。湄，宋本作"浊"，据萧本、郭本、咸本、王本改。　[2]"欻（xū）翳景"二句：谓大鹏忽然横飞掩蔽日月，背向高天而下垂。欻，忽然。翳景，蔽遮日月之光。翥（zhù），飞举。逆，背，向下。　[3]"憩乎"二句：谓休憩在广袤无边的荒野上，又沐浴在浩瀚的海水中。泱漭（yāng mǎng），广大无涯貌。汪湟，水势盛大貌。池，此指海。　[4]"猛势"以下四句：谓大鹏俯冲而下，其势猛烈，气浪所及，海亦沸动，山亦纷乱。溟涨，大海。《文选》卷二十二谢灵运《游赤石进帆海》诗："溟涨无端倪。"李周翰注："溟涨，皆海也。"沸渭，同"怫渭"，水势不定貌。《文选》卷十七王褒《洞箫赋》："佚豫以沸渭。"李善注引《埤苍》曰："怫渭，不安貌。"纷披，纷乱貌。　[5]"天吴"二句：谓大鹏凶猛之势，使水伯都感恐惧，海神也为之战栗不安。天吴，水神名。《山海经·海外东经》："朝阳之谷，神曰天吴，是为水伯。……其为兽也，八首人面，八足八尾，皆青黄。"怵栗，恐惧，战栗。海若，传说中的海神名。蹵踞（kuí ní），动荡貌。　[6]"巨鳌"二句：谓负山的大龟见了连忙避走，长鲸见了立即腾跃潜逃。巨鳌，大龟。冠，戴。　[7]"缩壳"二句：形容海中动物见大鹏后的畏惧情景。缩壳，指海鳌缩头于壳中。挫鬣，指鲸折断长鬐，不敢窥视大鹏。　[8]"吾亦"二句：是说自己亦难以预想大鹏竟如此神异，这大概是大自然所造就的。

岂比夫蓬莱之黄鹄[1]，夸金衣与菊裳？耻苍梧之玄凤[2]，耀彩质与锦章。既服御于灵仙[3]，久驯扰于池湟。精卫勤苦于衔木[4]，鹓鶋悲愁乎荐觞[5]。天鸡警曙于蟠桃[6]，踆乌晰耀于太阳。不旷荡而纵适[7]，何拘挛而守常？未若兹鹏之逍遥[8]，无厌类乎比方。不矜大而暴猛[9]，每顺时而行藏。参玄根以比寿[10]，饮元气以充肠[11]。戏旸谷而徘徊[12]，冯炎洲而抑扬。

赋的第六段，以大鹏与黄鹄、玄凤、精卫、鹓鶋、天鸡、踆乌作比较，这些神物都不旷荡纵适，而是拘挛守常，都不如大鹏的逍遥自在。大鹏不矜大、不暴猛，能顺时行藏，参玄根，饮元气，戏旸谷，游炎洲，无所不可。

[注释]

[1]"岂比"二句：《西京杂记》载：汉昭帝始元元年（前86），曾有黄鹄下太液池，昭帝为之歌曰："黄鹄飞兮下建章，羽肃肃兮行跄跄，金为衣兮菊为裳。"当时太液池中亦造三山，以象征瀛洲、蓬莱、方丈，故此称"蓬莱黄鹄"。此谓夸耀自己金衣菊裳的黄鹄，怎能与大鹏相比。　[2]"耻苍梧"二句：谓使只会炫耀自己锦彩羽毛的苍梧玄凤也感羞耻。苍梧，山名，即九嶷山，在今湖南宁远南。玄凤，黑色凤鸟。　[3]"既服"二句：谓既役使灵物和神仙，又驯伏于城池。服御，驾驭，役使。灵仙，灵物神仙。久，《唐文粹》作"亦"。驯扰，驯伏。池隍，城池。有水为池，无水为隍。　[4]精卫：神话中的鸟名。勤苦：一作"殷勤"。衔木：《山海经·北山经》："发鸠之山，……有鸟焉。其状如乌，文首，白喙，赤足，名曰精卫。其鸣自詨。是炎帝之少女，名曰女娃。女娃游于东海，溺而不返，故为精卫。常衔西山之木石，以堙于东海。"　[5]鹓鶋（yuán jū）：海鸟名，又称爰居。悲

愁乎荐觞:《国语·鲁语上》:"海鸟曰爰居,止于鲁东门之外三日,臧文仲使国人祭之。"《庄子·至乐》载:"鲁侯御而觞之(海鸟)于庙,奏《九韶》以为乐,具太牢以为膳。鸟乃眩视忧悲,不敢食一脔,不敢饮一杯,三日而死。"荐觞,祭献之酒。　[6]"天鸡"二句:谓天鸡在蟠桃树上报晓,三足乌在太阳中闪光。天鸡,见前《梦游天姥吟留别》诗注。警曙,报晓。一作"警晓"。踆(cūn)乌,《淮南子·精神训》:"日中有踆乌。"高诱注:"踆,犹蹲也。谓三足乌。"晰(zhé)耀,发光。　[7]"不旷荡"二句:谓何不旷达坦荡而恣情自适,却要拘束蜷曲而墨守常规?　[8]"未若"二句:谓精卫、鸄鹏、天鸡、踆乌等都不如大鹏自由自在,无与伦比。厥,其,他。　[9]"不矜"二句:谓大鹏不骄矜硕大,不表露凶猛,却经常顺应时运,决定出处行止。行藏,《论语·述而》:"用之则行,舍之则藏。"　[10]参:参验。玄根:道之根本。《文选》卷二十五卢谌《赠刘琨》诗:"处其玄根,廓焉靡结。"李善注引《广雅》曰:"玄,道也。"　[11]元气:古代哲学名词,指阴阳二气混沌未分时的实体。充肠,充饥。　[12]"戏旸谷"二句:谓大鹏在日出处游戏徘徊,又在南海的炎洲俯仰上下。旸谷,亦作"汤谷"。古代传说中的日出处。《尚书·尧典》:"分命羲仲,宅嵎夷,曰旸谷。"孔传:"旸,明也。日出于谷而天下明,故称旸谷。"冯(píng),同"凭",凭借,依靠。炎洲,传说南海中洲名。《十洲记》载:炎洲在南海中,地方二千里,去北岸九万里,亦多仙家。

俄而稀有鸟见谓之曰[1]:"伟哉鹏乎,此之乐也。吾右翼掩乎西极[2],左翼蔽乎东荒,跨蹑地络[3],周旋天纲。以恍惚为巢[4],以虚无为场。

我呼尔游，尔同我翔。"于是乎大鹏许之，欣然相随。此二禽已登于寥廓[5]，而尺鷃之辈空见笑于藩篱。

赋的第七段，写稀有鸟称赞大鹏，请与之同游，大鹏欣然相随，登于天上宽广之处。那些小雀只能在藩篱之下徒然被见笑。

[注释]

[1] 俄而：不久。　[2] "吾右"二句：形容稀有鸟形体之大，其翼可掩蔽东西极远之地。西极，西方极远之地。东荒，东方极远之地。　[3] "跨蹑"二句：谓稀有鸟踏遍大地，驰逐周天。跨蹑，跨踏。地络，大地的脉络，指山川等。天纲，天之纲维。　[4] "以恍惚"二句：谓稀有鸟以混茫为栖息之地，以虚无为游戏场所。　[5] "此二禽"二句：谓大鹏、稀有鸟已腾跃于太空，而尺鷃之类的小鸟只能空蹲在藩篱边，被人嘲笑。二禽，指大鹏和稀有鸟。寥廓，广阔的天空。尺鷃，一作"斥鷃"，鸟名，即鹌鹑。《庄子·逍遥游》："斥鷃笑之曰：'彼且奚适也？我腾跃而上，不过数仞而下，翱翔蓬蒿之间，此亦飞之至也。而彼且奚适也？'"陆德明《庄子音义》："司马云：斥，小泽也，本亦作尺。……鷃，鷃雀也。今野泽中鹌鹑是也。"

[点评]

按《全唐文》卷九二四司马承祯《陶弘景碑阴记》云："子微将游衡岳，暂憩茅山。……时大唐开元十二年甲子九月十三日己巳书。"又按《唐大诏令集》卷七十四《令卢从愿等祭岳渎诏》："令太常少卿张九龄祭南岳。"下注"开元十四年正月"。张九龄有《登南岳事毕谒司马道士》诗，此"司马道士"当即承祯。由此知司马承祯

游衡岳在开元十四年。按《旧唐书·司马承祯传》："开元九年，玄宗又遣使迎入京，亲受法箓，前后赏赐甚厚。十年，驾还西都。承祯又请还天台山，玄宗赋诗以遣之。十五年，又召至都。玄宗令承祯于王屋山自选形胜，置坛室以居焉。……卒于王屋山，时年八十九。"由此知开元十五年后承祯一直居王屋山，未能再至南方。据卫凭《唐王屋山中岩台正一先生庙碣》，知承祯于乙亥岁（开元二十三年）夏六月十八日卒。又按李白自开元十二年秋出蜀至江陵，至十三年夏游洞庭后下金陵。则李白遇见司马承祯并写《大鹏遇稀有鸟赋》，当即在开元十二三年间。此赋序云："悔其少作，未穷宏达之旨。中年弃之。……遂更记忆，多将旧本不同。"知今存此赋为改写本。赋开头即称"南华老仙"，据《旧唐书·玄宗纪》，天宝元年，诏封庄子为南华真人。则此赋改写的时间，当在此之后，或即在天宝二年供奉翰林时欤？

此赋用"序"说明作赋缘起，其后七段正文都是从《庄子·逍遥游》中鲲化为鹏的寓言生发开去，可见李白受庄子思想影响之深。全赋运用铺陈排比、极度夸张的手法，从各个视角和方位描绘大鹏不同凡响的形象。首先是鲲化成大鹏的过程及其巨大声势，其次是大鹏起飞时斗转天动、山摇海倾的雄伟景象，然后描绘大鹏在天空疾飞时喷气生云、洒毛飞雪、视三山为土块、看五湖为杯水，极力形容其飞升之高；既上摩苍天，又下覆大地，其胸可掩日而如混沌末分，其回转则如雾散霞开，极写其身姿之大；其入水则使海神不安，长鲸下匿，极写其凶猛和威慑力。又以之与黄鹄、玄凤等神鸟作比较，

强调那些神物只能拘挛守常，不如大鹏自由自在，无所不可。最后由稀有鸟出来称赞大鹏，并一起升天畅游，还以小雀只能在藩篱下被人嘲笑作反衬而结束。大开大合，层次井然。赋中显然以大鹏自比，而以稀有鸟比司马承祯，表现出诗人自视之高和志趣之大。风格飘逸豪放，文笔纵横恣肆，充分反映出宏大壮美的盛唐气象。

赵公西候新亭颂[1]

惟十有四载[2]，皇帝以岁之骄阳[3]，秋五不稔[4]，乃慎择明牧[5]，恤南方凋枯[6]。伊四月孟夏[7]，自淮阴迁我天水赵公作藩于宛陵[8]，祗明命也[9]。

序的第一节，叙天水赵公自淮阴郡调任宣城郡太守的原因。

[注释]

[1] 本文作于天宝十四载（755）。王本、《全唐文》题下有"并序"二字。赵公：赵悦，宣城郡太守。李白另有《赠赵太守悦》诗及《为赵宣城与杨右相书》。西候新亭：亭名。在今安徽宣城。　[2] 惟：句首助词。十有四载：指玄宗天宝十四载。　[3] 骄阳：夏日炎热的太阳。　[4] 秋五不稔（rěn）：秋收时五谷不丰。稔，谷子成熟。　[5] 慎择：谨慎地选择。明牧：精明强干的郡守。　[6] "恤南"句：救济南方的困难。恤，体恤，周济。凋枯，贫困衰败。　[7] 伊：句首助词。四月孟夏：夏季第一个月，即农

历四月。　[8]淮阴：唐郡名，即楚州。天宝元年改名淮阴郡，治所在今江苏淮安。天水：赵氏郡望，在今甘肃天水。作藩：指出为郡守。宛陵：指唐宣城郡。按唐宣城县本汉宛陵县，宣城郡治所在宣城县，此沿用旧称。　[9]祗明命：尊奉诏命。祗，恭敬，尊奉。

惟公代秉天宪[1]，作程南台[2]。洪柯大本[3]，聿生懿德。宜乎哉！横风霜之秀气[4]，郁王霸之奇略。初以铁冠白笔[5]，佐我燕京，威雄振肃，虏不敢视。而后鸣琴二邦[6]，天下取则[7]。起草三省[8]，朝端有声[9]。天子识面，宰衡动听[10]。殷南山之雷[11]，剖赤县之剧[12]。强项不屈[13]，三州所居大化[14]，咸列碑颂。至于是邦也，酌古以训俗[15]，宣风以布和[16]。平心理人[17]，兵镇唯静[18]。画一千里[19]，时无莠言[20]。

序的第二节，叙述赵悦的为官经历及其主要政绩。

[注释]

[1]代秉天宪：世代执掌天子法令。天宪，帝王的法令。　[2]作程南台：在御史台任职。程，宋本原作"保"，据郭本、王本、咸本、《全唐文》改。南台，御史台。因在宫阙西南，故名。　[3]"洪柯"二句：世代积累成大树深根，于是生下了具备美德的赵悦。洪柯，大树。本，根。聿，句首助词。懿德，美德。　[4]"横风霜"二句：充溢着严厉肃穆的秀拔之气，蕴藏着王霸之道的奇

妙韬略。横，充溢。郁，蕴藏。　　[5]"初以"二句：起初以监察御史的身份在幽州节度使幕中为僚佐。铁冠白笔，指御史台官员。铁冠，即法冠，以铁为柱，以缅为展筒，御史台官员执法时所戴之冠。白笔，御史台官员随身携带之笔。《事类赋注》引《魏书》："明帝见殿中侍御史簪白笔侧阶而立。问此何官。辛毗曰：'御史簪笔书过，以纪陛下不依古法者。'"燕京，指唐河北道幽州节度使治所幽州。　　[6]鸣琴二邦：任过两个县的县令。《吕氏春秋·察贤》："宓子贱治单父，弹鸣琴，身不下堂而单父治。"后即以鸣琴代指县令。《金石萃编》卷八十七《赵思廉墓志》："二子：悦，坦之。悦，扬历监察御史，江陵、安邑二县令。"证知"鸣琴二邦"乃指为江陵、安邑二县令。　　[7]天下取则：各地取法作为榜样。　　[8]三省：指唐代中央机关尚书省、中书省、门下省。　　[9]朝端：朝廷三省长官。　　[10]宰衡：宰相。《汉书·平帝纪》："加安汉公号曰'宰衡'。"颜师古注引应劭曰："周公为太宰，伊尹为阿衡，采伊、周之尊以加（王）莽。"　　[11]"殷南山"句：《诗·召南·殷其雷》："殷其雷，在南山之阳。"毛传："殷，雷声也。"郑玄笺："雷以喻号令，于南山之阳，又喻其在外也。召南大夫以王命施号令于四方，犹雷殷殷然发声于山之阳。"　　[12]"剖赤县"句：剖析全国的繁重事务。赤县，指中国。《史记·孟子荀卿列传》："中国名曰赤县神州。"剧，繁重。　　[13]强项：指秉性刚直不阿，倔强不肯低头。《后汉书·董宣传》："帝令小黄门持之，使宣叩头谢主，宣不从，强使顿之，宣两手据地，终不肯俯。……因敕强项令出。"　　[14]"三州"二句：按《金石录》卷七有《唐淮阴太守赵悦遗爱碑》，证知楚州确曾立碑歌颂赵悦，余二州立碑歌颂无考。　　[15]"酌古"句：斟酌古训以劝励风俗。　　[16]"宣风"句：发扬和乐融洽的民风。　　[17]平心理人：以公平的心态来治理人民。理，治。唐

人避高宗李治讳，改治为理。　[18]"兵镇"句：用兵只是为了安定平静。　[19]"画一"句：州境千里之内整齐一致。《汉书·曹参传》："萧何为法，讲若画一。"颜师古注："画一，言整齐也。"　[20]莠言：坏话。《诗·小雅·正月》："莠言自口。"毛传："莠，丑也。"

退公之暇[1]，清眺原隰[2]。以此郡东堑巨海[3]，西襟长江[4]，咽三吴[5]，扼五岭[6]，辎轩错出[7]，无旬时而息焉[8]。出自西郭，苍然古道。道寡列树，行无清阴。至有疾雷破山[9]，狂飙震壑[10]，炎景烁野[11]，秋霖灌途[12]。马逼侧于谷口[13]，人周章于山顶[14]，亭候靡设[15]，逢迎缺如[16]。

序的第三节，叙述宣城郡的形势重要及自然条件的恶劣，说明设置西候新亭的必要。

[注释]

[1]退公：处理完公事之后。　[2]原隰（xí）：平原和沼泽。《诗·小雅·皇皇者华》："皇皇者华，于彼原隰。"毛传："高平曰原，下湿为隰。"　[3]东堑巨海：东以大海为护城河。堑，护城河，濠沟。　[4]"西襟"句：西以长江为衣襟。　[5]咽三吴：是三吴的咽喉地区。三吴，指吴郡、吴兴郡、丹阳郡。今江苏南部和浙江北部。　[6]扼五岭：控制着五岭的要道。扼，控制。五岭，即越城、都庞、萌渚、骑田、大庾五岭之总称。在湘、赣和粤、桂等省区边境。　[7]"辎轩（yóu xuān）"句：使者之车交错进出。辎轩，轻车。常为古代使臣所乘坐，后因

以轺轩称使者之车。 [8]旬时：十日为一旬。此处泛指很短的时间。旬，宋本作"自"，据郭本、王本、咸本、《全唐文》改。 [9]"疾雷"句：迅雷打破山顶。 [10]"狂飙"句：狂风震动山谷。 [11]"炎景"句：烈日焚烧原野。炎景，炎热的日光。烁，熔化。 [12]"秋霖"句：连绵的秋雨淹没道路。秋霖，连绵的秋雨。 [13]逼侧：狭窄而相逼。又作"逼仄"。 [14]周章：惊惧貌。《文选》卷五左思《吴都赋》："轻禽狡兽，周章夷犹。"刘良注："周章夷犹，恐惧不知所之也。"一说"周章"为"周流"，到处奔跑。 [15]亭候：亦作"亭堠"，古代用作侦察、瞭望的岗亭。靡设：不设。 [16]"逢迎"句：接待工作欠缺。缺如，同"阙如"。

　　自唐有天下，作牧百数[1]，因循龌龊[2]，罔恢永图[3]。及公来思[4]，大革前弊。实相此土[5]，陟降观之。壮其回岗龙盘[6]，沓岭波起，胜势交至[7]，可以有作。方农之隙[8]，廓如是营。遂铲崖堙卑[9]，驱石剪棘[10]，削污壤[11]，阶高隅[12]，以门以墉[13]，乃栋乃宇。俭则不陋，丽而不奢。森沉闳闶[14]，燥湿有庇[15]。若鳌之涌[16]，如鹏斯骞。萦流镜转[17]，涵映池底。纳远海之余清[18]，泻连峰之积翠。信一方雄胜之郊[19]，五马踟蹰之地也。

序的第四节，叙述赵悦打破历任太守的旧规，规划建设新亭的经过及新亭建成后的情景。

[注释]

[1]作牧：来当宣城郡太守或宣州刺史的人。　[2]"因循"句：墨守旧规，器量局狭。　[3]"罔恢"句：没有使之扩大恢宏的长远打算。永图，长远打算。　[4]"及公"二句：谓等到赵公来此当太守，大革过去的弊政。思，语尾助词。　[5]"实相"二句：审视郡内土地，上下观察。实，句首助词。相，视察。陟降，升降，登高临下。《诗·大雅·公刘》："陟则在巘，复降在原。"郑玄笺："陟，升也。降，下也。"　[6]"壮其"二句：以其如龙盘旋的山岗、似波起伏的重岭为雄壮。　[7]"胜势"二句：名胜形势交会，可以有所作为。　[8]"方农"二句：正当农闲空隙，就开始营建。廓如，开扩貌。是，句中助词。营，经营建设。　[9]"遂铲崖"句：就铲高坡，填低地。崖，陡立的高地。宋本"崖"下衍一"坦"字，据咸本、郭本、王本、《全唐文》删。堙，填塞。卑，低地。　[10]"驱石"句：驱除乱石，剪除荆棘。　[11]削污壤：挖掉污泥。　[12]阶高隅：在角落处砌起高高的台阶。阶，台阶，此处作动词用，砌台阶。隅，角落。　[13]"以门"二句：即作门、砌墙、上梁、盖屋。门、塘、栋、宇皆作动词用。塘，墙垣。　[14]"森沉"句：门庭高深。闬闳（hàn hóng），里巷之门。《左传》襄公三十一年："高其闬闳，厚其墙垣，以无忧客使。"　[15]"燥湿"句：可以除去燥热和潮气。《左传》襄公十七年："吾侪小人，皆有阖庐以辟燥湿寒暑。"　[16]"若鳌"二句：形容亭台屋角的态势。如鳌从海中涌出，如大鹏振翅高飞。鳌之涌，宋本作"凫之勇"，据缪本、王本、《全唐文》改。斯，句中助词。骞，当依王本作"骞"为是。骞（xiān），鸟振翅而飞。　[17]"萦流"二句：环绕亭子的流水如镜旋转，亭子倒影映照池底。　[18]"纳远"二句：如接纳远海所余之清气，铺展连绵山峰所积的翠绿。连，宋本作"莲"。按：连峰与上句远海对

文，作"莲"者非，今据王本改。　[19]"信一方"二句：确实是城郊一方雄伟的胜景，太守为之流连徘徊的地方。五马踟蹰，汉乐府《罗敷行》："使君从南来，五马立踟蹰。"五马，指太守所乘之车，汉代太守驾车用五匹马。此借指太守。踟蹰，徘徊。

长史齐公光乂[1]，人伦之师表；司马武公幼成[2]，衣冠之髦彦[3]；录事参军吴镇、宣城令崔钦[4]，令德之后[5]，良材间生。纵风教之乐地[6]，出人伦之高格，卓绝映古[7]，清明在躬。金谋偨功[8]，不日而就。总是役也[9]，伊二公之力欤[10]？过客沉吟以称叹，邦人聚舞以相贺。佥曰[11]："我赵公之亭也！"群寮献议，请因谣颂以名之，则必与谢公北亭同不朽矣[12]。白以为谢公德不及后世，亭不留要冲，无勿拜之言[13]，鲜登高之赋[14]，方之今日[15]，我则过矣。

序的第五节，叙述下属官员同心协力建成赵公亭。通过与谢公亭的对比，歌颂了赵公亭。

[注释]

[1]长史：按唐制，州刺史以下有长史、司马、录事参军事各一人。齐公光乂：当即是光乂。《元和姓纂》卷六是氏："天宝秘书少监是光乂，改姓齐氏。"《新唐书·艺文志三·类书类》："是光乂《十九部书语类》十卷。"注："开元末，自秘书省正字上，授集贤院修撰，后赐姓齐。"《全唐文》卷三四五李林甫《进御刊定礼记月令表》，作者有"宣城郡司马齐光乂"。又卷八一三有齐

光乂《陈公神道碑》，小传称"乾符初集贤院学士"。"乾符"当为"乾元"之误。　[2]"司马"句：李白有《夏日陪司马武公与群贤宴姑熟亭序》，司马武公当即武幼成。　[3]"衣冠"句：世族、士绅中的俊杰。衣冠，古代士以上戴冠。衣冠连称，是古代士以上的服装，此处代指世族、士绅。髦彦，俊杰。　[4]"录事"句：李白有《宣城吴录事画赞》，吴录事当即吴镇。又李白有《江上答崔宣城》《经离乱后将避地剡中留赠崔宣城》等诗，崔宣城当即此宣城县令崔钦。　[5]"令德"二句：美德君子的后代，间或出现的优秀人才。　[6]"纵风教"句：用"名教中自有乐地"典，指遵守礼法而安乐自得。《世说新语·德行》："王平子、胡毋彦国诸人，皆以任放为达，或有裸体者。乐广笑曰：'名教中自有乐地，何为乃尔也！'"　[7]"卓绝"二句：古今卓绝，自身怀有清明之德。《礼记·孔子闲居》："清明在躬，气志如神。"孔颖达疏："言圣人清静光明之德，在于躬身。"此处即用其意。　[8]"佥（qiān）谋"句：共同筹划显示功效。佥，共同，全部。僝（zhuàn），显现。《尚书·尧典》："共工方鸠僝功。"孔颖达疏："于所在之方，能立事业，聚见其功。"　[9]总是役：总管此项工程。　[10]"伊二公"句：不都是那二公的力量吗？伊，句首助词。二公，疑不能定。或谓指齐光乂和武幼成，又或谓指吴镇和崔钦。窃疑"二"字为衍文，总此役者当指"公"，即赵悦。　[11]佥：皆，都。　[12]谢公北亭：指谢公亭。《方舆胜览》卷一〇五宁国府宣城："谢公亭在宣城县北二里。旧经云：'谢玄晖（南朝齐诗人谢朓）送范云零陵内史之地。'"　[13]"无勿"句：没有不许拔掉之类表示爱戴的话。是说谢公没有留下像召公那样的政绩，而赵悦却有三州之碑颂，政绩突出。《诗·召南·甘棠》："蔽芾甘棠，勿翦勿拜。"郑玄笺："拜之言拔也。"因召公曾在棠梨树下休息，故《甘棠》诗用"勿伐""勿败""勿拜"三语，表达人民对甘棠的爱惜以及对

召公的拥戴。　[14]"鲜登"句：没有留下多少后人吟咏的诗篇。古代谓大夫有九种才能，登高能赋为其中之一，意即登高见广，能赋诗述其感受。《韩诗外传》卷七："孔子游于景山之上，子路、子贡、颜渊从。孔子曰：'君子登高必赋，小子愿者，何言其愿。'"《汉书·艺文志》："传曰：'不歌而诵谓之赋，登高能赋可以为大夫。'"　[15]"方之"二句：与今日相比，赵悦所造亭子的名气超过谢公北亭。方，相比。

敢询耆老而作颂曰[1]：

眈眈高亭[2]，赵公所营。如鳌背突兀于太清[3]，如鹏翼开张而欲行。赵公之宇，千载有睹。必恭必敬，爰游爰处[4]。瞻而思之，罔敢大语[5]。赵公来翔[6]，有礼有章。煌煌锵锵[7]，如文翁之堂[8]。清风洋洋[9]，永世不忘。

颂的正文用韵语总括序的内容。

[注释]

[1]耆老：年高而有声望者。　[2]眈眈：同"沉沉"，深邃貌。《史记·陈涉世家》："入宫，见殿屋帷帐，客曰：'伙颐！涉之为王沈沈者！'"裴骃《集解》引应劭曰："沈沈，宫室深邃之貌也。"　[3]"如鳌"句：像鳌之背高耸特出于天空。突兀，高耸特出貌。太清，道家所称的天道，亦谓天空。《庄子·天运》："行之以礼仪，建之以太清。"成玄英疏："太清，天道也。"按：此句及下句与前文"若鳌之涌，如鹏斯骞"意同。　[4]爰游爰处：游览和憩息。爰，助词，用于动词词头。　[5]"罔敢"句：不敢大

声说话。　　[6]翔：游。　　[7]煌煌锵锵：指礼仪之色彩明亮、声音响亮。形容礼仪场景有声有色。煌煌，指色彩。锵锵，指声音。　　[8]文翁之堂：《汉书·文翁传》载，景帝末，为蜀郡守，起学官于成都市中。《元和郡县志》卷三十一剑南道成都府："南外城中有文翁学堂，一名周公礼殿。《华阳国志》云：'文翁立学，精舍讲堂作石室，一曰玉室。'李膺记云：'后汉中平中，火延学观，厢廊一时荡尽，唯此堂火焰不及。构制虽古，而巧异特奇，壁上悉图古之圣贤，梁上则刻文宣及七十弟子。齐永明中，刘瑱更图焉。'"　　[9]"清风"句：形容建此亭如清风送爽，又暗寓美德远扬。洋洋，舒缓貌。

[点评]

这篇《颂》共有五节"序"，全文结构完整，层次分明。文章先从赵悦丰富的仕宦履历及非凡的才干政绩说起，则其在宣城太守任上治理有方，形成境内"画一千里，时无莠言"的安定局面自在情理之中，也为下文写其"退公之暇"启动西候新亭建设工程张本。"序"的重点放在叙述营建新亭的缘起、经过及建成后的胜景上。文中多处用对比手法来突出赵悦作牧宣城的政绩，如建亭前自然环境的简陋恶劣，建亭后的景色令人赏心悦目，"信一方雄胜之郊"；再如将历史上享有盛名的谢公亭与赵公亭作比较，认为前者相形见绌，因"谢公德不及后世，亭不留要冲，无勿拜之言，鲜登高之赋"。易言之，赵公德及后世，亭居要地，受人爱戴，又有登高之赋，优势极其明显。《颂》的正文句式整饬，音节浏亮，读来朗朗上口。一般人写《颂》叙宦历行事易流于板滞，多

近于阿谀。但本文却写得非常自然流畅，具体而生动，对太守的歌颂也很有分寸，剪裁得当。既富有文采，又无雕琢堆砌之病，堪称颂文佳作。

为宋中丞自荐表[1]

臣某闻[2]，天地闭而贤人隐，云雷屯而君子用。臣伏见前翰林供奉李白，年五十有七。天宝初，五府交辟[3]，不求闻达，亦由子真谷口[4]，名动京师。上皇闻而悦之[5]，召入禁掖[6]。既润色于鸿业[7]，或间草于王言[8]。雍容揄扬[9]，特见褒赏[10]。为贱臣诈诡[11]，遂放归山。闲居制作，言盈数万。属逆胡暴乱，避地庐山，遇永王东巡胁行[12]，中道奔走，却至彭泽。具已陈首[13]。前后经宣慰大使崔涣及臣推覆清雪[14]，寻经奏闻。

第一段叙述李白的年龄、经历及参加永王李璘幕、案情已清雪之近况。

[注释]

[1]按:《表》云："前翰林供奉李白，年五十有七。"李白生于武后长安元年（701），则此《表》当作于肃宗至德二载（757）。《表》谓"前后经宣慰大使崔涣及臣推覆清雪"，可知李白当时已

出浔阳狱，正在御史中丞宋若思幕中，故代其撰写此《表》。宋中丞：御史中丞宋若思。据《元和姓纂》卷八宋氏记载，宋若思为宋之悌子。李白早年有《江夏别宋之悌》诗，至德间又蒙宋若思营救出浔阳狱，见前《江夏别宋之悌》及《中丞宋公以吴兵三千赴河南军次寻阳脱余之囚参谋幕府因赠之》诗注。此《表》题《为宋中丞自荐表》，可知是由李白替宋若思撰写。　[2]“天地闭”二句：谓世道昏暗，则贤士多隐居山林；政治清明，则贤人出仕而乐于为用。《周易·坤·文言》：“天地闭，贤人隐。”孔颖达疏：“谓二气不相交通，天地否闭，贤人潜隐。”《周易·屯》：“云雷屯，君子以经纶。”王弼注：“君子经纶之时。”　[3]“五府”二句：谓虽为官府交相聘请，但自己不追求显达和名望。五府，《后汉书·张楷传》：“五府连辟，举贤良方正，不就。”李贤注：“五府，太傅、太尉、司徒、司空、大将军也。”　[4]“亦由”二句：《华阳国志·先贤士女总赞》：“郑子真，褒中人也，玄静守道，履至德之行，乃其人也。……成帝元舅大将军王凤备礼聘之，不应。家谷口，号谷口子真。”《汉书·郑子真传论》：“谷口郑子真不诎其志，耕于岩石之下，名震于京师。”此谓由于自己像当年郑子真一样学道有术，故名动京师。　[5]上皇：指玄宗。天宝十五载，肃宗即位，尊玄宗为太上皇。　[6]禁掖：宫中旁殿。此泛指帝王所居，犹言禁中、禁垣。掖门为宫中旁门。《汉书·高后纪》：“入未央宫掖门。”颜师古注：“非正门而在两旁，若人之臂掖也。”　[7]“既润色”句：《文选》卷一班固《两都赋序》：“以兴废继绝，润色鸿业。”李善注：“言能发起遗文，以光赞大业也。”润色，此指修饰文字，使有文采。鸿业，大业，王业。　[8]“或间”句：谓有时根据皇帝之言起草诏书。间，一作“阅”。草，一作“进”。　[9]“雍容”句：班固《两都赋序》：“雍容揄扬，着于后嗣。”雍容，形容态度大方，从容不迫。揄扬，宣扬，赞扬。　[10]特：

独。见：被。　[11]"为贱臣"二句：魏颢《李翰林集序》："许中书舍人，以张垍谗逐，游海、岱间，年五十余，尚无禄位。"此"贱臣"当指张垍而言。诈诡，欺骗，谗毁。　[12]"遇永王"以下三句：叙述参加永王李璘幕府事。中道奔走，指永王兵败后逃跑。　[13]陈首：自己陈述。　[14]宣慰大使崔涣：据《新唐书·宰相表》：至德元载八月庚子，"蜀郡太守崔涣为门下侍郎，同中书门下平章事"。十一月戊午，"涣为江南宣慰使"。推覆清雪：审讯覆案，洗清冤情。崔涣，宋本缺"涣"字，据他本补。

臣闻古之诸侯进贤受上赏[1]，蔽贤受明戮。若三适称美[2]，必九锡先荣，垂之典谟[3]，永以为训。臣所荐李白，实审无辜。怀经济之才[4]，抗巢、由之节[5]。文可以变风俗，学可以究天人[6]，一命不沾[7]，四海称屈。

第二段说明为国荐贤是古训，而李白的才能节操和学问卓尔不凡，理应得到推荐。

[注释]

[1]"臣闻"二句：用《汉书·武帝纪》元朔元年诏："进贤受上赏，蔽贤蒙显戮，古之道也"成句。明戮，即"显戮"，避中宗讳改。　[2]"若三适"二句：《汉书·武帝纪》："有司奏议曰：'古者'诸侯贡士，壹适谓之好德，再适谓之贤贤，三适谓之有功。乃加九锡。"颜师古注引服虔曰："适，得其人。"三适，三次举贤得人。九锡，颜师古注引应劭曰："一曰车马，二曰衣服，三曰乐器，四曰朱户，五曰纳陛，六曰虎贲百人，七曰铁钺，八曰弓矢，九曰秬鬯。此皆天子制度，尊之，故事事锡与，但数少耳。"又引张晏曰："九锡，经本无文，《周礼》以为九命，《春秋说》有之。"

又引臣瓚曰："九锡备物，伯者之盛礼。齐桓、晋文犹不能备，今三进贤便受之，似不然也。当受进贤之一锡。《尚书大传》云：'三适谓之有功，赐以车服弓矢'是也。"颜师古认为九锡内容，应劭之说是。即古代帝王赐给有大功或有权势者的九种物品。但进贤只得一锡，臣瓚之说是。先荣，一作"光荣"。 [3]垂：流传。典谟：原指《尚书》中的《尧典》《大禹谟》，后泛指典籍、典范、常法。宋本作"典谋"，据郭本、王本、《全唐文》改。 [4]经济之才：经世济民之才。 [5]巢、由之节：巢父与许由的节操。巢父、许由，均为尧时高士。 [6]究：穷究，极尽。天人：天人之际的略词，犹今言客观规律。 [7]"一命"二句：谓朝廷一次拜命都未使之得到，天下人都为其叫屈。一命，受初次品官。沾，沾润，分润。

第三段说明给李白做官可以使天下人归心，所以请求朝廷授官。

伏惟陛下大明广运，至道无偏，收其希世之英，以为清朝之宝。昔四皓遭高皇而不起[1]，翼惠帝而方来。君臣离合，亦各有数，岂使此人名扬宇宙而枯槁当年！传曰：举逸人而天下归心。伏惟陛下，回太阳之高晖[2]，流覆盆之下照。特请拜一京官[3]，献可替否，以光朝列，则四海豪俊，引领知归[4]。不胜慺慺之至[5]，敢陈荐以闻。

[注释]

[1]"昔四皓"二句：以汉高祖喻玄宗，惠帝喻肃宗，以四皓自比。四皓，商山四皓，秦末隐士，汉高祖屡请不出。后吕后用

张良计，使皇太子卑辞束帛致礼迎至。高祖初欲易太子，见四皓辅佐而罢。见《史记·留侯世家》。　[2]"回太阳"二句：谓如今帝王能使太阳的光辉照到覆盆之下，使蒙冤者见到光明。覆盆，覆置之盆不见光亮，以此喻沉冤莫白。　[3]"特请"以下三句：谓特意请求授予李白一个官职，使其能为朝廷做些劝善规过、议兴议革之事，从而使朝廷列官增添光彩。　[4]引领：伸长脖子，形容盼望殷切。　[5]偻偻（lóu lóu）：勤恳，黾勉。《后汉书·杨赐传》："岂敢爱惜垂没之年，而不尽其偻偻之心哉！"李贤注："偻偻，犹勤勤也。"

[点评]

首段叙被荐人之年龄经历，这是荐表应有之义。尤其是天宝初奉诏入京，供奉翰林，是李白一生中最光彩之事，故写得特别酣畅淋漓。至于入永王幕属叛逆之事，因不能回避，只能用"胁行"表示被迫，虽违背事实，但不得不如此。最重要的是要说明已经两位大臣推覆清雪。次段议论为国荐贤的古训，强调李白的才能、节操和学问之高，是荐文最重要的内容，因为这样的贤人如果不做官，会使天下人叫屈，所以不能不推荐。第三段用商山四皓典故，以太上皇玄宗比汉高祖，以肃宗皇帝比汉惠帝，以四皓自比，意谓玄宗时李白虽曾受宠但未做官，希望肃宗能给李白"拜一京官"，这样可使天下豪俊归心，点明文章主旨。全文不卑不亢，非常得体，可惜因此《表》涉及永王之党而使李白招来长流夜郎之灾难，极为可悲。

泽畔吟序 [1]

今李白集《酬崔侍御》一诗前附有崔成甫《赠李十二》一诗，具衔为"摄监察御史"，诗云："我是潇湘放逐臣，君辞明主汉江滨。天外常求太白老，金陵捉得酒仙人。"与此文中所说崔公经历相符，故知此崔公必为崔成甫。

《泽畔吟》者，逐臣崔公之所作也。公代业文宗 [2]，早茂才秀 [3]。起家校书蓬山 [4]，再尉关辅 [5]，中佐于宪车 [6]，因贬湘阴 [7]。从宦二十有八载，而官未登于郎署 [8]，何遇时而不偶耶 [9]？所谓大名难居 [10]，硕果不食。流离乎沅、湘 [11]，摧悴于草莽 [12]。

同时得罪者数十人 [13]，或才长命夭 [14]，覆巢荡室。崔公忠愤义烈，形于清辞 [15]。恸哭泽畔，哀形翰墨 [16]。犹《风》《雅》之什 [17]，闻之者无罪，睹之者作镜。书所感遇，总二十章，名之曰《泽畔吟》[18]。惧奸臣之猜，常韬之于竹简 [19]；酷吏将至，则藏之于名山 [20]。前后数四，蠹伤卷轴 [21]。

观其逸气顿挫 [22]，英风激扬 [23]，横波遗流 [24]，腾薄万古 [25]。至于微而彰 [26]，婉而丽，悲不自我，兴成他人，岂不云怨者之流乎？余览之怆然 [27]，掩卷挥涕，为之序云。

[**注释**]

[1] 按：序云："从宦二十有八载，而官未登于郎署。"又按：崔祐甫附记谓崔成甫卒于乾元元年（759），疑此文即作于乾元元年或稍后。时崔成甫已死，李白正流放夜郎途经湘阴或遇赦归游潇湘之时。《泽畔吟》：当是崔公的一本诗集，今已不传。据此文所叙，崔公"起家校书蓬山，再尉关辅，中佐于宪车，因贬湘阴"，当即崔成甫。按国家图书馆藏拓片《有唐朝散大夫守汝州长史上柱国安平县开国男赠卫尉少卿崔公（皑）墓志》有崔祐甫附记叙崔成甫仕历曰："安平公之次子沔，字若冲，服阕，授左补阙，累迁御史、尚书郎，……薨赠礼部尚书、尚书左仆射，谥曰孝。仆射之长子成甫，仕至秘书省校书郎，冯翊、陕二县尉，乾元初年卒。"又《有唐通议大夫守太子宾客赠尚书左仆射崔孝公（沔）墓志》，亦有祐甫附记，其中有关成甫之事曰："孝公长子成甫，服阕授陕县尉。以事贬黜。乾元初卒于江介。成甫之长子伯良，仕至殿中侍御史；次子仲德，仕至太子通事舍人；少子叔贤，不仕；并早卒。今有伯良之子詹、彦，并未仕。仲德之子，未名。"详见郁贤皓著《李白丛考·李白诗中崔侍御考辨》。序：指为《泽畔吟》诗集所写序言，与赠序之"序"不同。　[2] "公代业"句：谓其家世代从事文学并且广受宗仰。　[3] "早茂"句：谓崔公早年就显示出美秀的才华。　[4] "起家"句：按：崔成甫最早官职为秘书省校书郎，故有此语。蓬山，指秘书省。《后汉书·窦章传》："是时学者称东观为老氏藏室，道家蓬莱山，（邓）康遂荐章入东观为校书郎。"李贤注："蓬莱，海中神山，为仙府，幽经秘录并皆在焉。"后即以"蓬山"为秘阁之代称。　[5] "再尉"句：崔成甫曾先后任冯翊县尉、陕县尉，其地都在京畿和都畿，故称"再尉关辅"。关辅，指关中与三辅。鲍照《升天行》："家世宅关辅。"李善注："关，关中也。《汉书》曰：'右扶风、左冯翊、京

兆尹是为三辅。'"关,宋本作"开",误。据郭本、王本、咸本改。　[6]"中佐"句:崔成甫曾摄监察御史之职,故云"佐于宪车"。宪车,《通典·职官·御史台》:"汉谓之御史府,亦谓之御史大夫寺,亦谓之宪台。……隋及大唐皆曰御史台。龙朔二年,改为宪台。"又古代御史台官员常乘车巡察郡县,故亦称"宪台"为宪车。　[7]湘阴:县名。唐时属岳州,今属湖南。　[8]郎署:指尚书省各部曹。唐代尚书省各部曹官称郎、员外郎,故称其官署为郎署。　[9]"何遇"句:谓为何遭逢圣明之时而不见重用?偶,指遇合。　[10]"所谓"二句:谓盛名容易招致灾祸,故难以久居。大的果实因其太大就不被人食用。大名难居,《史记·越王勾践世家》:"勾践以霸,而范蠡称上将军。还反国,范蠡以为大名之下难以久居,且勾践为人可与同患,难与处安。为书辞勾践。"硕果不食,语出《周易·剥卦》:"剥之上九,硕果不食。"　[11]沅、湘:指沅水、湘水流域。沅水源出贵州雾山,东北流经辰溪、沅陵、常德等县市,入洞庭湖。上游称清水江,自湖南黔阳黔城以下始名沅江。湘水源出广西灵川东海洋山西麓,东北流贯湖南东部,经衡阳、湘潭、长沙等市到湘阴浩河口入洞庭湖。二水皆流经岳州,后人因以沅湘为岳州代称。　[12]摧悴:衰弱憔悴。一作"摧颓"。　[13]"同时"句:指因韦坚案而被株连之事。《旧唐书·韦坚传》:"天宝元年三月,擢(韦坚)为陕郡太守、水陆转运使。……于长安城东九里长乐坡下、浐水之上架苑墙,东面有望春楼,楼下穿广运潭以通舟楫,二年而成。……及此潭成,陕县尉崔成甫以坚为陕郡太守凿成新潭,又致扬州铜器,翻出此词(指《得宝歌》),广集两县官,使妇人唱之。……五载正月望夜,坚与河西节度、鸿胪卿皇甫惟明夜游,同过景龙观道士房,为林甫所发,以坚戚里,不合与节将狎昵,是构谋规立太子。玄宗惑其言,遽贬坚为缙云太守,惟

明为播川太守。……至十月使监察御史罗希奭逐而杀之，诸弟及
男谅并死。……连累者数十人。"按：崔成甫既与韦坚交接至深，
其被贬湘阴，当即为韦坚案"连累者数十人"之一。　[14]"或
才长"二句：谓有的人很有才华，却短命夭折；有的人又被害
得倾家荡产。　[15]清辞：指诗句。　[16]翰墨：笔墨，指文
辞。　[17]《风》《雅》：见《古风五十九首》其一注。　[18]《泽
畔吟》：战国时楚国大夫屈原被流放，游于江潭，行吟泽畔，见
《楚辞·渔父》《史记·屈原贾生列传》。后人常称谪官失意时所
写作品为"泽畔吟"。李白《流夜郎至西塞驿寄裴隐》诗："空将
泽畔吟，寄尔江南管。"　[19]韬：掩藏。　[20]"则藏之"句：
古人因恐著作丢失或遭其他意外之祸，往往置之于石函中而藏
之名山。《史记·太史公自序》云："厥协六经异传，整齐百家杂
语，藏之名山，副在京师。"　[21]蠹：书蛀虫。卷轴，指书籍。
按：古时文章都裱成长卷，有轴可舒卷，故称。　[22]逸气顿
挫：形容诗风豪迈俊逸，声调抑扬顿挫。　[23]英风激扬：形容
诗有英迈气势，读之使人情绪激昂。此外，"英风"意与"逸气"
近似，都指诗的风格。　[24]横波遗流：指诗的构境宽大，如
波如流，字里行间气势奔涌。　[25]腾薄万古：指崔成甫之诗
可以奔驰万古，雄视百代。　[26]"至于"以下五句：谓崔成甫
诗发语虽微而意思显明，词气闲婉而语言华丽，虽满腔悲愤却
又含而不露，由读者披览体味而得其旨趣，岂非所谓哀而不伤、
怨而不怒那样的作品？　[27]怆然：悲伤貌。

[点评]

　　首段叙崔成甫仕历，为其才高被贬而抱屈。次段
写成甫被贬后忠愤义烈，表现在诗中，作就《泽畔吟》
二十章。惧奸臣酷吏的迫害，不得不藏于名山，以致卷

轴蠹伤。第三段赞扬其诗逸气英风，微而彰，婉而丽，深得《风》《雅》之旨。李白感动流泪而为之序。全文结构严密，层次井然，感情深挚，沉郁顿挫，字里行间充溢着对友人不幸遭遇的深切同情和对奸臣迫害的刻骨痛恨；也寄寓了李白本人怀才不遇、屡遭挫折的深沉感慨。

主要参考文献

李太白文集三十卷　静嘉堂文库藏宋蜀刻本

分类补注李太白诗二十五卷　（宋）杨齐贤集注　（元）萧士赟补注　元至大四年（1311）建安余氏勤有堂刊本

李太白全集　（清）王琦注　中华书局 1977 年版

李白集校注　瞿蜕园、朱金城校注　上海古籍出版社 1980 年版

李白丛考　郁贤皓著　陕西人民出版社 1982 年版

李白研究资料汇编（金元明清之部）　裴斐、刘善良编　中华书局 1994 年版

李白全集校注汇释集评　詹锳主编　百花文艺出版社 1996 年版

李白全集编年注释　安旗主编　巴蜀书社 2000 年版

李白研究资料汇编（唐宋之部）　金涛声、朱文彩编　中华书局 2007 年版

李白选集　郁贤皓选注　上海古籍出版社 2013 年版

李太白全集校注　郁贤皓校注　凤凰出版社 2015 年版

《中华传统文化百部经典》已出版图书

书　　名	解读人	出版时间
周易	余敦康	2017 年 9 月
尚书	钱宗武	2017 年 9 月
诗经（节选）	李　山	2017 年 9 月
论语	钱　逊	2017 年 9 月
孟子	梁　涛	2017 年 9 月
老子	王中江	2017 年 9 月
庄子	陈鼓应	2017 年 9 月
管子（节选）	孙中原	2017 年 9 月
孙子兵法	黄朴民	2017 年 9 月
史记（节选）	张大可	2017 年 9 月
传习录	吴　震	2018 年 11 月
墨子（节选）	姜宝昌	2018 年 12 月
韩非子（节选）	张　觉	2018 年 12 月
左传（节选）	郭　丹	2018 年 12 月
吕氏春秋（节选）	张双棣	2018 年 12 月
荀子（节选）	廖名春	2019 年 6 月
楚辞	赵逵夫	2019 年 6 月
论衡（节选）	邵毅平	2019 年 6 月
史通（节选）	王嘉川	2019 年 6 月
贞观政要	谢保成	2019 年 6 月

书 名	解读人	出版时间
战国策（节选）	何 晋	2019 年 12 月
黄帝内经（节选）	柳长华	2019 年 12 月
春秋繁露（节选）	周桂钿	2019 年 12 月
九章算术	郭书春	2019 年 12 月
齐民要术（节选）	惠富平	2019 年 12 月
杜甫集（节选）	张忠纲	2019 年 12 月
韩愈集（节选）	孙昌武	2019 年 12 月
王安石集（节选）	刘成国	2019 年 12 月
西厢记	张燕瑾	2019 年 12 月
聊斋志异（节选）	马瑞芳	2019 年 12 月
礼记（节选）	郭齐勇	2020 年 12 月
国语（节选）	沈长云	2020 年 12 月
抱朴子（节选）	张松辉	2020 年 12 月
陶渊明集	袁行霈	2020 年 12 月
坛经	洪修平	2020 年 12 月
李白集（节选）	郁贤皓	2020 年 12 月
柳宗元集（节选）	尹占华	2020 年 12 月
辛弃疾集（节选）	王兆鹏	2020 年 12 月
本草纲目（节选）	张瑞贤	2020 年 12 月
曲律	叶长海	2020 年 12 月